漫娱图书

弃吴钩 著

Pan Cheng

人人皆在叛城

愿你天生反骨，永不将就，
有自由的意志与坦荡的心，
如此可入叛城。

夺吴钩

梅中不雪

见雪 JIAN XUE ✦

怎么，你来招惹我之前，
难道就没有打听过我的名号？
这次又是天下第一什么？
天下第一难缠。

夺吴钩

张汉辅 ZHANG HANFU

盛碧秋 SHENG BIQIU

PAN CHENG

目录
Content

第一章 蕙兰香片 009
番外 034

第二章 皇家胭脂 059
番外 080

第三章 客缦胡缨 085

第四章 白描牡丹	番外	第五章 玉京芙蓉	第六章 桃花锦浪	番外	独家篇 梅中尽雪
111	127	135	163	260	283

他怎么长得这样能欺骗人呢?
明明皮囊下的灵魂恶劣又混账。

第一章
蕙兰香片
Chapter 01

第一章 蕙兰香片

（一）

蜜合色旗袍穿在孟婉秀身上意外合适，玲珑身段，肌肤赛雪，露出藕臂白得晃眼。她的身子仿佛天生不该藏进普通的袖袄里，合该由旗袍裁剪出来。只是旗袍的主人总爱低眉顺眼，有些怯懦。故而，尽管孟婉秀身材顶好，远赛过其他女人，也没能将旗袍的优雅与媚而不俗穿出味道。

孟婉秀眉毛淡秀，眼睛如盈盈一痕水，长相偏古典美人，温婉端庄。可这样的长相，放在时下来说，美则美矣，却毫无灵魂，不够时髦，也不够新派。她不习惯穿旗袍，也不喜欢。不过这是傅羡书头一次带她来上等舞场，他让她穿，孟婉秀只好听话。

傅羡书是她的未婚夫，两个人的婚约定在傅羡书十二岁那年，那时候，孟婉秀也方才九岁。孟家是书香门第，祖上出过状元郎，在当地是有些名望的，与傅家是世交。孟婉秀是家中最小的女儿，性子合名，温婉灵秀，知书达礼，因此很得傅羡书的母亲欢心。两家父母作主，定下了这桩婚事。

以前讲得好听，她与傅羡书是金童玉女，门当户对的好亲事。可现在潮流变了，这样的婚约改名叫"父母包办"，是"封建"的，跟孟婉秀这个人一样，顶不时髦，顶不新派。这事放在任何男人身上都无足轻重，但不该与傅羡书挂上钩。

他留洋五年，知识渊博，讲外语没有一丝口音，回申城不到半年，就将傅家原有的纺织厂扩建两倍，又在最豪华的地段盘了个绸缎门面，专做上等人的生意。

孟婉秀不懂商道，只是听傅母有话学话，讲纺织叫轻工业，做不成大气候，傅羡书并不满足于此。

让路边的小叫花形容傅羡书，那也是现在新文化尖尖上的人，怎么也不该跟

"包办婚姻""父母之命媒妁之言"这样的旧词挂上钩。

孟婉秀的存在,对于傅羡书来讲,就是个笑柄。

孟婉秀不明白,他为什么带她来这种场合。他放她坐在黑丝绒沙发上,给她点了杯白兰地。她不敢喝,并拢着膝盖乖乖坐着,像个蜜合色的玉雕像。

他在谈正事。

她不懂,就沉默。

身侧的傅羡书穿着挺括的黑色西装,肩宽得像高高的山,看似英俊风流,唇边含着温和的笑,可黑漆漆的眼睛锋锐又凌厉。他好讲话,也不好讲话,阴晴不定的,谁也拿不准他的脾气。

孟婉秀更拿不准了。

他谈生意,讲令人会心一笑的幽默话,那是信手拈来,风趣横生。可到她面前,傅羡书又好似有说不尽的恶毒话。

他总在嘲讽她。

讽刺她保守,讽刺她不识字,讽刺她总是死气沉沉的,像个木偶,万事都听长辈的话,让她往东,就绝不敢往西。孟婉秀就算真是个木偶,也受不住他总说这样的话,一低下头,眼泪就扑簌簌坠下来。傅羡书尽了恶兴,又会撂下一句"连哭都不敢哭"的话来。他让孟婉秀清楚地知道,自己对她是有多不耐烦,有多厌恶。他这样的嘴巴用到生意场上也很有效用,来跟他谈生意的人很快就意识到这个年轻人才俊不凡。

孟婉秀坐在一旁,虽然听不懂门门道道,不过她能听得出,这场生意谈得很顺利。

傅羡书多喝了两杯酒,又叫来几个舞小姐作陪。隔了一会儿,对方就拥着红袍绿腰转进舞池。旗袍侧边开衩,露出光滑细腻的大腿,男人抚摸上去的时候,女人就会依在男人身上咯咯作笑,满面娇羞。

舞女是女人,傅羡书是男人。所以,他们也在做同样的事,全然不顾孟婉秀在场。

女人浓妆艳抹,在孟婉秀看来,比玻璃瓶里的玫瑰花还要美丽。她扭着水蛇腰,吃了口琥珀色的酒,便扭头去吻傅羡书的嘴。傅羡书没有动,凸起的喉结滚动,将酒水咽下去,手抚上她的大腿,扯开白色的吊袜带,又低头,重重亲吻在女人的锁骨上。

女人开心地笑起来,笑声像梵婀玲,抱着傅羡书,脸却转向孟婉秀,眼神极尽妩媚和挑衅。这时候，孟婉秀才心里雪亮，傅羡书为什么要带她来。

他想退婚，与"封建"彻底划清关系，可又拗不过家里的老太太，索性曲线救国，从她身上开刀。

这一刀可真疼。

孟婉秀脸颊像是被人打了一巴掌，火辣辣地烧起来。她咬住唇，心里一抽一抽地疼，眼泪开始不争气地往外涌。可这次，孟婉秀没有让它掉出眼眶。

她失魂落魄地站起来，手心一阵阵冒汗，垂着头讲："傅先生，你不用这样的。"

她学着外人，叫他"先生"，不再叫羡书。

（二）

金软流沙的光晕开在她的旗袍上，孟婉秀脸颊红得像荔枝，不是羞的，而是恼的。只是她再恼，也脱不开温婉性子，可怜中又透着可爱。

"傅先生顾怜舞女，又怎对我这样坏呢？我清清白白的，从未做过一件错事，没有任何对不起傅先生的地方。"孟婉秀颔紧下巴尖，表情如芦苇似的坚韧，可眼里闪着光，满是泪水。

"与先生的婚约，本不是我跪着求的，我也作不来鸠占鹊巢的坏。你道要反悔，直说也好，又何必冷言冷语地再磨折我半年？"

更何况今日……

一早，她立在穿衣镜前，穿着傅羡书送来的旗袍。葱白手指在缎子上又抚又展，怕有一丝褶皱，镜子里的人，羞涩，也紧张，更多的还是欢喜……她以为，傅羡书总是接受了她的，谁想到更是万劫不复了。

孟婉秀哽咽一声，就似要哭出声来，神态那般楚楚可怜，教在一旁的舞女郎都看怔了眼。她怕当着傅羡书哭，又换来他的讥讽，拿起手包，便往外飞跑。

孟家虽不及从前光鲜荣贵，可二老也舍不得闺女受这样的委屈。她父亲更是气得心绞痛，高骂傅羡书何以这么欺负人，非要上门跟傅家讨个说法。是孟婉秀跪地劝了下来，讲两家素来要好，傅家老太太当她是闺女疼，伤了和气，反而更伤心；况且现在风气变了，倡导自由恋爱，傅羡书是不想耽搁她……

末了又软声撒娇，让父亲再为她寻一门好亲事。如此才让父亲消了些火气，没有将事情闹得难堪。

这事先在弄堂里传开，都道孟四小姐可怜。

孟婉秀怕父母伤心，也怕教别人瞧去笑话，白日里装成无事人般。只到了夜晚，独自躺着，黑暗里的光隙中总能浮现出傅羡书又俊又坏的脸来。

孟婉秀恨自己怎忘不掉，捏紧被角淌了好几夜的眼泪，方才缓些钻心的痛。

这日好好的晴天，不想变了脸，突然下起雨来，狂刺刺的风吹着饱满的雨珠，淅淅沥沥，敲打在冰凉的玻璃上。孟婉秀织围巾的闲暇，也浑来多识些字。

她出身书香门第，耳濡目染，自也认得些字，但中不了男儿的用，无非不当个睁眼瞎，落了别人的笑话。

傅羡书就是个混账，睁眼瞎都不见他嘲弄，偏偏就来笑她。

孟婉秀又想起姓傅的来，气得拿剪刀铰烂绒线，不甘心地拿起书，坐在玻璃窗下，一字一字地认。

打在纸面上的，都不知是雨珠，还是泪珠。

贺维成穿着粗布短衣，正将门外面的兰花一盆一盆搬回家中的宽绰处，怕雨毁去兰草嫩绿的小叶。

孟婉秀隔窗看见，忙撑了伞出去，擎在贺维成头顶："表哥，这么大的雨，你放它们一放，别自己淋着。"

"没事，就有几盆，落在雨里也怪可怜的。四小姐，您别出来，当心着凉……"

贺维成算她母亲那边的远房亲戚，不算太亲，孟婉秀喊一声"表哥"。他从鸠兹来到申城，得孟家接济有了栖身之所，为了报答，平日手脚勤快，帮家中做些粗使活计。贺维成忠厚老实，人也磊落大方，孟老爷很喜欢这孩子，甚至借银元给他买了辆黄包车。白天，贺维成就会出去拉活儿。今日得闲，也没忘记本行，做起拉花的活计。

孟婉秀怕他淋着，高高举着伞。她不及贺维成高大，步伐也没他快，来回几趟没给他遮下多少，自个儿倒落了一肩膀的雨珠子。

贺维成看见，也不敢再动，催着她往檐下避避："四小姐，我风吹日晒得惯了，不妨事。您……"

嫩青窄袖褪卷，露出一小截皓皓霜雪似的手臂。贺维成低头回话时看见，猛地就想起那天傍晚的长街上，孟婉秀穿着短袖旗袍，走得又快又急，正噙着泪哭，旗袍侧边的扣子掉了一粒都不知。行止间，一双玉腿肌肤白腻。

因所想非分，贺维成的心一下乱了，话都结巴。

孟婉秀拿出手绢，递给贺维成："哪里不妨事？快擦擦吧。"

贺维成紧张地接过来。

孟婉秀笑起来，笑声又软又甜，听得人发酥："也有你这样好心的人，瞧花草也可怜。"

贺维成不假思索地回答："那是四小姐的花。"

孟婉秀心思纤细敏感，哪里听不出这话里的情意。她一默，贺维成才知失言，不由得红了脸。

"四小姐，我没有别的意思……我，我哪里敢……"他越说越错，忙跟孟婉秀告退，溜溜地跑了。孟婉秀唤了几声不得，又想帕子还在他手上，一低头，竟也慢慢涨红了脸。

孟婉秀连着一个月不曾去过傅家。傅公馆还派人来问候，是不是孟四小姐生了病，隔着几天不见，老人家也怪想的。孟婉秀听这口风，像是傅羡书还没有将她同意退婚的事告诉他母亲，就顺着假称抱病，为他拖延了几日。

这几日间，傅羡书非但没有提退婚的事，还跟申城近日声名鹊起的"小名伶"白玉珊闹出绯闻，照片登了报。一个是商业新贵，一个是当红影星，压在别有用心的诋毁之上的，是对他们铺天盖地的祝福，连报道都写他们是"才子佳人"。

孟婉秀为傅羡书的泪都还尽了，看到报纸，麻木不仁，心里想，从前父母亲还讲他们是"金童玉女"，也就她傻，什么都做了真。

万望这位白小姐别那么傻。

可由不得她关心旁人，报纸出来，最难堪的不是白玉珊，而是她孟婉秀。孟老爷破口大骂傅羡书欺人太甚，气得躺在椅子里长吁短叹。

孟婉秀实在不想再让父母忧心此事，便主动找上傅羡书，想同他说爽利。

她打了个电话，是傅羡书的秘书接的，讲傅羡书去了大三元吃饭，如果有事，可以去那里找他。孟婉秀面对傅羡书总发怯，正赶上贺维成出去，就托他将她拉到大三元去，有个相熟的人在，也好壮壮胆气。

孟婉秀一眼就认准那天接送她的进口车，司机正在一旁抽大联珠，见到孟婉秀忙摁灭烟，点头哈腰地问候。她就在马路边等。

贺维成在街道另一边陪着她等，他见到车牌是9966，就知道孟婉秀是在等傅羡书。他无法不在意。

孟婉秀见贺维成迟迟不走，于心不安，便走过去同他讲："莫担心我，我跟傅先生讲两句话就回去的，你尽管忙去吧。"

贺维成见留不下了，跨踌着将手帕拿出来："我洗净了的，还给四小姐。"

孟婉秀接过来，羞涩地说："表哥见外了。"

那开车的司机一路小跑过来，气喘吁吁："孟四小姐，先生正在车上等您。"

孟婉秀回头，透过车窗，隐隐约约看见傅羡书的侧脸，轮廓是模糊的，也能看出冷峭和俊秀来。

她与贺维成打过招呼，又折回车边，敲了敲车窗，傅羡书置若罔闻。孟婉秀以为他误会她是纠缠，正要解释，傅羡书的司机就请她上车。

车厢很宽敞，可孟婉秀觉得狭小，这里只有她与傅羡书，他那样盛的气场，令她躲无可躲。

"什么事？"他讲话，孟婉秀才闻见醺醺酒气，往她鼻端里钻。

她轻咬下唇，心脏扑通扑通地跳："父亲本想在报纸上登则退亲启事，可顾及傅先生的名誉，没做下此事，我就想烦请傅先生同好友亲朋讲清楚，别再生误会。"她借父亲的名义说谎，试图占据上风，可她惯不擅长，腮上红起，乌黑的眼睫毛轻轻颤动。

傅羡书侧着，撑着下巴颏儿望向车窗外，眼神冷淡淡的，压了些阴郁："什么误会？"

这人根本不惦念自己给人带来多大的麻烦和羞辱，孟婉秀无名火起，气鼓鼓地说："我与傅先生的婚约已经作废了。"

"谁说的？"傅羡书转过头来，目光笼住了她。孟婉秀一下哑住声，拿不清他话的意思，又咬了咬下唇。

"别咬唇。"傅羡书的声音里冒出些烦躁的火。

孟婉秀听他颐指气使，就心尖发颤，不明白自己做错了什么，惹他不快，还要听他呼喝。她委屈地控诉："怎么这也要管？就凭你有见识吗！你又不是我丈夫了，做甚要你管？"

傅羡书眼里的光顿时收紧，收成锋锐的尖，刺在孟婉秀的身上。

孟婉秀吓住了。

下一刻，他手指深入发丝间，扣住她的后脑，猛然扯近。

（三）

两片娇红的唇全卷入他的口中，傅羡书重重吮了两下。

孟婉秀吃痛，才回神傅羡书在对她做什么。他手指间还绞着她的头发，刺痒麻痛，她更似要炸开了。

傅羡书是喝醉酒的，这让孟婉秀又惊惧又愤怒。她使劲推他，推不动，就攥起拳用力捶他,呜咽乱挣。傅羡书合臂抱紧她僵硬颤抖的身子。孟婉秀不肯,蹬着腿往后躲贴,头一下撞到车门,痛在其次,躲无可躲才是真让她恐惧的事。

她曾经多么想依傍在傅羡书的怀中,多么想亲近他。傅羡书回申城后的每一日,她能见到他的每一次。孟婉秀一见他,便连耳带腮地红,手指绞在一起,羞怯怯地跟在他身后,步子迈得轻悄又轻快,怕打扰到他,又怕跟不上他。

与傅羡书在一起,她每根神经都要绷得紧紧的。跟累了的时候,会希望他能停一停,也会奢望他能牵住她的手……她又不是腐朽烂掉的呆木头,也知那些新思潮,也懂得解放,也愿意在公共场合与他亲近。

只要傅羡书欢喜,她就欢喜。

纵然他对她总是冷言冷语的,可那又有什么关系。他一笑,申城的冬天也不那么冷了,清素的日光都变得软溶溶的。

而此时此刻,她得偿所愿,傅羡书甚至做着比牵手更亲密的事,可她怕得只想躲。

傅羡书不准,伸手捏住她白软的脸颊,眼神危险:"躲?你要躲到哪里去?"他欺压过来。

"你滚开!啊……唔……"她被吓破了胆,手指死死揪着他的衣服推扯,衬衫皱巴巴一块,可他却山一样纹丝不动。

孟婉秀从未见过这样的傅羡书,霸道、骁悍,狠狠压在她的身上,带着明晰强烈的侵犯,攫取着口中香泽,掠夺走她的魂魄。唇被傅羡书吮得好痛,孟婉秀眼泪收不住地直淌下来。

傅羡书扯掉她襟口攒金线的梅花纽扣,她更加乱了,哭着攥紧衣裳:"不要……"

听她呜咽与挣扎尽数变成无助的哭泣,傅羡书不自觉收些力道,松开唇,放她急颤颤地呼吸。孟婉秀见得了空档,连打他的心思都无,只想逃,便胡乱去摸车门。

傅羡书手指挑了挑她下落的襟口,轻声道:"尽管下车,无人敢拦你。"

一句话,吓得孟婉秀不敢动了。

周围守着的人,从前都是混码头的,得傅羡书赏一口饭吃,甘为他断头流血,肝脑涂地。大三元外人来人往,有他们当铜墙铁壁,没有任何人敢近傅羡书的车。

这让她得以保全最后的脸面。

可孟婉秀心里更恨傅羡书,恨他恃势凌人,恨他如此轻薄,攥拳往他身上乱打一通:"你凭什么这样对我!流氓!无赖!王八蛋!"她找不到更坏的话骂他,因词不达意，眼眶里泪水更盛。

她用手指抹去唇上的湿润，又翻来用手背再擦。她嫌傅羨书脏，不晓得他嘴里的酒是哪个小姐喂的，亲她的唇也不知沾过谁的胭脂，手翻来覆去，狠狠擦了好几遍。

傅羨书捉住她小细腕子，低头又往她嘴上亲："难道不想我跟你亲热？"傅羨书单手拢起孟婉秀的脸，睥睨着，似笑非笑，"孟四，你怕是做梦都在想。"

心事被戳破挑明，孟婉秀眼圈儿更红了。他无非仗着她喜欢过他，才这样讥弄她的心意。见她泫然欲泣，傅羨书扯深了笑容，低头还要吻她。

孟婉秀双手撑开他的肩膀，带着哭腔说："你认错了人，我不是你那些红粉知己，你寻欢，找她们去，别来招惹我……我跟你已没有关系了，以后还要好好嫁人的，还要好好嫁人的……"

"嫁给谁？"傅羨书眼角睐了一下，唇线讥诮，"就那个拉黄包车的？"口吻嘲讽，轻蔑，仿佛只他是高高在上的云，别人都是烂泥。

孟婉秀以为傅羨书只对她刻薄恶劣罢了，对待外人，他一向是斯文有礼的。可现如今听他讥弄贺维成，孟婉秀气得嘴唇都在颤抖。

"我就是嫁他，又与你何干？！拉黄包车的怎么了！也比你干净！"

"他干净？"

傅羨书黑漆漆的眼睛狠狠盯住她，孟婉秀似乎看见自己映在他眼睛里头，小小白白的一团，正在被烈火反复煎熬灼烧。

这一瞬间，她后悔说骂他的话。

车外吵吵嚷嚷起来，沸反不安。有人贴过来，恭恭敬敬，向傅羨书请示："他讲是四小姐的表哥，要先生放人。"

隔着玻璃车窗，傅羨书与贺维成目光相撞，黑色的瞳仁越发深不见底。傅羨书说："去，卸他一条胳膊，右手。"

孟婉秀如被兜头浇下一桶雪水，手脚冰冷，僵了，寒意寸寸往她肌肤里渗。

"你干什么……你要干什么……"

孟婉秀慌着神要开车门，让傅羨书抓回来。男人嘴唇冰凉，就贴在她的耳边："再动，就不是一条胳膊了。"

司机钻进车，权当看不见，听不见，只问："先生，要回公馆吗？"

傅羨书手指捻弄着孟婉秀软绵绵的耳垂儿，说："先回贝当路。"

(四)

贝当路有一所独立花园洋房，属于傅羡书。一掷千金买下这栋洋房，有人说他是为了金屋藏娇，博取白玉珊的美人心；也有人说，他是为了广开门路。一栋洋房，让他结识了投资兴建贝当路的洋行董事，与万国储蓄会搭上桥脉。

真真假假，众说纷纭，孟婉秀也分不出，她只明白，这里与她没有半分干系。

她不想来，却由不得她做主。等到了贝当路35号，孟婉秀死活不肯下车，手掌里紧紧攥着让傅羡书扯掉的扣子，合着一起，抓住敞烂的襟口不放。

傅羡书不耐烦地催了几句。

听他催，孟婉秀心尖就怕得颤，脸上红一阵白一阵，转眼又开始掉眼泪，她用手揩去，怎么揩也揩不净。

傅羡书说："有什么好哭的？旁人敢多看，我剜掉他们的眼睛。下来。"

孟婉秀一听更怕了，说什么也不肯动。傅羡书眼底阴霾，沉了沉气，将臂弯间的西服外套给她披上，从车里抱她出来。

她惦记贺维成，又后怕于傅羡书的威胁，不敢挣扎，恐惹他不快。可她心中委屈，眼眶又发起红，尽管在他怀里，孟婉秀也支僵脖子，不肯靠着他。待进到客室，傅羡书放下孟婉秀，吩咐用人去预备洗澡水，又让人带着她上楼，去卧室换衣服。

用人知孟婉秀还是傅羡书名义上的未婚妻，在她面前垂眉低眼的，可孟婉秀感觉得出他们不曾看得起她。她又不是这里的女主人，他们都是伺候白玉珊那等光鲜亮丽的人的。

用人要服侍她换衣服，孟婉秀不习惯，让人放下衣服出去。她坐在床上，换也不是，不换也不是，踌躇好久，到底没敢违抗傅羡书，心里也生出服软的主意。

傅羡书进来，连门也不敲，见孟婉秀赤脚踩在鹅绒黑的毯子，慌张地躲了躲，又找不着能藏的地方，只能越发快地系着腿侧开衩的花扣。

"别动。"傅羡书命令，声音低沉中带着轻哑。

孟婉秀自不敢动。

她穿着偏襟绸缎旗袍，樱桃红上开着淡粉色的海棠花。孟婉秀腰身纤瘦，不似白玉珊丰乳肥臀，旗袍穿在她身上清而不媚，风情别样。她胜在皮肤雪白，白得像琉璃瓶里的栀子花，衬得樱桃红旗袍愈发鲜艳活泼，走一走，下摆翻飞，仿佛都能闻见上头飘来海棠花的香气。

傅羡书走到她面前，他刚刚沐浴，头发半湿着，不打发蜡时，气势也没有那般凌人，看她的神情里甚至有些温柔怜惜的颜色。况乎现在，他鼻梁上还架了副金丝眼镜，斯文儒雅。孟婉秀曾经朝思暮想的未婚夫，就是他现在这个样子。

他怎么长得这样能欺骗人呢？明明皮囊下的灵魂恶劣又混账。

孟婉秀委屈地问："你到底是想怎样？"

傅羡书鼻尖往她颈子里蹭，气息轻轻喷在她的皮肤上，跟声音一样轻："你都跟着我到这里来了，还不知我想怎样？"修长有力的手指沿着开衩往上，往她身上拧了一把。孟婉秀惊了，往后躲去，可细细腰肢被傅羡书狠狠扣着，更往怀里摁紧。

孟婉秀推着他，哭道："你这样，我要告诉老太太去。"

"她要知道岂不更开心，天天盼着抱孙子。"

傅羡书低头去吻她，孟婉秀抿紧唇，摇着头躲。傅羡书不耐烦，一手捏住她的下巴尖儿，狠狠吻住她的嘴巴，清冽的气息侵犯着她，无论孟婉秀怎么挣扎都无济于事。

待孟婉秀憋得脸都红了，傅羡书才移开些距离，手指拍拍她的脸："喘气，会吗？"

孟婉秀胸脯剧烈起伏，咳了声，眼泪汪汪的。她哀求道："傅先生，我没对你使过坏，你当行行好，放我走吧……我不爱做这样的事，我还没有结婚，我同先生一样，耽搁那么些年，也是无辜的。"

"……"

"傅先生，你难道恨我吗，非要这样毁了我。"

她哭得那样可怜。傅羡书沉默着，用指腹去抹她眼角的泪。

孟婉秀越说，委屈就越汹涌："还有表哥，也不过是担心我，到底哪里惹了傅先生的火，无端端要丢掉一只胳膊？你明知道他是靠着手脚过活的，怎能有这样残忍的心思。"

他为她拭泪的手顿时停下来。

"在车上，我不该对您不敬，我向您道歉。傅先生是知道我的，一向蠢笨，您大人有大量，别与我计较，放过我，也放过表哥，我以后再不来打搅先生。"

傅羡书听后，冷冷一笑："你是为自己求情，还是为他求情？贺维成，我看他不顺眼久了，只要他一条胳膊，还是看在你的情面上。何况……你为他担心什么？"傅羡书声线忽然低冷下来，伸手去拽她的衣裳，狠扯了几下。

孟婉秀痛叫起来，可她越抗拒，傅羡书就压得越紧。孟婉秀羞耻欲死，忙咬住唇，不让自己失控。

"我讲过，别咬唇。"

孟婉秀眼圈儿更往深了红，眼泪冒出来："我不要……你怎么能这样羞辱我，这样坏，傅羡书，我恨死你了！我要恨死你了！"

"你恨吗？我怎看不出。"傅羡书轻扬下巴，自上而下地看她，口吻里藏不住扬扬得意，"孟四，你难道不曾梦过我对你这样？"

"我没有！"她双腿乱蹬，打着傅羡书钳住她的胳膊，"你混蛋！你混蛋！"

他轻笑："你还是不太会扯谎。"

傅羡书也不知这时候哪里来的天大耐性，还不着急，一手把住她细细的腰，额头也冒出汗水，流到瘦削的脸颊，淌进脖子里，温度炙热滚烫。他俯下身，吻她的耳朵，而后轻轻的、温柔地对她说："我是你丈夫，孟四，不许抗拒我。"

孟婉秀心上疼得厉害，泪珠纷纷跌出眼角。

"你不是我丈夫，我们退了婚的。你这样强迫我，就是混蛋！我连那些舞小姐都不如，至少她们还是心甘情愿的……我连她们都不如……"她连反抗的力气都没有，也只能哭，捂上眼睛，泪也会从指缝里流出来。

傅羡书道："别胡说。"任何一个男人见了她这模样，心里也是不忍的。可只要跟傅羡书打过交道的人都知道，他表面斯斯文文的，似乎万事好商量，但真到了事上，还没谁能还转他的心意："孟四，再动，要你好好受苦。"

孟婉秀想，还能比现在更苦吗。她脸是白的，唇是白的。可傅羡书这般贴近，低下头凝望着她，孟婉秀轻轻一瞥，就能看见从他头发里延到额角的那道小细疤。

淡得几乎看不出。但这道伤痕曾是刻在孟婉秀心上的，要刻一辈子，死了，也得刻到墓碑上去。

她对傅羡书无能为力，只能哭，头陷在枕头里，陷得深了，还能闻见香水的味道，是女人的香。是白玉珊，还是其他的女人？无论是谁，她们也曾在这张床上被傅羡书这样对待，不同的是，她们是满心欢喜的，而她疼得心脏都要破裂了。

她张嘴狠狠咬在他杵着的手臂上，下了狠命地咬。

傅羡书无动于衷。

待她咬出血，方才松嘴。可这样又怎能解恨呢？要他的命也不能。他这样坏，本就是该死的，可她私心又不会想看他死。纠结、矛盾，仿佛置她到这样痛苦的境地，佐证她还爱他的事实，傅羡书才是高兴了的。

孟婉秀手臂搭住眼睛，失声痛哭起来。她开始怨自己，怎就管不住自己的心？又做错了什么事，招来他这样的魔星主了自己的命宫？

又过了好久，这场折磨才终于结束。傅羡书抱住孟婉秀，待呼吸沉稳了些，手指拍拍她的脸安抚,很快就撑起身,离开了她。他从黑沉沉的衣橱里取了件衬衫,熨烫得齐整,穿上,一边系扣子一边说:"睡一会儿,等到了晚上跟我回公馆。"

还不到晚上吗?她以为都要过了一个世纪那么漫长。

孟婉秀躺在床上,侧首看见丝绒窗帘敛了一半,露了一半,窗外黄昏天的光也烫得发红,是荔枝红,掺混着暗淡的昏黄,油彩似的,炯炯地泼进卧室里。她肌肤上沁着一层晶莹的汗,镀上荔枝红与杏子黄杂在一起的光,愈发油亮。

傅羡书坐在床边凑近孟婉秀,怜爱地去亲吻她的脸颊:"想什么呢?"

她泪也流尽了,可怜的脸儿上只有满满的泪痕,哑着声说:"你是个混蛋。"

傅羡书笑着:"是,我是混蛋。"

可又能怎么样呢?连傅羡书都知她无可奈何,说:"可偏偏你喜欢,是不是?"

(五)

孟婉秀不晓得傅羡书为什么如此待她。傅羡书把她带去舞场,瞧他跟其他女人亲热,无非是想让她知道,他不喜欢她。能有什么办法呢?傅羡书不喜欢她,她是一点法子也没有的。孟婉秀也做不来纠缠不休的事,为着他能顺心,自然早日与他扯清瓜葛为好。

可如今,傅羡书又不准退婚,还对她做了这样的事……现在又似条哈儿狗在她脸颊上舔来舔去,吻吻她的睫毛,含含她的耳朵,又取毛巾给她揩拭身体。

这时的傅羡书又是极温柔的。

可方才为什么那样残暴、野蛮?一脸的骁悍,仿佛把她生吞活剥了才满意。

孟婉秀泪眼蒙眬地看向他,问:"你到底想怎样呢?你又不喜欢我,为什么要夺我的清白?你念书,我在家替你孝敬姆妈,你不愿意成婚,我也不缠着你……我没有对不起你,你这样对我……"

傅羡书瞧她的眼睛又红又肿,轻声骂道:"蠢货。"

她颤颤低吟了几声,又咬住下唇。

"再咬,我还欺负你。"他抚摸她的唇,看她受惊噤声,傅羡书心里也不见得有多痛快。

孟婉秀恨自己怎就没个脾性,有人欺负她,她都没法子说出厉害的话,只晓得哭;就算说,也只会不断地问为什么,明明她没有对不起任何人。可如今这样的世道,没有强硬的手腕,谁会同你讲道理?

"别哭了,哭得我心烦意乱。"傅羡书起身,戴上眼镜去书房。

孟婉秀蜷在床上默默流泪，因着被他折腾得太累，没一会儿也睡着了。

晚上，孟婉秀浑浑噩噩起来，经人服侍着，换了身阴蓝色的大圆襟旗袍，不那么娇艳，更显端庄温柔。

傅羡书已穿戴好，正在楼下看报纸，听见高跟鞋笃笃的脆响，抬头去看，见孟婉秀正扶着楼梯下来。

孟婉秀见他，不免怔了怔。

傅羡书穿立领黑色长衫，戴着绅士礼帽，已完全不像个生意人，而是个儒雅斯文的读书人。

孟婉秀眼睛肿成了桃儿，方才冰敷后消去些，可眼圈儿还是红红的，委委屈屈地走到傅羡书跟前。

他捻揉她耳垂上的珍珠耳环："讲你穿旗袍好看，以后见我，都要穿。"

他是真变了主意，又决定不退婚了吗？否则怎要讲"以后"的事。

孟婉秀摸不透他，如今也没心思再琢磨他去。

她正恨他恨得要死。

孟婉秀不给他好脸色看，傅羡书当她使小性子，就揽着孟婉秀哄上两句。孟婉秀素来耳根子软，面上不与他好过，可到了傅公馆，也不想让他难堪，更不想让傅家老太太为他们小辈儿的事忧心。

"傅先生回来了？呀，四小姐，可把您盼来了，老太太今天还念叨您。"

……

麻将桌已经摆上，傅老太太见孟婉秀来，忙让用人在她身后添上椅子。傅羡书站在孟婉秀身边，也正看牌，手指无意识地抚着婉秀后颈上的碎发。其他陪牌的几位太太瞥见，笑："傅先生别来镇场，吓得牌都不要来了。"

傅羡书笑："今天输的，记在我账上。"

"傅先生既发了话，可别怪我们当真。"

傅老太太嗔瞪傅羡书一眼："你捣甚乱，我正调好了风，做你男人的事去。"

傅羡书笑着，打过招呼就走开了。

"婉秀，吃碗燕窝，秘书打电话讲你要来，姆妈专门炖的。"

"谢谢姆妈。"

麻将桌上爱讲八卦，不免有一嘴问傅先生的婚事。她们知道老太太认定婉秀当儿媳妇，也围着讨好她，讲外头女人的不是，现在的记者都在瞎报道。老太太态度也坚定，讲好就这几个月的事，再拖下去净让别人说四姑娘闲话，让亲家没脸，更怕有人以为傅家的门那么好进。

孟婉秀坐在后头，不免有些尴尬，话也少了。

等散了场，孟婉秀要回梅泉里弄的家去，临走前，她陪老太太坐着说了会儿体己话。

老太太拉着她的手，语重心长嘱咐："婉秀，羡书就是浑，心没定下来，招这个惹那个的，可他没有坏心。"

他哪里不坏呢？明明坏事都做尽了。孟婉秀听着委屈。

"他跟人谈生意，现在手还要伸到政府去，到一些场合，女人挽着男人的胳膊，是外头吹来的风俗，不讲亲密，讲礼仪。"

"我懂的。"

"而且你跟他的情意，打小看到大，深得很，不是随便一个女人就能比得上的。你瞧瞧他头上的疤，羡书父亲走之前，他多好的脾气，哪里见他跟谁红过脸？只为你同人打架，缝了七八针的，醒了还不放过，吵嚷嚷的要杀人……"

她怎可能不记得？她心甘情愿等他那么些年，不就是那道疤害得吗。

傅羡书还在念书的时候，就是峥嵘人物，办读书会，组织社会运动，旁人都讲实业振邦，他要讲教育救国，在学生当中出尽风头。招人拥护，自也招人嫉恨。

同他结过梁子的人知他这样轻的年纪就有个未婚妻，拿此事取笑他，他不理不睬。

越不理睬，他们就越恨。

孟婉秀那时与他还会传书信，她字写得不好，通常好几周才写出一封，寄给他，讲自己也好想去他说的宁德湖边走走。傅羡书就令家里的司机来接她去学校。

在宁德湖，他们就碰见傅羡书的对头，对方指着孟婉秀笑话。

起首傅羡书还有耐心，同他们讲道理，一副好商量的样子，后来他们见躲在傅羡书身后的孟婉秀柔柔弱弱的，生了欺负的心思，便油嘴滑舌地问她，要不要一起坐电车兜圈子。

傅羡书低声讲："与我怎样都可以，别动她，否则我真不会客气。"

他们笑，去扯孟婉秀的手腕，把她吓得尖叫，又向傅羡书挑衅："你要怎么不客气？"

他那时知斯文，不晓得打架，真动起手来，全凭本性的狠。他是狠的，埋在骨血里，否则也不会有今日申城的傅老板。

那次之后，他额角上就烙下了那块疤。孟婉秀看着它裂开，看着它愈合，仿佛那疤是长到了她的身上。

有老太太催，婚期最终还是要定。

孟家这边见傅公馆态度反复，恼他们不将自家四姑娘看重，拖着迟迟不给答复，也不再让孟婉秀出门。她记恨傅羡书，心里不挂念，平日里不是看书识字，就是在卧室里织围巾。一切都很好，唯一不好的是，这几天挂在壁上的西洋钟咔嗒咔嗒地响，比之前格外烦人。

孟婉秀偶尔听母亲提起，贺维成在外撞坏了胳膊，去医院接上后，匆匆告别回鸠兹去了。她不敢告诉母亲，这里头有傅羡书的坏，只托弄堂里租了孟家一片门店做绸布生意的老板，他日去鸠兹，帮忙问一问贺维成的好。

孟婉秀托人帮忙，也带了红纸包的糕点作谢。那贺维成住在梅泉里的时候，也帮绸布门店做过不少力气活儿，老板连连答应。

傅羡书还是登门来了。

汽车停在弄堂口，捧着不少礼物，顶气派的样子，自有一番热闹好看。

孟婉秀在楼上卧室，贴着门听，听得不清不楚，没个所以然来，只能听到傅羡书低沉的嗓音。她忽地就记起来，在洋房里那回，傅羡书伏在她身上缓缓喘气的声音。

她脑子轰地炸了，回过神来又恨不能打自己一巴掌，暗骂着：怎么这么贱，他都那样对你了！你合该杀了他才是！孟婉秀恼自己管不住心思，也不贴着门听了，扎进床里红着眼眶，又开始掉泪。

孟家老爷拄着拐杖，眼皮子半抬不抬，四处睥睨，没给他好脸色看。孟婉秀的母亲见傅羡书登门来，就是最大的诚意，往后打着灯笼也不见得能寻到他这样的好女婿，她便一个劲儿地给老爷使眼色。

孟老爷岂能不知。以傅羡书现在的气焰和脾性，若不甘愿，本也不必拉下脸来迁就他们孟家。他说："婉秀虽是个女儿家，我们看她也是宝贝，养得娇气，可也是识大体的，不会无理取闹。"

言下是在讲，这回是傅羡书的错。

傅羡书承认："是。"

孟老爷郑重其事地说："你既要人来了，孟家也得讲信，不该毁约。不过孟叔问你两句话，你要好好回答。"

"您讲，我不瞒。"

孟老爷手握了握拐头："你弃文从商，生意门是朝哪儿开？"

傅羡书回答："江宁。"

孟老爷顿了顿，再问："做不做烟土生意？"

"除了烟土。"

"好。你有志气，但要惜命。"孟老爷说，"等我们去了，还要指望你照顾婉秀。若你们真有一日断了夫妻情分，也请看在我的情面上，别让她受苦。"

"我记住了。"

（六）

傅羡书讲想看望一下孟婉秀，得允后就上了楼。卧室没有上锁，他象征性敲了下，就推门而入。孟婉秀伏趴在床上，听见响动就忙起来擦眼泪，转头见来的人正是她恨的人，便随手抓起枕头猛砸过去。

"谁让你进来的，出去！"

傅羡书一手捉住了枕头，见她眼睛红得像兔子，也没恼，打量着她的闺房，问道："又在哭什么？"

"我不爱你来，你走。"

"真让我走？"

傅羡书笑了笑，走到书桌旁，桌面上规规整整摆着书本、字帖、草稿纸，书本是新国文，以及墨宝与镇纸。他半倚在桌子上，拿起草稿纸来看孟婉秀的字。

水绿帽的小台灯垂下来一条细链子，他咔嗒拉亮，又咔嗒扯灭，咔嗒咔嗒咔嗒，比西洋钟还要烦人。

孟婉秀羞得脸红，去抢他手中的纸："不要你看。"

"这张不是你的字迹，谁写的？"他挑出来一张，展在她眼前。

"要你管！"孟婉秀要夺，傅羡书不撒手，她怕扯烂，也不舍得硬抢，"你还给我。"

傅羡书看出她宝贝来："不说？"

他揽过孟婉秀的腰，作势要亲她。孟婉秀胡乱推搡了他几把，因着家中还有人，不敢大声叫嚷，可傅羡书就比她混账，在这里也敢放肆。

"我讲，我讲。"孟婉秀着急回答说，"是我让表哥写的，他有教我写字。"

傅羡书沉默，片刻，冷笑："狗刨的东西，也能叫字？"

孟婉秀听他讥讽，脸上熊熊地烧起火来，颈子后都烧红了。她自比贺维成还不如，在傅羡书眼里更不知坏成什么样了。

傅羡书揽转孟婉秀的腰，左手臂环抱住她，右手起毛笔蘸着墨，顶了一下她的臀，示意道："取纸来。"

孟婉秀咬了咬唇，紧张得背也僵了，木头似的给他铺上宣纸。

傅羡书提笔写下两字，笔画很多，笔锋浓淡相合，遒劲有力，工整又漂亮。

他问："认得吗？"

孟婉秀小小地点了下头："羡书。"她最先认得的，就是这两个字。

"乖。"傅羡书去吻了一下她的脸颊，将笔搁在她的手里，把着她的手又写了两个字，"以后我教你写字。"

孟婉秀脸通红起来，看他握着她的手又写得两个新字，她正好也认得，是"婉秀"。字迹不如他自个儿写得流利，不过四个字并排在一块，"羡书"在右，"婉秀"在左，也分外好看。

孟婉秀又小声地说："我能学得很快。"

"希望是。"他笑声好听，鼻息轻扫在她粉红的耳尖上，痒痒的，孟婉秀别开头想赶一赶痒意。

"别动。"

大手扣住她的腰身，往怀里摁。傅羡书轻轻闭上眼，鼻尖循着孟婉秀乌亮的发丝，嗅见皂荚的清香。从前见不到她，也没觉能有多想，就这几日，没有孟婉秀在，傅羡书做什么都沉不下心思，她哭泣的模样，皆在眼前，扰得他心烦意乱。

"孟四，也就是你……"他在她耳边轻声说。

她能闻见傅羡书滚烫的呼吸中的气息，渐渐地，她的腰发软，身子也软了，挨在他的胸膛里，腿都要支不住。

"傅先生，傅先生……"她轻微挣扎，唇儿发白，低叫着，"你别……你别……"

"教你写字，也没报答吗？"

孟婉秀猛地摇起头："我不要跟你学了。"

"由不得你。"傅羡书往她脸上啃了口，"不过这地方不好，惊了孟叔，他必拿拐杖打人，不让我再进你家的门。"

他的腿修长挺拔，径自坐下，对孟婉秀来说还有些宽绰的椅子，顿时显得局促不少。

看着他，孟婉秀想起在花园洋房里枕头上闻到的香水味，不禁猜测，真的是白玉珊吗，还是其他女人？孟婉秀一想这些，鼻子就发酸，泪珠连成线地往下掉。

"你真会败兴。"傅羡书讨厌她哭，若是从前的孟婉秀，不见得会以这样一双泪眼凝望着他，让他既生恨又生怜。

罢了。

他将孟婉秀抱到床上去亲吻解渴。孟婉秀心里的小疙瘩解不开，与他亲吻也觉得难受，不断推着他打。

傅羡书恼了，捉着两只细手腕子，一手按在她的头顶，又牢又狠："闹个没完了是不是？就这么不愿意？哪个来，你才愿意？"

孟婉秀瞧他竟还怀疑她有暗情，倍觉羞辱，恼得失去理智，专挑狠话讲："就是不愿意！只要不是你，谁来我都愿意！"

"你再讲一遍。"他攥得她手腕子发疼，声线已冷得不能再冷。

孟婉秀嘴唇颤抖："傅羡书，你莫以为谁都短不了你！你尽管找愿意的去。"

她眼里有恨，那样炽烈，几乎烫住了傅羡书。

傅羡书问："真要我走？"

她眼里这样热烈的恨，又没能燃烧太久，很快就被泪水淹没。孟婉秀悔恨自己这样不争气，不断揩去眼泪，哭着说："是，你滚，去找愿意的人去……你有那么多红粉知己，为什么总来招我，为什么来惹我？"

傅羡书沉默了一会儿，站起身。他取来搭在椅子上的外套，回头再看孟婉秀时，她还藏在被子里哭，除了满腹委屈，没有一丝后悔。

傅羡书也要走，必须要走。他怕再留一刻，就会发疯。

孟婉秀从前看着他，眼神是发怯的，羞涩的，与他视线相接时，会慌忙移开眼睛，没几秒钟又会再偷偷瞧过来，那时候，小耳朵定是先红透了。她眼睛总有细碎又明亮的光，少女怀春时望向爱人的眼睛实在太过动人。

可这样一双眼睛，不再追随着他的背影了。

汽车停在里弄口时，天还下着雨，但路过的人也不免停下来看上一眼。申城里弄向来是藏不住秘密的，谁不知孟家与顶有名的傅公馆是亲家，这辆进口车一停，都知里头坐着的是傅羡书傅老板。

可惜了，偏他来寻的人看不见，妃色袄裙，正高高撑着纸伞，露出白芽儿似的手腕子，小鸟觅食一样，这里招招、那里顾顾，自个儿淋上雨，也要为那穿粗布短打的男人遮雨。她送给其他男人手帕子，为其他男人红脸。

……

至于选择妻子，傅羡书有他的考量与计较，江宁方面正在考察他的一举一动，他更需要白玉珊那样娴于辞令、在社交场合游刃有余的女人，至于孟婉秀，他决定放了她走。她能死了心思，答应退婚，真是再好不过。如此一来，往后孟婉秀如何，都跟他无关了。

可当傅羡书走着走着，就不自觉要放慢脚步，往后瞥人的时候；当他看着报纸，就将新端上来的咖啡与西点往小桌另一侧推的时候；当他从办公室醒来，迷迷糊糊地喊"孟四，渴了"，却无人应声的时候……才意会过来，孟婉秀要是与他"无关"了，该是多么令人衔恨的事。

她真是招他恨，招他的恼，才不过几天，转眼就爱上别的男人，怎就对得起他了？如今还敢委屈，质问他为什么。

为什么？还能为什么。

（七）

天蘸饱浓稠的墨，黑得连星星也寻不见，独独一轮惨白，孤零零挂在夜空上。汽车回到贝当路35号。用人来迎傅羡书，恭敬地讲："先生，白小姐来了。"

傅羡书拧眉，见客室当中，白玉珊半倚在沙发上看报纸。她换上淡粉色丝绸睡衣，露出白皙匀称的小腿，是洗过澡的，又化上妆，粉光脂艳，美不可言。

白玉珊眼儿行媚，笑问："怎么黑着张脸，谁惹你生气啦？"

傅羡书坐到沙发上，白玉珊便似条美女蛇，从后面攀附到他的肩背上，轻轻环住他的颈子："不会又是那位孟四小姐吧？"

提到孟婉秀，傅羡书就皱眉。他推开她，兀自脱掉西服外套。不慎，口袋里骨碌碌滚出个银灰色天鹅绒的圆形小盒来。

白玉珊捡到手中，打开，里面挟着一颗浅粉钻的戒指，光头水亮。白玉珊眼一弯，戴到无名指上去，戴好了才问："送我的？"

傅羡书瞥了一眼，心生厌烦，随意说道："拿着吧。"

白玉珊抬起手，迎向灯光看了一会儿，扬着的唇角僵起来，可放在外人眼中，她依旧笑得那样大方得体，甚至有些甜蜜。

"戴着紧了些，我晓得，不是送我的。"她挨着傅羡书的胳膊，说罢这句话，又躺到他怀里去，肘弯轻轻碰他，"女人呀，总是这么傻。你送四小姐的钻戒，如今落在我手上，我也有法子骗自己，在你心里头，我是要比她强的……可我要是真比她强，你又怎会想着送她戒指呢？"

"玉珊。"

"我不介意的。"白玉珊忙着辩解，似在看他，又似不在看他，笑得发媚，媚里又透出些悲，"没有名分也可以……你知道，这些东西，我从不向你求。我能有今日，本就离不开你，我的身子，我的命，都是傅老板的……"

琥珀色的液体漫过冰块，傅羡书气息冰冷，仰头灌了一口酒。白玉珊也坐起来陪他喝，酒很烈很烈，好在她酒量不错，不至于醉，眼前独有些发晕。傅羡书俊美儒雅的侧脸在她眼睛里晃呀晃，是模糊的、虚幻的……

傅羡书不是看不懂女人的心思，只是当时听孟婉秀同他讲谁碰都愿意，他转念想起贺维成来，一股无名之火就烧得杀气腾腾，怒上心来。等坐在车上，消了消心头火气，傅羡书才晓得孟婉秀在耍醋劲儿。

他还能不知她的脾性？小心眼儿的呆货。傅羡书若真要娶姨太太，孟婉秀纵使委屈，也必不会反对，只她要真不反对，那他还图什么？

从小到大，他就图她小心眼儿，图她呆。

傅老板真要料理起风流债来，也是个铁腕子，手起刀落，绝不拖泥带水。他搁下酒杯，轻握住白玉珊搭在他肩膀上的手，说："你的命是你的，以后这里也是你的了。"

白玉珊宁愿自己是醉了，徐徐呵出一口气："傅老板出手可真阔绰，外滩无人不要羡慕我了。"

"你知道我喜欢你什么，别做多余的事。"傅羡书拍拍她的脸，再将她推开，径自起身去了楼上卧室。

白玉珊胳膊搭在沙发上，杵着腮，便又开始一杯酒接一杯酒地喝。她的眼睛与酒杯里的液体是一样的，漂亮、秀气，但是个没有灵魂的死物，需得有人捧握在手里，才能荡出活泛的光。

傅羡书喜欢她什么？白玉珊以为可笑。他哪里喜欢过她？她无非是傅羡书利用的工具，像他需要领带，需要西装，需要进口车，同样，也需要一个女人。

傅羡书换了套崭新的长衫，很快离开了这里。门关上的声音很重，白玉珊的心惊了一跳。她怔怔地望着傅羡书离开的方向，眼睛敏锐地捕捉到，车灯的光线亮荧荧起来，随着发动机呼噜噜的响，一点一点爬上窗户边，爬进黑暗里去，尾巴扫出一片无边无际的寂寞，就在她眼前。

白玉珊又愣了一会儿，想起傅羡书最后对她说的话，伤心尽处，又忽地扯出来一个笑容。

她想：哦，真好，原来傅老板还是有喜欢过她的。

孟婉秀本应见着傅羡书就要走的，傅公馆讲要她陪着老太太去霞飞路买东西，来了只见傅羡书的车，才知自己又被他戏弄。她掉头就走，司机就开车跟在她身侧，惹得路人纷纷行注目礼。孟婉秀脸皮薄，经不住人看热闹，停下来，气鼓鼓地瞪向傅羡书。

他问:"不跑了?"

"你到底要怎样?"

"不要怎样,傅先生想同傅太太约会。"他衣冠楚楚,还是那样斯文的,又同她讲幽默话,可孟婉秀知道,这只是个会骗人的皮囊,到了兴头就变成禽兽。

"我不爱见你,要回去了。"

她站去路边拦黄包车,傅羡书下车来,抓住她的手臂:"我正要看看,这条街上的黄包车,谁敢跟我傅羡书抢生意。"那刚停下的车夫眼见不妙,拉起车便跑远了。

孟婉秀呼不回来,气得脸色烫红:"我讲清爽,不爱见你,你怎死缠烂打,还要不要脸皮!"

"想看电影,还是想听评弹?"

"……"

孟婉秀拧不过傅羡书,同他去书场听了回《珍珠塔》。等出了书场,傅羡书吩咐司机回麦琪路的公寓。孟婉秀心尖上凉,便不肯上车,仍执意要自己回去。

傅羡书说:"孟四,你别磨折我了。要怎样你才满意?"

孟婉秀听他冤到她头上,眼眶顿时就红了:"你当我是什么人,也同你那些红粉知己一样?今日去贝当路的洋房,明日去麦琪路的公寓,就是仙乐斯的小姐,如今也不是在妓院了,我比她们还不如,下了台还要去陪傅老板的睡!"

"何人讲你是陪睡的?"

"还用别人讲吗!你都这样做了!"孟婉秀泪眼蒙眬,瞪实了他,"傅先生还不如将那公寓拨给我住,好歹也算我的了,进不去别的女人。我嫌脏,我嫌恶心!"

他不知该从哪个旧账开始跟孟婉秀解释,沉默了一阵儿,抬手将她鬓角的碎发别到耳后去,低低讲:"孟四,我就是想你。"

他这样有本事,一句话就让孟婉秀没了辙,只晓得哭。

傅羡书说:"你不愿跟我,那送你回梅泉里,回孟家。"

"我讲了,不要你送。"她别开头就走,正低头揩眼泪,忽然听傅羡书从极大的恐惧中厉喝了声:"孟四!"

下一秒,她被生硬强大的力量反扯,耳边"砰"的一声,如同雷鸣,枪响炸开在人群决决的霞飞路。

孟婉秀弓着腰,几乎被傅羡书的胸膛覆下的力量压得要跪下去。她的惊恐不过两三秒,反应过来,去喊"羡书",可他比她反应还要快,扯护着她,就近躲在车门后,将她塞进车去。

透过玻璃窗,她看见前方有一个熟悉的身影,不及她细看,头就被傅羡书按下去。又是砰砰几声,子弹打在车门上,铁片迸溅的尖锐声,一下下刺扯人的耳膜。

孟婉秀被响声吓得捂住耳朵尖叫,她不知道傅羡书还会用枪。

枪火交战不过一两分钟,很快就停息,徒留下慌乱纷涌的人潮,以及霞飞路就近赶来的巡捕吹呼不止的警哨声。孟婉秀睁开眼,放下手也不敢动,手掌里有黏腻滚烫的鲜血,好像是在她脸上。她擦了擦,果然是在脸上。

傅羡书钻进车来,他眼睛那样黑,更显得脸色苍白,神情瘦削冷肃,问她:"哪里疼?"

孟婉秀哆嗦着唇,顿了好几秒钟,才晓得回答说:"我没有疼,我没事,我没事……"

傅羡书闭了下眼睛。

"是表哥,我看到,是表哥开枪……"

孟婉秀已六神无主,想到什么就说什么,视线四处乱飞,一下又瞧见傅羡书额头上的冷汗,还有肩膀上氤氲成暗红色的血。她顿时气都不稳了,哭着腔说:"你在流血,羡书,有血……我不知道该怎么办,我该怎么办……来人,快来人,救命!"

傅羡书松了一口气,缓缓伏在她身上,用指腹擦抹着她脸上的血。明明他还不知自己伤势如何,却在此刻发出劫后余生的笑来。

"你讲他干净。一个特务,来杀我的,你讲他干净……"

孟婉秀眼泪一下滚落,忙捂着他肩膀的伤口,血源源不断地从指缝间淌出来,仍不住地唤人。他神智已大不清楚,听入耳的话里,独独孟婉秀两声"表哥"最清楚,愤怒和焦躁随着神智溃散,又平白生出几分委屈,便质问她:"孟四,你怎不喜欢我了?"

"……别抛下我,孟四,别抛下我。"

傅羡书被送去中山医院,孟婉秀要跟去,傅羡书的手下不让,只讲这是傅先生提前吩咐过的事。孟婉秀恨得掉眼泪,到生死关头不准她抛下他的人是傅羡书,可一早就不准她再跟着他的人也是傅羡书。

他们带着孟婉秀去了麦琪路的公寓,守在门口,孟婉秀静坐了片刻,又出门请其中一个人回孟家向她父母报个平安。对方解释说傅公馆和孟家都已安排了人手,请四小姐放心。

她怎么能放心呢？孟婉秀藏在帘子后，隔着玻璃窗往外打量，麦琪路无事，可也有巡捕房的人常过来巡逻。

大约待了两日，公寓里有个用人做菜，孟婉秀也让傅羡书的手下进客室吃饭，顺道问问傅羡书的情况。对方也不好多讲，只是说傅羡书没什么大碍，已经醒了，但还要跟巡捕房那边审问几个刺客，一时半会儿脱不开身。

孟婉秀放开紧绷的神经，一松，脑子里白茫茫的，独独记得傅羡书临昏迷前同她讲的话。过了一会儿，她又问："贺维成，这个人，你们知道吗？"

"摸过底子，傅先生一早怀疑他是特务，但没证据。"

"是谁派来的特务，要杀傅先生？"

对方笑了笑，含糊道："讲不灵清，想杀先生的人太多了。"

"为什么？他只做生意。"

"也要看做什么生意。四小姐，先生在为南方筹备这个……"他拇指和食指一张，孟婉秀反应片刻，才意识到是枪的意思。她呼吸颤了一下，不敢再问了。

"这事本不该讲，不过先生要同四小姐结婚，这事告诉你，也无坏处。四小姐能早有准备。"

她能有什么准备？

她听见枪声就怕，看见血也怕，做足万全的准备，都还是会怕的。

这日天惨阴阴的，像是从天而降的墙，糊着层灰泥，就要压下来。浓厚的云层中窜滚着电光，猛地一闪，不过两三秒，响雷就会轰隆隆震撼整个公寓。

孟婉秀藏在柜子里，紧紧捂住耳朵，瑟缩成一团。她从来都不知自己能这样害怕响声。每次雷电从缝隙里闪过，她的肩膀就开始抖，响声一来，无非抖得更厉害。也不知过了多久，柜子门一下被拉开，轻微的风吹凉她脸上的泪。窗外疾风骤雨，雨声清晰起来。

"孟四……"

她抬头，看见傅羡书如同高高的山，屹立在光影里，眼光清亮，又惊惑，他似乎很快猜出孟婉秀藏在这里的原因，惊惑变作沉痛。

他朝她伸出手，低哑着声："来，到我这里来。"

她缩着，不要上前。

他没动，喉咙滚了滚，又缓缓放下手："我派人将你送回梅泉里。"

又是一道刺目雪白的闪电。

孟婉秀猛地噤声，一下扑到傅羡书的怀里，他下意识紧紧抱住她的身躯。在随之而至的雷声当中,孟婉秀环着他的手臂越绞越紧,牙齿不住地打震,最终崩溃地痛哭出来。

"羡书,很响,雷声好大……我听见好似有人在放枪……"

他胡乱吻了吻她的发:"别怕,别怕。"

傅羡书将孟婉秀抱去沙发,给她裹上一层毯子。她还是怕,拽着傅羡书的领带不放,泪意盈盈。

傅羡书说:"我给你弹钢琴听,好不好?"

客室里摆放着一架黑黢黢的钢琴,傅羡书掀开钢琴盖,腰背线条冷硬又挺拔。因为好久不弹,手生了些,试过几个音后,修长的手指便似在黑白琴键上跳舞,乐声从他指缝间溜出来。

孟婉秀躺在沙发上,想起好久好久以前,在傅公馆,年轻的傅羡书也给她弹肖邦听。她问他音乐的名字,傅羡书说是罗曼蒂克。孟婉秀听不懂,傅羡书就笑,笑得她脸发红,他的脸也发红。

她蒙蒙眬眬地睡过去,钢琴声也停歇下来。傅羡书将孟婉秀抱到怀里,顺着她的唇缝细细亲吻,滚烫沉重的呼吸中,她似半醒,嘤咛着回应。炙热,浓烈,彼此烧灼。孟婉秀看见他脸颊上有汗,眉目那样英俊,沉浸在黑暗中,眼睛也是湛亮的。

她半梦半醒,徒靠着傅羡书的胸膛取暖;他在想事情,手指捻玩着她的头发,扯得她发间痒痒的。傅羡书望着窗外风雨交加,独这一方宁静。

都讲租界里繁荣太平,可这样的世道又能太平多久?战火仿佛很快就会烧起来,想做百姓都是做不平安的,连求个安稳都那么难。不过所幸,所幸还有孟四,任风雨飘摇,若能有她在,他就觉得安稳。

房间里的留声机搭响,唱针旋转起来,流淌出安静的音乐。

唱的是:浮云散,明月照人来。

(完)

番外篇 蕙兰香片

（一）

夜已大黑，月明炯炯的，悬在中天。孟婉秀等到半夜，才等到傅羡书回家。他来时一身酒气，英俊的眉眼上有笑，越是风流。见了孟婉秀，就借醉往她颈窝里凑，薄唇浅吻在雪白的皮肤上。

等他吻到孟婉秀的嘴巴，她有些诧异地躲着："你装醉？"孟婉秀闻过去，才确认浓烈的酒是泼在他的袖口上，他根本不醉。

傅羡书轻佻地瞧她，说："醉了才好尽兴欺负你，清醒着，你又委屈。"

孟婉秀咬咬嘴唇，脸颊俏红，小声解释道："还不是因为你那样的时候，总不尊重我……"她脸皮薄，骨子里传统，自尊心又极强。傅羡书总嫌弃她性子闷、不吭声，用下流话逗她两句，她便羞耻欲死，委屈得泪水泛满眼睛。

倒是傅羡书喝醉的几回，孟婉秀知他醒来就忘，羞耻心也就少些，加上他醉后胡言乱语的，说什么孟婉秀都心知不能做真，便好性地纵着他胡作非为。

傅羡书才生了这样的坏念头，不想教她一道识破。他轻轻咬了几口她的唇，火烫的气息烧得孟婉秀脸更红，傅羡书含混低笑，问："那样是哪样？讲清楚。"

孟婉秀支支吾吾，哪里好讲清，耳腮又红了许多："我不要。"

傅羡书正要抱她，电话铃铃响起来，孟婉秀松了口气，忙催他去接电话。傅羡书好像知道是谁打来的，一下子抱牢了孟婉秀，道："不着急的。"

孟婉秀发现他今日格外意气风发，连说话也改去往常的凌厉，尾音带点吴语的细软，却像小时候同她讲话的腔调。她弯起眼睛，问道："什么事这么开心？"

傅羡书道："今天去徐公馆，将那个李文昌从江沪督军的手里捞了回来。"

之于李文昌的事迹，孟婉秀听说过。他很会做账，傅羡书有个贸易公司，做古董生意，就是由李文昌负责财务和出纳。

傅羡书欣赏他的才干，一手将李文昌提拔上来。不过这人春风得意之际，倒忘了许多分寸，在戏馆里瞧上个旦角，竟敢同名门的公子哥抢起女人来，争风吃醋时失手打破了那人的头，因此惹出不少的祸端。

半月前，李文昌被督军关进牢狱里，吃下太多的苦头，哭着哀求傅羡书救他一救。对于救人，傅羡书没有太大的兴趣，不过借此机会广开财路，他倒觉得很有意思。那位江沪督军从前是绿林出身，最重兄弟义气。傅羡书今日单刀赴会，又假称他是为救恩人而来，不出三言两语，就让徐督军对他刮目相待，佩服起他的英雄豪气来。

傅羡书近来正筹办银行，借机请徐督军入股，讲明不取他分文，仅仅打个名头，来日一旦进账就同他分红利。

徐督军心想，反正已教训过李文昌，何必放着这样的好买卖不做。就此，这桩生意就算定下。傅羡书这一行既顺手救出李文昌，又借来徐督军的名声，日后银行开业，各路资金岂非召之即来。

孟婉秀不知这里头有这样多的门道，不过前些日子李文昌妻子来她跟前哭，求她帮忙同傅羡书说说情，早日救李文昌出来。孟婉秀耳朵根子软，心肠也软，看李妻为丈夫在外头的风流债低三下四的可怜模样，也忍不住心酸，就答应她，改日就跟傅羡书提提此事。

可她哪里能做得了傅羡书的主？这人最会蒙混她，孟婉秀刚央求上一句，就教他吻住嘴巴，只余下喘息的力气，再也顾不上求情。

此时听傅羡书救出李文昌，孟婉秀稍稍放下心来，低声道："人没事就好。"

傅羡书挑眉，似笑非笑地说："你何时又上心起别人来？"

孟婉秀正要解释，电话铃又响了一回。傅羡书才去接了，懒慢地拿着话筒，貌似在听对方言语，可眼睛却上下打量着孟婉秀。往常她素净着脸，长相温婉，很不像个嫁过人的女人，更像年轻秀气的女学生。今日眉眼和嘴唇上点了彩，眼是俏眼，唇是红唇，一身薄绸的烟青旗袍，更添了许多鲜艳的风韵。

傅羡书坐在沙发上，向孟婉秀点点下巴，孟婉秀就乖顺地坐去他身边。他抬手，捻玩她软绵绵的耳垂，笑得英俊漂亮，回电话那方："不必，做好你的事。"

是李文昌，电话那头隐隐约约的声音，听来竟似哭了。傅羡书听得漫不经心，单手去解纽扣，孟婉秀见状，探手过去帮他，小心又温柔。傅羡书越瞧她，心火就烧得越盛，短短回了几句就挂上电话。他将她按在沙发里，指腹抹着她嘴唇上残留的胭脂，问道："你做什么去了？"

他的姿态和动作又骁悍起来，不过每每如此，她总能先瞧见他额角的细疤。孟婉秀一心软，只好道："回家陪姆妈吃饭，还听了戏。"

"还有吗？"

孟婉秀目光闪烁了几下，咬咬嘴唇，回答："没有。"

傅羡书一手捏住她的脸，有些用力："扯谎？"

他声线压得又低又冷，孟婉秀更不敢告诉他，坚决摇了摇头："真没有。"

孟婉秀心不设机，不太会说谎，而傅羡书经年浸在生意场，又太擅长捉住破绽。她不肯讲，傅羡书却也不会非要逼迫她。然而风流恶劣是傅羡书的天性，如今为她敛了风流，自然要穷尽恶劣才会痛快。

无须晓得孟四在隐匿些什么，单单是同他说谎这项，傅羡书又如何肯轻易放过她。他一手掐住她，语气轻邈地问道："孟四，你就非要惹我？"

"好好的，谁惹你？"孟婉秀看他转眼变了颜色，又惊慌又委屈，乱推着他的手腕，"你真不讲道理。"

"讲什么道理？"傅羡书与她咬耳朵，"怎么疼你？"

孟婉秀浑身微微颤抖："你又这样！"

傅羡书扯出个无所谓的笑容，顽劣极了："你不就喜欢我这样？"

（二）

他总是自信于此。孟婉秀眼眶轻红，咬着唇，尽管委屈，可意识深处还是没有怀疑傅羡书的话。

在她眼中，傅羡书风流成性也好，霸道蛮横也好，他所做的任何事都是不分对与错的。她总是想着傅羡书对她如何好过，为此连带着那些坏处都恨不起来。她知自己没用，总是教傅羡书随意拿捏摆布，如果将此事说给外人听去，一定招来他们背地里的嘲笑和恼怒，笑她自作自受，恨她懦弱无能。

从小时候起，她就爱慕傅羡书，当他是丈夫那样爱慕，久而久之就成了习惯，这几乎是嵌在她的血肉当中的，她未尝不想摆脱，但没有一点办法。

傅羡书低头往她泪眼上亲了一口，道："你真是别的本事没有，就会惹人烦。"

她眼眶红红地问傅羡书："我又没做错什么，你不想说的事，我也从来不问的。"

"男人在外头做事，侬有什么好问？"

这话分明不是甚好话，可傅羡书讲话的语调软洋洋的，孟婉秀根本同他发不出脾气。

傅羡书呼吸的声音一起一伏,热烘烘地喷洒在她耳后和颈间,明明很轻,可孟婉秀听着如似雄性野兽的低呼,奔啸在她的耳中。

除了他的声音,孟婉秀再听不见任何。

(三)

后来,傅羡书终于放开她,孟婉秀能看见傅羡书英俊的脸,目光慢吞吞挪到他额角上的疤。他知道她在看什么,扬手覆在她的手背上,招引着她在细疤上抚摸。

他又用孟婉秀招架不住的腔调,说了一句软话:"孟四,我为你做事情,命也不要,你还瞒我什么?"

孟婉秀抿唇,他这样,使她更说不出口了。她从不会认为傅羡书能为了这种事难受,她就是觉得他刻薄小气,且只待她如此。

傅羡书在生意场上长袖善舞,左右逢源,党政军民学无一不交。这样手可通天的人物,自然配得一副好胸襟,提得起,放得下,即便是从前的仇人落了难,他都愿意不计前嫌地帮忙。

她难道比仇人还可恶吗?他就因为这事,软硬兼施地欺负人。孟婉秀不理解,可已领教过,更不敢说今天碰到谁,否则给傅羡书知道了,又不知会害出什么事来。

她闷葫芦似的一声不吭。傅羡书恼着她,张嘴往她锁骨上咬了一口,没咬破,只留下道很深的牙印。

她带着点哭腔:"你就会欺负我。"

"那还不说?"傅羡书呼吸渐重,他问,"治不住你了,是不是?"

孟婉秀凝神望着他的表相,这是人的皮囊,可落在她身上的影子是一头凶兽,撕咬着她,满是戾气与欲望。

这夜比寻常更漫长。

第二天早上,傅羡书接了一通电话,便早早离开了家。他手下的荣泰银行要开业,近期会忙些,早出晚归的,连回家同姆妈吃饭的空档也腾不出。

孟婉秀浑身软绵绵的,躺在床上,手指一圈圈勾画着傅羡书的枕头。

他虽然可恶,但始终是她的丈夫。昨天她回傅公馆陪姆妈吃饭,听老人家咳嗽了几声,姆妈性子要强,知道傅羡书在外头忙正经事,也不想成为他的负累,病了也不叫用人说。孟婉秀心思细腻,又很会体贴人,看得出姆妈尽管嘴上不说,心里还是想羡书的。

孟婉秀拖着难受疲惫起来，去预备了些粥菜，放在饭盒里。她拎着给傅羡书送去，想同他商量商量，晚上一起回趟傅公馆。

傅羡书在大戏院里应酬，请徐督军看《武家坡》，亦有李文昌跟着，给徐督军敬茶赔罪。

徐督军不接他的茶，道："你不用跟我赔罪，打了段三公子的脑袋，你该去跟他磕头。"段家跟徐家有交情，他才肯捉了李文昌，权当为世侄出口恶气。

李文昌一听徐督军还这么不给脸面，灰头土脸地看了眼傅羡书。傅羡书笑笑，朝人挥了下手势，很快，方才唱王宝钏的女旦已净面，穿着戏服到人前拜见。

李文昌见势，赶紧道："佩君，徐督军刚才讲你唱得很好，还不快谢谢徐督军？"

佩君羞怯地笑，屈膝行礼："谢谢督军。"

方才徐督军就让佩君的身段与嗓音艳住，这女孩在戏台上唱腔洪亮，功架沉稳，不想眉眼却灵俏娇美，有种江南典型的小家碧玉之美。徐督军没有其他的毛病，就是贪色，傅羡书此次专程投其所好。一见了佩君，徐督军的眼睛果真就挪不开了。

傅羡书适才开口："这是李文昌的义妹。"

"哦，哦。"徐督军这才看了一眼旁边卑躬屈膝的李文昌，终是从他手里接过了那盏赔罪的茶。

等人走了，徐督军问李文昌："你妹妹多大了？"

李文昌眼见事成，赔笑道："十八，她仰慕督军已久，一听说您来看戏，非要上台唱这一出。我听闻徐督军也爱唱戏，您要是不嫌弃，就让佩君去公馆陪徐督军唱几段。"

徐督军微笑起来，他自认英雄要配美人，如今得到美人，心里自然高兴。他抿了嘴茶，话却是对身旁一言不发的傅羡书说的："没到申城之前，就听说傅老板很有神通，连东北张家的大公子都跟你有交情。"

"我们在陆军学校当过同学。"

徐督军诧异："原来傅老板还上过陆军学校，怎么不去投军，反倒回申城做生意了？"他立刻又笑了，"我知，你们商会有口号，讲实业振邦。"

傅羡书道："岂敢？我惜命。"

"你惜命，还敢一个人到我的地盘上救人？"在徐督军看来，李文昌是个孬种，根本不值得傅羡书为他豁出性命。

傅羡书面不改色地说："傅某欠他一个恩，总是要还。"

李文昌犯嘀咕，他有什么本事让傅先生欠恩情？不过见徐督军连连笑叹，目光越发欣赏，李文昌便不敢说话了。

保镖进来，贴近傅羡书说了一句话。傅羡书听后，眉眼舒展开来，显然很愉快。他交代两句，就离开了包厢。过走廊时，本来应该去陪徐督军的李佩君忽然拦住他的去路。

李佩君眼红红的，一开口，就下了泪，问："你真要我去做他的姨太太？"

傅羡书眉眼轻佻："李文昌在你身上花了不少心思，该怎么做，他会告诉你。"

"不是这样的，傅老板，你对我不是这样的。"李佩君哭道，"你就是恼我，不像孟家小姐，随便给你欺负。"

他今天没穿西装，一身藏青色刺绣长衫，戴金丝脚的眼镜，看上去很是斯文和气，可镜片下那双黑冷冷的眼睛，令李佩君微微一震，本能地往后退了一小步。

傅羡书语调冰冷轻慢，问她："你什么东西？"

李佩君因唱腔漂亮，戏院里好多名流公子哥也捧她，养得她心高气傲，谁也看不上。她打心底里是喜欢傅羡书的，可不甘心只做他的姨太太。从前白玉珊在时，李佩君就对那种自轻自贱的女人不屑一顾。她年纪小，却自认比白玉珊有心计、有远见，能让男人轻易就得到的女人，怎会得他珍惜。

李佩君算盘打得响，以为自己早晚能做傅羡书的大太太，可到头来，傅羡书竟然顺从父母之命，娶了孟家的四小姐。

婚宴排场很大，申城有头有脸的人物全部请到，宾朋满座，热闹非凡。因孟四小姐心善，傅羡书手下人变着法子要讨好她，借着此机办了场慈善拍卖会，讲明以孟四小姐的名义将全部善款捐去赈灾。这场婚宴办得风风光光，过了半个月还有人津津乐道，自然教孟四小姐在申城出尽风头。

李佩君以前仗着傅羡书捧她，真当自己早晚要进傅家的门，于是待戏院里的姐妹也很不客气。如今见她竹篮打水一场空，那些人笑着讥讽她："孟四小姐是大家闺秀，还不照样要巴心巴肝地伺候傅老板，不像一些人，当了戏子，还要扮高贵。"

李佩君从那时就嫉恨起孟四小姐，暗地里骂她下贱，看上去文文静静的，竟然比白玉珊还有心机，晓得天天跑去傅公馆哄老太太开心，用婚约缠住傅羡书。这些对孟四小姐的嫉恨，竟当面对傅羡书说出来，李佩君真觉得自己疯了。

可她能不疯吗？现在傅羡书不要她，还想把她送给督军做姨太太。

秘书跟上来，将绒线围巾递给傅羡书："先生。"

傅羡书随意往肩颈上一搭，对秘书说："让李文昌把她带下去教好规矩，坏了事情，自己提头去认。"

"是。"

司机将车停在大戏院门口，孟婉秀听说傅羡书在见重要的客人，便在这里等。她靠着车门，脚尖点来点去地打发时间。不一会儿，她听见乱糟糟的街头有人高声叱骂，抬头望去，竟在人群中看到一张熟悉的面孔。

她胆战心惊起来："表哥？"

贺维成径直朝她走过来。四周都是傅羡书为孟婉秀安排的保镖，他再走近，真要教他们看见了。

孟婉秀将饭盒交给一人，紧张地扯谎道："我看见马太太在对面挑珠宝，就去打声招呼，你们留在这儿，等羡书下来，告诉他去店里找我。"

她匆匆朝街对面的珠宝店走去，贺维成也很快调转方向，跟上孟婉秀。等拐到一旁的窄巷子，孟婉秀停下来，回头就看见憔悴瘦削的贺维成。

她急得涨红了脸："表哥，我昨天把话说清爽了，要你别再过来。羡书好容易才放你一条生路，他不要你留在申城，你为什么回来？"

贺维成低哑问道："四小姐，我要问清楚，你是不是为了救我才嫁给他的？"

孟婉秀不晓得他怎样生出这种误会，回道："没有这件事。"

贺维成："不要骗我。"

孟婉秀："婚约早就定下的，同你一点关系也没有。我向他求过情，可他什么样子，你不是不知道，他不听我的，只要你的命。"

"我的命有人保，他动不了我。"

孟婉秀咬唇，泄气道："……那你也不该杀他。你来梅泉里，我父亲母亲对你那么好，可你是为了做刺客。"

"我知道，我知道。"贺维成歉疚地垂下眼睛，"我还晓得你对我好，不敢忘记。因为这个，我也不能看你跟了傅羡书。他明明那么对你，四小姐，你不会生气的吗？"

"这是我的事情。我嫁了他，就是他的女人。"孟婉秀不想跟外人讨论她的家事，又着急眼下的情况，说，"求你了，快走吧。"

她推着贺维成。

贺维成纹丝不动，胡乱捉住她的手腕，女人光滑细腻的皮肤，还有发丝间淡淡的香气，都催得贺维成眼里深了一深。他鼓起勇气，扯她入怀，牢牢抱在怀里："四小姐，你不明白傅羡书杀过多少人，跟了他，除非不要命。你跟我走，我发誓会好好照顾你一辈子……"

孟婉秀没想到贺维成敢这样，男人陌生的气息和突如其来的强硬将她吓住，她害怕起来，挣扎低叫，推打着他："你在胡说什么？表哥，你放开我，你——"

不等他放手，恶狠狠的一脚忽然踹在贺维成的侧腰上，他身子一歪，摔倒在地。

孟婉秀还没反应过来，就见傅羡书扑上去，揪起贺维成的领子，五指握紧，提拳便打。拳头一下一下重重砸在骨肉上，沉闷的响声吓得孟婉秀呆若木鸡，她看见刺目的血，才反应过来去拦他："羡书！别打他！别打他！"

傅羡书眼睛赤红，凶邪一样："没有孟四，我早该弄死你！"拳头来得又急又猛，砸得贺维成晕头转向，疼到麻木了，唯有耳朵里一阵阵嗡鸣。

他听见傅羡书咬着牙放话："你要找死容易，就从你鸠兹老家开始杀，先杀光他们，最后再杀你！"

孟婉秀吓得脸色惨白。身后四五个人过来，将贺维成架起，按跪在傅羡书面前。他掸掸长衫上的灰尘，睨着贺维成，冷声吩咐："把他弄回去。"

孟婉秀想去阻拦，可傅羡书拽住她的手腕，扯着走出巷子，摁着她塞进车里，"嘭"的一声关上车门。

"回家。"

孟婉秀最怕他凶神恶煞的样子，身上的怒气比火还燎杀人，孟婉秀在旁边低低抽泣，亦不敢说话。

一路沉默。

临下车前，傅羡书一脚迈出去，孟婉秀才拉住他的袖口，哀求道："你跟表哥说的话，不能算数。"

傅羡书紧紧抓住她的手："我讲过，不准为了别人见我，也不准为了别人求我。孟婉秀，想做烂好人，你找错地方。"

（四）

孟婉秀腕骨剧痛无比，她晓得傅羡书凶，可没见过他真这样发脾气。她怕了他的眼神，惊魂不定道："我没有，我去见你是为了……"

傅羡书："见我？还是见贺维成！"他把手一松，转身就走，孟婉秀忙慌着往前抓了几下，也没抓到他。她心慌意乱，从车里爬出来，战战兢兢紧跟在他身后。

用人打过招呼，就忙避开了。孟婉秀寸步不离地跟着他，险些跌了一跤，可傅羡书已全然不理。

孟婉秀随他到了楼上的房间，急着问他："羡书，你明知道不是，干什么偏偏冤枉我？"

她撒谎的样子，傅羡书一眼就看得出，她现在讲真话，傅羡书自然也晓得。可他不痛快，不肯轻易饶她："你昨天见他了，是不是？"

孟婉秀咬咬下唇，不敢再隐瞒，回答道："偶然碰到，我同表哥有些误会，讲清楚就好了。羡书，你不是坏人，为什么要放那样的狠话？他们最听你的，你讲出口的事，他们真会去鸠兹……"

"谁讲我不是坏人？"

他回身，一手撑在门上，将孟婉秀紧紧逼仄在他的影子当中。他居高临下的压迫与质问，教孟婉秀有些喘不上气，她小声说："没人讲，我一直知道。"

"你看错了人。"傅羡书道。

"我看不错。"孟婉秀直视他黑漆漆的眼睛，神态坚决，"我一直记得，小时候，你冒着雨来孟家，从怀里捧出一窝小鸟，送给我当生日礼。你讲它们没了姆妈，很可怜，以后我俩一起照顾……"

可这样的坚决，落在傅羡书眼中，竟有些可笑。他嗤了一声："孟四，你真够傻的。"他的轻视和嘲笑，总能轻而易举地就让孟婉秀羞愧起来，她低下头，轻咬起唇。

傅羡书道："我父亲就爱做好人，开个纺织厂，钱也不赚，跑去给工人出头，儿子老婆都不及那群穷货要紧，结果呢？"

孟婉秀诧异地看向他，他面无波澜，仿佛在讲一件不关己的事。但她从不敢跟傅羡书提及他父亲的事，这是傅家的禁忌，连他姆妈也避讳，因为羡书憎恨那人。可今天他竟自己提了，孟婉秀在他脸上看不到情绪，可抚在他肩膀上的手却颤抖得厉害。颤抖的不是她，而是傅羡书。

"他给一个人背叛，人被绑去春申江，先放了三枪，又沉进江里，捞尸队花了七天才把他快烂透的尸体捞回来。"

"羡书……"

她心中一牵一牵地疼，流下泪来。

傅伯父在世时，孟婉秀年纪还小，记忆不多，可她依然记得傅伯父是顶亲善的人。每次在梅泉里瞧着她，傅伯父就会冲她招招手，叫她过去。

孟婉秀小时长得水灵可爱，又极懂礼貌，谁见了都爱捏她的圆脸。可傅伯父偏爱拧一把她的小辫子，把她辛辛苦苦扎好的发揪拧歪了，孟婉秀还要生气，傅伯父又很快从上衣兜里变出一块块梨膏糖来哄她。

孟婉秀开心地接下糖果，傅伯父还笑："婉秀啊，这么好哄怎么能成？以后给人欺负了，就喊羡书哥哥来，晓得不？"

孟婉秀会红着脸回答："晓得了。"

提起傅伯父，连孟婉秀也要哭，可傅羡书决不肯流泪，恶意掩着悲痛，几乎从他的眼睛烧出来。

"他活该。人做成他那样子，简直失败。"

孟婉秀哀求道："羡书，你别这个样子好不好？"

他一手掐住孟婉秀的脸蛋，相当认真地说道："孟四，我跟他不一样。走到今天，我杀过不少人，背叛我的，算计我的，还有那些明明没有犯着我可又挡了道的……你以前不晓得这些，现在讲给你听，至于贺维成，你看我敢不敢杀他九族。"

孟婉秀眼珠在他面上游移不定，目光陌生又震惊。她不认识他口中的傅羡书，她知道他长大后脾气变了好多，虽然总喜欢欺负她，但他在外面做事情，到底是讲斯文的。孟婉秀从不想他真会去滥杀无辜。

傅羡书抿唇，将她的脸按在自己肩膀上，避开她的目光，口吻冰冷："孟四，我就是这样。难道对你欺负得少吗，敢讲我是好人？你是真傻，还是装傻？"

孟婉秀脸上刷白。而后，他的手又慢慢顺着孟婉秀的后颈往下溜去，极尽轻佻，又那么得意，一改方才怒气冲天的样子，仿佛某件事教他再次恢复往日的神气。

傅羡书将她搂贴在怀中，鼻尖拨去她耳朵上的碎发，又吻又咬，在她耳边低声说："哦，我晓得，因为你喜欢我，我再怎样对你使坏，你也没有法子。"

孟婉秀看不见他的神情，傅羡书说这些话时，躬身抱着她。他本该一如既往地自信，自信到此时放开手，也晓得孟婉秀不舍得离开他半步，可现在，他竟不经意似的，将她搂得越发紧。

傅羡书道："你中意男人尊重你，贺维成把你当小姐恩人，你怎不去嫁他？"

孟婉秀把下巴抵在他的肩膀上，眼泪断了线似的流。无非是因为喜欢，他明知道，才敢这样子肆无忌惮地拿她的心意来羞辱她。

她抽抽噎噎地说："傅羡书，我没有对不起你。"

"最好是。"傅羡书不停地吻她，"最好是。"

可孟婉秀紧闭上眼，拼命一推。傅羡书一个不防备，后背撞在衣帽架上，险些跌了跤。"咣当"一下子，衣帽架倒在地上，发出声沉闷又惊人的响。

一时间，傅羡书甚至不知自己在惊慌失措，他太久与这等情绪无干。他扶住冰冷的墙壁，看着满地狼藉，反应了一阵儿，才抬头去寻孟婉秀。

孟婉秀双手捂着眼睛，反复来回擦着泪水："求你了，羡书……你讲的那些话，我通通不喜欢……"

她哭着说:"我觉得害怕。"

(五)

等孟婉秀反应回神时,人已经走在街上,她心里一片空白,失魂落魄似的,满街满巷地徘徊了半天。天上飘起细细的雨丝,紧一阵,慢一阵,脚踏车丁零零,汽车轰隆隆,各有各自的去处,可她不知自己该去哪里。

回到梅泉里?

当初她要与羡书结婚,父亲就不太情愿,只是碍于从前与傅家的婚约,不好不讲信用,勉强同意罢了。现在要是回到家去,肯定让父亲和姆妈担心,届时他们追问起,她要怎么说呢?

还有傅家妈妈,昨天刚同她讲过,再恩爱的夫妻也难免有磕磕绊绊的时候,最重要的是理解和包容。孟婉秀见她在病中,还在为他们小辈的事担心,很过意不去,就答应她,以后一定好好同羡书过日子。

她分明答应了的,现在闹成这样子,孟婉秀心中愧疚得很,可又想起傅羡书那副凶神恶煞、恨不能将她也生吞活剥了的样子,更心酸委屈。

她没有去处,到最后也只能回到梅泉里。

白白的冷雨冰得她发抖,孟婉秀狼狈地抱着胳膊,走进里弄时,正好碰见弄堂里租了孟家门面的人。

对方见了她就笑:"傅太太,是你呀。嗳,怎么不见傅先生?"

孟婉秀挤出一丝笑容:"他忙。我回家看看爸爸妈妈。"

"傅太太真有心,我女儿要有你一分懂事,我就该去庙里烧烧香了。"他见孟婉秀紧紧抱着胳膊,才意识到她没撑伞,"下着雨,你怎么淋着?"

他转身回店面里拿出一把雨伞。孟家妈妈很远就听见熟悉的声音,一见是婉秀,忙着急地走过来。她给孟婉秀撑上伞,一脸担心:"婉秀,你这是怎么了?回家怎么不提前跟姆妈说一声?你看看,身上都湿透了,羡书呢?"

孟婉秀咬咬唇,低声说:"我没事的,就是忘记打伞。"

孟婉秀什么性格,做母亲的难道还不知,若非受了极大的委屈,她是不会这样回家的。

孟妈妈摸上她凉凉的脸颊:"婉秀,跟姆妈讲,是不是羡书欺负你?"

听孟妈妈问起来,孟婉秀终于委委屈屈地点了下头。要是没人问,她还可以忍忍眼泪，一句也不说，一声也不哭，可只要别人关心一句，她就越发想掉眼泪。

孟妈妈将孟婉秀搂进怀里，拍抚着她的背，心疼得眼眶湿润："别难过，有姆妈和你父亲在，再不济将你的哥哥们也叫回来，一定要姓傅的同你赔礼道歉。"

孟婉秀细白的胳膊紧紧抱住孟妈妈，放声哭起来："姆妈……"

回到孟家，婉秀闺房里陈设如旧，住着倒也方便。孟婉秀还惦记着表哥的好坏，可她实在不愿再见到傅羡书，心中暗暗赌咒，倘若傅羡书真去做伤天害理的事，她一定要同他离婚。

"离婚"两个字甫一冒出来，先把孟婉秀自己吓了一跳。她低低"啊"了一声，犯起怔来，原以为自己要跟傅羡书一辈子的，死心塌地欢喜他，见他好是好，坏也是好，哪里想还会走到这一步呢？

她对这种想法心神不宁，可又很坚决。

孟婉秀怕弄堂里的人说闲话，也不爱出门，闷在房间里打围巾，或者帮姆妈做些事情。父亲知道她回娘家的事，只点了点头，什么也没说。清晨散步回来，他会多带一份早点，并义正词严地告诉她："我们孟家虽比不上人家富贵，可养个女儿还是足足够的。"

三天之后，那辆车牌 9966 的进口车停在梅泉里，弄堂里都知是傅老板来，叽叽咕咕议论，议论孟傅两家，议论傅羡书的荣泰银行，也议论孟家老爷第一次不顾礼节，连家门都不让傅羡书进。那天孟家四小姐哭着回来，不少人看见，他们猜测一定是因为傅羡书在外惹出了风流债。

孟婉秀拨开窗帘一条小缝儿，小心翼翼地偷瞧，从楼上正好能看到傅羡书，立在门前，身影挺拔冷峻，与周围的烟火灰尘很不相称。

孟婉秀方才听见傅羡书在门前与父亲说话时，态度还不卑不亢，讲明只是同她有些口角之争，这便要接她回家，仿佛他没有一分过错的样子。可被父亲拒之门外后，他赖在门前不走，又做出许多些卑屈的事来。

竟好似是她在欺负他一样。

如今老天也帮他的忙，雨渐渐下得大了。他头发不像平常打理得一丝不苟，被风雨吹得乱糟糟的，乌漉漉的，伏贴着，给人一种柔驯的错觉。秘书给他撑伞，傅羡书亦不让，抬头望她的窗。孟婉秀与他乌黑的眼珠对视了一瞬，她心下大跳，忙扯上窗帘，片刻，她气道："他最会装假，可别再上他的当了。"

他来了两天，雨就下了两天。

孟家妈妈见这样下去也不是办法，一来因为傅羡书是申城招摇瞩目的人物，天天吃闭门羹，久而久之，别人也要说孟家的闲话；二来问题总是要解决的，夫妻间有什么事讲讲清楚最好。请傅羡书进来，不知他说了什么，二老终于同意他上楼见一见孟婉秀。

他进来，孟婉秀还抵着门不肯让他进，没想到姆妈也给傅羡书帮腔："婉秀，羡书把事情讲清楚了，他晓得自己太心急，这不特地来道歉了吗？"

孟婉秀越听越不对味，一下拉开门，孟家妈妈摇头伴嗔道："你这孩子也真是，怕就好好讲，因为这个就闹性子怎么成？夫妻之间，有什么不好解决的？"

她将傅羡书推进来，将事情留给他们两个人单独解决。

孟婉秀觉出不对劲，直直瞪住他，问："你同他们讲了什么？"她长得娇小，微微仰着头看他，可势头风风火火，傅羡书更显得狼狈些，背后贴着门，竟似在被她逼问。

傅羡书道："我讲我想早点要小孩，但你害怕生孩子，我以为你还想着其他男人才找理由搪塞，就为这件事才吵了架。"

孟婉秀看他竟这样胡说编排，气得嘴唇哆嗦，重重往他肩膀上捶了几下："你怎么敢这样说！你嘴巴里有一句真话吗？连我爸爸妈妈也骗。你来干什么？来扯这样的谎？"

他猛地捉住孟婉秀的腕子，默然片刻，说："孟四，我从不对你说谎。"

"你对我不是不说谎，你是从来都不说。"孟婉秀推开他，气鼓鼓地坐回床上去，拿起织了一半的围巾继续钩针，以此避开傅羡书。

傅羡书倚着在书桌上，静静地看她，好久，才问："给谁织的？"

"反正不是你。"

"晓得。"傅羡书说，"我不喜欢花的。"

孟婉秀教他这句话气得满脸通红，瞪向他："又不是给你的，谁要管你喜不喜欢？"

傅羡书怏怏道："那给谁？"

孟婉秀不理他。傅羡书过去，挨在她身边坐下，孟婉秀挪了挪身子，与他扯开距离。傅羡书道："给我织一条。"

"你有。"孟婉秀立即回答他，回答了又立即后悔，她就该直接拒绝，或者什么也不说。

傅羡书："沾了血，就丢了。"

孟婉秀立刻就想起那天他将贺维成打得头破血流，心中战栗："表哥呢？"

"谁知道呢，或许死了。"傅羡书眉宇间有一丝不耐，"除了贺维成，你就没什么好跟我说的了？"

孟婉秀一下抓住他的手臂，忍着鼻尖翻涌的酸意："你为什么要这样？我解释过，同表哥只是误会，你就非要打打杀杀的才好吗？"

她低下头，用很难过的声音道："羡书，你以前不是这样的。"

"我真想瞧瞧，他那时候要是将我一枪杀死，'以前不是这样'这句话，你会不会跟他去说？"

孟婉秀哽住："可你放了他，那样你都放过他了。"

"你不来求我，在巡捕房的时候，他就该死了。"

孟婉秀呆了一呆。

"还有李文昌，他们死不死的，关我什么事？他们的命是命，我的命就不是命？"

孟婉秀紧紧抓着他的衣服："我从没有这样想。"

"孟四，你真喜欢我吗？你喜欢我，就只能对我一个人好。"

孟婉秀又从他的脸上看到一丝丝无措，要是仅仅喜欢他也就罢了，可她会心疼他。那样就注定是逃不了的。

傅羡书搂住孟婉秀，唇贴了贴她的脸颊，说出的话自私又不近人情，可声调绵软，诱惑似的，孟婉秀甚至认为他拿出了他在外面才会使的精明的手腕对付她。

他说："你应该满心满意地看着我傅羡书，懂不懂？"

（六）

傅羡书说罢，轻轻吻上她的额头，只一下的工夫就离开。黑色的眼睛里没有过分的炙热，流淌着软洋洋的水似的，注视了孟婉秀片刻，才又缓缓捧起她的脸。

"外面多少人恨我恨得要命，你想我讲道理，现在还有什么道理可讲？孟四，你是我的妻子，却去心疼他们，是不是哪天我也给人杀了扔进春申江，你还高兴守寡？"

孟婉秀最听不得他说起这件事，眉头紧紧皱起，眼泪滑在他的手背上："你晓得我不会这样想。"

泪水苦痛，可落在女人眼里，又会是个美好的东西。她神貌梨花带雨，泪水晶莹有光，在乌黑的眼睛里泛荡。越泛荡，傅羡书的心就越乱。他想，脆弱是女人的特权，天生用来对付男人。

傅羡书声音有些哑了："不晓得，我问问清楚。"单薄的唇覆在孟婉秀的嘴巴上，亲一下，再亲一下，仿佛在试探她欢不欢喜，纵然这吻绅士得太不像他，可竟比往日任何一次接吻都教孟婉秀觉得缠绵。

她还不晓得危险，就任傅羡书掌控着，慢慢沉沦下去。

半晌，傅羡书移开唇，在她有泪水味道的脸颊上亲了一口，道："现在问清楚了。"

孟婉秀红着脸，不知道该怎么对付他的话，答应不是，不答应也不是。傅羡书不理她的纠结，拿起孟婉秀的手，往她心口上搁，那处正扑通扑通地跳。

"怎么亲你不是亲？开心成这样。"他眉毛扬了扬，藏着风流的眼睛里再度挑起那种轻佻又神气的笑，闲闲说道，"这回好了吗，傅太太？"

甜蜜一瞥即逝，恍若错觉。孟婉秀发窘，迅速地背过身去，暗暗怨恨上自己，怎么总禁不起他骗。又怎么能有人像他这样，一会儿专制不讲理，一会儿又待她温柔起来？她当真全神警惕着傅羡书，也是无用。

孟婉秀有些气恼，恼她自己太不要脸，眼睛红了一圈儿："你让我想想，好不好？我心里乱糟糟的。"她知道傅羡书跟许多有权有势的人打交道，势必不会太平。可他说的那些事，孟婉秀还是很害怕，觉得再怎么样，都好没有理由。

她思虑半晌，转过身去握傅羡书的手："就这一次，行吗？别那样子对待表哥。他来刺杀你，我是恨他的，可一想到他要丢性命，我还是难过。"

"……"

傅羡书沉默了一阵儿，什么也没说，将话题不着痕迹地撇开："三天后，我来接你回家。"

"你是答应了吗？"

他还是不肯回答，再讲："下个月有场很重要的宴会，我请人教你跳舞，接下来的时间，你要好好学。"

孟婉秀咬咬嘴唇，知道问不出什么了，可他没有一口回绝，总是有希望的。她便先应了他的话："什么宴会？"

"少帅要到上海来，还有他的妻子。"

孟婉秀知道少帅张汉辅，从那些桃色绯闻的边边角角，自也知道他是了不得的大人物。她紧张了一下，很快发觉自己未免紧张得太早，松了松手指，又似想到什么，问傅羡书："你是因为这个才来的吗？还是傅妈妈，她叫你来的？"

假如没有这一桩桩需要她履行妻子义务的事，傅羡书或许不会来。他那样精明，事事都要算计好的，不是迫不得已，他何必对她低声下气。毕竟傅羡书对她，一向有与生俱来的掌控力。一想到这样的可能，她就难过到极点，低下头，小心地掩饰着。

傅羡书嘴唇勾起来，仿佛想笑，欺身过去把孟婉秀压在床上。这样看他，下巴的线条更显俊秀了些，孟婉秀脸上更红："你做什么？"

"蠢货。"他骂，鼻尖轻轻掠着她热烫的脸蛋儿，一遍又一遍地轻声道，"蠢货，蠢货。"

傅羡书一时的莫名其妙，让孟婉秀有些恼火，她道："你才是。"

他引着孟婉秀的手，往自己心口上按去，就像方才那样——动作是那样，还有心跳，也是那样。傅羡书声音低低的，几乎有些含混不清地说："是，我也是。"

孟婉秀怔了怔，身子彻底软下来，跟哑巴似的不知该怎样说话，更无暇去顾及那些伤心与难过了。

三天后，傅羡书派了司机接她回去。

孟婉秀将赶织好的围巾给了父亲，叮嘱他日子渐渐凉了，多注意身体，又同母亲讲过几天一起去看看冬衣。二老含泪抱了抱她，父亲沉默不语，只将围巾围好，母亲却一直拉着她的手，道："以后好好的，你耳根子软，可也别让自己受委屈，有什么话就直接同羡书商量，憋在心里头，早不出事，晚也要出事的。"

"晓得了，以后再不让姆妈担心了。"

她拂着孟婉秀额角的碎头发："姆妈不担心你担心谁？"

告了别，等回到公馆，已经是晚上了，天色浅浅淡淡，还没有黑透，掺着点灰蓝。

用人讲傅羡书还没有回来，孟婉秀叫她预备好洗澡水就别再忙了。孟婉秀洗完澡，拢了拢潮湿的头发，换上一套藕色的睡衣。

等她从浴室出来，隐约听见楼下有声音，知是傅羡书来了。他貌似在同谁讲电话，坐在沙发上，手边搁着加了冰块的酒，琥珀色的酒液泛着滟滟的光。

"女人么，再有脾气，哄一哄就乖了。白玉珊不是问题。"他口吻轻邈，听在孟婉秀耳朵里，刺耳惊心，她脸色一白，心想这不是在说她吗？

她同白玉珊是一样的。

傅羡书浑然不觉，继续道："能得盛家小姐青睐，是她的荣幸，一件小事，也用少帅亲自打电话过问吗？"

"……"

"哦。"傅羡书笑了，抬眼看见孟婉秀正下楼，一边示意她坐过来，一边应着对方说，"你也有今天。"孟婉秀隐约听到几个字，大概是张汉辅在问他的婚事。

"不说这个。"傅羡书轻轻易易地带过去，亦在玩笑，"现在是什么辰光？就算为盛小姐安排，也要考虑考虑老同学的感受，我可不是帅府的下人，回家还要供你消遣。"

"……"

"放心。"

很快,他挂了电话。

傅羡书伸手摸着她的头发,往孟婉秀颈间凑:"回来了?还不是要回来。这么大脾气,敢丢下我就跑……"

"别,别碰我。"她侧首躲了躲他,明显的抗拒令傅羡书扬起眉。

他今天去见贺维成,那张狗嘴里说出来的话,让傅羡书恨不能打碎他的牙,到最后只留他一根小指,做到这种地步,傅羡书自认为仁至义尽。

他心里头本就郁着一股闷火,现在更不耐烦,问她:"又怎么了?"

"傅羡书,你是不是觉得我很轻贱,无论你怎么对我坏,我总还是喜欢你的?"

他恶劣地眯起眼睛,反问道:"难道不是吗?"

孟婉秀听后,羞愧地用手背覆上眼睛,她能不是吗?孟婉秀嘴唇哆嗦,喉咙里似有什么东西噎住,明明有很多话想说,可面对傅羡书,她一个字也说不出来。她心一横,将桌上的酒杯拿起来,一口气灌下去,辛辣斥满口腔,顿时冲得她鼻尖发酸,眼泪汪汪。

傅羡书一惊,抬着手臂,任她抓住自己:"你做什么?"

她又猛咳了好几下,呛得脸热耳热,或许是喘不及气,眼也有些晕了,不知道多久,这烈酒的味道才慢慢消下去。孟婉秀从不喝酒,不晓得原来这么难受,后悔也来不及,想想她这么难受,还不都是因为傅羡书。

她心中委屈,咽下喉咙里的热,一抹眼泪,扑到傅羡书身上,攥着手打他:"你是不是觉得我同你从前的红颜知己没甚两样,随便哄哄也就好了?那你为什么要同我结婚呢?你也从没有讲过喜欢我……"

"孟四……"

她急急呼吸了几回,慢慢垂下眼睛,额头抵向他的胸膛,说:"求你了,傅先生,别再践踏我的心意了。"

(七)

傅羡书平日里翻手为云覆手为雨,搅得申城风云变幻,偏偏只在她面前,总有束手无策之际。

"就为这个?"傅羡书轻抚在她纤瘦的背上,"你跟那些女人一样吗?她们可比你省心多了，不敢同我使性子。"

孟婉秀咬住唇，如同万箭穿心，疼是疼的，可更多的是恍惚。

她想，她或许还不如白玉珊。白小姐虽出身不好，可顶有气度，任何场合都那么游刃有余，既对傅羡书的事了若指掌，也不会一听到打打杀杀的事，就不住地惊惧彷徨。傅羡书说得不错。若白玉珊当上傅太太，想必不会教这样缠人又无聊的儿女情长绊住他的手脚，她能让他痛痛快快去做男人该做的事。

"那你为什么娶我呢？"孟婉秀沮丧着说，"你不喜欢我，就不该这样耽着我。别比现在更折磨人了……"孟婉秀脸还红着，眼也晕着，但她尚且清醒，酒给了她胆量，她道："傅先生，我配不上你，你就当放过我好吗，我们离婚。"

傅羡书忽地掐住她的双臂，拿狠厉的目光盯着她："这两个字不要讲。"

"我们不能够离婚吗？"

"不能。"傅羡书按住她，"孟四，你不该喜欢我，现在要反悔，晚了。"

她讲离婚，亦是在哀恳的，怎抵得住傅羡书这样强硬与蛮横。

"你就是不讲道理。"孟婉秀嗓子发噎，一抽一抽地哭，"做人哪里好这样子的？"

"真要不讲道理，早将你治得服服帖帖了。"傅羡书将她掀倒在沙发上，交叠按住她的手腕子，"你当我傅羡书是什么人？好讲话，也就是对你。换了别人来，早就该死了，更别说心里头还想着其他男人的。"

"你以为谁都跟你一样脏？"她羞恼上脸，蹬着脚挣扎，"我就是想着别人，还不好吗？我不会再喜欢你了。"

那酒的后劲儿上来，她当真什么都敢说，一句话就将傅羡书彻底惹恼。他眼睛通红，几乎从齿缝间挤出一声蔑笑："你能做到？"

孟婉秀岂不知什么话伤人，忍着一股狠意，道："你以为很难吗？我跟别的男人在一起，他对我好，我早晚把你忘掉。"

傅羡书眼底的刺痛一闪而逝，质问："孟四，你敢这么对我？"

孟婉秀不肯再教自己退缩，咬咬唇，回道："我就敢。"

傅羡书眼色深了深，戾气的焰火在他眸底跳动了两下，他发狠压住孟婉秀，不顾她抗拒，捏住她的下巴狠狠亲吻。

一开始孟婉秀还挣扎，挣扎不得，便咬在他的嘴唇上。铁锈似的血腥气一下泛开来，傅羡书也就皱了皱眉头，并未退出分毫，愈发按紧她。他的吻比酒还要烈，浓稠又急切，孟婉秀眼前渐渐发晕，她如同波涛激荡得无处着落的小船，随着傅羡书的掌控，来回摇摆。

一记快要窒息的长吻过后，傅羡书撒开些许："你试试，看我会不会放过你。"

孟婉秀简直恼他这副样子，张嘴咬在傅羡书轻薄她的胳膊上，咬得又狠又深，可这样也不见傅羡书松手，另一只手反而环住了她。越咬，孟婉秀就越没气性，凭借烈酒提起的那几分争执的胆气，也一并在齿间流掉了。

她晓得，傅羡书再怎么坏，她最后还是不舍得他疼，孟婉秀此刻真恨极了自己这样的心软。泪珠儿从她眼角滚落，她松开嘴，只默默地哭。傅羡书听她哭了一阵儿，渐渐松开手臂，任孟婉秀蜷缩在他怀里，呼吸剧烈而紊乱。

不知怎么，他忽地就想起孟婉秀提及的那只小鸟来。一场风雨，险些将它卷进死亡的境地。他花了好大的力气才将它救活回来，握在手中时，羽毛丰满柔软，肥白的胸脯在他掌心一起一伏，有种奇异的温暖。

孟婉秀生辰，他冒雨将它捧给孟婉秀做礼物，凑到她身边，玩笑似的讲："像你。"

孟婉秀从小就脸皮薄，听他调侃一句，耳与腮俱红透了，声音细若蚊呐："才不是呢。"

怎么不像？

明明骨肉经不起半分风催雨折，好不容易救回来亦不是完全驯从的。握紧了就要死，松手了就要飞。他也没了气性，放开孟婉秀，坐在一旁摸了摸手臂上发疼的地方。隔着衣服，自然还不至于咬出血，挽起袖口一看，两排小牙印深得发紫。

他扬给孟婉秀看："怎么不咬得再狠点？还敢讲不喜欢我。"他知道她舍不得。

傅羡书口吻里带着轻嘲与自得，令孟婉秀咬了下唇，她头脑愈发不清醒，一把抹掉眼泪，竟朝傅羡书扑了过去。

傅羡书没防着她，背栽在沙发上，孟婉秀低头，这口咬在他的下巴。不再隔着东西，痛楚便明锐起来，傅羡书低嘶了一声，想扯开她也没下狠手，却是孟婉秀很快松了牙。傅羡书摸着下巴，些许血气沾在指腹上，果然破了点皮。

他还真小瞧了她。

被孟婉秀咬这一口，傅羡书不太生气，反而愉悦地眯了下眼睛，慢悠悠道："哦，这时不嫌我脏，不想别的男人了？"

孟婉秀一念及他盛气凌人的模样，咬了咬牙，双手摸上他的脖颈，道："想，还做不了主，要先把你杀掉。"

"杀人的话都敢说了，就这么讨厌我？"傅羡书任她掐着，闲适地微笑道，"好呀，死在你手上，比死在别人手上要好太多。"

停了一阵儿，孟婉秀慢慢地挪开手，嘴里说话有些含混的连音，说："你拿准我没用，做不到这样的事，只能由着你欺负。"

"什么时候真欺负过你？"傅羡书一只手握住她细细的腕子，又顺着她凉滑的白手臂，摸到她的脸，还有她哭得惨兮兮的眼睛，"只有同你待在一起，我才睡得安稳，哪日你也要杀我，想必我是真该死了，那也没办法。"

孟婉秀望着他，咬起嘴唇。傅羡书仿佛知道她心里那块柔软的地方，时不时就来握一握，握得她心酸又心疼。

"你总是这样，开心了就哄两句，不开心就作践人，如果你真在意我，还舍得我难过吗？"她坐在他身上，手指死死揪着他的领带。

她眼前晃着晃着，晃得更晕，都快瞧不清他的脸了："你对外人都客客气气的，就对我使坏，我又没有做错什么……喜欢你也错了吗，这样惩罚人……"

她有些撑不住意识，缓慢地伏贴在傅羡书的胸前，咕哝道："恨死你了，你叫什么羡书，书里教你这样欺负人吗？你该叫混蛋！傅混蛋！"

傅羡书半眨了眨眼睛，忍俊不禁，失声一笑。她说这种醉话，任再硬的脾气也要软化。傅羡书叹了一口气，伸手抚摸着她的背，无可奈何地低声问她："孟四，你故意的是不是？借醉骂我，还要我没理由生气。"

"哪个舍得骂你的呀？"孟婉秀用哭腔，小声说，"你是我的男人，你是我的……可你那么坏，我又有什么办法？"

酒力催得她晕头转向，咬那么些口，早先将自己咬累了。她左右不了傅羡书还不算什么，毕竟世间上本也没几个人能有这样的本事，可她甚至左右不了自己的心意，这才真正教她狼狈。

傅羡书扬扬眉，诱着问她："讲清楚，我是谁的？"

"我的。我嫁给你，就是你的，你也要是我的才对。"

孟婉秀抬起头，下巴就搁在他的胸膛上，脸颊烧着红云，醉态尽显。没多久，她蹭着身子上去，抬头亲了一下傅羡书下巴上的咬痕："你疼吧？"

"不然你也试试。"傅羡书审视她，似乎正瞧着从哪里下口合适，"没人敢咬我，你是第一个。"

"我就敢。"孟婉秀脸又重新贴在他的心口上，听着他平稳的心跳，"因为我是妻子，不是随便的女人。"

他皱眉："没人讲你是随便的女人。"

孟婉秀委屈地说："你不讲，可就是那样子对我的。我知道你娶我，是因为我答应解除婚约，让你丢了脸面，你根本不喜欢我……"

"不喜欢你，难道娶你来专门碍手碍脚的？讲你蠢，还真是蠢得不打折扣。"

"什么意思？"她含糊不清地问，"我听不明白。"

父亲的死，叫傅羡书一早就尝过无能为力的苦楚，因此他执着于掌控好一切，方方面面的一切。可唯有孟婉秀是个例外。他清醒地知道，就不该留孟婉秀在身边，因为他向来主宰不了对她的心意，如此就有了软肋，就要落人把柄，等同于他的命就悬在她的指头上——

动一动，他就要没有命好活。

（八）

傅羡书没有再回答她，修长的手指探入她的头发里，扯着亲吻上去。心满意足后，傅羡书用鼻尖暧昧地蹭着她的脸，做出命令的口吻，道："乖，别再讲离婚的话。"

他声音低沉："听了恨不得掐死你。"

"你也会怕？"孟婉秀低头，眼眸迷离有光，带着些许胆气地质问。

平日里见孟四逆来顺受，倒不想她喝醉酒，还会露出小獠牙。傅羡书觉得新鲜可爱，在这没有威胁力的张牙舞爪之下，他不害怕露出脆弱。

"怕。"

傅羡书缓缓舒了一口气，用疲乏的语气说："孟四，我谁也不怕，就怕你。"

傅羡书从不肯承认，在孟婉秀面前，他才是懦弱的一方。他自私地将之据为己有，极尽恶劣地去一次一次挑衅孟婉秀的底线，他想看看她的心到底有多真，又到底能忍到何种地步。

傅羡书从商多年，坐到如今手可通天的位置，靠的不是多干净的手段，譬如新结识的那位徐督军，又能是什么好货色？给他送银圆、送美人，不过是要在黄金道上走得更长远。他满手鲜血和罪孽，杀了很多不该杀但为了顾全大局、又不得不杀的人。打完了这一仗，还有下一仗要打。

傅羡书从不惧于此，身后名与身后事交给身后人来评判，只要——

只要他生前还有归宿。

只要还有孟婉秀，他总能松一口气，总能卸下负罪感，总能还有一个人，无论他多么混蛋，都能满心满意地欢喜他。

傅羡书瞧她醉了酒，气势汹汹地同他吵架斗嘴，生平没有哪刻感受过这般的平静与安稳。他伸手，揽住她细软的腰，半抱着轻轻一翻，人就欺在孟婉秀身上。

孟婉秀动不得，以为自己又教他欺负："还要说谎话哄我……傅羡书，你个臭混蛋！"

傅羡书吻了吻她发红的眼、她浸着汗水的鼻尖，还有柔软的唇，一小点、一小点地品尝，最后停留在她不远的上方。近在咫尺，额角上蜿蜒着细细的疤，是他一辈子的勋章，英俊漂亮的眼眸笼住她，使人禁不住发晕。

孟婉秀觉得自己更醉，心里软溶溶的，似要化在他的目光中。

傅羡书道："我爱你，孟四，知道了吗。"

孟婉秀听后，鼻尖止不住一阵发酸，明明为他受过这许多委屈，可他轻巧一句，她就甘愿认输退让。

"我不信。"她守着最后的底线赌气。

傅羡书瞧得出，低俯下去舔她的眼睛，说："别讨厌我了。"这句话就不如方才那样深沉真心，少许轻浮，听来是恳求，可更像引诱。

他咬住孟婉秀的耳。

孟婉秀醉得眼昏，神志本就软弱，很快就沉浸在他缠绵的长吻中。

傅羡书心里震了一震，险些招架不住。他移开唇，拿乌黑的眼睛盯着她："哪儿学的？"

孟婉秀忽然明白，傅羡书掌控惯别人的人，在受人掌控时，会流露出些许无措的神采，看起来近于可爱。她笑，狡黠地仰起下巴，说："不晓得哪个教的。"

傅羡书挑眉："侬有什么好神气的？欠管教。"佯装咬牙切齿，他去掐孟婉秀的腰。

孟婉秀脸泛着红，声音娇软："我还想听。"她格外难缠。

傅羡书带一丝微笑，薄唇抿着，声音却是正经："傅太太，你先生不曾教过你，做生意是要付出代价的吗？"

"小气鬼。"她骂，张嘴咬他。

傅羡书皮肉上受教，又是痛又是惬意，有些忍不下去。他捉住婉秀一只手腕，不经意流露些温柔怜惜的神色，牵起来在她白手腕上亲了亲。

孟婉秀仰起新月般秀气的脸，唇红得艳亵，明明不是绝色，却是天生的本事，勾得他颠三倒四、不能自持。

（终）

傅羡书低低笑了声，轻吻她的鼻尖："孟四，我输在你手上。"他手掌拢住孟婉秀的脸，再去亲吻，说："我真想吃了你。"他在她耳边笑，笑声那么不正经，又那么好听。

孟婉秀脸红红的，忍不住要恼，张嘴咬在他的肩膀上。

傅羡书疼得闷哼一声，倒也不气，又搂着孟婉秀："对丈夫也下这么狠的嘴。"

他低声说："早知道让你给别人欺负。"他在说小时候的事，此刻傅羡书离她不远不近，额角的疤淡淡的，很难看出，可孟婉秀一眼就寻到。

她轻抿着唇，手指抚上去："羡书，你记不记得，那时候你同我讲，如果我肯留在病房照顾着你，你就不疼……"

傅羡书觉得这话很小孩子气，连他自己也不愿意承认，将婉秀捞到怀中，抱着她坐在自己身上。傅羡书不经心地回答："早忘了。"

酒烈，她的气息也烈。孟婉秀捧着傅羡书的脸，小声说："那时候我看着你，觉得这辈子一眼望到了头。"从此往后，都是傅羡书。

傅羡书仿佛给火烫了一下，僵在那里。他看着她清秀的眉眼，神态温婉得不像话，那么柔驯，让他心里起了一阵细微的战栗。枪口抵在背后都没怕过的傅羡书，听到这句话的第一反应居然不是欣喜，而是恐惧。

他开始恐惧于失去，倘若哪天孟婉秀不再陪在他身边，他一定要发疯。

单是想想就要疯了。

傅羡书狠狠吻上她，热烈的欲望快要将孟婉秀淹没。最后关头，孟婉秀被他紧紧抱在怀里。

傅羡书搂着她，很久没有放手，等匀好呼吸，才轻声在她耳边说："孟四，生个我们的孩子，好吗？"他言语中有着恳求。

孟婉秀眼皮有些重，却还未反应过来，昏昏沉沉地应了声："什么？"

他抚着她汗湿的发丝，再说："我想当父亲。"

……

已到半夜了，月那样亮，像银灿灿的圆盘。傅羡书抱着半睡半醒的孟婉秀回房。他们身上汗津津的，黏腻得很，傅羡书为她擦拭身体，动作罕见的温柔，孟婉秀想睡，但看他乌黑的眉与眼，终于流露出些许读书人的儒雅斯文。

她有些睡不着了，静静地看着他。

傅羡书捱不住她天真的目光，轻斥说："闭上眼，睡觉。"

孟婉秀说："睡不着，我在想事情。"

"侬（你）有什么好想？"他好整以暇地问。

孟婉秀也不好说，思考了一下，想起来："少帅和他的夫人要来，你要请人教我学跳舞，我还没见到老师。"

傅羡书不想她还惦记这件事，笑道："还有比我更好的老师吗？"

孟婉秀脸红起来，说："你根本没有请老师，说要跳舞，就是为了哄我回来。"

傅羡书大方承认："是又怎么样？"

孟婉秀咬咬唇，她又能怎么样？她向来拿傅羡书没有办法。她小声说："这些事，我会努力去做。"

"不努力也没关系，学不好就不跳，没人敢小瞧你。"

她摇摇头，说："那样很失礼。"

"正好，我最爱失礼之人。"傅羡书眉目风流，搂着她的肩，低头吮住她白滑的皮肤，一小点一小点亲吻，"孟四，有我在，你想做什么都好。"

孟婉秀心口热熏熏的，雪白的手臂回抱住他，她声音娇俏："我给你打条围巾，好不好？"

"好。"

在寂静漫长的月夜，缱绻的笑意，细细的低语，渐渐随着留声机中悠长的歌声，往金粉般的岁月里流淌，唱的是——

夜色茫茫，

照四周，

天边新月如钩。

（完）

程越都要不清醒了,是不是眼前的这个女人夺走了他的妻子,要怎样做,她才能把顾嘉还回来?

·PAN CHENG·

第二章
皇家
Chapter 02
胭脂

第二章 皇家胭脂

（一）

钟敏从床头柜里取出来警用手枪。房间里没有开灯，她适应着黑暗找到门，反锁三重。喉咙发干，寒意在后背攀升。

钟敏回头，感受到有轻微的夜风吹来，空气里弥漫着潮湿的味道。她逆着风走到客厅，将窗户关上，扣上锁。窗外，雨还在下。房间里空荡荡的，在嘈乱的雨声中更显安静。

安静得可怕。像是下一刻，就会有什么东西从黑影中浮现出来。

钟敏收到上司江城东的来电，只有两句话——

"卧底资料泄露，老郑已经死了。"

"明天上午十点，我会安排人保护你去安全屋。"

钟敏坐立难安，联系到科湖湾监狱，被对方告知，"他"在狱中遭人杀害，已于半个月前确认死亡。钟敏搁下电话，喉咙阵阵发紧。

不可能，"他"不可能会死。"老郑已经死了"，这就是信号，是猎人捕捉心仪的猎物前放的一记空枪。钟敏知道"他"一定会来，或许就在今晚，就在此刻。

她相信自己的直觉。

曾经五年的卧底生涯，铸就钟敏超凡的直觉，她感觉得出，那个人一早就在暗处盯着她。就像猎豹，不动声色地盯着羔羊，选择她最放松的时刻扑上来，一口咬断她的喉管，吞咽滚烫的鲜血。钟敏坐在客厅，盯着门，牢牢握住手枪。表针咔嗒咔嗒地在走，时间一分一秒流逝。正当钟敏挣扎在理智和直觉的判断之中，她背后猛然攀升起一股寒意。潮湿气更加浓郁。

她惊着抬起枪，而比她更快的是湿冷坚硬的东西，抵上钟敏的后颈。黑洞洞的枪口，令钟敏浑身僵麻，毛骨悚然。

"别来无恙。"男人声音低沉安静，"三年不见，重逢的见面礼只有这个吗？"

他的手指穿过钟敏柔软的长发，抚摸过颈后，顺着她的手臂往下滑，然后握住了她手中的枪。钟敏咬牙，没有松手。很快，她听见男人扣动击锤的声音。钟敏闭了闭眼，缓缓放开力气，枪被他夺走。

男人拿枪指着她，步伐轻慢地绕到她的身前。黑暗中，钟敏有些看不清他的脸，一时也想不起他的脸。过去三年，她曾一度认为，她将与这个人再无瓜葛。

五四式手枪在他手里就像玩具，拆卸不过三四秒，零件跟废铜烂铁一样无用，散落在地，徒留一枚弹匣在手中。一颗，一颗，拇指将弹匣里的子弹剔出来。金属落地的声音让钟敏轻微发抖。

卸完枪，男人倚在桌边，神态慵懒放松："该怎么称呼呢？"

换作旁人来看，他们像多年未见的朋友，在随意叙旧。只是男人那双在黑暗里的眼睛很亮，发着寒光。

钟敏没有回答。

男人修长的手指沿着桌面，拿起钟敏随手丢在上面的证件。小型手电筒打开，明亮的光刺得钟敏眯起眼，也映出男人的脸。他还跟三年前一样，剑眉星目，俊朗凌厉，薄唇抿着弧线，只是脸上已经没有当初的张狂，取而代之是死气一样沉稳的冰冷。

证件是：重案组高级督察，钟敏。他看后弯了一下眼睛，冷讥道："钟警官？"

她呼出一口气，回答："是我。"

"那三年前死掉的顾嘉又是谁？"

"……程越。"

"嘘——"程越用手指抵住钟敏的唇，轻眯起眼，指腹在她唇上摩挲，"钟警官，劝你不要说无关的话。"枪口抵在她心脏的位置，狠钻了几下，仿佛要剖开一般，直到钟敏皱眉呜咽几声，枪口才缓慢上移。慢慢地，慢到能让钟敏好好体会这样长久煎熬的滋味。

枪口滑过精致的锁骨，白皙的脖颈，然后挑起钟敏的下巴。两个人直直对视。钟敏唇发颤，可她有胆违背程越的命令，一向是她才有这样的胆量。

钟敏一把握住枪口，抵在眉心，像是在告诉程越，她誓死不渝。她说："……当年，我只是在执行任务，没有选择。你要杀，就杀。"

她的左手中指戴着一枚小小的钻戒,在黑暗中闪着细碎的星光。程越看见,一下眯起眼睛。钟敏注意到他表情的变化,头皮阵阵发麻,慌忙地攥起手。

程越捉住她藏躲的手腕,顺势挑握起她的手指,用拇指牢牢按压住,以便他细细观赏。刚刚还一副生死由君的钟敏,此刻冷汗涔涔,方寸大乱。

程越问:"接近我,是任务?"

"是。"

"跟我上床,也是任务?"

"……"

戒指被他取下来,套在指节,反手往钟敏脸上狠狠打了一巴掌。钟敏偏了头,痛得喘息。戒指在她脸颊上划开一道血口,血珠不断往外渗。程越扯着她的头发,把她狠狠按在桌子上,反剪钟敏的双手,解开腰带,束紧她细白的手腕,一下勒出红痕。一气呵成,力道强悍又粗野。

"唔……"钟敏蹙起眉,"程越,你放开我!"

他一手扯烂钟敏的丝绸衬衫,大片雪白的美背展露,干干净净,没有任何瑕疵。程越讥笑起来,修长的手指微凉,抚摸着她的左肩。钟敏剧烈喘息着,在他的手下不断发颤。

钟敏的整个左肩胛上,曾经怒放着一朵黑色玫瑰,是程越亲手所文。如今已经洗干净了,仿佛从来都没有存在过。钟敏?警察?那该是多干净的人,干净得想让他迫不及待地弄脏,重新拉回到深渊里去。

程越掐住钟敏的脖子,迫使她仰起头,下巴轻轻挨蹭着她的发与脸颊。

"还记得我们的从前吗?"他侧首咬住钟敏的耳垂,齿列一错,像是猎豹终于咬住羚羊的喉咙。

"啊……"钟敏颤了颤,眼瞳湿润。

听到她痛叫,程越轻轻地笑:"钟警官,你的任务还没有结束。"

(二)

他执意要钟敏记起,要她疼。钟敏尘封的记忆也渐渐被疼痛唤醒。她跟程越的第一次,也是这么疼。可那时候,程越是温柔的,神色里充满了甜蜜与爱惜,轻轻抚着她汗湿的头发,吻住她的唇。钟敏在他怀里颤抖,眼睫毛上湿湿有泪,可那应算不上哭。

程越不希望她第一次留下的回忆只有疼,虽他惯来不懂如何取悦女人,却对

"顾嘉"用尽拙劣的技巧。最后他抱着浑身是汗的顾嘉入睡，睡前还跟她呢喃："嘉嘉，我需要你。"

"留在我身边，永远不要背叛我……"

顾嘉背对着他，背脊紧紧挨着他的胸膛，在黑暗中，男人的轮廓年轻张扬，臂弯精壮有力，小心翼翼地抱着他的爱人。而在他看不见的地方，顾嘉两颗眼珠黑洞洞，不是没有情感的，相较于程越的温柔，她脸上只有难以掩饰的厌恶与憎恨。

三年后，顾嘉变成钟敏，不改憎恶。当然，变的还有程越。

她躺在桌子上，被反绑的双手已经痛得发麻。钟敏眉眼英丽，此刻眼睛氤氲一层薄薄的雾气。尤其是现在，必须是冷静惯了的人，在流露出这样的表情时，才会出奇地无辜可怜。他被这双眼睛骗，被这双眼睛打入地狱。

"贱人。"程越解开衬衣，钟敏得以看见男人精瘦的腰身，鼓隆的胸肌，胸口上还有一块小小的疤痕，是枪伤。他知道她在看什么，胸膛更往她面前压。

"还记得吗。"

"钟警官，你欠我一条命。"

钟敏眼神冷冷的，似笑非笑："我也曾救过你一命，从来不欠你的。"

是，那次豪赌，九死一生。

跟程越争夺话事人的对手，与仇家联手设计圈套，把他栽在赌场里，以拖欠赌筹为名将他扣押，十几个枪口对准程越的脑袋。程越做这个行当，见惯了没好下场的人，一向奉行生死有命、富贵在天，没有什么好怕的。

他越气定神闲，对方就越暴跳如雷。火一触即发之际，顾嘉单枪匹马，突然闯入，身上的红裙子似火似血，灼着人目。她说自己是肥龙手底下的人。肥龙这个名字，程越还算耳熟，管着羌口区的地下赌场。

这些刚刚在程越面前得势的男人，当然不把顾嘉这个女人放在眼里。顾嘉拿住他们的骄傲和轻蔑，用激将法谈定了条件——俄罗斯轮盘赌，如果她侥幸能赢，他们要放程越走。

她真敢。

一枪，一枪，轮转着开，枪枪都有可能要命，她敢枪枪开尽。可她没有那么好的运气，子弹最后轮在她的脑袋上。直到程越手下的人破门而入，她趁机迅速调转枪口，一枪打死为首的人。枪法又准又快，正中眉心，鲜血四溅。

程越猛一扑过去，抱住顾嘉藏在赌桌后，数颗子弹砰砰打在上面，顾嘉抵着赌桌的手都被震得发麻。顾嘉屏住颤抖又冰冷的呼吸，从腿带绑着的枪套中掏出一把袖珍枪，交给程越。

"快走。"

程越接过来枪，拉住她的手腕，待顾嘉迷惑地望回来时，程越说："一起。"有火力掩护，他们得以逃出赌场。

等到了地下停车场，程越问她："会开车吗？"顾嘉点头，下一秒，就伸手接住他扔过来的车钥匙。

敞篷跑车在滨海大道上飞驰。程越迎着风，轻轻眯着眼，疾风扬起顾嘉的长发，有若有若无的香。他抬起手，悬在顾嘉的脑后，发丝轻轻穿过他的手指，轻扫，乱缠……他拿起顾嘉交给他的枪，对准她的太阳穴："乖，停车。"

顾嘉握紧方向盘，骨节都发了白，将车缓缓停下。

程越问："你究竟是什么人？"

"肥龙的人。程哥不信，就去问他。"

"为什么救我？连命也不要。"

"我需要钱，急用，拼命也要拿到。肥龙说，程哥是很好的人。"

"多少？"

"三百万。"

程越笑了，放下枪，一把扯住她的头发，凑过去狠狠亲吻。顾嘉推搡，挣扎，在程越逐渐收紧的手指中最终顺从。两人沸腾的热烈渐渐平息成安静的温暖，程越重重的啃咬也变成了轻浅的吮吻。

他松开手，去拢起她的下颌，说："枪不是给女人玩的东西，以后不要碰。"

顾嘉不以为然："我枪法很准。"

"见识了。不准，我也不会要你。"

"……程哥。"

"程越。"他说，"以后你跟着我。"

他让顾嘉做他的手下，到最后，做他的妻子。

一个假的妻子。

顾嘉根本不是真实存在的人，她只是警方为他专门挑选出来的女人，她为了迎合他的口味，方方面面都在伪装。真正存在的人叫钟敏，三年前还是个为了任务连命都敢赌的卧底，三年后已经成为重案组高级督察，甚至还订了婚。

那枚褪下的戒指躺在桌子上，随着桌板震动，轻微发颤。他一只手掐住钟敏的脖子，声音很低很低："我听说，你的未婚夫叫张君生。"

一句话，就让钟敏死气沉沉的眼睛一下迸发出火一样的亮光。

"他不是警察！跟这件事没有任何关系！"

程越掐紧她。钟敏开始反抗，指尖在他胳膊上挠出道道红痕。他问："你的未婚夫不是警察，那你之前做卧底的事，是不是也瞒着他？"

"……"沉默就是答案。

他邪邪地笑："不如让他来看看你跟我在一起时候的样子。你们都要结婚了，夫妻之间藏着秘密，要怎么长久？不像我，他可是个好人，有权利知道这些，你也要给他选择的机会。"

"……你敢，你敢！"

（三）

从浓稠的黑中，钟敏睁开眼。头顶上空射下一束强烈的白光，她眯着眼适应光亮，试图动动手腕，耳边就听见哗啦一响。钟敏无力地闭了闭眼，知道是手铐。她尝试呼救，没有得到回应，便放弃挣扎。她的腿动不了，浑身笨重，脑子也跟生了锈一样转不起来，没有办法思考。

她安静了一会儿，理顺头绪，缓慢地积蓄力量。看样子是在一个废弃的仓库。

还在市区吗？她昏迷了多久？

不知道，不知道具体的时间和地点。

江城东约定好第二日安排人保护她去安全屋，如果没有接到她，想必已经察觉到她出事了。她还有一线生机，只盼着江城东早日找到她。

钟敏身上穿着警服，双手被冷白的铁铐束缚得紧紧的。对于一个警官来说，这样的羞辱足够铭记于心。程越在想尽方式报复她。程越平生最恨背叛与欺骗，必定不会给她一个痛快。

钟敏也早见识过他的手段。在她之前，程越曾有个女朋友，钟敏唤她玲姐。说起来也可笑，程越是在奉行丛林法则的环境中长大的，与他同龄的孩子都在念书的时候，他就随着他父亲倒腾非法物品，做得尤为漂亮。

因为在当地的威望，他父亲因此获了个"船长"的名讳，程越也有个外号，"掌舵人"。后来程越要念书，"船长"不再出海，专心盘踞在海城市，明面上做正经生意，暗地里也涉赌档、走私，可警方一直没有过硬的证据去动程家，这才派了钟敏打入内部，摸近程越身边做卧底。

她从羌口区的肥龙入手，在他身边蛰伏两年都没有太大的进展，甚至连见程越一面都难，这让钟敏一天比一天沮丧。直到逢这次的生死关，钟敏见赌场扣押了程越，就知道这或许是她唯一的机会。

她成功赢得程越的信任，成为"掌舵人"身边的"水手"。

第一次，程越带她去谈生意。对方是东北来的老板，看钟敏美貌，便动了邪念，拿烟来跟她套近乎。烟不是普通的香烟，钟敏一闻就知道。如果她拒绝，砸了程越的场子，难保不会失去他的信任。可在她接过来之前，程越先把烟掐了，烟头死死按在对方的胳膊上。

钟敏看见对方疼得面目狰狞，但没有躲。程越冷淡地说："我的人，不碰。"

这是程越立下的规矩。

钟敏侥幸逃过一劫，手指头有些发抖，就去后门巷子里抽烟。程越随后也跟来，给她点上烟，低声说："该教训的也教训了，别闹脾气，生意要做。"

钟敏看着夜色中他英俊的轮廓，蓦地笑了一声。

他问："笑什么？"笑他当了赌徒还立牌坊。

钟敏说："只是奇怪，程哥居然不让身边人碰。"

程越知道她在笑什么了，也不生气，徐徐地说："其他孩子打酱油的时候，我就在道上跑了，对于我来说，做这个行当，跟街头卖凤梨一样，都是讨口饭吃。不过就是见惯了客人的蠢相，也不想做他们那样的蠢人而已……你也别碰，顾嘉，我身边不留废物。"

她说："谢谢程哥。"

之后没多久，他的女朋友阿玲陷入其中，出卖程越，另寻靠山。事情败露后，阿玲被抓回来。钟敏看着她的尸体被拖出去的时候，胃部如刀绞，阵阵翻江倒海，转头跑去卫生间呕吐不止。

程越笑吟吟地立在门旁，等她漱过口，给她递毛巾，问："怕了？"

钟敏望着镜子里程越的笑颜，说："我也是女人……程哥不如给她个痛快，玲姐至少跟过你。"

"妇人之仁。"程越说，"顾嘉，我的世界法则就是这样，恩和仇，都要十倍偿还。"

钟敏当时有一瞬间在庆幸，所幸她对程越是"恩"。她一时糊涂，很久才反应过来，警与匪能有什么恩？他们是天生的仇敌。

现在，程越又会怎么对付她？

"吱"的一声尖锐长响，像是刀片刮磨着耳膜，铁门打开。

钟敏迷迷糊糊睁开眼。

从光线中慢慢看清一个人，萧萧骨立，修长的，甚至说有些干枯的身材，瘦削的脸，颧骨尤为突出，鼻梁上架了一副无框眼镜，眉宇间有一股书生气，眼神安静又温和。只不过在看到钟敏的那一刻，他眼神里的安静就乱了。

"钟敏！"

是张君生。他欲扑过来，却被两个人狠狠拉住，最后按倒在地上。

钟敏抬着沉重的眼皮，看见张君生在地上狼狈地挣扎。

张君生知道自己根本反抗不了，极力令自己冷静下来，颤声说："你们想要什么，我都答应。钱？要多少？我会想办法尽快筹到……请你先放过我太太。"

"钱？"程越嗤笑，抬脚踩在他的背上，态度轻蔑，"你知不知道，我有多少钱？"

她口唇发干，好久才挤出一句："程越……他不知情……"

程越走到钟敏面前。

她尽力往前俯身，头抵在他的腹上，像是他们从前无数个甜蜜的瞬间。顾嘉会搂住他的腰，跟他说一些撒娇的甜话，多半是为了她爱吃的冰淇淋。

有一家甜品店，她常去，程越也常陪她一起去。以前只当她是去买甜品，后来才明白，她是去接头联络。就在他眼皮子底下。他毫不知情地在车里等，一边抽着烟，一边望着不远处顾嘉的一颦一笑。

见她回来，程越就忙把烟摁灭，手四处挥舞着赶走烟味。顾嘉坐上副驾驶，他还一副做贼心虚的样子，蛮不好意思地笑起来。

顾嘉嗔他："又抽烟？"

他讨好似的摸上顾嘉稍稍显怀的肚子，信誓旦旦地保证："最后一次。为了你跟儿子，以后绝对不抽了。"又趁机反将一军，指了指盒装的甜水，"这东西凉，偶尔解个馋还行，也不能多吃。"

"知道了。"顾嘉也抱他，"天天念咒一样，我耳朵都要起茧了。"

"就怕你不记得，馋猫。"

……

她哪里能记得，她连他们的孩子都没有留下。钟敏果真厉害，比他还要狠，扯着正义的旗帜，将狠毒的事都做尽了。可这么狠毒的一个人，这么一个自己吃尽苦楚都没有向他求饶的人，此时此刻，又在以这样的姿势向他求情，为她的未婚夫。

钟敏说："都是我的错，求你放过他……"

可见她并非真的狠毒，只是独独对他一人狠毒而已。

（四）

程越眸色深黑，伸手拢起她的下颌，缓缓俯下身去："我站在法庭上的时候，你为我这样求过吗？"

钟敏颤抖的呼吸一下停滞。程越吻住她的唇，是冰冷又绝望的吻，冷得钟敏僵住："交易失败后，两吨的货被缴获，我在狱中，最担心生意对手气急败坏，拿你报复。你知不知道，我求了多少人？"

程越这辈子就没向谁低过头，也没向谁求过饶。

"求求你，我的妻子是无辜的，她对这桩交易毫不知情，她有了四个月的身孕……出来做事，要讲道义，放女人和孩子一条生路……"

求人的话，程越说得这般流利，对着钟敏，口吻冷血，甚至有些机械。类似的话，他不知道重复了多少遍。

"后来，他们告诉我，顾嘉死了……呵，我算了算，还是一尸两命啊……"程越忽地讥笑一声，点头说，"死得好。顾嘉不死，又怎能全身而退？又哪里能有今日的钟警官？"

"程越，都是我的错。"钟敏轻微喘息着，额头上全是冷汗，"你杀我可以，别伤害无辜的人。我求求你，我求求你……"

程越轻眯着眼，抚摸钟敏的头发、脸颊，还有脖子，仿佛在耐心地研究着她，要将她看透。看看这副身体里到底藏着怎样的铁石心肠。

张君生发了狠地挣扎嘶吼："你别碰她！别碰她！"

程越转身，手指抵唇，连嘘了几声："你别出声。"

他绕到钟敏身后，捏着她的脸，让她能够直视张君生："钟警官，告诉他，你跟我是什么关系。"

程越抬了抬下巴示意，张君生被拖上前。钟敏看见张君生脸颊上的淤青，眼泪一下就流了出来。

张君生成长在幸福美满的家庭中，性子温和近人，从小到大一直都是三好学生，不曾惹过事，也不曾跟谁打过架。毕业后，他不是在科研室研究项目，就是在家摆弄他的花草和蔬菜。

他会做饭，有时候钟敏加班，张君生就做一份便当，给钟敏送到重案组。他每次来，还给重案组的同事带咖啡，手里丁零咣当提一堆袋子，像个送外卖的。他一杯一杯地送，也不免同他们说好话，诸如钟警官见你们辛苦，特意吩咐我买的云云。

他这辈子经历过最坏的事，是驾车时被人猛地别了一下，不幸追尾，车头撞进路边的花坛。当时钟敏就在车上，吓得张君生脸都白了，忙去问她好不好。钟敏摇头，表示没事。

对方猛敲玻璃窗，率先来兴师问罪。张君生立刻下了车，跟他们争执不休，吵架吵得脸都红了。隔着车窗，钟敏第一次见张君生发火，也不知道怎么，唇角渐渐带上笑。张君生逻辑清晰，说起话来常在道理上，对方辩白不出，便要打他。好在很快有交警过来将他们拉开，矛盾才步步调停。

回头钟敏问他："没见过你发这么大脾气，心疼车吗？"

张君生想也不想，说："我一个人倒没关系，你在车里，真要出了事怎么办？！他赔我辆车，我都要打他！"

说完钟敏就笑出了声，因为她实在想象不出张君生打人的模样。听她笑，张君生的脸唰的一下红了，从脸颊上漫出红，红到耳朵和颈后："钟警官，我没有别的意思，就是，人的安全比较重要，车不重要的。"

钟敏郑重其事地点头："是。不过打人的事可以交给我来做，我比较在行。"

"这，这怎么能行呢？你能打，因为那是你的工作。可不工作的时候，男人就应该保护女人的。"因为这句话，钟敏答应了他的求婚。

不该答应的。他每一次经历坏事，好像都是因为她。

钟敏满目的歉疚，泪水渐渐模糊了张君生的脸。

"我……"

可不及钟敏说话，张君生率先开了口："不要讲。这是你的事，如果你不想说，谁也不能逼迫你说。"

"张老师……"

张君生听钟敏这样喊，又苦兮兮地笑起来，也同她调侃："钟警官，我不在乎你的从前，也不在乎你跟这位先生曾经有什么关系。如果是误会，尽快解释清楚，你需要我做什么，我都会去做……"

钟敏忍了好一会儿的泪。

程越看着张君生发笑："好，真好，怪不得能让钟警官这么喜欢。"真是干干净净的人，活在阳光底下，午夜惊醒时，可以去亲吻身边人的脸，闭上眼继续睡，而不像他，第一想到的就是去摸枕头底下的枪。

真好。

好得令人嫉妒，令人生厌。

"可……你真不在乎吗？"程越手中的枪口沿着钟敏的耳后，向下滑去，探入微敞的衬衫里。

张君生红了眼："你做什么！你做什么！"

"她曾是我的妻子。"程越低头，一口咬住她的耳朵，疼得钟敏皱眉低呼。当着张君生的面，程越一粒一粒解开钟敏制服上的扣子，笑了笑："你说，我想做什么？"

（五）

钟敏感到大腿肌肉发软，有痒意往骨头里钻。

他要找回顾嘉，不择手段。

好热。

她的脸从苍白冰冷，变得发烫，尤其是耳朵，红得几乎快滴出血来。他的唇游走在钟敏烫红的脸颊上，她咬着牙闪躲，枪很快指准了张君生的头，钟敏不敢再动。她紧紧闭上双眼，因有些着力，浓长的睫毛微微颤动。

"畜生！畜生！"

张君生发了疯地挣动，双目通红，表情因痛苦和愤怒扭曲，仿佛要不是有两人制着，他就会像个野兽一样扑过来与程越撕咬。

"别碰她！你冲我来！畜生！"

钟敏看见头顶上的白光像是夜幕里烧穿的洞，很亮，谁都能窥进来。张君生的怒吼声被什么东西罩住，从清晰，一点点压抑成模糊、混沌。钟敏只能听见自己又长又重的呼吸声，无法控制思考，无法控制意识。

在混乱的呼吸声中，有一道低沉熟悉的声音，问："你是谁？"

她有很多身份，为此，要说无数的谎。她有好几次临近崩溃，想要退缩，不断质问江城东："什么时候才能结束卧底任务？明明已经掌握了部分证据，为什么还要等？"

因为双重身份，她快要疯魔。江城东需要她"别露出任何马脚"，又需要她"要时刻记住你自己的身份"，这如何能呢？

"想想我们这些年来的努力，想想你爸妈。你真要功亏一篑吗？再忍忍，再忍忍，钟敏，很快了，我保证。"

她仰起细长的颈子,眼前的白光越来越炽热,仿佛在烤灼着她。钟敏喉咙沙哑:"我是,钟敏。"

程越听到这样的回答,想笑。她现在恢复了警官身份,也有想要结婚的人,她怕张君生不要她。就算张君生真不要她,还会有其他人去拥抱钟敏,不问她的过去,愿意跟她结婚,给她一个完整幸福的家庭。他程越又算什么?

任何一个人都有可能成为她的丈夫,唯独他不可能。因为他天生就注定跟他父亲一样,是个混账。她是警,他是匪,不是你死,就是我活。

可既注定是仇敌,又为何要变成顾嘉?成为他的妻子,为他怀上孩子,给他编织了一个不切实际的美梦?

他每每听着顾嘉的肚子,就向孩子暗暗承诺,他要给他的儿子一个美好的未来,不用担惊受怕,也不用每天打打杀杀。他能坐在明亮的教室里读书,能给喜欢的女孩子写情书,能在课后去学小提琴。不,无论学什么都可以,只是他父亲曾经很想学小提琴而已,可这无谓加诸孩子身上。

他的儿子不必、更千万别像他父亲,只要他能活出他想要活的样子,他都会尽力支持他,保护他……顾嘉给他的幻想,真实得近在咫尺,又虚幻得一触即碎。

他扳过她的脸亲吻,泪水盈盈的模样像极了从前的顾嘉,每一次,无论程越多温柔,她都会如此。

程越都要不清醒了。

他一时也怀疑,是不是眼前的这个女人夺走了他的妻子,要怎样做,她才能把顾嘉还回来?可他又很快清醒,明白不过是又在痴心妄想。

"畜生……畜生……"

张君生的声音已经不再清亮,像是钝刀划在皮革上一样粗糙。他头皮阵阵发麻,一串轰隆隆的雷炸过后,徒余空茫一片。他什么也反应不出了。心脏好像刀绞,疼久也会没了感觉,只有麻木,不疼就会有其他的感觉代替。

他想呕吐。钟敏每一声哭喊,他的胃就绞一下,绞到尽处,酸苦就往喉咙上翻涌。他忍得眼睛血红,忍得泪水不断流出来。

程越将警服捡起来,罩到钟敏头上,伸手抬起她的下巴。她两颗眼珠子黑洞洞无光,像是腐黑的死物,在灯光的映照下也有光,光却不抵眼瞳深处。

钟敏唇发颤。

程越问:"钟警官,这样是不是很公平?"

（六）

没有公平不公平，钟敏的回答永远是那一句话："我只是在执行我的任务。"

因为不明确时间，被囚禁的时段显得格外漫长。程越很少出现，负责看管的是四个人，三男一女，老面孔，他们以前跟着程越出生入死。钟敏自然也认得，或者说，他们也曾是"朋友"。

他们曾在一起比拼射击，比拼酒量，醉过酒，钟敏听他们闲谈，讲述他们是如何被拐卖出村的，如果没有遇到程越，那些人贩子又会怎么废去他们的手脚，把他们扔到街上行乞，以此赚钱。钟敏没办法从他们身上找到突破口，实际上，她现在除了等待营救，已经束手无策。

女的想趁程越不在，杀了钟敏。其他三人阻拦，争执间，钟敏模模糊糊听到"警方"两个字。她推测是江城东发现了她失踪的事，已在沿路布控拦截关卡，实施营救行动。他们要逃出生天，安全地离开林青市，钟敏是他们手中的筹码。

他们将钟敏和张君生关在一间黑室里，像是工厂里堆放杂物的地方，逼仄封闭，潮湿得令人窒息。钟敏的双手被反铐在背后，她屈着腿瑟缩在角落里，咬紧牙关，几乎都要缩成一团。

钟敏以为自己足够的冷静和理智，心理承受能力也足够强大，她是害张君生被绑架挟持的祸首，她有责任去安慰他，告诉他"别怕，你一定不会有事的"。可她连看张君生的勇气都没有，肩膀哆嗦着，连哭都不敢发出声音。

是张君生先过来，手指刚刚碰到钟敏，她便似被火烫了一下般颤抖起来。张君生合臂抱住她的身体。

"别碰我！别碰我！"

守在门口的两个人听见尖锐的喊叫声，约莫以为他们在争吵，互相递了个眼色，暧昧又讽刺地笑起来。

她不停地剧烈挣扎，张君生的手臂反而越收越紧，他哑着声音，说："不是你的错。"钟敏一下停住，甚至连心跳都要停了。

"别怪自己，敏敏，别怪自己……我说好要保护你，我没能做到……是我不好，是我的错……"

钟敏痛苦地喘息着。她想抱住张君生，手还被铐着，又怕无法抓住他，就往他怀中靠。可依然不够，无法占据主动的恐惧，让钟敏害怕得哭出声来："对不起……我不能让你知道……"也许是因为巨大的变故和深深的恐惧，钟敏逻辑开始混乱，有些语无伦次。

"不，你要看到，这样比较公平……我把戒指弄丢了，你还会跟我结婚吗……不，不是，你看到了，我做过卧底，你不会喜欢我的……"她闭着眼，泪水横流。

张君生温暖的气息扫过钟敏的额头，那般珍视，那般小心翼翼。本处在崩溃边缘的人，像是在狂风暴雨中岌岌可危的船，终于找到可以停靠的避风港，她渐渐安静下来，仿佛风雨也会安静下来。

两个人在黑暗中紧紧相依。

他们始终低估了钟敏，一个卧底多年的警官，忍耐力本就超出旁人。钟敏依靠着张君生，整理好思绪，让他帮忙去找找有没有可以用的东西。很快，张君生在墙上楔进去的钉子里，找到一小截绕在上面的铁丝。

黑暗被枪声打破。刺耳的警笛声拉响，从远及近，最后稳稳地回荡在耳边。钟敏听见江城东的声音，他正在尝试交涉。程越还没有回来，"水手"们一定会拿钟敏和张君生做人质，要先设法逃出去。钟敏知道这是眼前唯一的机会，且时间不多。

铁丝在锁孔里钻转，她手有些抖，试了几次都没有成功。

张君生说："别着急。"

钟敏沉了一口气，闭上眼听声音，不过十几秒，咔啦一声响，手铐开了。钟敏按住张君生的肩膀，额头抵上他的："君生，君生，你听我说，有机会，你就跑。回去以后，找一个……找一个女朋友，能照顾你的，别像我这样。"

"不行！"

钟敏示意他不要说话："求你了，听我的。"

脚步声近了。

钟敏迅速躲到门后，等门打开，"水手"见角落里只有一个张君生，钟敏不在。正乱神之际，钟敏一脚踹在他的背上，单膝压上去，手肘往他背脊上狠击。她敏捷地夺来他手上的枪，对准他的后脑勺："别动。"

男人脸贴在地上，痛得咧嘴，但也在笑："顾姐，本事还在啊？可你知道我的，我不怕死……说实话，我一命换一命都可以，我早想为先生报仇。"

"……"

"你当年诈死……他在监狱，变得人不像人、鬼不像鬼……他以前是什么样人啊，就因为你……你欠他的！你欠他的！"

"起来！"钟敏厉喝，揪着他起来，一边架着枪，一边往外推。钟敏挟持着他，与另外三个人对峙。

皇家胭脂

那女人恼羞成怒："钟敏，我杀了你！"

钟敏将枪指到男人的脑袋上："同归于尽，我不怕。你们了解程越，如果出不去，他一定会回来，到时候大家都陷在这里，谁也不要走！"

"你想怎么做？"

"很公平，一换一，你们放张君生离开，我留下。我跟你们走，等到了安全的地方，见到程越，你要杀就杀。"

女人嘶声喝道："别信她！她男人还在这儿，她不敢死。三年前我就说过，这个女人不可信，你们全都相信她，不相信我！现在呢！外面的警方可都是因为她才来的！"

"好啊……"钟敏笑了笑，"那就这样。我们活不了，你们出不去，程越也离不开，皆大欢喜。"

正当他们犹豫抉择间，外面砰的一声枪响，震耳欲聋，惊得所有人一跳。回荡声未绝，紧接着，交火枪声就如惊雷四起。

"是先生！"

钟敏没想到程越来得那么快，仅仅一瞬的分神，被她用枪指着的男人猛地抓住她的手腕，狠折一下，她陡然吃痛，枪失手脱落。他把住钟敏的手臂狠往前一带，过肩将她狠摔在地。背脊和后脑尖锐剧烈的疼痛都无法将她从天旋地转中拉回来。男人咬着牙，面目已愤怒得狰狞，从旁边随手抄来一截铁棍，狠命往钟敏腿上打。

疼痛猛地炸开，钟敏惨叫一声，声音凄厉得像刀，划烂人的耳膜。

"我这么相信你！我为你死！我也想过为你死！你就这么骗我……骗我！"

车声、枪声、人声混乱成一片，一辆车冲进来，漂移打了个旋，一下横在前方。程越穿着黑色立领风衣，脸显得更加冷峻。他走下车，给他们又扔了几把枪，喝了句："快上车。"

"她怎么办？"那人指了倒在地上的钟敏。程越抬起枪，利落上膛，精确地对准钟敏。可该开枪的时候，他的手指在扳机上碰了又收，收了又碰。

"先生，杀了她！"

程越看着她疼得苍白的脸，眼睛那么黑，正望着他冷笑。当初玩俄罗斯轮盘赌，愿意拿命搏他一线生机的女人，也是这副眼神，跟顾嘉真的很像很像。

不，不是像。

顾嘉就是钟敏，钟敏就是顾嘉。

程越猛地松开一口气，低低咒骂一声，上前拽住钟敏的胳膊，拉起来，将她往车上拖。钟敏要逃，发了疯地挣扎。挣动间，钟敏瞥见了什么，那一刻，竟也来不及想，只是出乎本能地反应，顺着程越力道的方向一下扑过去！

枪响了。

两枪。一枪打到地面，反弹到车上，击出凹痕，一枪打进钟敏的后肩膀上，瞬间鲜血四溅。她不顾自己的命，拼尽全力压紧程越，嘶声喊着："别开枪！别开枪！"

张君生举着枪的手僵在半空中，不住地发抖。他看见血，眼前阵阵发晕，思考全无。

钟敏额头上冷汗涔涔，央求程越："求你了……放过他……"

程越喉咙里压着一声似兽的低吼，他收回对准张君生的枪口，挟抱起钟敏翻上车。一脚油门猛踩到底，车瞬间发出刺耳的嘶鸣声，往仓库外冲去！

（七）

程越早已计划好了逃生路线。他受过丛林作战训练，到这城市森林里，也清楚如何反侦查与反追踪。车身来回摇晃，程越紧紧抱着钟敏，眼睛黑亮，死水一般无波无澜。

钟敏已经疼得快没有了意识，眼前徒留下白花花一片。她能听见耳边密集震颤的枪声，然后枪声消失，警笛声转个不停，像是一根线，牵着她最后的意识。线越扯越远，直至完全消失。而后，她也完全陷入昏迷当中。

等钟敏重获意识，是在一个房间里。她趴在床上，睁开眼，本能地去巡视周围的环境。像是一家旅馆，很简陋，只有一张床，电视柜上有固定电话。她抿了抿发干的唇，盯着电话线，想努力爬起来。

"别动。"她屈起的腿被程越牢牢压住，动弹不得，"我帮你取子弹。"

"程越……放开我……"钟敏皱着眉，肩膀上本疼得麻木，挣扎了几回，痛就渐渐苏醒了。她的唇不住地打哆嗦。

程越将刚才止血的毛巾塞到钟敏嘴里："咬住，别出声。"他手握短刀，将伤口周围浸透鲜血的衣服划开，背脊的皮肤露出来，白皙细腻，独独肩膀上那块伤口狰狞，源源不断冒着鲜血。

红白相称，越发触目惊心。

程越咬咬牙，将刀攥稳，手法利落，刀尖探进皮肉，一下剜出子弹。

钟敏不由地眼泪直冒，咬着毛巾失声痛叫。

他将从子弹里取出的火药撒进她的伤口，明火一燃，火苗蹿了一下很快缩灭。

钟敏受不住这样的疼痛,毛巾松出嘴,她惨叫出声,身体不住地颤抖痉挛:"疼!疼——"

程越怕她挣扎,反而将伤口撕裂,便死死抱住她。他看不到钟敏的脸,双臂越箍越紧,眼睛深沉如渊,看不出有什么情愫。

可他的声音是哑的:"顾嘉……忍一忍,很快就不疼了……"

钟敏痛得几欲昏厥。她也看不到程越,看不到他眼里也有泪光,只能听到他低声哄着说:"等回到海城,你会没事的。"

她一时神思恍惚,产生错觉,仿佛程越还是她的丈夫。他们在海边度假屋,钟敏因为怀孕而日夜惶惶,看见程越就会忍不住流泪,医生讲她是轻度抑郁,程越得知后,也这样抱着她。

"别担心,你会没事的。我一直都在,陪着你,保护你。"

等回过神,钟敏才发觉自己在流泪。泪的凉意和剜骨的疼痛让她更加清醒。钟敏盯着紧闭的窗帘,所有的光都被挡在外面,她静静看了很久,然后说:"……程越,要么杀了我,要么就放了我。"

"顾嘉。"

"钟敏,我叫钟敏。"

程越扳过来她的脸重重亲吻,热烈又深切,呼吸逐渐促重。钟敏如同僵硬的木头,不惊不怒,任他亲吻,仿佛无论程越如何,都无法令她再有任何波澜。程越从中尝到绝望的挫败。他不再亲吻,紧紧抱她在怀,用脸颊贴着,低声问:"你爱过我吗?"

钟敏沉默着,没有回答。

程越躬身,将头埋进她的肩膀里,再问:"钟敏,你到底有没有爱过我?"

他在问"钟敏"。

钟敏靠在他的怀里,还是没有回答。

她不回答,程越也没有放手。两人不知僵持了多久,钟敏的伤口再痛回麻木。外面有人敲门催促着离开。程越抱紧她说:"走。"

钟敏冷着声:"我不走。"

"不走,我真杀了你。"

钟敏又是沉默,程越欲抱着她起身,钟敏突然开口:"你知不知道我为什么当卧底?"

"……"

"我爸生前做建筑师,海城市的百科大厦,就有我爸参与设计,每一次路过,他都会特别骄傲地指给我看。他很疼我，那段时间讲好要攒钱买一套画具，送给我当生日礼物。后来他接了根烟，就……再后来，他因为不守规矩，诈了交易的钱，被人砍断双手，死后还留下一屁股债。"

"……"

"要账的人天天上门，最后把我妈也抓去了，两天。我妈回来的时候，身上衣服换了，男式的长衣长裤，我能看见她胳膊上都是伤。挺疼的吧？不过她什么也没说。

"我妈给我做了一顿很丰盛的饭，有一道糖醋鱼，以前我过生日才有得吃……等我吃好，刷了碗，去卧室看她的时候，她就死了……"

"别说了。"

"那时候我每天都在想，如果爸妈还在就好了，后来想，没有那些害人的东西就好了。"

"别说了，钟敏。"

"我每次看见你，就会想起来我爸妈是怎么死的。我加入调查科，拼了命去工作，因为只有这样，我才能让自己像个正常人一样生活。"

"……"

"我想像正常人一样生活。"

无所谓爱与不爱，不必分辨清楚，因为无论如何，结局都是一样的。程越最终放开她，两条腿似陷在泥淖里那般沉重，挪着步子走了出去。程越没有杀她，而是将她丢在了这间旅馆。

钟敏通过电话很快联系上了江城东，救护车和警车一起到达，将她就近送往附近的医院救治。

她昏迷了一天一夜才醒来，手指一动，伏在病床边上睡觉的张君生就醒了。她看到他发红的眼，看他流着泪傻笑。他不自禁地亲吻她的脸，钟敏便抬起一只手紧紧地抱住张君生，嘶哑沉郁地哭出声来。

警方的布控没有抓到程越，他还是逃了。钟敏因为腿骨负伤，只能退下一线去坐办公室。如此也挺好，不比之前忙，钟敏能够准时上下班，分出心来照顾家里人。

期间听海城市从前的同事说，程家以前的东升集团换了话事人，他就任后专门经营正道生意，此人不曾在公众面前露过脸，神出鬼没的，没人知道他是谁。钟敏猜测，可能是程越曾向海城市的警方提交过举报资料。

不过碍于当前形势，海城市全力都在发展经济，东升集团转做房地产生意后，又是块不好啃的硬骨头，所以只要不闹出乱子，大多会睁一只眼闭一只眼。因为此事已不在钟敏职责范围内，她也远不如当初那样执着了，就此再无关注。

大约又过了两年。

这天钟敏系着围裙，正在厨房煲汤，电话铃响，她接了个电话，对方是江城东。当头只有一句话："程越死了。"

钟敏听后手一抖，汤勺猛地掉在地上，脑袋发蒙，明明只有一句话，她很久都没反应过来。江城东说："警方前不久又开始着手盘查东升集团的底细，还没来得及开到搜查证，程越就在滨海大道上出了车祸。"

钟敏再次确认地问："哪里出了车祸？"

"滨海大道。"

"……"

那是一切开始的地方，程越的手曾穿过迎着风飞扬的发。

他说："以后你跟着我。"

有个念头在钟敏的脑海里一闪而过，江城东也很快印证了她的想法。

警方在他的车里安装了监听器。据监听的警员陈述，原本一切都很正常，他还有好心情去街边吃了碗甜水。他根本没预料到程越的行为，事情发生得很突然，行车记录仪显示，程越驾驶车辆经过滨海大道的时候，车速异常飙升，中途也并非为了躲闪什么，就突然打转方向盘，直直撞出护栏。事后，警方检查车辆并无异常。

钟敏一直没有说话。

江城东也察觉到沉默中的微妙气氛，很快选择结束这通电话："总之，就是这样，我之后要去跟进调查，你想来吗？"

钟敏犹豫了一会儿，又说："最近挺忙的，这件事也跟我没关系了。你小心一点儿。"

"行。"江城东沉默片刻，又问，"冬冬还好吗？我妈想他了，老天天念叨，之前闲着没事给他做了一床被子，我给你寄过去。"

钟敏说："行。"

"好。那就挂了，有什么事再给我打电话。"

钟敏刚挂下电话，一个小男孩就从门外探出脑袋来："妈妈，我都闻见煳味了。"

钟敏这才想起砂锅里的汤，飞快地关上火。她有些头痛，痛意一抽一抽的，从太阳穴往后脑上蔓延，疼得她发蒙。钟敏扶着灶台站了半天。

冬冬眨了眨黑溜溜的眼睛："刚才张叔叔跟我打电话，问我要不要去吃比萨。他说，下午他可以带我进他的实验室看看。"

"……行。"

钟敏回卧室替他找衣服换，冬冬跟在她身后，不住嘴地问："妈妈，你什么时候能跟张叔叔结婚啊？如果他是我爸爸，我就能每天去他的实验室，那里真的超酷。"

他从柜子上摸来一个透明的护目镜，戴上："电影里的大科学家就像这样。"

钟敏看他小身板挺得直直的，红扑扑的小脸故作严肃，分外滑稽。钟敏笑了笑："你以后想跟张叔叔一样，当个科学家？"

冬冬接过钟敏递过来的上衣，一边换一边说："我不仅要当个科学家，我还要当个音乐家。妈妈……"他声音有些闷，努着劲儿从领子里钻出头来，露出黑亮亮的眼睛看着钟敏，此时声音才又清亮了。

"如果下次我还能考第一，可不可以给我个奖励？"

钟敏抿嘴笑："你还挺会做生意，开始学着讨价还价了？你说，想要什么？"

冬冬蹦了蹦，高兴地说："我想拉小提琴！"

"……"

钟敏愣住了，她怔怔地望着冬冬的眼睛，也看他的鼻子，他的嘴。

冬冬怕她不答应，保证道："真的真的，妈妈，我真的想学小提琴。我不会半途而废的，我们拉钩！"

钟敏伸出小指，跟他拉钩按定。冬冬高兴得蹦蹦跳跳，跑出去穿鞋。

钟敏一个人站在卧室里，窗户外是碧蓝澄明的天，淡绿色的透明窗帘，柔和着有些烈的日光。她想起来，谁曾站在这样柔和的日光里，身影挺拔又优雅，闭着眼轻拉起琴弓。

窗外有微风拂来，风浪浪，音也浪浪。

（完）

番外篇 皇家胭脂

（一）

　　程越一时想不起，自己为什么会出现在这里。

　　日光朗朗的公园，喷泉的水柱从地底一下攀上来，孩子笑着喊叫，四处都是欢声笑语。他眼前浮过去黄色的小风车，还有点缀着绿梗的草莓小帽，能倒映出五颜六色光彩的透明泡泡……色彩过分丰富，也过分明亮温暖，反而有些诡异。

　　程越藏身在浓浓的树影当中，黑沉的眼睛抱有警惕，观察着周围。他在喷泉区很快注意到一个孩子，是他熟悉的面孔。其实谈不上熟悉，程越只是看过他的照片。那张照片偷拍得并不清楚，可他却牢牢地记在了脑海里。

　　手下告诉他时，还不知道孩子的大名，听人喊他"冬冬"，不知道是哪个字，东西的东，还是冬天的冬？

　　不重要，这与他无关。唯一与他有关的，是这个孩子已经五岁了。

　　多么好的年纪，这是他的儿子。

　　在知道这件事之前，程越没敢奢望钟敏会把这个孩子生下来。他这样的人，本不该有太多的奢望。所以，他是跟踪冬冬到这儿来的？程越不怀疑这样的动机，他每时每刻都在想见见他。尽管不能与他相认，尽管只能在暗中看他一眼……

　　冬冬手中拿着彩色的水枪，背心和短裤已经全湿透了，头发也是，他比其他同样年龄的孩子要瘦弱一些，看上去很小，小得可爱。他一只脚踩在泉眼处，等水柱喷出，击到他的脚心，他痒得一下跳着躲开，咯咯地笑。他眼睛弯得跟月牙儿一样，这点像钟敏，乌黑又明亮。

　　这样玩了几回，他又跑去水桶给水枪蓄满，一转身，脚下突然打了个滑，啪的一声摔在地上。程越看见，心一下抽疼，控不住脚步疾走过去。

风催着云前移，阳光从云层中露出来，将树的影子越拉越长，追着程越的脚步而去。远处，冬冬自己很快爬起来，没哭也没闹，揉了揉发疼的膝盖，又跑向水桶。程越停住了，就停在树影的顶尖上，再差一步就能迈出去。

冬冬蓄水的时候，程越望着他出神。

冬冬抬头，两个人的视线碰撞在一起。程越心中一震，匆匆转身，没走出去两步，身后忽然亮出一道声音，喊："爸爸！"

冬冬抱着水枪，光脚跑过来，在程越回身时，一下撞进他的怀里。

程越没有抱他起来，只是僵硬地接住了他的步伐。

冬冬抓着他的手臂乱蹦，脸红红地说："爸爸，我找不到鞋了。"

程越整个身子都僵了僵，沉默了一会儿，问他："你……喊我什么？"

冬冬疑惑地看向他："爸爸？"小孩子不懂，也很快就忘，又开始蹦着张开手臂，求程越抱。

程越单膝跪下，有些惶恐地将他搂进怀里，不敢太紧，也不敢太松。冬冬湿透的头发贴在他的脸上，清凉凉的，让他有一种真实的清醒。他怀里的小孩子稚嫩脆弱，又很鲜活，他抱着冬冬的时候想，这是钟敏给他最好的礼物。

一个生命的延续，令他如获新生。

"程子文！"冬冬被一双手揪正。

他看到一张熟悉的脸，表情寡淡，可眉眼生得柔媚，有种近乎清纯的性感。他中意这副模样很多年，钟敏眉一扬，唇一弯，对于他来说，都是致命的诱惑。

钟敏扶住冬冬的小肩膀，用毛巾擦着他湿漉漉的头发。冥冥中，程越开始分不清自己究竟是在梦中，还是梦醒。他口舌僵麻，麻透的舌根又泛出苦涩来，除了苦，还是苦。

一个清晰的记忆，唤醒他的意识，他记起来眼前的钟敏是他的妻子。很多年前，她寻求社会的法律援助，要将她舅舅告上法庭。

那时，程越劝服父亲断开所有赌档和非法交易链，成立东升集团。因为程家的名声在海城市一直与暗面挂钩，东升集团走入公众视野，需要树立全新的企业形象，部分资金就投放到慈善与公益事业当中。

东升集团承担钟敏诉讼期间的全部费用，帮她打赢了这场官司，又承诺会资助她在大学期间的所有学费。

而作为回报，她在毕业后，需要与其他接受资助的学生一起，配合东升集团做企业的公益片宣传。钟敏的警员身份尤为特殊，这让她成为焦点与主角，所以，当时刚刚接任董事长位子没多久的程越，亲自见了她一面。

她那天是穿着制服来的，高高瘦瘦的，样子十分出挑，英姿飒爽。她向程越表示感谢时，神情真挚热情，没有一点做作。她乐于跟他分享自己在警校的趣事，讲得益于东升集团的帮助，自己才从泥淖里爬出来，重新开始生活。她还说，自己现在已经是一名警员了，以后最想进重案组。

她那时刚刚从警校出来，还保持着高度的忠诚与热情，笑容明艳又干净。程越看她笑，心脏怦怦地跳个不停。

结束后，两人有张合影。后来，合影越来越多，直到变成一张结婚照。她穿着白色婚纱，轻抱住他的腰，与他甜蜜拥吻，成为他相伴终生的妻子。

"身上都湿透了，不能让爸爸抱。"钟敏训冬冬，当训犯人，严厉肃正，训得他一下就老实蔫儿的。

"Yes, Madam."冬冬的头发被揉得像个奓毛的刺猬，他不乐意，固执地一绺一绺给捋伏下来。

钟敏笑他："臭美，跟谁学的？"

"当然是跟爸爸。今天出门，爸爸还给我搽了发胶。"冬冬供认不讳。

钟敏嗔了程越一眼："你少乱教他。老师又跟我发信息，讲他在学校收情书，也不想想你儿子才多大？"她的眼睛那样亮，连程越都经不住她质问。

冬冬仰着头，小脸从毛巾里钻出来，眉一扬一扬的，圆圆亮亮的黑色眼睛眨了眨，偷偷跟他打情报。毕竟，"犯人"与"犯人"在警官面前都是统一战线的。

程越忽地想起来，他是在冬冬书包里看到过一封粉色的情书，那时候，冬冬羞得脸比苹果还红，小手指绞在一块儿，讲好要爸爸保密。

程越问他，是不是也喜欢那个女孩子。

冬冬讲，喜欢，因为她画的西瓜是最好看的。但不是爸爸对妈妈的喜欢，是朋友的喜欢。他很小就明白什么是"爱"，也明白怎样去爱一个人。

"她能喜欢我，我是特别感谢的。就像爸爸妈妈爱我一样，她也让我觉得自己很珍贵，很可爱。"

程越看着冬冬溜圆的黑眼睛，说："也不小了……"他跟冬冬这样大的时候，见识到的，是最原始的野蛮与掠夺、残酷与杀戮。等他知道何为爱，学着怎么去爱，是在遇见钟敏之后。

他将冬冬抱起来，让他坐在自己的肩膀上："我的儿子，嚯，怎么这么轻啊……"他去搔冬冬的痒，问他，"这个收情书的小家伙，是不是我儿子？是不是我的小宝贝？"

冬冬大笑:"是!哈哈哈哈哈是呀!"

程越也笑个不停,将冬冬抱回怀里,拿冒出胡茬儿的下巴去蹭冬冬稚嫩的脸,蹭得他咿呀乱叫。

钟敏扶着冬冬的背:"你就宠着他玩儿吧。"

冬冬趴在程越怀里,翘荡着白白的脚丫,说:"妈妈,我的鞋找不到了。"

钟敏看他果然光着脚,对程越说:"你带他去车上换衣服,我去找鞋。"

他看见钟敏走远了,恍惚着,又有些出神。冬冬揪着他的衣服,小声说:"爸爸,我们偷偷跟着妈妈一起去,不要让她发现。"

冬冬转过身看钟敏,程越顺向他的力道往前走,一步,一步,不知不觉地就走出脚下黑透的树影,踏进暖融融的阳光里。

日光并没有很烈,柔柔的,亲吻在他冰凉的后颈上。冬冬揽住他,在他耳边悄悄说话,像个认真的小哨兵,汇报前方"敌情"。钟敏从水桶后拎起来冬冬的小鞋。冬冬马上拍起程越的肩膀喊着"注意隐蔽"。可他不是个听令的好士兵,他期待着看见钟敏回身时的笑容,既无奈又诧异。

她走过来给冬冬穿上鞋。程越一手抱着冬冬,一手牵起她。钟敏问:"怎么了?"

"回家吗,钟警官?"

"还有些资料要看,一会儿回重案组。"

"回家吧。"程越认真地说。

钟敏挑了挑眉,无声地笑起来:"程先生,你是在请求,还是在命令?"

"请求。代表人民,向钟警官请求。"

冬冬举起手来:"我!我就是人民!"

钟敏一下笑出声,往程越怀里依了依,说:"行,回家,全心全意为人民服务。"

程越听这话很滑稽,亲吻钟敏额头的唇都牵起笑来,说:"谢谢钟警官。"

(完)

他应当即就揭穿她,告诉她不该这样。
可他没有,他比霍缨更卑劣,更龌龊。

PAN CHENG

第三章
客 缦
Chapter 03
胡 缨

第三章 客缦胡缨
Ke Man Hu Ying

(一)

霍缨负手走在队伍最后，碧袍轻纱，青色分明温软，可奈何碧衣主人眼睛甚是机灵，敏锐明亮，嘴角正抿着笑，神容越看越有一股邪劲儿。

行在她前头的，是望山门的弟子。一行人浩浩荡荡，望山门弟子个个身穿白袍素衣，佩银剑，威势逼人，所行之处无人不敬无人不畏。

他们入了客栈，便坐满半堂，吃闲的百姓不由地偷偷打量，低语议论纷纷。

有见识广者，认出这是望山门的弟子，便与同座好友说道："望山门乃江湖名门正派，传于剑圣秋望山一脉，至今已有百年基业，在江湖上素有威望。"

提到望山门，这好友自是知晓，忙点头道："这望山门一向不问世事，如今乌泱泱一堆人，是要干什么去？"

那人回答："多半是冲着九霄峰去的。"

霍缨就坐在他们旁边那一桌，兀自饮茶，将他们的谈论尽数听入耳中，听得他们说——

如今江湖四大派共同商讨驱逐魔道，各路群雄好汉奉望山门为首，令其掌门主持大计。他们此行就是赶去洛阳寄剑山庄，参加群英大会，与其他三大派的人马会合，意图攻上九霄峰，擒了那峰主来。

一听他们提及九霄峰峰主，霍缨眼睛都放亮了，听得愈发津津有味。

同座的疑惑问道："九霄峰，怎么没听说？那峰主做什么恶事啦？"

那见识广的，见识也远没有那么广，摇摇头道："不清楚了……反正不外乎杀人放火，奸淫掳掠，定是无恶不作的，不然怎会犯了众怒，惹来四大派的诛杀？"

"也对。有道理。"

霍缨将茶盏重重一搁，暗骂道：没见识的狗东西，连九霄峰的名号都不曾听过。既不曾听过，又怎的说九霄峰干尽杀人放火、奸淫掳掠的事？！这不平白冤枉人嘛。她杀过人，放过火，掳过货，掠过钱……可剩下那件事，可万万没有做过！

污蔑，纯属污蔑。

"不过，有一人，你需得认认。"那人将手按在桌子上，以茶壶作挡，小心指了指坐在二楼雅座上的人。顺势望去，见卷起的竹帘后，端坐着一白衣公子，眼轮漆黑，长得尤其俊秀，眉眼间又有一股儒雅风流之色，气比翠柏青松，度胜阔天百川。

"望山门的大弟子，江湖人称'第一剑'的谢轻云。"

果不其然，楼下大堂有用完膳的弟子，皆冲他抱剑行礼，方才退去。谢轻云之威，可窥见一斑。

说这谢轻云，现刚及而立之年，剑法就已拔群超绝，大有祖师爷秋望山的遗风。论文略武功，不在其师父之下，更远胜其他同辈。三年前，江湖联盟，共同襄助朝廷抵御外敌，谢轻云在其中立下头功。皇上龙心大悦，御赐"第一剑"的名号，谢轻云便从籍籍无名之辈，一跃成为正道魁首。

传闻谢轻云生性淡泊不喜争，醉心剑术，一心向道。若非当年为救黎民远离战乱纷争，谢轻云本无意插手江湖朝廷诸事。

奈何近年，一个不知名的门派异军突起，在江湖上作恶多端，因据点盘在九霄峰上、麒麟殿中，江湖人便以"九霄峰"代之，称为首人是"峰主"，门下弟子皆归为魔道。

有正派人士与九霄峰峰主交手多次，偏他武功邪得厉害，变化无穷，令人捉摸不透，没有谁占得上风。各大派拿这等邪魔外道都没了办法，遂联名请求谢轻云出山，助他们共同讨伐魔道。

霍缨听着，她九霄峰众人还不比谢轻云一人，竟在百姓中是没有名号的。真没有名号也就罢了，怎还落得个邪魔外道的臭名？霍缨不禁反省思过，到底哪里出了问题。

真不明白。

想她若是能早出生几年，也能有机会参与到那抵御外敌的大战当中，这正派魁首的名号恐怕还轮不到他谢轻云。霍缨越想越晦气。她赌气起身，噔噔噔地跑上楼去，在拐角处猛地撞上一位望山门的弟子。

对方见撞着一名姑娘，忙退后三步，抱剑躬身："在下失礼，无意冲撞姑娘，还望海涵。"

霍缨负手，打量这小弟子也不过十五六岁的年纪，唇红齿白的，仿佛不曾见过女人一般，撞她一下，脸都烧红了。霍缨想，那恶名既有了，如若名不副实，可就算她霍缨的错了。

她伸手挑了挑那小弟子的下巴。

对方如遭雷击，惊得一跳三尺高，仿佛霍缨是那无耻的孟浪之徒，他是受尽调戏的黄花大闺女。

"你！姑娘，你这是干什么！"

"你撞着我一下，碰着我的身子，我自要同样讨回来，才算公平，是不是？"

哪有这样的歪理？那小弟子百口莫辩，眼睛躲躲闪闪，连看她一眼也不敢，匆匆就要下楼去。霍缨伸手拦住他，往他身边贴近一步，又问："你怎不要看我，难道嫌弃我长得丑？"

小弟子闭眼回答："万万不敢……"

霍缨说："那你瞧我，长得好看不好看？你看了，我就放你过去。"

小弟子无奈，便睁开眼望去，猝不及防就撞进她的眼潭里。眼前的女子娇美可爱，明艳无方，他才看了一眼，一时便觉痴了醉了，又见她笑容有些邪，还有些野，遂想起她的恶劣行径，脸腾地一下烧得更红。

霍缨贴过去，与他不过咫尺之遥，再问道："到底好看不好看呀？"

幽幽香气张牙舞爪地侵犯过来，令小弟子心神大乱。

"你，你……怎么会有你这样的人！"他一下推开霍缨，胡乱仓皇地跳下楼梯去，在满堂哄笑声中落荒而逃。

有人喊着："小师弟别逃，这姑娘看上你啦！你要逃了，可白白少一位婆娘！"

如此一喊，众人笑得更开怀。唯独那雅座上的谢轻云，脸色冷肃，不见欢颜。

霍缨笑得得意扬扬，负手转身，步伐轻快地上楼去了。

待至夜临，客房的青纱帐中，有痴缠的身影。

女子肌肤胜比雪光，在黑暗中如同一块明玉，脸也是白皙的，满是情欲的红潮。女子正是霍缨，男人的脸浸在夜色当中，有些模糊不清。

她眼前的男人，就连在此刻，眉目都是冷清的，脸削唇薄，眼轮太过于黑白分明，长得有些不近人情。霍缨似云浪里的孤雁，他就是擎苍的风。可他越冷清，霍缨就越火热，目光迷离，红唇轻张。

男人皱眉，抬手捂住她的嘴，声音跟冰一样："别叫。"

被堵住嘴，霍缨也不认输，舌头尖儿往他掌心一顶，他便立刻如探到火般一下缩回手。男人低头，往她身上狠咬了一口。霍缨低叫，忙捧住他的脸，见他神情如霜雪，可这脸颊却热烫得很。

她唇角弯了弯。

"江湖第一剑，也做了狗吗？"霍缨手指抚过他的耳朵，环住他的颈子，似讥道。

那迎着月光的脸明亮起来，不是谢轻云又是谁？他听言眉目一横，只沉默了一阵儿，将便她重新按倒在床上。

彼此呼吸纠缠良久。

霍缨翻身，伏在他的胸膛上，脚尖儿在他腿上胡乱蹭着。谢轻云按住她的腰，低声警告道："以后，别惹我师弟。"

"我乐意，你管得着？"霍缨说，"你师弟若是也欢喜我，我们两情相悦，你谢轻云堂堂正道魁首，还能做出棒打鸳鸯的下作事不成？"

"霍缨。"他翻身将她欺下，黑亮的眼睛紧紧盯着她，来回转动，将她的脸仔细打量，望进眼里，烙在心上。

霍缨缠着他："世人讲我九霄峰峰主奸淫，谢大侠，你怎不为我主持公道，还我个清白？也同他们讲明白，你我到底谁在……"

（二）

谢轻云神情冷冰冰的，也不回答她的风流话，伸手拢住霍缨的下颌，问："为什么跟来？"

霍缨眉一挑，懒洋洋地回："想你呀。"

"你骗谁。"

"好吧。"霍缨笑了笑，"我本意是来杀你的。不过谢大侠的功夫忒好，我舍不得，今日就饶你一命。"

谢轻云在她脸上亲了一吻，说："明日就走，别回九霄峰。"

"不回九霄峰，我又能去哪儿？别担心啦，你来，我也照样杀。四大派？这些个小猫小狗，以为我霍缨会放在眼里？"霍缨尽够了兴，伸掌想去推他。

谢轻云催力将她压制，低怒道："我不想再见你杀人。"

霍缨故作惑然道："奇也怪哉，怎的你见他们杀我九霄峰众就可以，见我杀人就不可以？若我说，你有如此大仁大义，不如去将四大门派尽数劝退，也避免这场血流之争。他们一走，我自也不用杀人了。"

谢轻云无言可对。霍缨讥笑，推开他，径自起身穿衣。

谢轻云沉默良久，兀地开口道："跟我回望山门。"

霍缨的影子在白惨惨的月光中愣了一会儿。

谢轻云抬起眼，眉宇间一股清正，便是骗不得人的。他说："跟我回去，我来保你九霄峰众不死。"

霍缨笑起来，将谢轻云雪白的衣袍往他身上一抛："回望山门，你师父怕是要第一个杀我。你难道不曾听说过，你师公……也是我杀的？"

谢轻云陡然收紧手指。

霍缨的笑容更灵，灵得发邪："你若肯为了我欺师灭祖、屠戮同门，我就答应跟你回去。"

"……"

"做不到呀？我看你非但做不到，还恨不能杀了我才是。这番哄我回望山门，是想擒我给你师父问罪去？"

"霍缨……我绝非……"

霍缨已无心思再与他搅缠，听得那句"跟我回去"，莫名地大为烦躁。霍缨道："好啦，咱们九霄峰上见吧。"

谢轻云既不走，那她就先行一步。谁料她穿衣束带之际，谢轻云披上衣，翩然移步，上前拈住霍缨腰间软带，反手一扯。霍缨本是不防他，要防时也已来不及，双手被他反剪在后，腰带一束，顿时捆得她腕子发疼。

霍缨抬脚欲攻，膝盖教他一别，腿便动弹不得。谢轻云点中她肩背数道穴位，霍缨周身一下麻软，竟提不起半分力气。霍缨倚靠向他的胸膛："谢轻云！"

谁人都知，谢轻云素来端正有方，以君子自居，断不做小人。那脊梁骨是望山门锻造出来的，经由无形的戒尺撑着，哪里能做得了下流货色。

可瞧瞧，瞧瞧，现在这是干得什么事啊！

谢轻云从后紧紧地环抱住她，沉默半晌。

霍缨诧异着，笑问："……你到底想怎样啊？真要与我纠缠不清吗？"

他合臂收紧，气息扫过霍缨的颈侧，她觉得那皮肉处似被燎烧，火辣辣地疼起。

他说："霍缨，别走了。别再走了。"

无人相信谢轻云会说谎，就连霍缨也不信。他从小就不会，一说谎准会脸红，红到耳朵根儿，黑湛湛的眼睛一眨又眨，别过脸去不敢看人。旁人还没见得识破，他自个儿就先惭愧上了。

可如今剑法日益卓绝，这说谎的功夫也在见长。

谢轻云说:"这位是寄剑山庄的九姑娘,我的朋友。"他如此介绍霍缨的身份,面色不改,从容地骗着他的同门师弟。霍缨口不能言,又被暂时封下气力,只好安然不动地接受望山门弟子这抱剑一拜。

"九姑娘见礼。"

霍缨心想,他们若是知道自己拜了什么人,回头都该饮剑自杀,以全贞节了。这谢轻云真是害人不浅!

谢轻云莫名其妙执意留她,霍缨也没存了逃跑的心思,一是因她轻功确实不如谢轻云,逃了也无用;二是因……同行就同行,他们殊途同归,都是要到九霄峰去。

三日后,一行人行至断崖山,夜间于山中休息,架上火堆,猎来野物充饥。

霍缨担着"大师兄友人"的好名号,享受望山门弟子供奉,便什么忙也不用帮。她去野间采了花来,回头坐在树下编花环。编到一半,那曾教她调戏过的小弟子宋开鹤红着脸,别扭着步子走近了。

许是同门拿他取笑,专挑了他来传话:"九,九姑娘……嗯,那个,吃饭了……"

霍缨眼皮也未抬,道:"声音大些,我听不清。"

"吃饭。"他回答得尽量干脆。

"我不饿。"

得到答复,宋开鹤转身就走,霍缨忙唤住他:"哎,开鹤弟弟……"

宋开鹤一下就恼了,转身跺脚骂她:"谁是你弟弟!"

"你咯。"霍缨拍拍身边压散开的草丛,荡着花环说,"来,帮我编一编。"

"我不要。凭什么!"

霍缨当即眼神一黯,轻叹道:"今儿原是我生辰,我一个小女子独身在外,无人挂念,只是想同你求件礼物。你编好了送我,我便当它是宝贝,留一辈子,行吗?"

宋开鹤素日里见这九姑娘不拘礼教,总是笑吟吟的,现下见她泪眼盈盈,神情既寂寞又可怜,不禁动了恻隐之念。同行的都是男子,没有与她说话的人,也是孤独,逢上生辰也无人知晓,更是可怜……

怪不得……他要是拒绝,反而显得他心胸狭隘。宋开鹤咳了几嗓子,坐下,接过霍缨手里的花草,低头认真地编起来。

霍缨侧首静静望着他:"你真好心呀。"

宋开鹤说:"举手之劳。与人为善,咳,是我望山门的……门训……"

"我问你,平日里,你大师兄待你好吗?"

"好。"

"有多好?"

"……我说不出来,反正就是好。"

"喊,我看你就是怕他。"

"才不是。"宋开鹤懒得与她辩解。

霍缨又问:"那你看我好不好?"她分明讲得不差,但听到人的耳朵里,总有几分若有还无的亲昵与暧昧。

宋开鹤瘪瘪嘴,显然小心腔里还存着那日被轻薄的仇:"我不知道。不过,我相信大师兄,你是他的朋友,那就不是坏人。"

谢轻云误人子弟啊!

宋开鹤编好花环递给霍缨,霍缨便立即戴到头上,又像初见那日问他:"我好不好看?"

宋开鹤望着她,怔住了神,望山门的小弟子又素来藏不住话,他木讷地说:"你好像我门中的一位故人。"

霍缨哼笑:"你搭讪姑娘,就用这么个法子?"

宋开鹤脸上涨得通红,急着辩解道:"我没有!是真的!你真的很像我门中的一位故人!我小师叔!"

"……孩子,来,我瞧瞧你这是什么毛病?"

宋开鹤才知这样讲欠妥,硬起来的气焰又缩回去了,小声咕哝:"我不讲谎话的。五六岁的时候,小师叔还抱过我,我就是想起他来了。"

停了一会儿,霍缨问:"五六岁……你记性这样好?"

宋开鹤分外坦诚:"是的。"

霍缨:"……"

望山门的弟子三五成群,守着各自的火堆休息。谢轻云喜静,于远处独坐。他面前火堆上还烤着一只肥得流油的兔子,是留给霍缨的。

霍缨步伐轻佻地回来,敛衽而坐,动作大张大弛,着意引他注目。她冲着谢轻云转了转头,请他细观花环,笑道:"你们望山门剑法不错,这花环也编得好看呀。开鹤小师弟的手可真巧。"

谢轻云:"霍缨,他年纪尚小。"

"那岂不更好?"霍缨还记恨着谢轻云,故意气他,"越年轻,越有力气。"

谢轻云:"……"

当谢轻云将她压覆在树干上,逼得她退无可退的时候,霍缨有些悔了。现在寄人篱下,原不该招惹谢轻云。她咬唇仰起头来,有些发湿的眼睛里,映着悬在中天的明月。

风吹过,山林松涛阵阵,推着碎金一样的云彩,遮住月光。这片山林陷入寂静的黑暗中,她缠着谢轻云的身,看他衣冠楚楚,净做了禽兽事。

天为被,地为席。

霍缨急喘不已,笑道:"你以前,可不是这样。"以谢轻云的好性,如何行得出这荒唐事来。

谢轻云沉默不语。见这山林旷荡,风传云卷。

他压着她低低喘气,沉声问:"以前什么样?"

"以前啊……"霍缨笑得暧昧,"比现在更可爱些,也更可恨些。"

(三)

以前,以前在哪儿?

以前在霍缨还不叫霍缨,而是叫江意浓时。那时她尚在望山门门下做记名弟子,与谢轻云是同门师兄妹。望山门的藏经阁呈中通八卦塔式,谢轻云自入门来头次犯大戒,被师父关了一个月的禁闭,抄写道家的无为心法。

江意浓挂上通天索,从塔顶倒溜下来,推开一扇小窗,阳光与她,都从小缝儿中钻进来。

"谢轻云!"

江意浓趴在窗户上,白衣金冠的男儿装束,衣袍还卷着金浪云纹,不像个习剑之人,倒像个世家小公子。她眼睛湛亮,笑靥尤为明艳,说:"我来啦!"

谢轻云抄写心经的笔锋似乎顿了顿,风轻云淡地回答:"哦。"

还不如不回答。

江意浓道:"我知道你讨厌我,我们性情不是一路人,你不欢喜我也寻常。不过……我之前在市井跟人打架,你肯帮我,这样的好侠义,我会记一辈子的。"

谢轻云一板一眼地教导道:"跟人打架,并非侠义,以后不许再犯。身为我门弟子,更应该克己自律。"

"谁让他们骂我爹的!不打得他们找不到北,我白白姓江!"江意浓争辩一句，被谢轻云瞪了一眼，马上蔫了下来，"行行行，我克己，我自律……嘿，我还不明白，既是不侠义的事，你为甚要做？"

谢轻云淡淡地下了逐客令，道："我要抄经了。"

江意浓："……"

江意浓从怀里掏出来一个贴着小红签的黄油纸包，小心地搁到谢轻云的手边。

"我看你去镇上，瞧花生酥瞧得眼睛放光，要你买，你还害羞。爱吃甜有什么好害羞的！来！这个给你！我不在了，以后可没人买给你了。"

谢轻云看着花生酥发愣，又很快推开："我不爱吃。"

"口是心非。"她看他耳朵红了，脖子也红了。

江意浓笑他，坐在窗上，捻转胸前的小辫子，轻轻眯眼迎着微风，浪荡地说："谢轻云，我要走啦！北去洛阳，今日就走，以后再见就不知道什么时候了。等有机会，我还给你买花生酥。"江意浓道完别，扯紧通天索，就要重新溜回去。

她正欲催力纵身而跃，哪料腰间一紧，悬空的脚一下被拉了回来。江意浓惊诧转身，低头见是谢轻云的手扯住了她的腰带。可她还来不及问罪，谢轻云如被火灼一般，慌乱地缩回手。

那受惊张皇的小样子，仿佛是她扯了他的腰带。谢轻云问："你，你干什么去？"

江意浓捋正腰带，回答道："我去洛阳找'鬼眼青'的家人，问他们拿到证据，就去跟天下人证明，我爹是清白的，他没有私匿鬼眼青的《阴诡经》。"

江意浓的父亲唤江寄余，也是望山门人，身材魁伟，相貌昳丽，门下年轻的弟子都称他一声"小师叔"。江寄余以一手自创的"江海余生"剑法独步天下，世人称之"小剑圣"。其人持公载道，侠义为怀，以平天下不平为己任。

当时江湖上有一小门小派，门下弟子曾与鬼眼青有过口角。他们嘲笑鬼眼青天生鬼相，眼睛一青一黑，非寻常人哉。鬼眼青当时无力还手，受尽辱骂，后寻船出海远去东瀛，偶得一秘功心法。习练两年，武功便大有长进，待返回中土的第一件事，就是找到当年的仇家。

屠戮满门，凡百余条人命尽丧他手。侥幸逃过一劫的人，拖着百条尸首，往望山门的校练场一摆，跪在地上磕头长号，哭求江寄余为他们主持公道。

江寄余摸清来龙去脉后，带人追捕鬼眼青三月之久，最终在漠北拿下他的首级。鬼眼青临死前，请求江寄余了却他一桩遗愿。他拜托江寄余将一封信带给他远在洛阳的家人，并求江寄余保密，千万别泄露他家人的行踪，以免招致后生报复。

江寄余郑重应下，回到中土后，将信件就寄往洛阳。

此事在民间传播得沸沸扬扬，江湖人人都称赞江寄余做了一件为民除害的大好事，甚至都要奉他为侠义宗师。

　　可没过多久，与江寄余一同前去铲除鬼眼青的武林人士四处传言说，鬼眼青临死前将自己邪魔外道的秘法交给了江寄余。

　　传言传过两三轮，事情就全然变了样——江寄余早与魔道有勾连，他贪图鬼眼青的秘功心法，以除恶扬善为名，仰仗其他门派的襄助，除掉鬼眼青，私吞秘籍。不然如何解释他的剑法能以不寻常的速度日益精进？必是习练了鬼眼青的《阴诡经》，利用这种邪魔外道才有今日。

　　传言越传越像样，越像样越真。

　　好好的望山门一下成为众矢之的、万恶之首，各大门派纷迭而至，逼迫江寄余交出《阴诡经》。

　　朝夕间，天翻地覆。

　　江寄余一再解释，鬼眼青交给他的只是一封家书，并非邪道秘籍。

　　他们紧接着又逼江寄余说出鬼眼青家人何在，他们需得亲去求证，才能信过他的话。可江寄余又答应过鬼眼青保密，决计不肯说。他们便认定，江寄余是在扯谎。到最后，江寄余的师父，也就是江意浓的师公，跟外人一样质问他："寄余，你认真回答师父，是否当真私匿了鬼眼青的《阴诡经》？"

　　江寄余受尽误解与委屈，听师父质问，顿时心灰意冷，再无力气争辩。他起剑割发，从此背弃师门，回淮安桃花坞中自立门户。江寄余知道，如果那些武林人士见不到《阴诡经》，绝不会善罢甘休，于是便将自己唯一的女儿江意浓留在了望山门中。

　　江寄余临走前对她解释说："意浓，你很碍事。"

　　她努力让自己没有那么碍事，眼睁睁看着江寄余负剑下山去了，没有哭，也没有闹。

　　三月中，望山门需要采买药材，江意浓与谢轻云结伴下山。逛镇子时，听见市井小民在议论辱骂江寄余与魔道勾连，江意浓才明白过来，江寄余不是不要她，而是在保护她。她心中委屈与愤怒并至，提聚全身力气，恶犬扑人般将那群人狠揍一番。

　　谢轻云见状，抬起剑鞘，从江意浓两腋下横入，将她胳膊别住，狠往下压制住她，斥道："不许动手！"

　　那些人接连吃下数余拳，哪里能饶得江意浓，眼见有可乘之机，三五扑上来挥拳痛打。江意浓被压制住了，躲闪不及，脸上结结实实挨了一拳。

谢轻云呼吸一窒，顿时怒不可遏，抽出剑来，挥风扫起。他本是剑道高手，对上赤手空拳，怎能输掉一根头发。到头来，那些人还要悔恨，还不如老实捱上江意浓几拳，也好过浑身上下都让剑风扫得鲜血淋漓。

县衙的状子直接递到望山门告状来了。君子端方、行不差步不错的谢轻云，因为这惊天动地的一架，当晚就被关起了禁闭。

谢轻云的师父董守正气得浑身发抖，指着江意浓骂："江意浓！本门收留你已是大恩了！你跟你爹一样，四处惹是生非，把我们望山门害惨了！害惨了啊！如今……如今也来害我徒弟的名声，衙门都告上山来了，你看看你做了什么好事！"

望山门是留不下了。江意浓要去洛阳找到鬼眼青的家人，求他们出面证明，她爹只是代鬼眼青寄了一封家书，从来都没有什么秘籍。

她跟谢轻云告别，天清清的，她冲他摆手："谢轻云，我走了。"

谢轻云这回揪住了她胸前的小辫子，神情比寻常更加认真，更加正经，更加严肃。他一字一句地问："不走，行吗？"

（四）

一行人马出了断崖山，取官道行往洛阳。寄剑山庄派人前来接应，一早就等在了城门外。谢轻云看着寄剑山庄的弟子，叮嘱霍缨道："跟在我身后，不要出声。"

霍缨问："你想带我进寄剑山庄？"

谢轻云沉默。

霍缨猜度着他想做什么，以他的行事作风，无非就是要带她前去请求，以口舌之功劝退四大派，让他们放过九霄峰众。可这不是等于让那些有名有望的人当众承认自己错了吗？辛辛苦苦多年建立的名望，大有可能因为这件错事，顷刻间付之东流。

他们又不是傻瓜，即便是错，也要错到底，否则好没有面子。所谓门派中人，行走江湖，最最讲究面子二字。

霍缨嗤笑道："谢轻云，别天真了。想想我爹是怎么死的。你以为……我又是怎么活下来的？"

谢轻云看着她这张脸，这张曾经皮开肉绽、血肉模糊的脸，已经不再是当初的江意浓。可她的眉眼还在，很像江寄余——为了争口气，连命都不要的江寄余。

当年，江意浓执意离开望山门，谢轻云留不得，也舍不得，便偷偷地一路跟着她北上洛阳，四处打听，方才找到鬼眼青的家人。江意浓好不容易寻到那封遗书，马不停蹄地返回淮安桃花坞，终究还是来晚一步。

各大门派攻上桃花坞，本就拙于言讷于语的江寄余，被连番质问得辩无可辩。他近似崩溃、疯癫，歇斯底里地问出一句："到底要怎样才能信我？是要我死，才可以信吗？……好，很好，好极……诸位英雄侠士且上前来看看，我江寄余身上，可还藏着《阴诡经》，尽来取去！"

他一下剥开衣袍，赤裸肩膊，挥起长剑利落地削掉一块血肉。血几乎是泻涌出来，江寄余那股疯魔中绝望的狠劲，让在场所有江湖人士都震了一震。

可江寄余还在笑："看仔细，是藏在这块肉里吗！还是这一块？！"

江寄余疯死的时候，江意浓在谢轻云怀里挣扎不出。他和她躲在重叠交错的桃花树影后，谢轻云紧紧箍住她的身子，死死捂着她的嘴，不让她去，也不让她发出声音。

那样还不够。他恨不能生出三头六臂，捂住她的眼睛、耳朵，封闭她所有的五官。他生不出，就只能将她整个人拢在怀里。

江意浓的泪水烫在他的胸膛上，像是烧红的烙铁，发着吱吱的声音，往他心肉上狠狠地压出一块深红色的伤疤。江意浓什么也看不见，只能听见江寄余一声一声凄厉的狂笑，声音尖尖刺刺，渐渐颤抖起来，很快又化作低低的呜咽，最后消失。

江寄余倒下的时候，已不算是个"人"了，而是块"尸肉"。人是会藏东西的，可尸肉不会。

正义在人群当中沉默又诡异地伸张。有人咕哝，江寄余这是练邪功练得走火入魔，神志不清了，活该有今日下场。这句咕哝甚得人心，很快成为广为赞同的定论。

江寄余死后，各大门派互相道礼，恭维此行辛苦，能消武林一大祸患，护佑一方百姓安宁，都是功德无量，寒暄过后各自下山。

江寄余就这样死了。名震江湖的"小剑圣"，一句走火入魔就将他的死盖棺定论。一条人命就这样轻飘飘的，如似一捧灰尘，吹一吹，也就湮灭在日新月异的谈资当中，无人再提起。

只有亲近的人，才刻骨铭心地不忘。江意浓怎能忘记？怎肯甘心？

谢轻云怕她做傻事，要将她绑回望山门。她起先乖顺，三言两语哄了谢轻云解开她，又与他吃了一盏酒。谢轻云那时没甚心机，又不防她，未料得酒中有药，片刻就浑身酸麻失灵，动弹不得了。

她那时眉眼里尚且无邪，只捧住谢轻云的脸亲吻，道："望山门也逼死我爹，你们这样的人，我一个也不要见。我要去为我爹报仇。"

他眼睛通红，哀求道："别走，别走。"谢轻云一生最悔，从前没能留住江意浓，否则也不会有今日的霍缨。

当下，谢轻云看着她，一字千金重地承诺道："不会再有那样的事。"

霍缨却不将他的话当回事，挑挑眉道："好吧，随你。"

寄剑山庄一众为首的是个女子，人是眉眼清丽，衣是粉衫白袍，手握银白鎏金的剑鞘，本是不沾凡尘的仙子，在看见谢轻云时，一下眉开眼笑，两靥娇羞。

她唤："轻云哥哥。"这是寄剑山庄的大小姐，温琼。

谢轻云领众人上前见礼，独独霍缨负手，纹丝不动地站着。她自认是藏好了的，也自认没对温琼存什么仇怨，可无奈一群白豆腐之间，她这个小青葱花太过显眼。

温琼没寒暄上几句，眼神与霍缨轻轻一碰，刹那间脸色大变，一下拔出剑来，怒喝一声："傀女霍缨！"

这四字引得望山门弟子一阵哗然，左顾右盼，似乎在确认谁是霍缨，寻不见，才顺着温琼剑指的方向，看到了那位大师兄的友人。

谢轻云挪步挡在温琼的剑前，道："你认错了人。"

温琼眼睛生怒："我怎么可能认错！她操纵傀儡，杀我山庄上下十三条人命，我兄长就是她杀的！就是化成灰，我都认得她！"

谢轻云不轻不重地重复道："温姑娘，你认错了人。"

"轻云哥哥？你这是什么意思？"温琼察觉出谢轻云待这女子不凡的态度来，一时恼羞成怒，"你莫被她混骗住！是不是霍缨，教我一试便知！"

剑如疾风斜来。

霍缨翻身一躲，步伐穿云，轻而易举绕到温琼身后去。她捻转着小辫儿，灵灵一笑："你这小娘子好不讲理，分明是谢轻云不信你，你干吗拿我出气？要试，也要试他去。"

温琼眼睛血红："你承不承认！"

"我承认。干什么不承认？"霍缨负手，一步上前，眉梢一下冷了，"不过，你兄长可是死有余辜，这事，切莫赖我。"

"你果然承认！"

"啊，正好。"霍缨抱拳，敬了四方，"有诸位侠士在，也好听一桩寄剑山庄的热闹。"

望山门弟子听她是傀女霍缨,大惊下已有擒拿之心,可见她说话,又暗想,听九姑娘分辩几句也好,千万别出什么误会。

霍缨道:"诸位有所不知,这位温大小姐的兄长有个恶癖,专好给人戴绿帽,又喜母女通吃,自家庄子里规矩严,下不了手,温少爷只好从下人堆里挑。"

温琼大骂:"霍缨!你胡说八道!"

"我怎胡说八道啦?给寄剑山庄做田的仆人中有个叫胡吉的,妻子生得貌比西施,洛阳城里人人尽知。

"这位温少爷看上她,做了淫人妻女的勾当。如此还不算,这样的恶心事还不防人,是当着胡吉的面做的,温少爷还说了,他最喜听男人那样无能的惨叫。"

众人听得面面相觑。望山门的弟子深居简出,哪里会听过这样的事?不少人大觉污言入耳,喉咙犯冲,嫌恶地皱起眉头。

温琼听她说得如此露骨恶心,又羞又怒,可她不如霍缨伶牙俐齿,气到心头,也只会骂一句:"你血口喷人!"

"是胡吉亲自拜上我的山头,求我帮他报仇的。温大小姐,咱们那日交过手,你不是也见到胡吉了吗……"霍缨声音阴恻恻的,温琼顿时脸色惨白,头皮一阵发麻。

是,她是见过胡吉。

那个卑贱下人曾去府衙诬告她兄长,诬告不成又来寄剑山庄大闹,被打得牙都碎了几颗还在骂,要化成厉鬼,生生世世缠磨庄子上下,要他们不得好死。温琼岂能听进这等犬吠,全然不理。

那夜霍缨来山庄寻衅,仅有一人一傀。

她站在高高的屋檐上,十根手指拈起红线,红线的另一头穿针入骨,牵住傀儡的所有关节,纵也能舞刀伤人。这是霍缨的看家本事,也是"傀女"一号的由来,活人死物都能成为她控制的兵器。她拿人当兵器,一个人死了,还能有另外一个人,人便是都死光了,她也能操纵死尸。

天底下还能有比之更邪的功法吗?

那日霍缨手里的傀儡挥舞着砍刀,从温琼头上劈下。温琼看见,风吹起傀儡凌乱的发,露出张青白大脸,正是胡吉!他眼睛大如铜铃,齿舌外翻,似一条恶鬼向她扑来。

温琼失声尖叫。

可那刀离她有半尺之时,傀儡整个身体都似块砧板鱼肉,被扯得翻了好几翻,丝线旋即收在霍缨掌中,那傀儡便乖顺伏贴地站在她身侧。戏弄温琼得逞的快意,教霍缨笑起来，笑声那样雪亮，回荡在寄剑山庄。霍缨站在高处，笑嘻嘻的，欣赏温琼惨白的脸，亦如现在，她也如此拿温琼取乐。

霍缨道："胡吉没有武功，索性自断筋骨，甘心做我的傀儡。我不过是动了动手指头罢了，谁想你兄长那般废物，只将本事长在怎么祸害女人上。

"他喜听惨叫，自己叫起来也厉害得很呀，那么大声，胡吉听了好高兴。"

温琼想起兄长惨象，眼里尽是泪水，又怎能甘心？她一把抹去眼泪，声音狠厉起来，喝道："妖女！我岂能听信于你！轻云哥哥，你听到了，她就是霍缨！还不快杀了她！"

谢轻云沉默地抽出剑，剑刃平搭在他的手中，刃身古朴无光。

霍缨抿唇，比起等谢轻云主动，她先声夺人，绝不肯输下一筹："好啊，我正想领教！莫说是你，谢轻云我都杀得！"

（五）

温琼剑来，光影一闪，挟风雷之势，向霍缨袭来。

她的好剑法不输其兄长，霍缨手中不持傀儡，又未携兵器，负手左躲右闪，单单仗恃轻功避开剑锋。谁料温琼存了杀她的心，摧全身之力速劈来一剑，霍缨侧身，剑偏斜，挑起她头顶花环。霍缨心下一变，凝起眉来，反身游步出掌，狠打在温琼的后肩上。

温琼一头跪在地上，剑脱手落地。霍缨翩步将花环接住，见它果然已断成两段，一时大怒："我杀了你！"

她手指捻起细针，转腕一弹，两针直往温琼扎去！温琼尖叫，但听叮叮两声，如雨珠落湖，寒冰似的剑身一下将这两针格挡住。

是谢轻云的问寒剑。

"霍缨。"谢轻云紧紧盯着她，"别杀人。"

霍缨指尖几乎嵌入掌心，她暗暗咬牙："好，谢轻云，咱们早该走到今日！我不杀旁人，专杀你！"

霍缨将花环别在腰间，手中招来红线，带千钧之力，缠绕住一个望山门弟子的四肢。他便不受控制，踏步而起，手持长剑向谢轻云攻去。那弟子试图扭转攻势，可那缠着他手腕和脚踝的红线，越是逆力而为，越束缚得更紧，似乎往骨头里钻割，只能顺着运力游走，才是唯一保命的法子。

霍缨又翻出一针扎在那弟子的麻穴，便得来一具真正的"活傀儡"。

阴毒就阴毒在她控制的人乃是谢轻云的师弟，除了一味的躲避，谢轻云怎敢轻易进攻。

宋开鹤眼睛通红，看着被操纵的师兄为了不伤到谢轻云，挣扎得红线根处都溢漫出鲜血来。谢轻云更是被这样的招式害得接连败退。通红的眼睛顿时腾升起一股戾气，宋开鹤更恨霍缨欺骗，恨她拿他当稚童戏耍，连同跟她说过话，为宽慰她而编过的花环，都觉得无比恶心。

宋开鹤一个纵身，从后穿剑刺入。霍缨背上似长了眼睛，迅速调转攻势，扯来活傀儡作挡。宋开鹤眼见不妙，可他学艺不精，尽管勉力而为，也已收不住剑势。他要是刺中同门，怕是这一辈子都不要好过了。

谁出剑不好，怎么满门上下，偏偏是宋开鹤。

她总能记得他的好，记得这天下之大，唯独宋开鹤还唤江寄余一声"小师叔"。霍缨一掌将"活傀儡"推开，再躲已不及，宋开鹤的剑刺入她的腹下，顿时血流如注。

谢轻云握剑的手一紧，那曾教霍缨眼泪烫过的地方猛地一扯，蔓延出绵绵密密的疼来。

太疼了。

没人看见，谢轻云身形晃了一晃，他紧紧握住剑，仿佛在极力压抑忍耐着什么。此刻连宋开鹤都惊怔住了，握剑的手一时发起抖来："你，你……"

红线脱出指节，那受控的弟子一下跌在地上。霍缨一手轻握住剑刃，笑道："你小小年纪，倒是心狠。咱们总还是有情的，不是吗？我又没有害过你……"

不知怎的，宋开鹤反而恼羞成怒。

"呸！谁要跟你个魔道妖女有情！"

"也是……那我还予你……"霍缨将腰间的花环搭在他的剑刃上，将剑一寸一寸拔出来，而后猛退了好几步远。

宋开鹤面色惨白，分明刺中了霍缨，可满心皆是恐惧。他资历浅，很少下山，行侠仗义是有的，可没有真杀过谁。

"霍缨你……"他看着剑上的花环，连声音都在发抖。

霍缨牢牢按住腹部伤口，疼是疼的，她轻喘着气，道："记住，下次，我可要杀你。"

温琼眼见霍缨受伤，冲着寄剑山庄的弟子大喝："愣着做什么！还不快杀了她！"

寄剑山庄的人纷纷拔剑而起，霍缨本欲翻针，可谁能想到，他们不及靠近霍缨，谢轻云手中问寒一出，真似风卷残云，剑中所携之力，排山倒海倾来。

"大师兄——"

望山门的弟子都惊住了，谢轻云所用剑法绝非望山门所创。望山门招式讲究大开大合，豪迈潇洒，胜在"一夫当关，万夫莫开"的剑意。而谢轻云攻守来的几招，招招阴狠刁钻，变化无常，彼此衔接更是诡谲多变，不挑敌人命门，专挑不致命却又能教人苦痛非常之处。

谢轻云移步，揽住霍缨的腰，翻腕横剑在前，冷声道："让开。"

霍缨拧起眉头，寻常的谢轻云再冷淡孤高也罢，也没有哪刻会跟现在这样……如此……如此，狠戾。

故而，比起谢轻云相护霍缨的疑惑，旁人更多是惊恐。

分明是谢轻云不假，可这双眼睛怎么可能属于谢轻云？里头杀气横生，如临深渊，狰狞的怒火似乎能将每一个靠近的人吞噬。

宋开鹤愣愣地道："大师兄，你为什么？"

他眼神冷冽，手中的"问寒"竟毫不犹疑地指向宋开鹤。

他沉声地重复道："让开！"

（六）

霍缨脸唇皆白，伏在谢轻云的背上。他步伐轻快稳健，背那样宽阔，像是山，霍缨能闻见他身上有明月清风的味道。

从前他们尚为同门，携伴下山时，霍缨嚷嚷着累，也哄骗谢轻云当她的脚夫。他仁慈宽容，又那样坦荡，纵然总让她一言两语就气得说不出话，却从不介怀，霍缨讲什么吩咐，他都是甘愿的。

曾经如此光风霁月、受尽尊崇的谢轻云啊，一朝尽毁，往后要像她父亲一样，与整个武林为敌。

霍缨轻声道："谢轻云，你何苦来？我嘛，与你也不过做了几回露水夫妻，你不该当众剑指同门师弟，断了自己的退路。好人做到你这个份上，实在有些蠢。"

她气息有些不稳，腹伤痛得厉害。

谢轻云不知她伤势究竟如何，怕她昏去，便认真道："你已是我的人，我会保护你。"

霍缨无力地笑了几声，脸贴着他，道："你怎这般好心……谢轻云，你都不知我怎样害你……"

"……"

霍缨道："在赤镇，我故意引你认出我来，勾着你做那事，是存了报复的心思……董守正那么器重你，我要是坏了他的弟子，他肯定要气死啦……"

谢轻云淡淡地应了一声："我知道。"

他领着同门下山游历，留宿赤镇的客栈。霍缨就凭空出现在客栈中，捧来花生酥与他同坐，冲他笑嘻嘻，眉一扬一扬。

她绞着小辫子玩儿，道："好久不见呀，谢轻云！"

望着她的眉眼，谢轻云愣在当场，心里隐隐作痛。

霍缨与他叙旧，与他对饮，酒盏经她的手推来，谢轻云喝下第一口，就尝出酒中有催情的药。他合该生气的，生气霍缨怎能用这样龌龊的手段，更生气霍缨这般不看重自己。他应当即就揭穿她，告诉她不该这样。

可他没有，他比霍缨更卑劣，更龌龊。

霍缨借着酒醉往他怀中依靠，仰起姣姣的一张俏脸，双颊飞红，问他："师兄，你从前是不是特别讨厌我。我那样坏，总是欺负你老实，把你当小奴才……"

药力催着他几欲焚身，谢轻云克制着将她推开，道："不曾讨厌。"

"那你欢喜不欢喜我欺负你？"

"你醉了。"

"避而不答，就是欢喜的。"霍缨挂在他身上，踮起脚尖，在他颊上、颈中轻轻浅浅地亲吻起来，"你身上的味道真好闻。我以前怎没瞧出，你长得也这么好看？"

"江……霍缨……"

他脸红起来，可还拧着眉，神情是严肃的。霍缨又牵住他的手，指尖在他掌心里勾了勾。这下，谢轻云浑身都绷紧了。

霍缨好笑他的反应，便拉着他的手往自己腰上放，道："好哥哥，你想抱我吗？"

"……"

谢轻云手掌那样宽大，扣住她的腰往怀中狠狠一带，毫无章法地吻起来。

对她的情才是真正的春药。

可霍缨不知。

她伏在谢轻云的背上，力气在一点一点流失，连意识都没有先前那般清楚了。

"还有，还有师公……他待你恩重如山，我是早知道的，我骗你说想回望山门看看，其实是去杀他。他讲自己愧对江寄余，甘愿受我一剑，我没有留情，成全了他。你恨我也好，可我不悔……"

"……"

她胡乱地说："你瞧，我睡你一回，害你成了不仁不义之徒，如今你还要救我……"

泪水淌进谢轻云的颈子里。他顿了顿步伐，良久，眉眼一寸一寸坚毅起来，将霍缨往上再背了背，一步不悔地向前走去。

霍缨意识混沌不清，执意喃喃问道："谢轻云，你何苦来，你何苦来？"

他怕她睡过去，便问："你记不记得，桃花坞之后的事？"

"有人救了我。"

"谁？"

"我师父。"

"当年我折返回去，向四大派寻仇，他们废我手脚，毁我容颜，做尽残忍事，临了了还要秉持道义留我一命……要不是遇见师父，我早就死了。"

师父，仅仅是师父。

没有姓氏，也没有容颜。

他是个哑巴，很少与外人交涉，又因脸生畸形，常年戴着面具，独居在九霄峰上。

那时，江意浓被人扔到街头，武功尽失，一介废体残躯，最后沦落进乞丐堆里，得好心的小叫花照顾，每天才有讨来的馒头吃。她不怕死，怕苟延残喘地活。

是师父蹲下来，用干净的袖子擦了擦她脏污的脸，又递给她白馒头吃。他轻握住她的手，什么话都不必说，江意浓也知他是在问："愿不愿意跟我走？"

江意浓堆满灰烬的眼重新焕发起光亮。

她伏在他的怀里，干净的衣衫都给她抓皱了，在江寄余死后，江意浓头一回痛哭出声，哭出所有的怨恨，所有的委屈，所有的冤枉……

师父将她从乞丐堆里拣出来，一步一步背回九霄峰。他不常在峰中，每年冬来春去，只留个哑巴照顾她。师父替她医好断骨，托人给她换了一张新脸，甚至连傀儡术都传授予她……

她很想知道师父究竟是什么样的人，在九霄峰养伤时就四处打听。据山中猎户说，洛阳九霄峰，在霍家村迁址前，都是霍氏一脉在此繁衍生息。

她问师父，是不是霍氏后人。

他点头承认。

江意浓也随他姓霍，改了名叫霍缨，她讲自己要重新活。师父点头，似乎都觉不够，又伸出手来摸了摸她的发，表示很欣慰她的决定。

"我师父行踪不定，很少回九霄峰，门下峰众其实都是师父收留的小乞丐。他们也会些傀儡术，是我师父教的，却不用来杀人……我说给你听，你也别笑，他们仗着这样惊天动地的好本事，却做了赶尸的活计，去跟黔中人抢生意。"

谢轻云笑了。

"你还是笑了呀……不过你笑起来真好听……"

谢轻云轻轻咳了一声，很快又肃起脸来，好教人看不出他脸红。

霍缨自是看不到了，她眼皮越来越沉，唇咕哝着，轻声道："我很久没见过师父了，不知他死了没。在他回来之前，我会替他守好九霄峰……那些坏事，都是我做的，与其他人无干……"

谢轻云道："他大概还没死。"

"什么？"

"守好九霄峰的事，由他来做吧。"

（七）

谢轻云为傀女霍缨叛离望山、剑指同门的事，很快就传遍整个洛阳城。

望山门在其余门派面前都抬不起头来，这还是次要，最重要的是，叛门的不是别人，是望山门人人敬仰的首席弟子，皇帝亲封"第一剑"的正道魁首——谢轻云。

简直是天大的笑话。

因忌惮谢轻云手中的问寒剑，伐魔正道的队伍军心动摇，其余三大派都要他师父董守正出山，来给个说法。各路人马盘踞在洛阳城中，暂且按兵不动，只不过关于谢轻云和霍缨的流言蜚语已传得沸沸扬扬。

九霄峰众成为过街老鼠、人人喊打，索性闲在山中，每天谈论外人是如何唱骂霍缨与谢轻云的，日子很是快活。

给霍缨治伤的药很烈，这让她痊愈得快，不过连着半个多月，霍缨都不大清醒，只能断断续续感觉着些东西。她能听到峰众恭恭敬敬地称着"师父"，也能看见立在床前的人影，像很多年前那样……

师父喂她吃药，每日帮她擦脸，衣不解带地守在床头，在她掌心写字，跟她讲"要好起来"。那时他戴着面具，现在露出一张俊朗的脸来。

她有时意识清醒了些，知道师父原来就是谢轻云，心里又恨又喜；有时意识不太清醒，便胡乱地暗叹：嗳，我怎将师父看成谢轻云啦？我与他正邪殊途，这样念想着他，以后怕是没有欢喜的时光过了。

如此反反复复数日，她才从混沌中脱身出来。

醒来时，霍缨听见人在高兴地拍手，道："我就说她死不了，祸害遗千年啊！"

霍缨哑声咒骂道："你们这群吃里爬外的小王八蛋。"

"师父你瞧，还有力气骂人呢！我们是小王八，师父就是大王八！你骂我就是骂师父！师父你快教训教训她！"

霍缨道："我看你们要死。"

那人还想跟霍缨拌嘴，让一道清朗的声音止住了："她既醒了，你们也别担心了，都退下吧。午后都到山下布阵。"

"……"

他们指着这位去教训霍缨的愿望怕是不太明了了。一干人伸长脖子，挤眉弄眼地看了看霍缨，确定她是睁开眼睛了的，才陆续退下。

宽厚的手掌抚住霍缨的背，令她坐起。霍缨摸着那剑伤，已经结痂，边缘长出轻粉色的新肉，很痒很痒。她想挠，手腕子又被捉住。

谢轻云道："别碰，忍一忍。"

霍缨推开他的身子："滚开！你是什么人，要来管我的事！"

"……"

沉默了一阵，谢轻云知晓沉默也不是办法。

"我是什么人？"他握住霍缨的手，"你拿我当什么人？霍缨，咱们在赤镇那一晚，我就认定，不娶你怕是不行的。"

霍缨啐道："谁要嫁你！我嫁的是谁？师兄？师父？正道魁首？还是这九霄峰的峰主！"

"我绝非有意瞒你。"

"你有什么苦衷！"

"……"

他垂首，一副任凭霍缨处置的神情，交代道："我要说那《阴诡经》本是霍家祖传心法，你必恨我至极。"

其中太多牵扯，哪里是一言两语就能解释得清的？因这本心法秘籍遭人觊觎，霍家村千百条人命受尽屠戮。《阴诡经》也流落江湖，辗转多人之手，最后一次出现，就是在鬼眼青的手中了。

所谓霍家村迁址，不过是仇家为掩盖罪行的借口说辞。谢轻云得幸活来一命，仰仗师公施饭之恩，才归在望山门一派。他负着血海深仇，又负着寻回《阴诡经》的使命，可也谨遵父母遗愿，未敢有一刻使自己困顿于仇恨当中。

当日随江意浓回洛阳的情意是真，做不得半分恶念，在鬼眼青的家书中找寻到《阴诡经》的下落也是意外。可这样的话，倘若告诉江意浓，她岂能信。那时她恨正道恨得要死，多半要认定他也是来抢夺《阴诡经》的。

他最惧教霍缨恨。

好一阵儿，霍缨兀地骂道："大王八蛋。"

谢轻云承认道："我是。"

"你还是卑鄙混账，不要脸皮！"

"我是。"

"伪君子！小淫贼！"

"是，我是。"

霍缨眼里蓄满泪水，她张手抱住谢轻云，低头往他肩膀伤狠咬一口："我就是个大傻瓜，自作聪明，以为混骗住你。你才是真正的聪明，越聪明的人，越会装傻！你一顶一的聪明！"

谢轻云眼眶轻红，也合臂抱住她："你杀我，我也甘愿。"

"我不杀你。"霍缨挣着身，去捧谢轻云的脸，"杀你才可惜。我要你伺候我一辈子，谢轻云，你这样欺负人，你必须千倍万倍地偿还回来！"

"……"

见他毫无反应，霍缨亲了他一下，又拿明亮乌黑的眼睛瞧他："你这般聪明，知不知我说的话是什么意思？"

谢轻云心腔子里乱跳，稳不住气息。红晕很快从脸烧到颈后，他清冷的皮相都快被这样的烫热烧穿了。谢轻云不禁将她抱入怀中，吻住她的唇，驱舌侵入芳口，挑着她的舌尖吮吻不休。霍缨舌根又麻又痛，仿佛魂魄都要被他摄去。

她移开唇转去亲吻谢轻云的喉结，又是吻，又是咬，每碰一下，谢轻云就低喘一声。谢轻云很快将她扯开，脸木木的："不可。"

霍缨轻笑："哪里不可？总绷着脸，也怪煞风景。与我这样，你难道不快活？"

谢轻云道："你伤还未好全。"

霍缨道："我昏迷着，你不也偷偷亲我？真以为我什么都觉不出？你难道不想……"

她手指往他腹下摸，笑吟吟的："我还道谢大侠是个多正经的人。"

"再正经，也是男人。"

不待霍缨品味他话中深意，谢轻云手掌揽着她的下颔一通亲吻。他惯来冷漠，到这般如痴如醉的时刻，也只是心猿意马，面上总是那副不贪风月的疏冷样子。

霍缨一边咬他的耳朵，一边悄声道："小淫贼，数你心思最坏，骗我随你的姓。"

谢轻云再不给她讲话的机会，不过待她腹下伤口倒是小心翼翼。谢轻云用手轻轻抚摸着，本意是为她散痒，可越摸越痒。

霍缨轻道："别碰了，我难受得很。"

她道是痒得难受，听进谢轻云耳中，却以为她是受这一剑，心中难受。

他问："就这么喜欢宋师弟？你待他着实不一般。"

宋开鹤送的花环，霍缨当宝贝，温琼不慎毁了它去，霍缨恼恨得要杀人。

霍缨道："宋师弟又不似你，这样凶巴巴，冷冰冰……"

"霍缨。"

霍缨笑着揽住他的颈子："嗳，谁教我是小妖女，与你正好相配。"

难宣的爱意灼得谢轻云浑身火热，在他心腔中翻涌激荡。谢轻云行至今日，不敢言"委屈"二字，他得上苍眷顾，远多于苦难。

诸多眷顾中，得遇江意浓，他尤为感激。

这样快活还能多久？

四大派还在洛阳城中，九霄峰下，山雨欲来风满楼，江氏的仇怕是说不清的，这场大战无可避免，可无论输赢，往后又将牵连出多少恩怨？纷纷扰扰，又不知何日才能真正安宁。

谢轻云却是不惧，成也好，败也罢，与霍缨在一起，就混忘了这些苦恼。他不像当年那般无能废物，这次总算能为护全心爱之人做出些事，再不能任由外人毁了她去。

武林联手陈列九霄峰下那天，谢轻云一人一剑，站在山门。他的师父董守正也来了，他眼见谢轻云如斯，流着泪大骂："谢轻云！你糊涂啊！与邪魔外道为伍，师父是怎么教你的！"

谢轻云不辩解，只承诺道："师父待我有恩，此役我不会使望山门的一招一式。"

一人又道："谢大侠，我敬重你，也劝服了我派，若你现在下山去，不再插手此事，我们既往不咎，绝不会再找你麻烦。"

"说笑了。日后谁找谁的麻烦，尚未可知。"

"你——"

"谢轻云！你也不怕天下人耻笑！皇上封你做第一剑，你却与这种邪魔外道为伍，他岂能放任？今日一战，死在你手下的侠士，他们的后辈又岂能饶你！"

　　谢轻云道："孰是孰非，孰正孰邪，留予后人评说罢。"

　　一声长而悠远的鸣哨，交相传呼，回荡在山野。倏尔间，千傀万儡从翠浓红郁中纷然立起，惊得武林群雄无不为之一震。

　　谢轻云翻手展剑，剑锋流落出熠熠银光。

　　袍若流云，身若巍山。

　　"再踏前一步，毁我九霄峰者，且来问剑！"

（完）

这确实赖不得她,她所仗恃的,正是他心甘情愿奉上的。

第四章
白描牡丹
Chapter 04

第四章 白描牡丹

（一）

　　盛碧秋穿着一身珍珠白，羽毛帽垂下黑色的面网，高跟鞋拔起丰腴的曲线，在轻狂摇曳的人群中间，她显得尤为端庄大体。得益于少帅夫人的身份，旁人跟她说话，都是恭恭敬敬的。可她没有半分盛气骄矜，与人交谈，声音说不上温柔，但很清晰、适度，语气和语言都拿捏得游刃有余。

　　她眉梢有天成的妩媚，但这种妩媚不似浮花浪蕊，也是极其端重的。

　　新军总司令的儿子张汉辅来申城，各路的人挣破头地要巴结，可张汉辅独独答应了傅羡书的邀约。盛碧秋听张汉辅提起过，他与傅羡书曾在陆军学校当过两年的同学，有过命的交情。盛碧秋看见他们热情相拥，张汉辅唤傅羡书的表字"作臣"，傅羡书还客气地称他"少帅"。

　　张汉辅笑容锐气逼人，看向傅羡书身旁的妻子，玩笑道："好啊，结婚都不告诉我。作臣，你太不够义气。"

　　傅羡书忙赔罪，揽着他去吃酒。盛碧秋则与傅妻在一处话家常。

　　傅妻名孟婉秀，长得还似个天真的女学生，带着吴语的腔调，讲话温声细语，不设心机的坦诚。盛碧秋跟她说了两句好话，她就叫起姐姐来；盛碧秋问她与傅羡书的婚事，孟婉秀还会羞答答地脸红。

　　孟婉秀小女儿情态，下不来台面，便反问盛碧秋："姐姐与少帅呢？是怎么认识的？"

　　盛碧秋喉咙一窒，勉力笑了笑："不比四小姐与傅老板这样少年夫妻的情分。"

　　孟婉秀也是聪灵的，觉察出她的尴尬，之前又偶有听说过少帅的桃色绯闻，便不再细问。

许是见到傅羡书甚欢,张汉辅今夜喝得大醉。他拉着傅羡书的手,道:"作臣,你待在这地方有什么用?不如来当我的财政厅厅长。"

傅羡书微微笑着:"少帅抬举,我这样的蠢人,去东三省要没命的。我只想守着太太,做些小生意。"

张汉辅拿别样的眼光看他,不一会儿,放声笑道:"作臣啊作臣……"

他们大概不是一路人,张汉辅明白。在陆军学校时,傅羡书就讲民族之危亡,张汉辅也讲,但不似傅,傅是真有那样的信仰。

不过,他们依旧能做兄弟。

这世道,今日是敌人,你死我活地打来打去,明日就有可能是朋友,联起手来去打共同的敌人。

楼下一阵骚乱,是张汉辅的副官拦住了个记者,要他交出相机底片,讲清楚不能给夫人盛碧秋拍照。张汉辅看见一向从容优雅的盛碧秋,在看见那个记者的时候,笑容难堪地僵硬在脸上。

他留意了那记者一眼。

傅羡书道:"我去处理。"

张汉辅面色沉静,道:"不必。"

他将杯里的酒饮净,大步下楼去,人似疾风一样,反手将酒杯往楼梯上一砸,声如银瓶乍破,玻璃顿时碎了满地。响声惊得人一阵低呼。

众人就看见,张汉辅握住残破的高脚杯,猛地扑倒那名记者,将尖锐玻璃往他手臂上狠狠一扎,几乎扎穿,鲜血和惨叫同时涌出。

少帅喝醉了,傅羡书如此解释。众人的惊慌很快被傅羡书三言两语稳住,闹剧匆匆收场。是的,不过是小打小闹而已,张汉辅就是拔枪杀个人也不奇怪,更何况只是打了一个骚扰他夫人的记者。

不过也有不同的看法。那被打的记者在申城倒有些名气,舞会中有人认出来,是《新日报》的副主编邵平。

邵平笔杆子很硬,被民间评为"一支铁笔,搅弄政坛风云"的人物,曾在《新日报》为学生运动声援,因此还坐过半年的牢,亏得友人奔走求情营救,方留下一条命。

出狱没多久,邵平担任《新日报》的副主编,曾痛斥过张汉辅发动的两次伐南战争。文章甫出世,舆情一边倒骂,曾给张汉辅添过不少麻烦。

莫说仅仅打这个邵副主编,就是杀他的心,张汉辅也是早有的。

傅羡书给张汉辅和盛碧秋安排了住处,房子在贝当路,里外戒严。张汉辅不让陌生人近身，盛碧秋和副官两个人合力将醉醺醺的张汉辅扶上楼。

副官敬礼离开，留盛碧秋独自一人坐在床边，陪着烂醉如泥的张汉辅。她似被抽空了力气，浑身无比疲累，可听张汉辅难受的呼吸声，又无可奈何地叹息，去帮他脱靴，将他的腿挪上床。

盛碧秋眼里有细致温柔，俯身，小心翼翼地解着张汉辅军装上的扣子。张汉辅半睁开眼，一下捉住她的手，这举措吓了盛碧秋一跳。

他像真醉，又不像真醉，唇微微笑着，眼睛却是雪亮："痒。"

盛碧秋道："脱好衣服再睡。"

张汉辅揽住盛碧秋，翻身将她压住。他眼睛一寸一寸地审视她，检阅士兵般地审视够了，遂低下头去吻她的颈子。他啃咬一口，吮吸一下，似个玩性大发的兽，逗引着他的猎物。

盛碧秋不讲话，没有迎合，也没有回应。她是张汉辅绑在刑架上的囚犯，只能轻仰起头，任他在她身上索求。她皮肤比珍珠还要白，还要滑，张汉辅亲上去，就似牛奶溢进嘴巴里，越喝，越渴得人眼睛发红。

张汉辅居高临下地检视她，认真地问："见到老情人的感觉如何？"

"……"

"怎不去打个招呼？邵平好歹曾是你的老师。"

盛碧秋冷着眼："你不打过招呼了吗？"

惊天动地的，阵仗真像个孩子，可他远比孩子要狠，邵平往后大概每次提笔都要疼，都要想起张汉辅给他吃的教训。

张汉辅挑眉，阴冷冷地嗤笑一声："你心疼啊？"

"我跟他早就没了干系。"

"表面上没干系，心里日思夜想。"

"你懂我在想什么？"

"我不懂，但总不是在想我张汉辅。"

"……"

"承认了？"

他抚摸着盛碧秋，手掌很粗糙，常年带枪所致，茧子摩擦得她有些疼。盛碧秋别过脸去，不作声，任着他撩拨的欲望焚烧。

张汉辅语气冷静得不像寻欢的男人，问道："你说说，你是谁的人。"

"……"

他发狠，掐住她的脸："说。"

（二）

张汉辅似半兽半神，在她面前，尤为显相。

"这重要吗？反正到头来，我都是你的人。"盛碧秋眼里有清冷冷的凄酸。她像是抱香枝头的牡丹，内里已经萎谢，花瓣还是鲜艳的。

张汉辅如此才满意，笑了一声，随即仰躺下，闭着眼睛说道："过来吧。"

盛碧秋心下紧了紧，又知张汉辅这句话的意思，踌躇片刻，才慢吞吞地俯身去亲吻他。柔软清凉的唇，在张汉辅脸与颈上游移。

张汉辅舒服地呼了一声，抚摸着盛碧秋的头发，道："你不是喜欢白玉珊的电影吗？作臣安排，让她陪你吃顿饭，顺便带你逛逛申城，买些东西。"

白玉珊是申城当红的"小名伶"，盛碧秋喜欢她演的《遗珠》。可盛碧秋不应声，专心亲吻他的脸颊。

窗帘还没来得及拉，盛碧秋不太在意，与张汉辅在一起是安全的，安全到密不透风，几乎令人窒息。白寒如水的月光倾泻进来，两人身体都浸透在里面，盛碧秋肌肤雪凉，张汉辅的胸膛却很火热，盛碧秋摸着他，甚至觉得有些烫手。

夜色交错，她的睫毛落下两扇小小的阴影，眼睛也无甚光。在张汉辅看来，只她濡水的唇是亮汪汪的，分外娇艳。

盛碧秋肩膀微微颤抖。

"转过去。"张汉辅道。

盛碧秋背对他跪坐下，像是受刑的犯人。有时候，盛碧秋想，他就该拿把枪抵在她的后脑勺上，那样还痛快。

张汉辅有个表弟，是三妈妈家的，从小就到帅府来，与张汉辅两人是在一块长大的。后来表弟犯军纪，喝醉酒耍浑，拉着几个兄弟去强了良家姑娘。人将状告到帅府来，大帅头回没说话，让张汉辅看着办。

盛碧秋猜，那大抵也是对他的考验。

表弟哭着向张汉辅求饶，他是畏死的，后悔的，甚至保证要娶了那个女人。哪承想张汉辅连眼皮子都没有抬，动动手指就让副官将表弟拖出去毙了。

盛碧秋打心底认为表弟该死，可真当听着他被拖出去时撕心裂肺的呼喊，浑身凉飕飕的，寒意不住地往后脑上爬。盛碧秋自认与张汉辅的情分甚至比不过表弟，违背了他，又不知会有什么下场。

张汉辅一条手臂从后面箍住她，道："今天很漂亮。"

"谢谢。"

张汉辅含住她的耳朵,毫无保留地吻。这一刻,她分不清是张汉辅在占有她,还是她缠着张汉辅不肯放。连张汉辅都能觉察得出。

"真缠人。"

张汉辅吻着她软绵绵的耳垂,问道:"临上车的时候,你看见了什么?跟傻了一样。"

"……"

她看见那个似女学生的人,性子温婉斯文,却有胆子去揪傅羡书的耳朵,又带了围巾来,看花样是她自己织的,喜滋滋地踮起脚给傅羡书围上。大抵是颜色有些艳了,傅羡书不喜,眉宇露着不耐烦,但也没摘下来,只牵住孟婉秀的手,说了句"不得体",孟婉秀就乖顺了,低头怯怯地笑。

盛碧秋看着发怔,不由地留意好些眼。她手指轻轻拢合,又松开,直到听见副官在呼喝着念叨张汉辅,才收回视线,忙着去照顾他。他那时醉得厉害,何以看见了。

除非没醉。

张汉辅笑着,伸出手捉来盛碧秋的腕子,往下一滑,与她十指交扣。

"想起你跟邵平谈恋爱,他这样牵你的手。"

"没想他。"

"撒谎,你想来申城,不是为了见他?"

"你这样想的,还肯带我来。"盛碧秋问,"少帅是巴不得我与他见面?"

"是。"张汉辅往她脸上啃咬一口:"好让你知道,你们再见无数次也没用了。"

盛碧秋停顿片刻,道:"我早就知道。"

(三)

邵平,字甘庸,来申城之前,主要是在东北办报纸,为了活计,也兼任女校的老师。许多年前,他教的盛碧秋英文。

其他女学生热衷社交、舞会和摩登时装,盛碧秋则不同,讲她高傲是过分的,她大不爱那些个热闹场合,平日里专喜读书,也常读报纸,尤其好学洋文,那样方便她接触世界文学。不过她偏爱东方古典文学,与邵平刚认识的那一会儿,正读《醒世姻缘传》和《聊斋志异》。

她来请教邵平时,邵平见到她怀里的两本书,温和的眉眼带着笑:"你读书还蛮有意思的。"他祖籍是在苏城,说话跟东北人不同,语调绵绵轻软,似绒毛扫着耳尖儿，也不知怎的，盛碧秋的脸便红了。

他谈对两本书的见解，也善于抛出问题诱导盛碧秋讲话。盛碧秋又是个有主见的，传统的家庭令她顺从，而教育给予她反叛的烈骨，两个人便越谈越多，越谈越深。盛碧秋争辩不过时，也有小女孩儿心性，胡搅蛮缠地想赢。当气氛逐渐僵持住，邵平便是先举手投降的那一个："我是输掉了。"

盛碧秋也知自己不占理，很不好意思道："我还没想到更好的，但我坚持我的观点。"

邵平眨眨眼睛："那挺好的，我开心输。"

盛碧秋看他缱绻着书卷气的眉眼，心揣着小鹿似的跳，暗暗觉着不妙，这感觉可大不妙。她又找来邵平的文章读，才知他嘴巴那样温和，手里的笔可真是锋锐得紧。针砭时弊，字字见血，又作过几篇小说，幽默风趣几乎是信手拈来，明嘲暗讽间教人又哭又笑。

盛碧秋捻着报纸，读过一遍又一遍，细咀有味，又想起邵平的眼、邵平的唇，脸便越烧越红。她撑不住地笑着骂自己："你好不要脸。"

她对邵平心动，也借着酒醉敢去亲吻邵平的脸颊。两个人走在落雨的长街上，邵平为她打伞，与她挨得很近很近。盛碧秋长得比其他女同学要高挑些，邵平形销骨立，略有身量，只比盛碧秋高一点儿。

他含混地自嘲："你怎长得这样高？弄不好我要比你还矮些。"

盛碧秋甜滋滋地道："那以后换我给你打伞。"

邵平想到以后，又想到现如今的国家，苦笑一声。盛碧秋见他愁眉苦脸，也好想知道他在烦恼什么，也不知哪里来的勇气，瘦削的手揽住他的颈子，往他脸颊上吻了一吻。

邵平是醉了的，那会儿醉得更深。他晕陶陶的，小心翼翼地牵住盛碧秋的手，亲昵地喊她小字"蕻葭"，道："直觉同我讲，我要是迂腐虚伪一点儿，这辈子就再遇不到你这样傻得可爱的姑娘了。"

他们那样大抵就算谈恋爱了。

邵平其他事分得清清楚楚，只这一件处理得优柔寡断——既牵她的手，又不敢同别人讲她是他的女朋友。却也不是他懦弱，邵平是有"虽千万人吾往矣"的决心与勇气的，但万万没有拉着年轻的盛碧秋同去赴难的胆量。

因他太珍惜，反而是拿不起又放不下了。

当时邵平因为笔墨功夫惹了不少人的烦，报纸办不下去，盛碧秋与他出来时，常见他皱着眉头，又故作没事令她放心。盛碧秋很想要帮他，便通过父母的关系，拿下赴外归来的张汉辅的独家采访权。

盛碧秋不觉得这是会让邵平丢脸面的事，清清楚楚告诉了他："我们家与帅府有些世交的，不过打声招呼的事，谈不上人情。再说你写文章一向公正，对方听说是你，也很尊敬。"她解释得很明白，可邵平始终有些心结。报纸总归要办，有门路比没门路要好，他还是如约去了。

张汉辅年轻，高大英俊，他的俊很有锐气，咄咄逼人。其人又常笑嘻嘻的，一笑起来又无端有些少年的可爱与意气，看似好亲近，可真当犯了他的怒，笑容还不见收，杀人的枪就已抵到你的脑袋。

他同时接受Y国记者的采访，邵平旁听得多，能提问的权利少。他大概感受到张汉辅的轻蔑与不周，表面上沉稳着一张脸皮，但内里很是愤懑。

接受邵平进帅府采访也是有条件的，张汉辅说国文，请盛碧秋翻译。他是会讲的，也有随行的翻译官，可他偏点将盛碧秋来做。遇到盛碧秋不会翻译的词，张汉辅也会提示她，一行下来，紧张得盛碧秋手心全是汗。

采访过后，张汉辅又邀请盛碧秋去听戏。桂兰戏院来了个名角唱《贵妃醉酒》，宾朋满座，寻常人好容易才能弄到戏票。盛碧秋不好拂却，跟邵平打好招呼。邵平始终悬着心，约定好他先回报社，然后就去戏院接她。

盛碧秋应下。

听戏时，盛碧秋与张汉辅无话讲，转场时张汉辅挑起话头，问了问盛碧秋父母安康，以及她的近况。盛碧秋一一规矩作答。

出了戏院，张汉辅又问她有没有兴趣去军营转转，看看新式的武器。盛碧秋倒是好奇的，这样的机会并不多，可她已同邵平约好，也只能婉言拒绝了张汉辅。

张汉辅早早就看见街边等待的身影，瞥了一眼后心中就雪亮。他稍躬了躬身，朝盛碧秋伸出手，弯着眼睛笑嘻嘻的。他的手掌粗糙、干燥，着力握住她的手，一直未放，这令盛碧秋轻皱了下眉头。

张汉辅笑道："那好，盛小姐，咱们来日方长。"

（四）

张汉辅很有耐心，并非对她有耐心，是他天性如此。

他不急于得到她，盛碧秋甚至怀疑，以他恶劣的秉性，张汉辅最享受的阶段，不是捕到猎物那一刻，而是看着猎物一步一步走进他设下的圈套的过程。

每一步都走得正合他意。

她不上课，张汉辅就让他的副官开车来盛家，他得空时，也会亲自来接，无非是以各种各样的理由邀她去约会。旁人不是瞎子，他又那么招摇、张狂、不可一世，谁都看得出张汉辅是在追求盛家小姐。

盛家二老倒很想结这桩与帅府的姻亲。

张汉辅那时整编新军，在军中大权在握。盛父对其赞扬有加，讲张汉辅现在只是缺乏时机，时机一到，他必能一举扬名，成为比大帅更优秀的将领。盛碧秋不懂政局，只是父亲对张汉辅的欣赏，令她困扰得很。

她私心希望父亲能更欣赏邵平多一些。这事瞒不过，风言风语不免吹到邵平的耳中。其实也大不必别人传，张汉辅也会让他知道。

那日张汉辅又来了。

在这之前，他有大半个月没来，盛碧秋甚至还窃喜，暗谢上天给了张汉辅好新鲜的天性，总算对她没了兴趣。

可她失算了，甫一出门，盛碧秋就看见张汉辅半倚在车门上，正冲着她笑。他笑容灿然，只可惜他的眼睛生得太过黑亮，相貌又俊得近乎冷清，使得这样的笑容都有些不怀好意。

盛碧秋躲着走。

他不让，大步跟过来，与她并肩走在一起，问她："躲什么？我又不会吃了你。"

盛碧秋赌气停下，道："少帅，我去见朋友，请你不要打扰。"

"哪个朋友？介绍给我认识认识。"

盛碧秋有些生气："男朋友，他不爱见生人。"

张汉辅漫不经心地"哦"了一声："那不必介绍。"

盛碧秋觉出他话里有话。

张汉辅唤："蒹葭。"

盛碧秋眉头紧锁，本能地反感他不由分说的亲昵。

张汉辅道："听三妈妈说，如果能常常见到一个人时，不觉新鲜，哪天他不来了才会日思夜想。这一个月，我不来，你想我吗？"

盛碧秋客套道："少帅，我很感谢……"

"那就是不想。"张汉辅走近她，他说话慢条斯理，甚至听着彬彬有礼，可手却大肆地拢住她的下巴，"不过，这句话很有道理。"

日思夜想的不是盛碧秋，而是张汉辅。他一只手揽住她的腰，扯近，突然就吻了上来。不容反抗的亲吻，令盛碧秋刹那间浑身战栗，腿也发软。

她推打不动，便狠心咬了上去，待张汉辅躲了一躲，盛碧秋抬手往他脸上打了一巴掌。她可真敢，副官远远看见，都为盛碧秋捏一把汗。

"你下作！"盛碧秋抹了抹湿濡濡的唇，心里又愤怒又委屈。

张汉辅看她气得眼眶发红，笑了几声，道："盛小姐也不是第一次知道。"

"张汉辅，你再这样，我去告诉大帅！"

"尽管来，我很欢迎，毕竟你总要见公婆。"

盛碧秋根本说不过他，越说越气恼，扭头便走。这次，张汉辅没有再跟来。

他自不会跟来，他的目的已经达到了。邵平看见了这一切，但装作没看到。盛碧秋知道他瞧见了的，她能察觉出，两人相处时不再如之前那般自在。

盛碧秋会庆幸，幸亏邵平那时没有冲动，上前与张汉辅争执，否则他的副官一定敢拔枪相对，把场面闹得不好收拾。有时候，盛碧秋也会难过，她被人那样欺负，也暗暗奢望邵平能出面，舍身保护她。

她知道这样的想法是自私的，心里头对自己的懦弱很是鄙夷。

邵平大约一直记恨这件事，说不清楚是恨自己，还是恨盛碧秋，两人开始无端端因为一些琐事吵架。越吵越凶时，盛碧秋万分委屈："甘庸，你怎么能比外人对我还凶？"

这一句不知怎地就刺到他的神经，邵平红着眼睛大喝："那你找张汉辅去！"

盛碧秋浑身一震，不由得心寒。

邵平说完，很快就后悔，他看见盛碧秋眼睛里闪着泪光，喉结滚了一滚，也不知自己怎么就发这样的神经。

"蕙葭，我……"他单膝跪到她的面前，牵住她的手，半晌无话。

盛碧秋止不住地掉眼泪，邵平便去亲吻她，将她的泪吻干净，诚心实意地跟她认错。他们似张完整的白纸，张汉辅似刀，在上头狠狠地划开一道口子，即使再拼到一块去，也不如从前完整。

裂痕是早就有了的，而后两人都小心翼翼、心照不宣地回避它，任由裂痕越张越大。

半年后，盛碧秋的父亲在政治上失利，因贪占公款的罪名锒铛入狱。母亲为此奔走数日，本是能留住一条命的，而后父亲又被政敌安上叛党的头衔，怕是活命都难。

盛碧秋每日惶惶不安，请邵平帮忙想想办法，但邵平也因为报纸刊文的事惹了一身麻烦，似尊泥菩萨，自身都难保。恰在此时，申城方面又给邵平抛来橄榄枝。据说来信的人是邵平素来仰慕的一位先生，具体是谁，盛碧秋不知，就知对方愿意为邵平提供政治庇护。

盛碧秋家中遭逢如此大的变故,她私心是想邵平留下来陪她,哪怕邵平什么都做不了,两个人在一起,也好过她一个人。

可她知道邵平的胸怀抱负,这样千载难逢的机会,错过了,就不知这辈子还有没有。她不得已要大度,不得已要懂事明理,只能劝说邵平:"反正留在东北也无济于事,不如离开,去到申城。"

邵平道:"你家里的事,我会想办法。"

盛碧秋笑了笑:"总会有办法。等处理好了,我就去申城找你。"

邵平沉默了,他甚至没有问,盛碧秋会有什么办法。

盛碧秋还跟他开起玩笑:"我听说申城雨多,淋一淋就会长得好快,届时我穿高跟鞋去,要你为我打伞。"

邵平抱着她笑,笑到眼泪都流出来。

两人没有正式的告别,邵平踏上往南的列车,盛碧秋没去送。

走投无路之际,盛碧秋去了帅府。

张汉辅在家穿长衫,眉梢常悬少年得志才有的意气。他躺在逍遥椅上看书,累了,书搭在脸上就困,那样子真似个纨绔子弟。知道盛碧秋来,张汉辅才从蒙眬睡意中清醒。他起身,握住盛碧秋的手,握住了,就没有松开,而是垂首在她手背上吻了一吻。这礼节实在谈不上礼貌,甚至有些旖旎。

而后,张汉辅又拿眼睛审视了她一会儿,轻声道:"哦,盛小姐最近瘦了些。是为了我吗?"

盛碧秋道:"今天来是为家父的事,想请少帅指条明路。"

张汉辅又对她露出那种笑容,唇弯着,黑亮的眼也弯着,眼中轻邈,闲适,还有锋芒毕现的神气。他是知道,她逃不出他的掌心。

张汉辅道:"盛小姐,'来日方长'一句不作假,我总算等到你来找我的这一天。"

(五)

盛碧秋忘不了那时手脚僵硬的感觉,似个木偶,任由张汉辅摆布。

贝当路的夜浓黑又寂静,淡淡的光亲吻着盛碧秋的肌肤。旗袍穿在美人的身躯上无一处不合意,勾勒出的曲线玲珑有致。她眉眼又生得柔媚不俗,偏偏是这国色天香的端庄人,最是令人难舍。盛碧秋看不到张汉辅的神情,想必是凶狠的,他紧紧交扣住她的手,粗重的呵气声在她耳边回荡,像只凶猛的露出獠牙的雄兽。

或许是酒精作怪,张汉辅不同以往痛快了事,这回迟迟不曾尽兴。盛碧秋额上已然香汗淋漓,无论是身体还是精神都倦乏得厉害。

张汉辅下巴轻蹭在她肩膀上,声音又低又危险,道:"早就知道与邵平不可能,看见了,还不是魂不守舍的?盛碧秋,你不忠。"

盛碧秋咬了下唇,回答他的话:"少帅放心,我不会对你不忠。"

张汉辅一笑,舔弄起她绵软的耳垂儿来:"我何曾惧过这个?你敢吗?"

她不敢,张汉辅见惯了背叛,也最痛恨背叛。

张汉辅吻住她的脸:"你向来,只对你自己不忠。"

盛碧秋沉默片刻,转头对上他的视线:"你很了解我?"

"不了解。"他还是那样轻浮的笑。

她背过身去,颤着唇道:"既然不了解,少帅又何必随意评价?"

"生气啦?"张汉辅摸了摸她的脸,果然摸到一片湿凉凉的水意。盛碧秋在他怀里轻微颤抖着,他侧脸去挨她,轻声道:"是我说错了,好吗。"

他没有说错,恰恰是因为他说对了,盛碧秋才会这样恼。她是想忠于自己的,可她不像张汉辅那样,事事随心恣意。

他足够无情。在枪毙表弟后,张汉辅曾喝得酩酊大醉,抱着她的腰哭到沉沉入睡,可在下命令枪毙的那一刻,张汉辅连眼睛都没有眨。他要撇下的东西,就是能这样痛痛快快地撇下。

盛碧秋做不到。明知父亲犯了那样的大错,盛碧秋又如何能放任不管?她费尽心力,哪怕搭上自己的婚姻,都是想留住父亲一条命的。

盛碧秋也明知邵平当日去申城,两人未来的路只会越走越远,直到再无交集,纵然自己有千万般不舍,还是劝说邵平去了……

他掐住她的脸,又问:"我倒想了解你。可咱们夫妻,有好好说过话吗?"

"你有什么心思,也不会告诉我。"张汉辅鼻尖往她脖子里拱,真似个小狗,弄得盛碧秋好痒。她躲避着,听张汉辅质责道:"蕖葭,是你不给我这样的机会。"

张汉辅了却兴致地抱着她躺下。盛碧秋背对着他而眠,睁开半疲半怠的眼睛,看见外头泛着淡淡灯光的夜,时光漫长得仿佛都要腐烂。

傅羡书一早约张汉辅去虹口打高尔夫,也按照计划,安排了白玉珊登门拜访。盛碧秋婉拒下此事,对傅羡书说,自己与傅太太很有缘,问孟婉秀方不方便带着她去霞飞路转一转。

傅羡书自然乐意至极。

孟婉秀坐车来她的住处时,人还挺紧张,手指绞在一块,跟她打得第一声招呼,嘴就打了磕巴。她心知在盛碧秋面前失了礼,红着脸垂下头道:"对不起,夫人,我、我临危受命,还蛮紧张的。"

盛碧秋听后不由地笑了半晌。若是张汉辅在场,看见必定新奇,毕竟在结婚后,他很少能见着她这样笑。

盛碧秋对孟婉秀说:"有什么好紧张的?我未必比你多一只眼睛,你也未必比我少一只嘴巴。"盛碧秋最擅长化解场面中的尴尬,她合时宜的聪颖,处处显露的尊重与风度,都让与她交谈的人逐渐放下戒心,不再拘谨。

她的温柔不是娇怯自私的,而是不表露任何尖锐的端庄大方。

孟婉秀不知是少帅夫人的身份成就了她这样的人,还是她这样的人才适合当少帅夫人。孟婉秀暗道,想必到了交际场上,没有任何一个人会难为、也难为不了盛碧秋。

她们两人出行,张汉辅就安排副官陪着盛碧秋,随身带枪保护她。

孟婉秀先是领盛碧秋去傅家的绸缎行转了转,他们家有个师傅,做旗袍的手艺在申城顶尖尖的好,盛碧秋也随俗做了两套。之后又去霞飞路买了些东西,一直等到天上白熠熠的光暗成青灰色,便到了分手的时候。

傅家的车停到咖啡馆门口。

盛碧秋吩咐副官帮忙将傅太太送上车,再去街口取车过来。孟婉秀起身,软着声与盛碧秋约定好下次见面的时间,礼貌地道别后就离开了。

隔着玻璃窗,盛碧秋看见外面的风乍起,不知何时,从远处飘来了几片浓云,笼罩在上头。天变得好快,看样子是要下雨了。

盛碧秋独自坐了一会儿,手指不断抚摸着旗袍领子上的宝石盘扣,犹疑着回头看了一眼——咖啡馆角落里摆了张桌子,但空空无人。盛碧秋轻缓缓地叹了一口气,她说不明白,这一声叹息是因为轻松;还是因为怅然若失……

"在看什么?"

盛碧秋被突如其来的声音吓了一跳,忙扭过身来,就见邵平立在她面前。他西装革履,肩上披着一件大衣,右手臂隐匿在大衣里,侧身过来,用左手手指点在桌位上,问:"盛小姐,如果方便的话,我可以坐这里吗?"

(六)

他只是微笑。

笑起来不如以往明亮温暖，沧桑在他眼中蒙上一层灰色的阴影。想必在申城的几年，他也经历过不少事，眉宇间少了当初万死不悔的孤勇，一副眼镜压在鼻梁上，似有沉甸甸的稳重。

不过他还是雅气的，这是他与生俱来的气质。

盛碧秋有些出神，点了点头。

邵平比她更坦然自若一些，坐下后，就开口致歉："那天在宴会上，我失礼了。"

盛碧秋哑巴了一阵，才回答道："没什么……是我丈夫冲动了些，邵先生别见怪……"她看了看邵平不方便活动的右手臂，又问，"您的手恢复得怎样？"

"……碧秋，我们之间这么客气的吗？"

他镜片下的眼睛愈发深邃，似能将她的武装看透，挑破，使得盛碧秋顿时僵住了舌。她暗暗懊悔，将一贯的官腔客套搁在邵平身上，如同欲盖弥彰，愈是反常。

邵平用左手摸出烟盒，抬起眼皮看了盛碧秋一眼，她忙摇头表示并不介意。邵平抽起烟，沉默着磕了磕烟灰，道："听他们说，我入狱那会儿，是你暗中托关系救了我一把。"

盛碧秋本来不知道这件事，是以前的同学联系到她，告知邵老师入狱的原委，问问她可否念着以往的师生情谊，帮忙想想办法。

她能有什么办法？无非也是求人。

"其实也没帮上什么忙。"盛碧秋说。

邵平再度沉默。

为打破这份尴尬，盛碧秋勉力笑了几下，再起一个话头："你在申城这些年还好吗？傅老板说，你现在已经是《新日报》的副主编了，真好，也算了却你一桩心愿。"

"就算当上主编，也还有很多的身不由己。"

"怎可能事事都顺由己心呢？越往上走，须周全的事也就越多，周全得了别人，就周全不了自己。"

"就像当年离开东北一样。"

当年张汉辅与盛碧秋成婚，消息登报，占据头版。邵平在申城看见这则消息，如兜头泼下一盆冷水，将他一身滚烫的热血都浇凉了。他有那么一刻在怀疑，自己在坚持的究竟是什么？这些年来，到底为什么要做这些事？

一心志愿的，尚且看不到前路；原该好好珍惜的，已再也得不到了。

邵平悔恨，同时自责万分："我那时没办法，实在没有了办法。"

盛碧秋大约更没办法再去维持这段对话了，面对邵平的懊悔，她有些手足无措，也无法说出宽慰的话。扪心自问，如果看他有家有室，过得幸福美满，盛碧秋或许能更好受些。

她的眼神往外面的雨天里飘，声音也有些飘忽，起身道："我该走了。"

"蕖葭。"他唤住她，"……你怨不怨我？"

盛碧秋索性随了本意，轻声回道："怨的。"

邵平反而安心。她恨他，那自然再好不过，他合该受这样的苦刑。

盛碧秋很快又笑了一声，用如释重负的口吻道："不过都是以前的事了。"

她说不清楚此刻的感觉，唯独觉着多年笼罩在心头的阴霾，一下明朗起来。之于邵平，她曾有太多太多的不甘，因着他们谁也不曾给画个句号，才让她惦念好多年，怎么都放不下。如今再见，才知时光的厉害。

以往再刻骨铭心，再浓情蜜意，都能被消磨得无影无踪。她看他都不似从前的他，她在变，邵平也在变，两人说起话来，甚至还不如两个陌生人自在。

邵平忽地站起来，再次唤住盛碧秋："你爱他吗？"

他是指张汉辅。她爱吗？盛碧秋无法确认。如果与邵平那样才是爱的话，那她肯定是不爱张汉辅的，可也没有谁规定，爱必须是一种固定的形态，所以她也无法斩钉截铁地否认。

盛碧秋顿了顿，说："他始终是我的丈夫。他需要我，我也需要他。"

盛碧秋走出咖啡馆，外头还没有完全黑下来，淡灰色的天，微风吹着白辣辣的雨，落个不完，地面上已经积了一层水泽。她旗袍裸袖，双臂教这的湿风吹得发凉，浑浑噩噩的脑子也逐渐精神起来。

一方宽厚温暖的手掌覆在她寒丝丝的胳膊上，将她往怀里环了环："不冷？"

追出来的邵平正费力用左手开伞，抬头时看见张汉辅，一下僵住了步伐。盛碧秋怔怔地看向头顶上黑色的伞，心一牵一牵地跳。这伞已足够大，但仍然遮不住两个人，张汉辅一半肩头落在雨中，转眼就湿了。

"穿高跟鞋，走这一天累不累？"

"还想再走走。"

张汉辅凝视她片刻："好啊。"

两个人并肩走在长街上，溅起的雨珠湿了盛碧秋的脚踝，她低头，看见地面的雨水里，倒映出两人的身影。

时而依依叠叠，时而缠缠绕绕。

"你怎么来了？"盛碧秋问。

"捉奸。"

"……"

张汉辅从枪套里拿出一把枪来，举到盛碧秋面前晃了晃，道："你要是跟他走出那个门，我就先打死他，再打死你。"

"是吗？"

盛碧秋握住枪口，顺势将枪夺到她的手中，几乎是毫不犹豫的，对着地面连放三枪。三记空枪。

张汉辅扬了扬眉，心道她真敢。盛碧秋停住脚，将枪放回枪套当中，又为张汉辅整了整军装的领子，抬起眼来瞧他。她眼里也是有一种神气的，跟张汉辅一样，那种轻邈的神气。

张汉辅捉住她的腕子，低声道："你还真是，恃宠生娇。"

"赖我？"

张汉辅哼笑一声，低头吻了吻盛碧秋的额头。这确实赖不得她，她所仗恃的，正是他心甘情愿奉上的。张汉辅也不多说，继续陪着盛碧秋漫无目的地散步。

盛碧秋与他挨得近了近，将雨伞扶正。

她的手就搭在张汉辅的手背上，手指软绵绵的，跟声音一样，有种难得的温柔，道："过来一些，别淋着。"

"哦。"

他侧身，有点恶意地靠过来，几乎都要压在她身上。伞斜了斜，雨珠子顺着伞面，滴滴答答地往下滑。

"……"

盛碧秋只好挽住他的胳膊。

"我发现我果真不太了解你。"张汉辅口吻似在下某种论断。

盛碧秋不冷不淡地回："少帅不是讲，来日方长吗？"

张汉辅挑眉："我讲过？你记得比我还清楚。"

"……"

他见盛碧秋无话了，眼睛里笑吟吟的，一贯的意气："嗯，我是讲过。"

他们共打着一片伞，就这样走在漫漫长街上，不知这条路有多长，也不知何处才是尽头。

谁也不得自由，谁也不得雨犯风侵。

(完)

番外篇
白描牡丹

（一）

盛家和帅府的交情是从老帅开始的。盛家老爷以前在战场上救过老帅，后来伤了腿，退下来专心搞政治。

盛家就盛碧秋一个女儿。她原本有个哥哥，跟唱堂会的女戏子私奔，乘船遇水鬼没活命，双双死了。张汉辅后来陪她去扫墓的时候才知道，私奔这件事有盛碧秋在暗中支持，她曾帮助他哥哥欺瞒家中二老，拖延过不少的时间。

"他跟我说好，等以后还会回家的。我也就信了。"

盛碧秋说这样的话时，眼神恍惚，但没有流泪，大概已经麻木于自责。大哥的死，是她平生挨过的最毒的打，她就此学乖了很多。可她骨子里就不是个乖顺的，本性最为难移，张汉辅一刻也不能放松警惕。

不过这些都是后话了。

因为有着父辈的交情，张汉辅老早就听过盛家小姐的名号。据说出落得很美丽，还未成人，追求她的男孩子就一通一通电话往盛家打，电话都要打烂了，令人应付不暇，给盛家老爷和她大哥添足了麻烦。三妈妈跟张汉辅开玩笑，不如去盛家提亲，将盛家小姐娶来给他做媳妇，也好治一治他这个混蛋狗熊。

张汉辅听后讥笑。

三妈妈斥他："看你那神气的样子，谁能入你的眼？老帅都要为你的事操坏了心。"

那时还只是听说有盛碧秋这么一个人，后来见到她的真容是在桂兰戏院。戏院来了个梅老板，是唱京剧的名角，堂下座无虚席，张汉辅的表弟搞来戏票，请他去风雅了一回。

戏唱到一半，表弟忽地揪揪他的袖子，满眼放光："哎，相权快看，是盛家小姐。"

他顺着望过去，见盛碧秋的大哥正帮她解了沉厚的斗篷，显出窈窕娉婷的腰身。她穿着雪青缎面短袄，上面绣着嫩绿的柳叶，明眸皓齿，在乌泱泱的人群中，如春意俏上枝头，光艳照人。她的眼睛灵得不能再灵，活得不能再活。

张汉辅知道表弟是有些喜欢盛碧秋的，但三妈妈跟他提过醒，意思是老帅中意盛家小姐当儿媳，他也就不敢造次。

不过，表弟这人样样都好，能力出色，为人又讲义气，张汉辅一有什么事，他第一个上来替张汉辅顶祸。只一样不好，色胆包天，在女人的事情上爱犯糊涂。

表弟见到盛碧秋就挪不开眼睛，搓了搓手指，嬉笑道："相权，你要不要？不要的话，我就不客气啦。"

张汉辅沉默了一会儿，道："别乱来。"

表弟这时还清醒，知道要听他的话，后来喝了几杯酒，胆气上来，含含糊糊跟张汉辅说去小解，实际上是带着副官，一起去拦了盛家兄妹的路。

副官以为表弟只是去跟盛碧秋搭几句话，谁想他动手打了盛家大哥，要对盛碧秋来真的。他不敢拦表弟，忙去禀告张汉辅。

张汉辅沉下脸，蹬开桌子，立刻来到后巷。

他来时，眼见盛碧秋一巴掌打在表弟脸上，趁着表弟发蒙，一手迅速拔开他枪套里的枪，对准表弟，声音又脆又厉："你再敢！"

表弟对她大意了，但他没怕："你会开枪吗，来，朝这里打。好妹妹，你连上膛都不会。"

她嘴唇子明显颤了一下。她的确不会开枪，这样的神气，也是强装镇定的应变之策，好将表弟吓走。可她一个闺阁里的小姐，哪会是表弟的对手。

表弟狠扭她的手腕子，接住她因吃痛而松开的枪，枪口恶狠狠地抵住她的脸蛋。他咬牙切齿道："要你乖乖听话，你干什么非惹我生气！是不是觉得我配不上你？他们看不起我，谁都看不起我！可我比谁差了，哪一点差了！"

张汉辅抿唇，解开束领的第一颗纽扣，上前扯开盛碧秋，一脚猛踹在表弟身上。表弟跌了个人仰马翻，捂着肚子，痛苦地连喘了好几口气，这下彻底醒了酒。他抬头对上张汉辅深秀乌黑的眼睛，从心底打了个寒噤，不敢说一句话。

张汉辅对盛碧秋道："走。"

盛碧秋也顾不得看这人是谁，忙去搀大哥，扶着他往巷子外走。

她匆匆回头，对他说了一声："谢谢。"

那天以后，张汉辅不见盛家追究这件事。因为盛家大哥那日来戏院也是见情人,他不敢对外声张,将事情闹大。就此两人也没了交集。

直到那回他从国外回来,满身疲累,在帅府连休两天,连眼皮子都懒得抬。

亭廊上头爬满浓翠的藤蔓,凉凉的,张汉辅躺在椅子里,书搭在脸上,正闲适地乘凉睡觉。三妈妈灿灿笑着,领着盛碧秋走近。

"相权,瞧瞧,是盛家小姐。"

盛碧秋难免紧张,手心里捏着汗,不过她还是跟以前一样,惯会强装镇定,对他微笑道:"少帅,初次见面,我是盛碧秋。"

他审视了她一会儿,起来握住盛碧秋的手,半笑道:"哦,盛小姐,初次见面。"

(二)

入冬后,沛城下了些雪,落在肩膀上跟盐粒子一样,细觉是霜。

盛碧秋体寒,一到这时候,即便是躺进被窝里,手脚也冰冷。张汉辅从外头回来,军装也不脱,浑身都携着冷气,掀开被子就往盛碧秋身边钻。

这便是更冷了。

盛碧秋气恼地往里头躲了一躲:"凉。"

张汉辅含混地笑了一声,隔着衣裳去摸盛碧秋的腰:"拿你暖暖,好吗?"

"不好。"她拒绝得好干脆。

张汉辅嘴一瘪,今日却出奇地听话,起身将军装脱了。他伸手将盛碧秋捞进怀里:"那我来暖你。"他身上却热得很,像个火炉子,盛碧秋贴在他的胸膛里,既暖和又妥帖。

"蒹葭,明日我就离开沛城了。"张汉辅轻吻着盛碧秋的面,又轻佻地问,"你会不会想我?"

盛碧秋不理他轻浮的口吻,淡淡说:"老帅说,你要去打仗。"

"也不算打仗,去一趟江宁,赴个鸿门宴罢了。他吓唬你呢,怕你不给我生儿子,让我们老张家断了香火。"

"你就……你就不能正经说话吗?"

"正经话。"张汉辅扣住盛碧秋的腰,沉声道,"我若回不来,你帮我好好照顾爹。"

他说完,转眼就忘记自己在交代多么沉重的事:"你身上怎么这么凉?"

他的腿挨蹭着她的脚,不一会儿就起来,爬到床尾去,将她的脚揣进怀里暖着。盛碧秋脸上绯红,好在张汉辅是瞧不太真切了,只听得她埋怨:"动来动去,热气都给你折腾没了。"

张汉辅也只能笑，懒洋洋地说："哦，还有，你给我记住了，别又回头去找邵平。他做个文人还行，做个男人不成，一脓包废物……"

盛碧秋听得满心烦躁，以往张汉辅从不会跟她交代这些事，怕是当下局势果真不大好了。她最烦他，把生死之事讲得轻飘飘，一副满不在乎的样子。

张汉辅瞧她拧起眉头来，却误解了，用手抚摸着盛碧秋的腿，道："我看你还是惦记他，巴不得我死。"

盛碧秋争辩："别胡说。"

"动什么？"张汉辅将她乱蹬开的脚重新捉回来，"别动，不然挠你痒。"

盛碧秋暗骂了一句"无赖"，张汉辅仿佛听见似的，又笑嘻嘻的，丝毫没有临危的样子："盛小姐，你又在骂我了。"

盛碧秋径自将头埋进枕头里，不搭理他，说："以后这种事，不必来告诉我。"

她不想听。既然他自己都不在乎自己的命，又何必害她日夜担惊受怕？可张汉辅似一下噎住，望着盛碧秋的背，没有再说话。

在黑暗中，盛碧秋能瞧见他英俊的脸，总觉得他有些太年轻了。跟他这个年龄的男人，通常不能手掌那么多的权力，亦不用担那么多责任。某一个瞬间，盛碧秋看他的脸上会浮现孩子气的轻狂。她不敢说他可爱，可心里头认为是。男人的可爱很特殊，她不好形容。

张汉辅走后没多久，盛碧秋就显怀了。她怀孕成了帅府的大喜事，几位妈妈连番来嘱咐她如何养胎，连老帅都开心。

老帅希望是个孙子，盛碧秋难来有些闹性，说女儿也好。老帅不反对，点头道："女儿好，听说女儿专治爹。"盛碧秋跟着眉开眼笑，转身去给老帅沏了壶新茶。

纵然有帅府上下齐心协力的照顾，盛碧秋还是不见好过。她一到晚上就无端端流泪，做梦也常梦到大哥，还会梦到在连天的炮火中浴血的张汉辅，夜里一醒，枕上就湿透了。她怕是坏兆头。

偏偏想法越坏，应验得也就越快——报纸头版登了一则刺杀的消息，说是有刺客劫了张汉辅的专列，少帅现在下落不明，生死未卜。他们推断的原因是少帅去江宁谈判不成，遭到对方暗杀。

老帅素来沉得住气，帅府里的人都乱了阵脚，独他还能肃着脸，说少忙着慌，等查定再讲。又去开过会，安抚下一干老臣老将。

回到府上，盛碧秋给他奉茶时，老帅端着茶盏咳了一嗓子，满杯见红。盛碧秋才知道，原来他也是慌的，知道张汉辅此次凶多吉少。

盛碧秋一滴泪也没有流,想起张汉辅临行前交代的话,更不敢辜负。她变得比老帅都沉得住气,稳住整个帅府,一边在病床前尽孝,一边也好好调整情绪,养着腹中的胎儿,不敢有任何差池。

大约过了半个月,帅府才收到一封平安信,是张汉辅亲笔,只一个字"安",众人的心这才落定。等沛城的报纸开始澄清谣言时,一辆汽车在帅府门前稳稳当当地停下。张汉辅从车上下来,毫发无伤,正神采奕奕地笑着,拥抱来迎的姨娘。

三妈妈哭:"你个臭小子,报纸讲你死了!"

张汉辅大笑:"我这不是好好的吗?"

他眼睛寻了一周,也没看见盛碧秋。三妈妈知道他在找谁:"人在屋里呢,有个好消息还没来得及告诉你。"

"什么好消息?"

三妈妈拍拍张汉辅的肩背:"哎呀,你先去看看老帅,他惦记你都惦记病了。再去找碧秋,等见到,你就知道了。"

"这真稀奇。"

他跟老帅请安,讲明刺杀的事是真,不过自己当天临时起意,折了一趟去往申城,不在专列上,这才未遭毒手。因他要查清是何人所为,所以才一直没往家中报平安。

老帅问,是何人所为。张汉辅说,不是国人。

老帅哦了一声,仰在床上长叹道:"相权啊……你老子是不是老啦?"

"您是该服老了。"

"那以后的事,你自己做主。"

张汉辅一笑,没再接茬儿,道:"好好休息吧。"

周全一顿,他才回房去见盛碧秋。她见着他来,也没多少喜色,正坐在桌后绣东西,连眼皮子都没抬。张汉辅见她这冷冰冰的样子就烦闷得厉害,解开腰带,随手一挂,哼笑道:"三妈妈说有个好消息,果然好。可见我死了,你也没跟邵平跑。"

盛碧秋一针不慎扎进指腹里,转眼见血。不知为何,指尖细小的疼痛此刻比寻常要疼上许多。她倒抽了一口气,连忙将指上血珠含进口中。

张汉辅一皱眉,去抓盛碧秋的手,冷声道:"我看看。"

他扯她站起来,盛碧秋一起身,张汉辅才猛地注意到她笨重隆起的肚子。

他一愣,整个身子都僵了一僵,正反应不过来,下意识问:"我的?"

盛碧秋一听这话,岂不更恨,气得眼泪扑地落下来,抬手给了张汉辅一耳光,又上前紧紧抱住他,一口咬在他肩膀上。不是撒娇,而是歇斯底里地咬,非咬让张汉辅疼够了不可。

张汉辅行军多年，受伤见血的事不少，一枪打进他背里，他都没叫喊过一声。可此刻肩膀上的痛，疼得他手都在发抖。

"蒹，蒹葭……"

她恶狠狠地说："他们讲你死了，我一声也没有为你哭。"

张汉辅苦笑："那你做得很好。"

"我怕我要是哭了，如了你心愿，你就真不再回来了……"她眼泪流了一脸，"张汉辅，你对不起我。"

他将她的话细细品了一会儿，才明了，抿唇一笑，轻轻抱住她，道："我对不起你。"

盛碧秋继续拧他出了一顿气，才说："孩子是你的。"

他解释："我刚才犯傻，脑筋都不转了。我信你。"

盛碧秋质问："你信吗？见了我还要提邵平？"

张汉辅挑眉，一时语塞，抚着她隆起的肚子，又笑又叹，悬了多天的心仿佛在见到盛碧秋的这刻才落定下来。

他说："以后再不提了。"

一到夜里，盛碧秋睡不好，翻来覆去难以入眠，躺在张汉辅身边又想流泪。

张汉辅听见动静也醒了过来，问她："怎么了？"

盛碧秋红着眼睛摇头："我没事，最近经常这样。你快睡，我一会儿就睡着了。"

"那怎么行？"

张汉辅见她这样躺着也难受，亲去她的眼泪，想了一会儿，说："盛小姐，要不要跳支舞？"

他牵着盛碧秋起身，帮她穿上鞋。蒙胧的月色中，张汉辅轻轻环住盛碧秋的腰，因他们二人中间还隔着个小东西，张汉辅就更加小心翼翼。跳舞自然也没有那么正式，他们只是互相拥着，额头相抵，步伐随着音乐漫步。

张汉辅还调侃她："胖了。"

盛碧秋恼得拍他肩膀："那也是你害的。"

"这就生气啦？"他的笑声在吻中变得含混起来，"好了，对不起，对不起。"

调笑的声音逐渐隐在音乐当中，歌声传到静静月夜里去，倦懒又暧昧，唱的是——

红灯绿酒夜，围炉消寒天。

（完）

李轻鸿瞧着她盈着水光的眼,才确定周芙并非铁打的骨,还是水塑的女儿身。

第五章

玉京芙蓉

Chapter 05

第五章 玉京芙蓉

（一）

"第三十四次。"

周芙一手扶住趔趔摔来的李轻鸿，牢牢地稳住他的身子。

李轻鸿抱住周芙的腰，如释重负地呼出一口气，道："好险，好险。"

周芙拿开他攀着自己腰身的手，眼神冰冷严肃，几乎咬牙切齿："小王爷，这是你第三十四次输给我。我教过你如何拆解方才的那一招，现在已经一个月了，要怎么教，你才学得会？"

"你以为我愿意投怀送抱吗？你教得也太难了！"

"……小王爷是下盘不稳，并非投怀送抱。请小王爷端正言词，再来！"

"还来？"李轻鸿凑到周芙面前，扯了扯领子，拿着周芙的手往颈间放，"来来来。"

周芙触到一片热汗，腻在掌中，一时如被火烫，忙收回了手。

"周将军，你一刀给我个痛快好了。我李轻鸿驾鹤西去，赶紧回天上做玉树临风的逍遥仙，也少遭一天这凡间的苦。"

周芙："小王爷，身为您的部下，末将有一句话……"

李轻鸿捂住耳朵："不听，不听。"

周芙道："……那明日……"

"不睬，不睬。"

周芙大觉窒息，再三耐住性子，问："那依小王爷的心意，您想做什么？"

李轻鸿一把抓住周芙的手臂，抬头望见春光正好，道："云淡风轻近午天，傍花随柳过前川。依小王的心意，如果周将军作陪，与我小酌几杯，那自是再好不过了。"

李轻鸿着金佩玉，长得真是俊俏，一双桃花眼望人时，有三分笑意，七分快意，一看就是吟风弄月的好手，最最风流不羁。寻常女子教他看一眼都要羞红脸，偏在此刻，他面前的不是什么女子，而是个"公子"，任凭李轻鸿如何笑，对方总是一副冷冰冰、寡淡淡的样子，定力非凡，丝毫不为美色所动。

周芙身材高挑瘦削，一袭黑衣，绯红的腰带束着劲瘦的腰，沉沉的黑色衬得"他"的神情愈发冷峻："小王爷，末将不喝酒，更不陪酒。如果小王爷今日不想练剑，那末将就告退了。"

没趣，枯燥，无聊，不耐烦。

李轻鸿从他的周将军脸上看不出其他东西来，不由地大为挫败，道："周将军好不知趣，别人求小王赏酒，小王都不见得理会。"

"那就请小王爷多理会理会他们罢。"

"哎！周将军，周公子，周哥哥！"李轻鸿扬眉，"真不去？你不管我，我若喝醉了说出什么糊涂话，将那晚……"

周芙嘴角一抽，收剑，一步上前捂住李轻鸿的嘴，恶狠狠地盯着李轻鸿，似恨不得下一刻就给他发丧。

周芙吐出一字："走。"

"这可是周将军主动应邀，非小王逼迫啊。"

"好商量。"

李轻鸿自被皇上派来乌苏驻守，已有两年的光景。

近年来，大梁与邻国岐牙摩擦不断，战事频发。岐牙国横空出了个玉面将军，其人骁勇善战，精通七十二阵排兵布将之道，领着岐牙军打赢好几场以少胜多的漂亮仗，使得岐牙国气焰一日盛过一日。

大梁朝廷要择选能将，挂帅出征，前去讨伐岐牙，以振大梁雄威。这重任本轮不到养尊处优的小王爷头上，可皇上不知抽了哪根筋，偏偏点了小王爷为将。

小王爷李轻鸿，字扶风，乃大梁战神雁南王之长子。他打小就随父亲在江南封地的军营里摸爬滚打，别家小孩还在上房揭瓦打赖皮架的时候，李轻鸿就已是人人得而敬之的少将军了。后来李轻鸿受召入京，由皇上亲封王位，加官晋爵，享尽恩荣，京城皆敬一声"小王爷"。

此次小王爷与岐牙玉面将军交锋，满朝文武皆削尖了脑袋要来看热闹，就等着瞧这小王爷如何收拾残局。没想到双方每次交战，大梁军队既说不上败，也说不上赢，如此同岐牙国鏖战数月，李轻鸿是没落下多大损失，但也见不着收获。

大梁幅员辽阔，国力强盛，自然是耗得起。然而岐牙国一介弹丸之地，哪里能经得起如此折耗？连年的战乱，使得岐牙国民不聊生，此番与大梁前线对峙数月又迟迟不见捷报……岐牙王廷里的主和派便联合起来，先是陆续参了几本玉面将军"穷兵黩武、好大喜功"的罪状，又劝服岐牙王停战，跟大梁议和。

岐牙王无奈，只好暂且收回玉面将军的帅印，将他停职查办。

就在玉面将军被卸职的当口，前线传来节节败退的战报，损失惨重，大梁军队迅速占据上风。岐牙百姓怨声载道，开始对玉面将军挑起经年的战事好一顿口诛笔伐。

为平民愤，也为平王廷内乱，岐牙王不得已下令斩杀玉面将军，同时派遣使者，前去与李轻鸿议和。岐牙国不战自溃，这场旷日持久的战事也终于有了个好结局。小王爷李轻鸿似打赢了一场仗，可真要细算起来，这里头能有他多少功劳。

寥寥无几。他不过就是带兵去战场上稀里糊涂地打了几回，好运气碰上岐牙王廷内乱，这才白捡了一个战果。

失望，失望。

江南的军民曾将李轻鸿"少将军"一名传得神乎其神，现在真让他亮亮本事，也不过如此嘛。出山的第一战，小王爷打得是灰不溜秋，一点也不光彩。坊间有人猜测："吹捧得那么厉害，还不是看在他爹雁南王的面子上？"

便也有人附和道："小王爷本就是个温柔富贵乡长大的世家子弟，你还真指望他跟其他人一样，顶着个大太阳去校场练兵？就算真练，他爹都要在旁打着伞，生怕晒黑了他儿。"

他一说，引得听客哄笑。

李轻鸿抱着酒壶，倚在柱子上，听楼下的人左一言右一语地议论。不一会儿，还真有人提出不同的意见："别管他是怎么胜的，岐牙国就是败在小王爷手里，这是板上钉钉的事实。"

"嗐，我说你这人……"听自己的话被反驳，那人自然不爽，将对方一阵打量，"听你口音，不像乌苏人。"

"客气。小人自金沙来乌苏，做些小生意。"

另有人窃笑："哦，原来是江南来的，怪不得要为小王爷说话。少将军那么大的威名，可有你在马屁股后面出一份力？"

江南是小王爷他爹的封地，少将军的威名就是自江南传遍大梁的。他们显然在嘲笑李轻鸿乃盗名欺世之辈。

那江南来的生意人脸红赤赤的，喝道："岂有此理！我只跟你讲道理，你管我是从哪里来的？！我问你，岐牙现在是不是败在了小王爷的手中？"

那人摆出一副好人不跟缠鬼斗的模样，拱手道："是了，是了，小王爷英明神武，勇冠江山！我这样说，你心里舒坦了吗？"

"你！哼！"

枯燥，乏味，吵架吵得一点也不精彩，怎么不打起来呢？李轻鸿百无聊赖地抱着酒坛子往回走。

乌苏苦寒，比不上李轻鸿在京城的锦衣玉食，鲜少有什么好物。不过在这乌苏之中，唯独烈酒"忘忧"酿得天下独绝，又为贡酒，闻名遐迩，李轻鸿尤爱。因军中忌酒，他许久不沾，一时痛饮起来也好不知分寸，先前囫囵灌了一坛，如今已然醉飘飘的，每走一步都似踩在棉花上。

他歪歪斜斜地走在楼廊中，周芙忙上前扶住他，将李轻鸿架在自己的肩膀上。李轻鸿一看是周芙，笑吟吟道："周将军，我醉啦。"

周芙见他脸色不改，唯有说话颠三倒四，道："看得出。"

"你真不喝吗？"他把酒壶往周芙怀里拱了拱，"忘忧酒，与尔同销万古愁。"

周芙冷声拒绝："不喝。"

"那你可要把持住。若你喝醉酒，又像上次那样犯浑，小王一世清白不保，传出去，这辈子都不能娶亲了。"

周芙一把将李轻鸿撂下。

周芙身在将位多年，最懂得知人善用。久经历练，他自认眼力不差，哪能想到终日打雁的终被雁啄，怎就看走了眼，误把狗熊做英雄……李轻鸿歪倒在墙边，胡混喊道："周将军，周将军，你也不要小王了吗？你也舍下小王了吗？"

"……"

周芙一合眼就想到三个月前，他跪在李轻鸿面前，横剑奉上，一字一句承诺："提携玉龙为君死。"

还为君死？他现在恨不能一剑自尽了事。

（二）

从前雁南王为统帅时，治军严明乃是出了名的。凡行军时，军中禁酒，亦禁美色，如有违者，皆按军法处置。雁南王凭借铁铮铮的手腕，拿住大梁的军风军纪，一改前朝重设妓营、贪图玩乐的恶习，在军中谁人都敬，谁人都畏。

谁能料得，他教出的儿子净是往邪了长，一点也没继承他爹肃正的作风。

乌苏的城官想向李轻鸿献殷勤，送来好些容色姝妍的绝世佳人——或娇怜，或清高，或素若幽兰，或艳比玫瑰，当真是燕瘦环肥，应有尽有。

李轻鸿见状，欣喜地收入麾下，将佳人一一分赏下去，自己帐中独留下一名唤娇兰的女郎。此女眉目似画，两靥生娇，容颜可论上乘，又弹了一手好琵琶，喜唱江南调子，歌喉婉转清脆，黄鹂鸟一样动听。

李轻鸿对娇兰甚是喜爱，常常让她陪伴在身侧。李轻鸿座下有几位将军，是从前效忠过雁南王的老将，哪里见得军中日夜不停地吟唱这等靡靡之音。倘若军中上下都去效仿小王爷贪美图色、嗜乐好酒，往后还打不打仗了！

劝谏，必须劝谏。

不过，他们是军中的老将才，若是此刻公然出面谏言，难免教人觉得他们是在仗恃着老资格，不服后生统帅。如果传扬出去，有损李轻鸿的威严。纵然这货在军中也没多少威严了，可念在雁南王的面子上，这点儿顾忌还是要有的。

故而，这劝谏的重任转头就落在了周芙的肩上。

一来，周芙是李轻鸿亲手提拔上来的将领，深得李轻鸿信任；二来，李轻鸿看重周芙，两人是主仆，但也是朋友，似手足兄弟，他是最能劝得动李轻鸿的人。

周芙闲着无事时，被邀去陪几位老将军下棋，没杀上几盘，就稀里糊涂地捧回来这么一个烫手的山芋，当真拿也不是，抛也不是。

这日，东风吹开乌苏的佛岭花。周芙去到营帐中，与李轻鸿商议战后整军一事。商议才不过一盏茶的时间，周芙按住剑，已经不大能控制住自己的视线。

这也怪不得周芙，要怪就怪小王爷，鬓边簪着那朵玉白色的花，当真惹眼至极。周芙一顿想，怕是城官送来的那几位佳人，都不及李轻鸿有颜有色。

李轻鸿半窝在榻上，披散着如泼墨一般的长发，独独鬓角辫起来，上簪一朵佛岭花，真是风流无双，雅骚无度，不知情的看客还以为这不是在大梁军营，而是在京城的花楼。

周芙甚至认定，凭李轻鸿这相貌，去楼里混个头牌，也不在话下。

李轻鸿捻着发丝，打着呵欠问道："周将军，你就不能笑一笑？苦大仇深地瞪着我，怪可怕的，小王欠你的军饷啦？"

周芙实在怕自己按不住鞘中的剑，果断起身，拱手告辞道："小王爷好好休息。"

任李轻鸿千呼万唤，周芙一步不差地往帐外走，迎头就碰见前来侍奉的娇兰。娇兰看是周将军，羞艾艾地低下头，抱着琵琶屈膝行礼："娇兰见过周将军。"

周芙低头，上下打量了她一番。娇兰约莫觉得周芙的眼神有些唐突无礼，略一作揖后就要进帐子里去。周芙移步，一下挡在了娇兰的面前。

周芙的身材不似其他将军那等虎背熊腰，是有些高挑瘦削的，长得也非浓眉大眼，"他"的眼尾狭长，眼珠黑莹莹的亮，清澈冷冽，有一种极富女儿气的俊美。周芙说是将军，却更像个书生，但正因不是书生，这样的俊美才尤为别致。

娇兰不大敢看他，低声道："周将军有什么吩咐？"

周芙道："果然是百里挑一的美人儿。"

他抬手，轻轻拢住娇兰的下颏，凑过去嗅了嗅娇兰身上的香。娇兰大惊失色，忙趔趄着往后退，周芙一步向前，扣住娇兰纤细的腰，道："小心。"

娇兰惊道："周将军！你，你……"

因着两人贴得好近，周芙闻见娇兰身上一缕幽香，轻声道："你身上好香。"

他说这句话时，神态甚是认真，从他口中说出的轻浮之言，不似在调戏，更似真心的赞叹。

娇兰却大惊失色，喝道："我是小王爷的女人，你胆敢、胆敢无礼？！"

周芙"哦"了一声，望着娇兰笑起来："无妨，我向小王爷讨了你来就是。我听闻你会唱江南的调子，也与我唱一段可好？"

娇兰不肯："周将军，你再这样，奴家决计不饶你。"

周芙挑了挑眉，不禁起了兴致，问："你怎样不饶？"

"周将军？娇，娇兰姑娘？"

许是李轻鸿听着外头吵吵嚷嚷，派了近侍来问。娇兰一见是李轻鸿身旁的人，忙叫喊着要求见小王爷。周芙见状，抱住娇兰，好不利落地将她往肩膀上一扛。

周芙对问话的近侍道："去告诉小王爷，这个女人，周将军看上了。"

近侍一时目瞪口呆："啊？什么？"

周芙回头，唇角勾着若有若无的笑意，眼睛中沉着无形的威慑，令那近侍哑口无言。周芙道："我的话，你听不懂？"

近侍下意识挺直腰板，敬道："是。"

娇兰又踢又挣，又打又闹，引得很多人侧目。这也抵不过周芙的厉害，尖叫声越行越远。而那方才雄赳赳地回答"是"的近侍，回过神来，才心知大不妙，整个人如同石化了般立在原地。

他该怎么回话？告诉小王爷，他近来最心爱的女人被他近来最宠信的将领抱走了？近侍双股一紧，深觉小王爷非得踹他两脚泄恨不可！

话，还是照样子回了，近侍回得战战兢兢，浑身冒汗。

李轻鸿猛地坐起来，再确认道："你是说，周将军？"

近侍叩首："小王爷息怒！"

李轻鸿方才还困得倦倦的，这会子一下笑精神了。近侍听他笑，更觉得反常和可怕，额头上又冒了一层汗。李轻鸿歪倒在榻上，姿态说不出的闲适，声音琅琅道："我说周将军今天怎么这样大的火气——"

喊，吃醋就直说嘛。

（三）

周芙将娇兰轻轻搁在榻中，漆黑的眼睛与她的相抵，周芙轻低下头，听着娇兰狠抽了一口气，忙将头扭转了去。周芙用指腹摩挲着娇兰轻轻发颤的唇，笑道："来服侍我不好吗？小王爷风流成性，有了你，还会有其他的佳人。倘若你跟了我，我就娶你作唯一的妻子。"

周芙的语气是极认真的，一张俊美的脸近在咫尺。

娇兰眼里震惊，周芙的气息落在她耳畔，耳根子都要麻了。

她的心也要麻了："将，将军……"

周芙一笑，扯开她的腰带，往她额头上轻轻亲吻了一下。周芙道："乖，好孩子，你知道服侍男人，意味着什么吗？"

娇兰还是怕了，兀地哭出一声："……将军。"

周芙停下，若有所思地看她："你不愿意？"

娇兰手背覆在眼睛上，泣道："我不愿意。"

"小王爷这样对你，你愿不愿意？"周芙声音温柔似水，再问，"本将军要听真心话。"

许是捂着眼睛的缘故，娇兰不必面对任何人，只是心底的声音告诉她，她是不愿意的。娇兰生在勾栏院里，因着她是妓女的女儿，别人都说，她生来就是做妓的。可她娘不认命，不愿意女儿的一生也葬送在此，便拿出这些年接待恩客的存钱，托了个相好的帮忙，要替娇兰赎身。

谁知那男人是个黑心的，口口声声承诺着会办好这件事，待拿到钱就跑去外城，从此再无音讯。她娘只得眼睁睁看着娇兰到了接客的妙龄，被鸨母发卖到乌苏来。

娇兰运气好，遇上小王爷这样的贵人，得他青眼，才不必教人作贱。她心里感激李轻鸿，面对李轻鸿那样好的相貌与身份，说不动心，怕也是假的。可娇兰也不愿意得他宠幸,除非,除非李轻鸿给她一个名分。

没有名分就在床上伺候男人,说到底,还是妓。娇兰身似浮萍,就想求个安身之处,纵然粗茶淡饭、清贫度日,她也不嫌弃。胸中怀着这样的愿望,所以在听得周芙愿意娶她时,娇兰才那般震惊。可又怎么可能呢?小王爷能饶得了周将军吗?她心乱如麻,不知该怎么做才好。

她怯生生的样子倒教周芙有些好奇了,周芙问:"小王爷不曾……宠幸过你?"

娇兰又小心翼翼地点了点头。

周芙有些意外,美色当前,李轻鸿还能坐怀不乱?他问:"那他平日留你做什么?"

"唱曲,弹琵琶。小王爷说,他在江南的时候常听,但已好些年不曾回去了。"

周芙意会,原来是想家了。周芙不大敢确认,每次他以正常人的思维揣摩李轻鸿时,多半会被李轻鸿石破天惊的回答收拾得体无完肤。

周芙一边把娇兰的衣裳重新整好,一边说道:"娇兰,我知道你还有个娘亲,我派人将你送回家去可好?"

周芙接下劝谏的重任,搪塞了事并非他一贯作风。他差人打听了娇兰的身世来历,对她的遭遇深为同情。那些老将军拿不住李轻鸿,拿住娇兰还是易如反掌的,再任李轻鸿这样下去,祸水必先往娇兰身上引。

周芙心想,实在没必要连累这不谙世事的女孩子。她不过是长得娇俏些,会弹琵琶会唱曲儿的,才惹得李轻鸿怜爱,这能算得上什么罪过。

娇兰听后大为惊讶:"真的?"

周芙道:"本将军一言九鼎,骗你作甚?"

娇兰看他狭长的眼带笑,竟比女子还有风情,一时羞红了脸:"那将军方才还,还……"

"试探。若你对小王爷忠贞不渝,我何苦棒打鸳鸯?"

娇兰是被骗过的人,对谁都有三分戒心,可不知为何,她轻易地就相信了周芙,她冥冥中觉着,周芙是值得信赖和依靠的。若能回家与娘亲团聚,娇兰自然欣喜。她尽力让自己更加欣喜,这样就可以压下心头的怅然若失——周将军说娶她为妻,是不作数的。

周芙在营帐前公然扛走娇兰的事传得沸沸扬扬,看不惯周芙的将士向小王爷告了一状。当时帐中还有其他将军在,李轻鸿客气地问了问他们的意见。

老将们一改从前"周芙年轻气盛难当大任""过度宠信,谨慎饲出虎狼"的态度,对周芙赞赏有加,话里话外表示英雄难过美人关,非常理解周芙的所作所为。

李轻鸿听过一圈,什么也没发作,摆摆手将所有人遣散了,决意不再追究此事。

"小王爷那是什么表情?"

"伤心了吧?一个是女人,一个是手足兄弟,女人倒是没什么,毕竟小王爷这样的身份……就是对周将军,小王爷肯定又爱又恨了!"

"喔喔喔,懂了。"

"混账!"李轻鸿翻头就倒下,一拳捶在榻上,正气得要命,"周芙你有种!"

那些老头子眼睛一瞪胡子一吹,李轻鸿就知道这周芙扛走娇兰的事,多半有他们在背后撺掇。

跟吃醋不吃醋的,八竿子打不着干系!

出军营十里,夹道是成片的野生桃花林,桃花怒盛,满天满地,落英缤纷。白马通体胜雪,长长嘶鸣一声。

周芙翻身下马,身姿矫捷如鹰,又回身朝马上的娇兰张开双手:"来。"

娇兰脸红红的,将手交给他,由他抱着下了马。

远处已有接应的人在等了,周芙跟那人打好招呼,又塞了一锭白银给他,请他在路上多多照应娇兰。对方接了银子,又给周芙磕头。

娇兰听他的只言片语,貌似是周芙曾在战场上救过他,这等小事是他该做的,不谈辛苦,能还周芙的恩情,他求之不得。

周芙打点好一切,递给娇兰一袋银钱:"你的卖身契,还有这些钱,小心拿好。出门在外,戴上纱帽,钱不外露。路上遇到什么麻烦,就告诉老伯,他会尽心照顾你,一直将你送到家去。"

娇兰不敢接,眼泪止不住地掉:"将军,你对我这样好……奴家,奴家都不知道该如何报答你。"

"好说。"

周芙略一思量,将娇兰腰间的香囊扯下来,与自己腰间的玉佩系在一起:"这香囊,我看着很喜欢。"

娇兰支支吾吾道:"将军,这香囊里面……其实是……"

不待她说完,周芙眼神忽地凌厉,吓了娇兰一跳。周芙将娇兰扯往身后,手把住剑柄,挡在她身前,目光牢牢盯住了不远处的人。

一队黑衣人,蒙面带刀。刀寒胜水,杀气凛然。

周芙打量他们手中月钩一样的弯刀,道:"鸣刀。岐牙人?"

"将军,别来无恙。"为首的人道。

周芙道:"待我客气,就是朋友;既还是朋友,又何故连面都不露?"

那人道:"奉大王之命,前来铲除岐牙叛逆。"

周芙将剑抽出来,沉声问道:"谁是叛逆?"

"将军,玉无瑕。"

风中弥漫起腾腾的杀戾气,卷着桃红,片片落在周芙描金武袍上。

他眼睛一眯,眉梢有笑:"不巧,他已死了。敢问诸位,死去的人还能再死第二次吗?"

"杀!"

(四)

周芙以一敌七,对方鸣刀似镰似钩,来势汹汹,声如雨珠般密集,交叠而至。

周芙使剑,时而灵动轻巧,快如雷电;时而凝缓沉厉,重有千钧。七人当中任何一人本都不是周芙的对手,然而七人有进有退,接番上阵,似个密不透风的网,将周芙围困其中,越收越紧。

周芙渐现疲态,力趋难支。他挽剑尽力一攻,敌方眼见周芙这一剑势毁日沉月,猛地抬手,触动袖间机巧,暗箭齐发。周芙惊心,收剑格挡一箭,翻身再躲两箭。暗箭迅疾如风,一箭过腰,皮开肉绽,溅出一雾鲜血,一箭掠过周芙束发的红缨带,待他再转身时,浓黑的长发已散落满肩。

他一抬眉眼,剑撩起胸前长发,掠去身后。为首人见周芙形貌艳逸,眼尾狭长,能将潇洒与柔媚兼具实属不易,他叹道:"玉面将军,你若真为男儿,又怎么会走到今日这一步?"

在旁的娇兰闻言惊疑不定,愣愣地看向周芙。这是什么意思?周芙不是男儿,是女、女子?

周芙懒得搭理他们,这会子只用来喘息还不够,千念百转间都在思量逃生之计。她一人跑也跑得,只可惜身后还有娇兰和老伯,她怎可能弃下他们。

正值她受困之际,听得叮叮当当一通清脆的铃响,由远及近,缓行而来。杀手警觉,回身一看,见鬃毛黑亮的宝马上披戴朱红马鞍,鞍山左右挂着小银铃铛,一跑起来,摇荡着响个不停。

周芙顿时万念俱灰。方才还难为要顾及娇兰和老伯,现在好了,又来白送一个李轻鸿。

"是男儿是女身,当真这么重要?"

李轻鸿勒停了马,微微笑着,居高临下地看向这些个黑衣人:"岐牙王派来的?"

其中一人认出了李轻鸿,蔑笑道:"正是。小王爷,吾等奉命铲除岐牙叛逆,此事与小王爷无关。两国已停战交好,请您勿再旁生事端。"

李轻鸿笑了一声:"奇怪了,岐牙王难道没告诉你,小王之所以答应停战,是因他愿意把玉无瑕的命,舍给小王吗?"

"你说什么?"

不止他们震惊,就连周芙也轻轻一拧眉头,冷着眼看向李轻鸿。李轻鸿优哉游哉地晃着缰绳,漫不经心道:"你来杀我的人,也不过问我的意思。岐牙王调教出的鹰犬,这么不知规矩?"

双方对峙间,桃红的风吹拂起李轻鸿赤朱色的袍角,轻翻涌动,颜色越发浓炽。为首的杀手沉默了,逐渐握紧鸣刀,道:"完不成任务,也是死。如果能在小王爷手里博得一线生机,我们兄弟也不枉来这一遭。"

李轻鸿道:"看来是不肯善了了。"

他似是无奈的,下马来,从腰间缓缓抽出剑:"我剑法不好,诸位下手温柔一些。"

剑仿佛不常用,与剑鞘擦出低哑的鸣叫,如同生锈了一般,难听得周芙心浮气躁:"李轻鸿,你找死?!这是我与岐牙的恩怨,与你无关,快走!"

"岐牙不要你,我要你。我待你不好吗,大敌当前,说出这样生分的话来……"这厮竟是这等关头都不忘调风弄月!周芙咬得牙根发痒。

李轻鸿扯下朱红外袍,一身轻薄的素纹白衫,裁出男人健壮有力的腰线。他一手横剑,眼睛映在清凌凌的剑身上,笑中带寒:"我舍不得怪你,好在还能拿这些人出出气!"

话音刚落,李轻鸿一剑刺出,攻势雷霆遂至,挑、刺、扣、劈,剑招间凌厉的杀意如同借风而起的熊熊烈火,将七人尽数吞没。鸣刀与宝剑相接,七人缠斗,却反而被李轻鸿神妙无方的剑法压得无暇喘息。

李轻鸿步步相逼,反缠住一人步步紧追不舍。剑尖挑开对方刀法中的疏漏,李轻鸿瞄准时机,翻剑迫开对方欲弯的手肘,直往心口一刺,鲜血瞬间溅到李轻鸿的白衫上。他收剑,看见那人倒地不起,轻眯着眼,挥手掸了掸胸前的血珠儿。

李轻鸿呵笑道:"这也能当杀手?你们这个行当,门槛儿有点低了。若有命回去,跟岐牙王进言,以后别养脓包废物,浪费银子。"

周芙:"……"时至现下,周芙才知自己如何被李轻鸿骗了。

方才那招是她教了李轻鸿一个月的剑法，且看他使得出神入化，运剑时一丝不苟，稳若磐石，哪有素日练习时的不堪与赖皮。李轻鸿身姿挺拔，犹如一杆冷冷的银枪。周芙第一次觉出，李轻鸿的确是雁南王亲手教养出来的儿子，他骨子里头流淌着神武的血，立在大梁幅员千里的土地上，能扛起整个河山。

周芙惊讶的空档，李轻鸿又连取四人要害。余下两人眼见大势已去，不由得惊慌失措，进退犹疑。

李轻鸿不急着取他们的命，而是道："小王今日来得急，没带上善心。你们当中只有一个能回去，是由小王来挑，还是你们自行商量？"

两个杀手互相对视一眼，其中一个手擒匕首，狠往对方腹中连刺数刀，直到对方再无还手之力，眼中全是震惊地倒下，方才罢休。

李轻鸿挑眉，冷笑道："果然是好杀手。"

那唯一存活的人回道："小王爷，这笔账，我记着了。可玉无瑕始终是岐牙人，改头换面，她还是岐牙人！"

他放下狠话，捂着伤口踉跄着往远方跑了。

李轻鸿嗤笑一声，懒懒地挽了个剑花。待回转时，他望向周芙的眼一扫杀气，笑得灿烂明亮，神情比这桃花都盛上几分："如何，没给师父你丢人吧？"

周芙什么表情也无，一下将剑收回鞘中，转身去看娇兰。

娇兰愣着，听周芙唤了几声才恍然回神，回道："奴，奴家没事。"

周芙道："让你受惊了，尽快走吧。"

她有太多的想问，可望着周芙的容颜，便什么也问不出了，压抑在心头的怅然并未因得知周芙是女儿身而消散，反而越来越浓。倘若，或许……周芙真是男儿，她也是有机会留在他身边的。如今更是万万不可能的了。

娇兰上前去握住周芙的手，这大胆的举止让在旁的李轻鸿扬了扬眉。娇兰道："周，周姑娘……谢谢你，我一辈子记着你的恩，以后若有机会，你可以来看我吗？"

周芙承诺道："你放心，我一定去。"

娇兰笑得娇艳，欣喜地同周芙辞行。

周芙目送她离开，方才转身，一声口哨叫回受惊的白马。她将着马鬃好一通安慰，视一旁的李轻鸿为无物。李轻鸿眼见她态度如此冷淡，心里咯噔一下，觉出不妙来："恼我了？"

"不敢。小王爷大恩，周芙铭记于心。"周芙蹬上马，"回营。"

李轻鸿怎可放过，扯住缰绳顺势上马，将周芙牢牢环在怀中。周芙拧眉欲挣，李轻鸿拢紧手臂低道："别动，再动算你违令。"他一手摸住周芙的伤口，"疼吗？"

周芙眉头拧得更深，五官都似要扭曲了，可还是咬紧牙关，道："不疼。"

"你总口是心非。"李轻鸿轻叹一声，"你知不知道，我干什么费尽心思地将你从鬼门关救回来？"

"小王爷惜才。"

李轻鸿道："小王不惜才，惜你。"

周芙心头一跳："什么？"

可李轻鸿不再说了。

李轻鸿一早便知她是玉无瑕，他不计较她女儿身份，愿意留她在身边效忠，这等知遇之恩，玉无瑕誓死报效，故而更名周芙，当了李轻鸿身边的副将。她不是没想过，李轻鸿派人将她从岐牙王的刀下弄出来一条命，究竟是有何目的。

岐牙将军？七十二门阵法？还有她这通身的本领？无论什么，但凡是李轻鸿想要的，她都愿意解囊相授。

然而细细想来，李轻鸿身边不缺将才，贪图七十二门阵法一说更是无从谈起。两人在战场上交手多次，寻常百姓不知，作为他的对手，周芙最清楚，李轻鸿运兵用阵的本领并不输她多少。

至于通身的本领……方才周芙也已见识过了，若李轻鸿不是有意藏锋，两人单打独斗，周芙不见得能赢。直到现在，她才发觉，李轻鸿想要的不是她解囊，或许是……解衣？

好吧，这倒比教他剑法简单。只是她现在顾不得想太多，不断流血的伤口携着她的力气一并流掉。周芙后颈处阵阵发凉，头晕目眩，唯独伤口处疼得好不令人清醒。

疼啊，还是疼的。

谁能相信，这么一个身经百战的将军，什么都不怕，最怕疼呢。

一路上，李轻鸿都用衣袖捂着周芙的伤口，回到军营，半片袖子都教血染透了。忧心的将士见状纷纷前来请安，被李轻鸿一声急呵斥退。

"守好了，谁敢近前一步，我杀了谁。"他抱着周芙大步进了帐子，将她放在榻上，一手拎来药箱，丁零咣当倒出一片，从中拣了个朱红色的伤药备用。

李轻鸿坐在榻边，看着脸色苍白的周芙，沉了好几口气，道："虽然我挺乐意，但此番并非有心占你便宜，将军切莫记恨我。"

他做好一番准备，伸手褪去周芙的衣裳，又将她缠在胸前的裹带解开。女人的身体涩如青桃儿，李轻鸿心头突突乱跳。这若比之肥白丰满的那种，实在没多大诱惑力，他明知的，明知的，怎就一股子邪火，要命似的烧起来。

李轻鸿闭了闭眼,平复下一口气。他撩起清水,帮她清理伤口,待用捣烂的药草敷上片刻,止住了血,再取来朱红色药瓶,撒上一层细白药粉,最后用干净的纱布裹住了周芙的腰。

李轻鸿额上渗出一层细汗,这般与她离得近了,他才闻得周芙身上竟还有一股清幽幽的香气。

以前怎未发觉?这香气跟风一样,催得他那股心火越烧越盛。

她的腰纤瘦,线条里藏着坚韧的力量,摸着并不柔软。她的肌肤常年不见光,有一种异于常人的白皙,这一副身骨生得标致又匀称。他的手一下被捉住,李轻鸿抬头撞见周芙的目光,眼皮跳个不停,当即恶人先告状:"小王伺候你,你干甚?"

周芙披裹上衣衫,权当无事发生,问:"……有酒吗?"

"还是怕疼?"

刚将周芙从岐牙运回来的时候,她身上大大小小多处伤口,皆是重刑所致,皮肉几乎都要溃烂。李轻鸿忙着战事,只能将周芙丢给御医,下达军令:用最好的药材,想尽一切办法也要把周芙救回来。

他每每抽空来看望她,周芙都是在受苦,常常痛到失去理智。她已不算是个人了,是块被撕扯得不成形状的肉,她要酒,要醉生梦死,才能度过那样的苦痛。

周芙再道:"给我一些吧。"

"疼吗?"李轻鸿非要听她讲真话。

周芙抿紧唇,一言不发。李轻鸿握住她的手:"说一句疼,我拿给你。"

"我自己取。"

"谁都会怕疼,不分男人女人。小时候我常挨父王的打,有时他还没下板子,我就号得满城风雨,叫上几声疼,他就会心软了。"

"……"周芙有些想笑。

"这等糗事——别笑,扯着伤口要你好看。这事,周将军勿要外传,败坏小王的名声。"

周芙停了一会儿,艰难道:"疼。小王爷,给我些酒,好吗?"

李轻鸿指尖都麻了,引以为傲的自制力在这一刻丢盔卸甲,溃不成军。正儿八经的烈酒是没有的,李轻鸿取来补益气血的药酒,递给周芙。周芙要接,他没有放,抬手间,那股子幽香又开始张牙舞爪地袭来,抓挠他的心肝。

他也不知哪里来的胆气,仰头灌下一口酒,李轻鸿似着了魔,他推着周芙倒在榻上,只吻着不放。

好一会儿,两人才分开。

李轻鸿浅浅呼吸着，抚了抚她散落的头发，问道："你当了那么多年男人，疼你的君王，你的子民，你的将士……周将军，有人肯心疼你吗？"

周芙有点不明白，眼里尽是疑惑。

"我不懂。"周芙问道，"小王爷是喜欢我，想要我的身子？"

她可真够直白。

他压在心里头，一直秘而不发，怕周芙生厌的情意，被她轻易点破。因太轻易了，他这份沉甸甸的情意也忽然变得无足轻重起来。

李轻鸿是有些恼的，好在他待周芙，向来多一分耐心，便问："跟我亲热，是什么感觉？"

"没什么感觉。"周芙道，"小王爷若是想要，直说就好。我实在不喜欢欠别人的情，如果这样也能还你的恩，我心甘情愿。"

周芙把住李轻鸿的腰带，忽地颠转乾坤，将他翻压在身下，又顺手夺来药酒，仰头灌下大半壶，眼昏昏地看向李轻鸿。

李轻鸿："……不是，你？"

周芙脸瞬间被酒意烧红了，一副豁出命也要成事的样子，三下五除二就将李轻鸿的衣裳剥了。李轻鸿并非制不住她，可周芙还有外伤在身，他实在怕一着不慎，再让她疼一回。

可这太不像话了！

李轻鸿暗骂数遍"混账！岂有此理！"正欲抬手抓住周芙，双手就教周芙反按到榻上。

李轻鸿："……"

两人十指交扣，缠紧不放。

周芙漾着迷离水光的眼睛望着李轻鸿，道："小王爷放心，这种事我会做。"她低头亲住李轻鸿的唇，她没什么实战经验，只凭借从前在军营里听来的荤话，有样学样罢了。

李轻鸿一手抓住周芙的发，将她扯开，大怒道："你知不知道你在做什么！"

"报恩。"她回答得好认真。

"我又不是让你报恩！"李轻鸿胸中犯堵，火气腾腾地往上蹿，不知是因为怒，还是因为欲，"我要你喜欢我，懂吗？"

"我不喜欢男人。"

"……你喜欢女人？"

周芙摇头，道："我想保护女人。从岐牙男人的手里，保护那些女人。"

李轻鸿再大的欲望都教周芙这句雄心壮志给闷得偃旗息鼓，鸣金收兵了。

"不过小王爷放心，我会试着喜欢你。"周芙却不打算收手，想继续吻他，两人的牙齿磕磕绊绊，来回打架。

他放个狗屁的心！李轻鸿明白过来，这女人是要借酒发疯了！

李轻鸿喝道："你给我起来！"

"疼了？"周芙没动，道，"我轻些。"

李轻鸿浑身血液都在脉络里呼啸、沸腾。纵然他有几分被冒犯的错觉，但看着周芙，越看越是心爱。

她只轻轻地亲："小王爷觉得这样可以吗？"

李轻鸿再骗不了自己，一手抚上周芙的下巴，促着她抬起头来："你啊，你真是……根本不知自己在干什么……"

他扯来周芙，探到她的后背，抱着她躺在榻上。他眼神不似平常轻浮，深沉沉的，那是无法掩藏的，是欲盖弥彰的本相。他一边抱住周芙，让她紧紧贴着自己，一边问道："周将军，你知道，何为喜欢吗？"

"请小王爷赐教。"

"就是到了这时候，我都怕你疼。"

（五）

"我忍得。"

周芙回答得好不干脆，抬手搂住李轻鸿的颈子，将他勾得弯下了腰。她一手抽下他束发的玉簪，唇凑到他的肌肤上，辗转着亲在他欢喜的每一处。李轻鸿呼吸轻促，半阖着眼，任由周芙微热的气息往他肌理深处渗。

周芙的手也是有茧的，丝毫不像女孩儿的手，粗糙又坚实。她对男女欢好并不陌生，从前见得不少，但大多与情无关。

周芙生于岐牙，男为尊、女为奴的岐牙。她自幼无父无母，混迹在市井街头，当个小乞丐，饥一顿饱一顿地活。乞丐堆里，大家都是难以饱腹的可怜人，却也分等级。女乞丐上街是讨不到食的，要供男乞丐取乐，以此换取他们讨来的粮食。

乞丐尚且如此，况乎其他。

那些个女子，个个鲜艳得像芍药花，却被男人们揉碎在身下，或许痛苦，或许快乐，但无论如何，她没有另外的生存之道可以选。这让周芙自小就学会戴上面具生活，惯来懂得欺瞒，自当是男儿，再不是女子。

可做了多少年的男儿，都摆脱不了那些梦魇。

方才一壶药酒下肚，本就醉人，周芙的酒量又极差，沾个唇就要晕，这下酒意烧心烧肺，更没什么理智了。那些个压抑在心底深处的噩梦，此刻不受控制地涌进脑海。数年来的惊惧与痛苦跟解了封印一样，周芙颤了颤嘴唇，一时都忘记要取悦李轻鸿。

李轻鸿还不曾见过周芙这番光景，以为她是后悔："还是怕了？"

可这句也不知哪个字惹着周芙，她蓦地抬起红得快滴血的眼睛，固执驳斥道："我不怕！"

李轻鸿教她这清亮的一嗓子吓了一跳，随即松出无可奈何的笑意来："……你不怕，我怕，行吗？"

"少婆婆妈妈的！你要是不中用，就换我来！"

她恨让男人看轻。

李轻鸿眼角抽了一抽，"不中用"三字金星一样在他眼前盘旋。他的脸色沉下去，咬咬牙道："周将军，先讲好了，这事急来，苦的还是你。"

李轻鸿气得火冒三丈，正寻思怎样给她苦头吃，眼睛一瞥见她腹上包扎的伤，那口杀腾腾的火气顿时被压在喉咙，发作不出了。

周芙这厮委实怕疼，方才酒意上头，素日憋在肚子里的话，便什么都敢说了……

李轻鸿反省自己没少戏弄过她，忍了忍，决意不与这醉鬼计较。他俯身下去，手指抚着她鬓边凌乱的发丝："算了，你仗着我现在疼你还来不及，尽情惹我生气吧。"

周芙发凉的肌肤触及他身上的温暖，有一股难言的滋味在她腔子里冲撞，说不明、道不清，就是难受得紧，殷切希望着李轻鸿能与她近一些、再近一些。

"谁不中用？"

"……"周芙说不出话，面色潮红，比胭脂还艳。

李轻鸿瞧着她盈着水光的眼，这时才确定周芙并非铁打的骨，还是水塑的女儿身。

"兵贵神速，我没多少耐心。"

李轻鸿笑了："你当我们这是在打仗吗？"

周芙昏昏地张着眼，瞧见李轻鸿这副平日里藏在放浪形骸下的身体，处处都是结实的肌肉，钢浇铁铸似的，张满了力量。

自当周芙认识李轻鸿起，他就似大梁京城最放荡不羁的纨绔公子，无心功名，煞是风流。教他习剑念书,还不如赶鸭子上架。就是身在军营里,这位爷也没少玩骰子、斗蟋蟀,放眼大梁都找不出比他更会享乐的人……

可真是放浪形骸的人物,又怎会练就这样一副刚强的身躯,使剑时又怎会那般满是杀意。

周芙想,他们二人或许是一路货色,都是靠着欺瞒为生的人。

她又觉李轻鸿可怜,她自是从尘埃泥淖里往上爬的人,李轻鸿却是明珠暗投、金乌坠山,大抵比她还要不甘心……

她望着李轻鸿,李轻鸿也望着她。

玉无瑕,玉无瑕,她身上有大大小小的疤痕,真是辜负了这样的好名字。疤痕有的浅,有的深,年岁久了的,用再好的药膏都去不掉。女子的香艳雪滑,与周芙无缘。她肌肤紧致,曲线里有着野性的美,骨头冷硬得很。

不过李轻鸿却知周芙内里是个极温柔的人,轻易不表露于人,越发是这样的,越发让人想舍了命来换她的柔情。李轻鸿从前要守要攻,是进是退,样样都算无遗策,可到头来也没算准自己会栽在这样一个女人手里。

"你这样的,谁能逃得脱?"李轻鸿哀怨了一句,合着滚热气息的吻,落在周芙的眉心,鼻梁。待她像个易碎的宝贝,小心又珍视。

李轻鸿摸到她绷带下的腰,徘徊了好一阵儿,才说:"你瘦得过分,以后要好好将养。"

周芙并不领情,道:"这是我的事。"

李轻鸿轻哼了一声,不满她的回答。两人的发都是散的,李轻鸿挑起她一绺发,与自己的缠在一块,道:"结发为夫妻。周芙,从今往后,你再别想与我分开。"

周芙还想争执什么,教李轻鸿的吻堵了回去,缱绻缠绵,吻得周芙回不过神来,方才罢休。

周芙再醒,已是日光灿灿。

她全身擦拭过一遍,清清爽爽的,伤口换过新药,皆是昨晚李轻鸿代劳。她心头淌过一阵暖流,说不出这其中滋味,玉面将军挨过无数的刀剑,也处理过溃烂的伤口,惯了去保护别人,担忧他事,还真是头一遭被人这样小心对待。

她撩了撩长发,穿上床头备好的素净青衫,听得李轻鸿就在帐外,正与谁交谈。她走出去,看到李轻鸿负手而立,朗朗地笑了几声。

他面前还有一男子,身材瘦削,眉眼秀致,神态与李轻鸿有几分相像,只这人眼珠儿极黑,暗若星辰,眼下浮着淡淡的乌青,略带病郁之色。

他很快注意到了周芙，道："这位是，周公子？"

周芙惊诧，看见此人腰间系着朱色小葫芦状的药瓶，便立刻猜度出他身份，上前行礼道："见过二爷。"

此人亦是雁南王之子，李轻鸿的二弟，李寄思。

"多礼了。"李寄思乌黑的眼珠又放回李轻鸿身上，道，"看来方才称呼错了。"

"怎么，得你一声'大哥'，不够格啦？"

李寄思淡声道："爹娘还担心你在此吃苦，我看你做'周夫人'做得逍遥快活。"

周芙："……"

李轻鸿："……"

（六）

"李守缺！给我死来！"李轻鸿一提一拎，挟住李寄思，合身将他压弓了腰。

李寄思任他欺负，嘴边含着笑意，眼睛轻眯："以大欺小，以强欺弱，'周夫人'好英雄——"

李轻鸿："……我看你是越来越不将我放眼里。"

"我将大哥放在心上。"

周芙咳了一嗓子，心道这兄弟二人感情真好。

早先听李轻鸿以及军中部将提及过这位小二爷，他自幼体弱多病，药不离身，其人不通经文笔墨，唯独二样出众，一是大梁第一围棋国手，常常入宫陪伴皇上下棋，虽不担功名，但极受宠信；二是算盘珠子打得响亮，走南闯北的，在商道上有些名堂。

早前李轻鸿与岐牙鏖战，军中耗费的辎重粮草，似也有李寄思暗中襄助。

雁南王府一门双杰，风头无两。

哪料李轻鸿却不吃二弟这记奉承，嘴角一撇，松开他，狐疑道："不对吧，不对吧？！无事献殷勤，非奸即盗。"

李寄思嘻道："好事一桩，前来禀报大哥。"

"讲。"

"皇上的巡车即来，周将军的事，大哥要有个交代。"

李轻鸿将玉面将军收入麾下一事，是该给皇上一个交代。毕竟玉无瑕始终是岐牙人，死在她手下的大梁将士何其之多，说一句血海深仇也不为过。李轻鸿本想从长计议，却不想皇上竟然直杀来问罪。

李轻鸿拧紧眉头:"是谁在皇上面前多嘴?"

"我。"

"你?"

"不是我,就是皇上的眼线,所以,最好是我。"

李轻鸿一咬牙,屈指弹在李寄思的额头上:"你个小狐狸!"

"我是小狐狸,"李寄思呵笑,又瞥了周芙一眼,"比不上大哥,是狐狸精。"

周芙:"……"

周芙瞧了瞧俊雅风流的李轻鸿,心想,此话也并非全无道理。

李寄思丝毫不会武功,对上盛怒的李轻鸿也只有挨打的分儿。只是这二爷咳嗽几声,李轻鸿就心软了,打不舍得打,骂不舍得骂,索性就罚,罚他抄写经文,名义是要超度英魂,为国祈福。李寄思被治得好生服帖,回到营帐中,一左一右站着哼哈二将,专门盯着他抄。

周芙夜半来时,见哼哈二将各自抱着酒坛子,倒地不醒。帐中燃起一盏亮荧荧的灯,罩着纱笼,柔和又明亮。她心惊着,夺入屏风后,见李寄思安然无恙地坐在案前,才松下一口气。

李寄思放倒了两位门神,现在自不是在抄经文了,而是在理算账本,手边还搁着一展无珠算盘。在灯光下,他的脸廓愈发像李轻鸿,病容秀致温润,可不改眼底的冷郁。不过他看向周芙,唇是微微笑的,没有敌意。

"周将军,忘忧酒,要不要来一盏?"

周芙拒绝他的行贿,道:"不必。"

"我等你很久。"

"二爷知道我会来?"

"你跟我大哥是同道中人,都是那种为了周全别人,连命都不要的傻瓜。"

周芙姑且认为他是在称赞了。

李寄思托起下巴,轻笑着打量周芙,将她通体看了个遍,道:"与大哥来往书信时,听他提及过玉面将军,岐牙的女子能做到你这个地步的,唯尔一人。"

周芙回道:"二爷过奖。"

李寄思不以为然,之于周芙,怎么称奖都不为过。

李轻鸿生下来就是天潢贵胄,武功师出名门,兵法有雁南王亲自带教,根骨属最正统,也最卓越,半生历练中,从未遭逢大难。

可周芙与李轻鸿则完全不同。

她是从市井里混出来的野丫头，因不甘心一辈子做小乞丐，隐去女儿身，投身军营，兵法、武功全凭勤学苦练，自学成才，而她那所谓的七十二门阵法，也是从岐牙老将军的对战经验中运化出来的，其中艰难滋味，也只有周芙一人知晓。

一个野门破落户，对付李轻鸿，往往能出其不意。

李轻鸿生性骄矜，看谁都不入眼，可逢上周芙这样的对手，焉能不服。他心有仰慕，也难舍爱慕，知她苦了半生，就更希望她往后能欢喜快活。

李寄思是知道他大哥那个脾性的，也不知道像谁，认准了就一头栽进去，十匹好马也拉不回来。正因如此，他才万般担忧。如果皇上真要问罪周芙，大哥会怎么做。

让大哥放弃周芙，选择明哲保身？依他的性子，决计做不出。

李寄思道："我不太会说漂亮话，周将军的确令人钦佩，连我大哥都心折。只不过有一事，想必周将军也清楚，你手上沾着不少鲜血，这样的债，迟早要还。大哥不介意，并不代表他人不介意。"

周芙早做好了准备，道："我今夜前来，就是想请教二爷，敢问大梁皇上，会如何处置我？"

李寄思略一思量，诚恳地回答："以他的禀性，大抵不会留情。"

周芙抿抿唇，沉默了一阵儿，道："多谢。"

"不再问？"

周芙道："我能活到现在，已是上天赏赐的福分，是生是死，皆看造化吧。只是小王爷他性情固执，来日还望二爷多多劝慰。"

李寄思笑了起来，道："周将军好了解我那大哥。"

周芙一笑："到底也打过好几回架了，知己知彼，百战不殆。"

（七）

大梁皇帝李桓此次是私服出巡，一行人到乌苏军营时，士兵不知来者是谁，气势汹汹地上前拦。直到见着马车中下来的人，一身金云纹的赤红袍，驻足间，沉稳的威仪尽在眉眼，众人莫敢直视。

李桓负手走入军营，千百将士敛兵屈膝，跪地迎接："吾皇万岁，万岁，万万岁！"

军帐前，李轻鸿和李寄思抱袖躬身："参见皇上。"

李桓瞥了一眼李寄思，冷笑道："到底是亲兄弟，千里迢迢，一身病骨也要往乌苏赶，给他通风报信？你怎不死在路上，朕也好派人给你敛尸。"

李寄思作揖敬道："多谢皇上关心。"

李桓又看向李轻鸿，语调亦然："你呢？有话要说吗？"

李轻鸿抿了抿唇："……请皇上降罪。"

众目睽睽之下，李桓抬手狠抽了李轻鸿一巴掌。李轻鸿偏头，脸上火辣辣地疼起，拧着眉，再度跪下。

"朕为何打你？"

李轻鸿道："臣愚钝。"

"你愚钝？"李桓低声道："朕看你比谁都聪明。"

李桓不动声色，眯着眼扫视一周，问："哪位是周芙？"

周芙站起，拜道："末将在此，听候皇上吩咐。"

李桓乌黑的眼睛比刀锋还锐利，几乎将周芙寸寸剖开："随朕来。"

李轻鸿："皇上……"

李寄思上前，暗暗拦住李轻鸿，摇头示意他切勿生事。周芙却是不惧，掸了掸袍子上的灰尘，跟在李桓身后，径直走入帐中。

李桓唇边有笑，可这笑容毕竟不是因为愉悦，故而有些冷厉，不怒自威，压得人难以喘息。

周芙是听过一些传闻的。李桓少时是仰仗其兄长雁南王扶持，才得以登上皇位。在他羽翼未丰，无力处理政务时，朝中是由雁南王摄政。

雁南王其人曾权倾朝野，满朝文武"知雁南王令而不知皇上令"，他也因此成为李桓的心腹大患。

即便现在雁南王已退居江南，再不问朝事，可李桓始终难以高枕无忧。

李桓宣召李轻鸿入京一事，明面上说得好听，加官晋爵，是要他去做小王爷；实则是入京为质，拿李轻鸿牵制江南的雁南王。

李轻鸿藏锋露拙，是出于无奈的保命之计，他越是庸才废物，雁南王府越是安全。

李轻鸿在京城混荡了几年，一直相安无事。

此次李桓派李轻鸿出征岐牙，无论是败，还是胜，李桓都要治李轻鸿的罪，更何况他还收留一个岐牙叛逆在军中，李桓想要借题发挥，岂不容易。

周芙抿了抿唇，方利落跪下，叩首道："岐牙玉无瑕，叩见大梁皇帝。"

李桓没将周芙放在眼里，漫不经心地问："你死，还是他死？"

周芙从靴中抬起一片短刃。

御前侍卫正要抽刀护驾,李桓抬手止住,道:"你好大的胆。"

周芙将刃毫不犹疑地抵到自己颈间,道:"末将不敢,皇上既不容岐牙叛逆,末将愿即刻赴死。但请皇上宽恕小王爷无心之失。"

李桓见周芙这副自刎的架势,先是怔了一怔,后又嗤笑一声。他目光不似方才那般灼人,眼底郁着寒色,看着周芙,又似越过她看向其他人,轻道:"你这样子真像……呵,雁南王府真有好本事,总有人愿意为他们前仆后继地去死。"

周芙不能直视他,只能看到皇帝冷薄的唇,以及线条俊朗的下颔。

他是大梁的皇帝,这片辽阔土地上唯一的王,但不知为何,周芙竟从他的话中听得一丝苦涩来。

不过很快,李桓便讥讽道:"你当李轻鸿为何要救你?"

周芙道:"小王爷肯出手相救,是因末将对他来说,是可以利用之人。"

李桓挑起眉,此时才真将周芙看进眼中:"你倒活得明白。"

周芙还没天真到认为李轻鸿这样的人,会是什么痴情种,为着一句喜欢,就将她从岐牙王的手中讨回来。

"……末将从不敢痴心妄想。小王爷爱才,他希望末将能为大梁效力,为皇上效力。"她尽力为李轻鸿开脱,纵然这句话,连她自己都未必相信。

果然,李桓哂笑道:"这番说辞,糊弄谁?"

李桓生性多疑,李轻鸿在京中做纨绔,混骗其他人,没想能混骗住李桓。

李轻鸿这个侄儿,他做十三叔的还能不知么,看似识时务,实则野心勃勃。

在京中时,李轻鸿就以宴请宾客之名,行结党营私之实,他不掌兵权,可军中将领,哪个不与雁南王府有着千丝万缕的关系。

此次提点玉无瑕为将,也多半是要借她的手,拿军中的权。日后但凡玉无瑕有谋逆之心,他只需点破玉无瑕的身份,不费吹灰之力就可以废弃这枚棋子。

明明手段狠辣,处处算计,可偏偏谁都对他感恩戴德,真是——

像极了他父亲。

周芙却诚恳道:"佛者见佛,魔者见魔。皇上信任小王爷,他就是好的;皇上若不信,纵然小王爷有千万般好,在您眼中,他亦是十恶不赦。"

"是吗?"李桓无声笑了一笑,半晌,他挥挥手,"你下去吧,自领三十鞭,朕就当你不再是玉无瑕,而是周芙,也不再过问前事。"

若不是再三确认,周芙都要疑心这是臆听了。周芙有满腹疑惑,不过她从不是多嘴之人,便不多问。

周芙出来，抬眼就对上忧心忡忡的李轻鸿，淡道："我无事。"

她伸手抽来一根长鞭，交给士兵，一撩武袍，正对着营帐跪下，命令道："三十鞭，打。"

军令如山，士兵再不敢打，咬咬牙，也得扬鞭狠抽在周芙的背上。

一鞭即见血肉。

李轻鸿双拳猛然握紧。

帐中有人传："小王爷，皇上召您入见。"

见李轻鸿进来，李桓突然不轻不淡地唤起他的表字："扶风。"

李轻鸿眉毛一抽，不敢忘方才那一巴掌的疼，敬声回道："皇上。"

"跟岐牙一战，你耗了两年。怎么？不打算回京去了？"

"玉无瑕用兵之术，远在臣之上，臣难以速战速决，如果辜负皇上所托，还请皇上治罪。"

"这就是你收留一个岐牙叛逆在军中的原因？"

"英雄不问出身。"李轻鸿道，"玉无瑕能为皇上效力，既是岐牙的耻辱，也是长我大梁雄威。在臣的眼中，玉无瑕是可供皇上任用的将才，并非岐牙叛逆。"

李桓讥道："这么说，朕还要感谢你，为朕招纳贤才了？"

李轻鸿苦笑一声："那倒不必，臣挨您一巴掌，就当是赏吧。"

"朕既是皇帝，还是你十三叔，难道不能打你？"

"我娘都没打过我。"李轻鸿说这话时，有些委屈和意气，在李桓面前，他始终要像个晚辈。

无论李轻鸿提及他娘亲是有心，还是无意，李桓心头都不禁往下沉坠。李桓焉能不知，那人……自是最会疼人的。

李桓似乎叹了口气，道："朕接下来还要出巡江南，既然你的玉面将军那样厉害，就让她随驾吧。"

李轻鸿咬住牙一言不发。

他方才那番言辞，不过是在打亲情牌，李桓忌惮他不假，可他们之间到底还有叔侄情分在。加之雁南王府也不是李桓随随便便就能撼得动的，于情于理，李桓都不至于真要他的命。

李轻鸿最怕他拿捏住周芙，来杀他的威风。现在李桓要周芙随驾，他本不该违令，但此刻听得外头一声一声鞭入骨肉，着实难抑心中怒火。他心里窝着的怒，也并非这一日两日才有的，索性通通发作出来。

"皇上，无论您信与不信，臣陪伴君侧这些年，一直当您是亲人看待。扶风早已厌倦了跟那些外臣一样，与皇上虚与委蛇，君臣相争！臣也实在不明白，皇上既铁心打压雁南王一脉，又何必给臣一个立功的机会？"

"……"

"可皇上既给了臣机会，臣此番击退岐牙，小有战功，便要向皇上讨赏。"

"哦？你要讨什么赏？"

"玉无瑕是臣的人，臣要她。"

李桓发出一两声压抑的笑："你以为朕给你立功的机会，是想做甚？"

李轻鸿实话实说："臣胜，就坐实了皇上多年的疑心；臣败，皇上大概也不会轻易放过臣。皇上命臣出征，不为其他，是为让臣不好过。"

"在你的眼中，朕就是这么一个狡诈多疑、冷情冷性的君王？"

"……"他怎好回答？怎么回答，都是个错。

李桓冷哼一声，扬手又赏了李轻鸿一巴掌，只是这下是轻的，举止间竟生出些无奈之意："朕白养了你这个混账东西。"

李轻鸿教他这猝不及防的一巴掌打蒙了，一时真不知该做何反应。

不一会儿，李桓道："以后不必称朕为皇上了，叫一声父皇吧。"

李轻鸿下意识道："要占谁便宜？"

"朕是皇帝，你算什么东西？准你称一句父皇，谁占谁的便宜？"

"……"

李轻鸿忽然转过脑筋，惊疑不定地暗道："他这是什么意思？"

李桓已不大欢喜见到李轻鸿，疲累地挥挥手："滚吧，朕乏了。"

见李轻鸿退出帐外，立在李桓身侧的亲信讶然道："皇上，就这样放了？"

这亲信是李桓母族高氏一脉的人，常伴在李桓身边，算来也有十几个年头了，但他至今都摸不准李桓的脾性。喜怒无常，阴晴不定。有时铁硬的手腕，杀起人来毫不手软；有时又极为心软，让人误以为他是个好相与的人物。

譬如现在，明明是问罪李轻鸿的最好时机。

李桓口吻却稀松平常，道："不然呢？打也打了，骂也骂了，难道朕还真杀了他不成？我李家人在外领兵打仗，廷内文臣武官参了他那么多本，是真为江山社稷，还是要铲除异己，以为朕不知晓嘛！"

亲信道："臣愚钝。"

"你是够蠢。"

李桓没好气地斥了一句，将众人一并遣退。

李寄思见李轻鸿无恙地出来，长出了一口气，迎上去低声问："如何？"

"还能如何？没死。"李轻鸿眉头深皱，半晌，他问道，"二弟，你觉着皇上是什么样的人？"

李寄思摇头："不知，皇上就是皇上。"

"……"

是了。皇上，就是皇上。

于乌苏巡察半月有余，李桓便要启程，出巡江南去了。临行前，李轻鸿相送，扶着李桓上马。

乌苏正入暮春，澄空万里。李桓身上裹着深青色的大氅，肩背清削，如一座苍苍的山，低声沉吟一句："也不知下一次见到这么辽阔的天，会是什么时候……"

周芙受命随驾李桓，负责保护他出巡的安全。她背上的鞭伤还没有好全，此刻还在隐隐作痛，疼得脸唇苍白。她从李轻鸿手中接过一碗送别酒，仰头饮尽，酒意很快催红了她的脸。

李轻鸿道："到了江南，周将军记得请公婆的安。"

周芙冷声："还不是公婆。"

"你心急了？要本王给你个名分。"

"……李轻鸿，你保重。"

他握住周芙的手，不轻不重的力道，掌心温暖："阿芙，要在江南等我。"

周芙望了他片刻，一步上前，伸手揽李轻鸿入怀："答应小王爷的事，我从不敢忘。等大梁臣民愿意接纳玉无瑕，往后的路，我陪小王爷一起走。"

"……你怎突然？"

"我在江南，等着'夫人'。"

李轻鸿不由地失笑，得君一言，往后何畏？听得铎铃轻响，马蹄声远，目尽处草色青青，当是又启了一程。

（完）

此刀左不过一件死物，不比姑娘珍贵。

第六章

桃花锦浪

Chapter 06

第六章 桃花锦浪
Tao Hua Jin Lang

（一）

十五日上元节，细雪。

颖川侯梁慎行以百金购得一盏花灯，为博夫人一笑。

花灯奉至秦观朱面前，灯芯如熔金一般燃烧着，透过雪纱面，晕散出珠白的光。她以指尖抚摸着雪纱面上所绘的"嫦娥奔月"图，听送灯的女郎讲述着这灯笼是何方巧匠所制，这上面的图又出自哪位名家手笔，以及嫦娥奔月的典故。

女郎眉飞色舞地讲述完，又小心去观察秦观朱的神色，以知她悦是不悦。

听得这女郎说嫦娥后羿一夫一妻，鹣鲽情深，秦观朱水波不兴地笑了笑，便从她手中接来灯柄，握在掌中。她望着嫦娥奔月图，眼里是不见喜色的，当下所为不过是给这送灯女郎一个台阶才走："她讲得甚好。侯爷，妾身可以赏吗？"

梁慎行负手而立，唇角浮现些笑意，可这笑容冷峭，神情倦懒，教人察觉不出一丝愉悦。他拿深黑的眼睛看了秦观朱片刻，平静冷淡地回道："依夫人的意。"

秦观朱抿唇，避开他的视线，做主行赏。

女郎忙不迭地磕头谢恩："谢夫人。"

送灯女郎临退下前，又小心翼翼地偷瞧了那夫人一眼，见此女子眉目生得深秀浓丽，如灼灼桃花，姿容算不上绝世美人，可也算端庄秀致。她肌肤腻白如玉，看似是个贵人，体态却清瘦了些，不像是素来养尊处优之人。

听闻秦氏与颖川侯梁慎行是年少结发。当颖川侯还不是颖川侯，只是草芥书生梁慎行时，秦氏就与他结为夫妻。

那时梁慎行为得功名而寒窗苦读，三年未果，落魄无为。秦氏对其不离不弃，素日里做针线活儿换些银钱，日子虽是清贫了些，可二人感情越发深厚。

后来梁慎行弃文从武，应征参军，谁料竟如鲤鱼得水，腾跃成龙。其人在军中足智多谋，用兵如神，短短三年就在军中崭露头角，脱颖而出，担任军师一职，更在后来与蛮羌的战争中为一方统帅。

据传那时，梁慎行曾将秦氏接到军营里，令其陪伴左右。夫妻二人，历经生死，情分非比寻常。瞧这今日颍川侯一掷千金，买下花灯来仅仅是为了博秦氏开心，这梁慎行对秦氏的欢喜与深情，可见一斑。

送灯女郎不由地暗暗羡嫉，倘若她能在年少时遇上颍川侯这样的豪杰英雄，定也能做到如秦氏那般，舍命相陪。哪怕是为他死了也好，能让颍川侯惦记一辈子，死也是值得。只可惜这样的好福气偏偏落到了秦氏头上，别人也只有衔恨的分儿。

"喜欢吗？"

梁慎行将花灯托起来，在掌中拧转着细细瞧了一番，道："成碧，你记不记得，以前在望都的时候，我们一起去逛灯会？你在灯会上看到一只走兔灯，心中欢喜得紧，只可惜那时本侯无用，给不了你那么好的玩意儿……"

他将灯柄重新搁到秦观朱的手中，笑了笑："现在，本侯将这灯会上最好的一盏灯笼送给你。"

秦观朱听梁慎行唤她的小字"成碧"，一时恍然，握着灯柄的手指缓缓收拢。她回道："妾身那时年纪还小，因得不到走兔灯，不免委屈起来，又恐侯爷以为妾身是嫌贫爱富，不敢让您瞧见，便躲在厨房里偷偷掉眼泪。"

她有什么心思，脸上惯来藏不住，揪着空空的荷包失魂落魄，梁慎行一丝不落地看在眼中。想起那时秦观朱性情赤真，梁慎行的笑容有了一丝暖意。他上前抚了抚秦观朱斗篷外的落雪，笑道："你要躲到哪里去，本侯难道还不知吗？每次都是厨房。"

秦观朱垂下眉来。

"本侯后来倒也疑心，你啊，怕不是故意的。偏偏每次躲同样的地方，偏偏来惹本侯担心……"

秦观朱听后，清冷的神色如同融冰，一下笑了起来。

"就这样。"

他忽地一句，令秦观朱纳罕地抬起眉眼："什么？"

梁慎行伸手拢住她的下巴，眼色深沉，道："成碧，就这样笑吧。你对本侯，已经很久都没有这样笑过了……"

"……"

她将手中的灯笼递给一旁的侍卫。

梁慎行挑眉:"怎么?你不喜欢?"

秦观朱摇了摇头,上前一步靠近梁慎行,将他的手拢进斗篷里。他的手暖和宽厚,秦观朱的手纤细冰凉。

秦观朱道:"那时侯爷见我得不上走兔灯,便自个儿拿宣纸竹条扎了一盏,亲手绘上梅兰竹,挂在家门上。侯爷,从那以后,妾身就不艳慕什么走兔灯、嫦娥奔月灯,这些都比不过侯爷扎的那盏灯笼。"她说这话时,泪眼婆娑,"只可惜,那盏灯,妾身弄丢了。"

梁慎行道:"本侯再为你扎一盏。"

"再扎一盏,也不是当初的那盏了。"

"成碧,你到底……"他听此胡搅蛮缠的一句,不由地涌起怒色,深黑的眼里跳动着的火焰,几乎能将秦观朱燃烧殆尽。

梁慎行额上青筋突突跳个不停,好一会儿,他才压住胸中的怒火,长长地呼出一口气:"罢了,跟本侯回去。"

"我不想回去。"

"今日是上元节,你违抗命令,私自出府,本侯不再与你计较。可今日是谁放你出来,本侯回去就杀了他!"

秦观朱脸色大变,颤着唇:"你又是如此!你又是如此!"

"不是本侯如此,是你,逼得本侯如此!"

他一下握住她的细腕,铁铸一般冰冷又坚硬的手指,攥得秦观朱生疼:"你到底要闹到什么时候?不就是娶了昭月郡主吗,本侯娶也娶了,又何须你来置喙!昭月什么身份,可见了你,还不是要伏小做低?!本侯又何尝冷落你,亏待你?该做的,能做的,本侯都做了,你到底还要本侯如何!"

"侯爷无错,妾身对侯爷亦别无他求。是妾身善妒,还请侯爷开恩,"她眼里有泪,可眼底却是死寂一样的冷,她在梁慎行面前跪了下来,"放我走吧……"

梁慎行眼眶发红,无人知他是在怒,还是在痛。

"成碧,适可而止。"

他上前一步,手指抚摸着秦观朱额角的发丝,轻声道:"别再让本侯为难。"

他的手一触到她,秦观朱的嘴唇就不住地哆嗦:"你要怎样?"

"你知道。"

秦观朱满面惊恐,拢起的手掌中尽是冷汗。梁慎行抬起她的脸,低头吻住她血色褪尽的唇,一片冰冷。她如饮雪水,寒入喉中。

（二）

梁慎行果真说到做到，那个放秦观朱出府的侍卫，当众受杖刑五十。行刑时，梁慎行就让秦观朱亲眼看着，看见那人被打得满地鲜血，肉沫翻飞。

她心尖儿发颤，浑身发冷。梁慎行知道这样对付她有用，她的确怕，怕得以后不敢再找任何人帮忙，不敢再接受任何人的怜悯。但秦观朱也仅仅是怕连累他人而已，她依旧想逃。

梁慎行握住她发冷的手，轻声问："你怕吗？"

秦观朱回道："侯爷，你知我是什么样的人，又何必如此？妾身只想求个成全。"

梁慎行与她夫妻多年，岂能不知她的心思？秦观朱这等认死理的人，认准了他，万死也不后悔；可一旦不认了，亦是万死也不肯回头的。他从前爱极了她这个性子，现在亦恨极了她这个性子。

梁慎行不再愤怒，也不觉得痛心，脸色逐渐冷峻，一手抓住秦观朱的头发将她狠狠扯回房中。发丝间细密又剧烈的痛，令秦观朱连连抽气，可她一声没有叫。

梁慎行当众给她这般侮辱，到了床上也不会教她好过。与他行欢，不该叫行"欢"，而是行"苦"。

她不得好过，梁慎行又岂会因此就痛快。他折磨她，无异于折磨他自己。秦观朱低低惨叫，雪白的肌肤转眼渗出一层冷汗。她蹙眉，急促地喘着气，又一声冷笑。

她回过脸望向梁慎行，眼色那般冷媚，带有一丝丝讥诮的笑，问道："侯爷这时不嫌我脏了吗？"

梁慎行与她四目相抵，眼前狠狠一晃，不由地微微眩晕。他想起在军营那日，秦观朱仅仅穿着一身素衫薄衣，如此衣衫不整地朝他走过来。梁慎行从未见过秦观朱这副模样，浪荡、风情、千娇百媚……不似她以往那般温婉贤惠，知书达礼。

她细白的脚腕上绑了一串银铃铛，赤脚走向他时，铃铛丁零零地响。这不是属于她的物什，除此之外，秦观朱手里还捧着一把镂金白鞘的宝刀。

她笑吟吟的，可乌黑的眼瞳一点光亮也无，如同烧穿的两颗洞，空空地望着他，说："夫君，你不是一直想要这把刀吗？我给你换来了。"

梁慎行满目皆是震愕，看看她，又看看那柄宝刀，目光最终落到她脚踝上的银铃铛。他认得这串银铃铛，也认得此刀——它们都属于一个刀客，北域第一刀客。梁慎行为了夺来此人手中这把名为"逐星"的宝刀，已苦苦追寻他三月之久，用尽千方百计，即便出动军营的精兵铁骑，都未能将宝刀夺回。

期间，梁慎行与这刀客曾交过手，那刀客手上就系着一串红绳银铃铛。北域传言，此人刀先发，而铃声后至，梁慎行那日见识一番，果真名不虚传，心中还感叹此人刀之快，已非泛泛。可他不曾料到，竟有一日他能看到此二物皆成了秦观朱所有。

秦观朱得知他快要迎娶昭月郡主过门，曾与他哭闹多日，认清此事再无寰转的余地后，她便再也不闹了。梁慎行以为她是终于想通了此事，愿意与他和解，谁知秦观朱竟如此决绝，用这样的方式报复他。

竟然是跟一个刀客？一个下贱得不能再下贱，靠着杀人为生的刀客？

梁慎行闭了闭眼，呼吸都颤抖起来。他咬住牙，将愤怒与屈辱压抑住，从后狠狠掐住她的脖子，低声警告道："你闭嘴！"

秦观朱心中正恨着梁慎行，恨着他不将人命当回事，方才再大的苦痛也吃过，此刻又岂听他威胁？她只怕自己的话还不够狠，不够毒。

"妾身曾用这副身子为侯爷换得一把宝刀，那把刀是你最想得到的东西……妾身换来予你，为侯爷和郡主贺喜，侯爷怎就不喜欢了？"

"闭嘴，闭嘴！"

梁慎行一把将她按倒在床中，蛮狠粗暴，似要将她整个剖开了来看，看看她的心，是如何变得这般无情的。不然她怎会忍心这样背叛他？怎会如此？

秦观朱教他折磨得再说不出话来，脸上渐渐浮现痛楚的神色。

"成碧，这样你就痛快了吗？"他恨得咬牙切齿，喘息急重。

秦观朱周身冰冷，冷得她嘴唇发抖，明明这下头还烧着地龙，将屋里熏得如三月春暖。

痛快吗？

秦观朱想起从前在望都，日子清贫，过冬时连炭也烧不起，简陋的屋室里跟冰窟一样冷。梁慎行晚上也要读书，秦观朱要一人睡，裹着冷铁一样的被衾，冻得瑟瑟发抖。梁慎行瞧见她在被子里哆嗦，也难专心读了，爬上床来，伸手将秦观朱拖进怀里抱着，疼惜地吻在她的脸颊上。

他不由地愧疚，带着歉意道："我真没用，总教你受苦。"

秦观朱去捏他的嘴巴，不准他说丧气话，道："谁讲你无用？现下是天不赐良机，还不到夫君的用武之地罢了……夫君，妾身一直相信，终有一日你能出人头地，为皇上赏识，教朝廷重用。等到那一日，你就可以实现你的雄心抱负，你去当大官，大周就可以少些同我们这样受苦的百姓……"

他笑起来："是吗？其他人都不信我，有时候连我自己都不信，可只要有夫人这句话，再苦再难，我也一定能出人头地……到了那时，你在我身边，我也这样抱着你，你就不冷了。"

"这可不够，屋里要烧八个炭盆！"

"一百个也行啊！"

秦观朱窝在他怀里窃窃低笑，梁慎行也觉得此言荒诞，抱紧她朗朗笑出声："这夜还长，夫人不如陪我读书吧。"

"你今日读什么？"

"读……读'曾经沧海难为水，除却巫山不是云'……"

他温暖的手探进她的衣衫里去，衔着她的耳朵不正经地念诗。秦观朱脸上绯红，可算知他说的"读书"是什么意思了，气他没个读书人的样子，拧住他的脸皮说道："书要这样读吗？"

"书中自有颜如玉嘛。"

"……"

她读的书不多，怎比得上梁慎行口若悬河？况且他也净是歪理。

梁慎行那时候待她很温柔，疼爱她时极喜欢咬她耳朵，往里轻轻呵气，教秦观朱痒得直躲，他才痛快。秦观朱恼他戏弄，拿爪子去挠他。梁慎行也不怕疼，只说漂亮话来哄她，温柔无限，秦观朱便什么脾气也发作不出了。

他方才问："成碧，你痛快了吗？"

此刻，秦观朱忽地淌了一脸的眼泪。

她捂住眼睛，在这空荡荡的房间里头，也不知是在回谁，声音轻哑着说："我痛快得很。"

（三）

颍川侯得宝刀"逐星"，已是在一年前的北域军营。不知为何，这消息口口相传，近来竟传到圣上的耳中。

传闻宝刀"逐星"，刀刃乃是以天山寒铁为料，经铸刀师"鬼手"淬炼七七四十九天，方才铸得。刀锋质朴无华，貌似平平无奇，可一旦出鞘，声似虎啸龙吟，甚是骇人心魄。逐星一旦饮血，锋芒毕露，寒气森然，外人得见，才方知这的确是柄天下难寻的好刀。

不过此刀本身的锋利尚在其次，其威才是首要。

江湖上似有个约定俗成的规矩——各路豪杰侠士皆要对逐星的主人恭敬三分，而且，如果刀主拿逐星发号施令，但凡不违背江湖道义，他们都需得听候刀主的差遣。

行走江湖，需讲信讲义，否则别人瞧他不起，故而这等约定俗成的规矩比大周律令都要有效，豪杰侠士无人不遵，无人不守。至于这规矩的由来，非江湖人是很难了解到来龙去脉的，外人只知道这刀原本乃江陵魏氏所有，后来流落到一名刀客手上，从此再无易主。

逐星的名声威震天下，圣上听闻颍川侯得此宝刀，不免大有兴致，亦想拿来赏玩赏玩。

一个月之后，圣上的御驾将会巡至颍川芙蓉城，圣上命令梁慎行前来布防护驾，并在芙蓉城中举办问刀大会，云集天下英雄豪杰，共赏宝刀。

梁慎行明白，逐星威名在外，圣上是忌惮此刀落在他手中，恐他以此号令江湖，威挟朝廷。圣上借此机会举办问刀大会，目的不是为了鉴赏宝刀，而是要向江湖布施天子之威。

梁慎行恐圣上怀疑他有反心，便不敢怠慢，收到圣旨后，即日启程前往芙蓉城。

逐星，他早就秘密带去芙蓉城了，可对外宣称此刀还在侯府，并请来七名江湖高手进府护刀，以此声东击西，提防有人前来抢夺。

梁慎行走之前，给秦观朱上了脚镣，钥匙归昭月郡主所有。

这日秦观朱受郡主召见，前往水阁请安。昭月半坐在美人榻上，正在同一个女先生下棋，她素手执黑，落子无悔。

秦观朱见昭月并不跪拜，单单颔首行礼："郡主。"

昭月余光瞥见秦观朱来，也未正视她，抬手轻轻一招，她的侍女便为秦观朱端来一碗汤药。秦观朱看了看那汤碗，接到手中，毫不犹豫地将汤药一饮而尽。药汁苦极，苦得她舌根子发麻，不禁连连蹙眉。

等到苦意散去一些，秦观朱才镇了镇心神，拜道："多谢。"

昭月眼见棋盘中的黑龙被吞噬殆尽，又输了一局，艳丽无方的容颜陡然失了几分光华。她冷讥一声，将黑子丢回瓮中，道："不必谢。你不愿怀侯爷的孩子，正如了我的意，咱们谁也不欠谁。"

秦观朱勉笑一下，这就要告退。

昭月拔高声音唤住她，口吻里尽是做惯了人上人的威势与傲气，问："秦观朱，在你看来，本郡主是个什么样的人？"

秦观朱回身，静静地望向昭月，答："我与郡主未有深交，不予置评。"

　　"那你知不知，侯爷为什么娶我？"

　　秦观朱听出她语气里的得意，并不觉恼怒，客气地回答："此事军中上下人人皆知，韩野王曾派三万援军，助侯爷击退蛮羌。经此一战，韩野王赏识侯爷的胆略，将郡主许配于他。"

　　昭月愣了一下，方才那股子傲慢荡然无存："原来，他也是这样告诉你的？"

　　秦观朱眼中浮了些惑然："什么意思？"

　　昭月又忽地笑起来，笑容如临水照影，不太真切："没什么。"

　　昭月抬手示意在旁的侍女，侍女又奉上一把钥匙。她瞧了瞧秦观朱脚上的镣铐，铁镣隔层衣裳也能磨住她的皮肉，大抵已经磨烂了，有些微朱血渗出来。

　　她不想梁慎行竟舍得对秦观朱这样狠，大概十五那日她逃出侯府一事，果真触到梁慎行的逆鳞。秦观朱对梁慎行冷言冷语，讥嘲相待，他都不见得会动怒，但她不能逃。

　　或许对于梁慎行来说，他们二人哪怕是互相折磨，也好过分离。

　　昭月不见笑了，只道："这钥匙，你拿去吧。"

　　"不必，谢谢。"

　　秦观朱到底怕再生事端，又连累他人，而且，她亦最不想欠昭月的人情。

　　秦观朱走后，昭月起身走向水阁外，面向满池残败的枯荷，迎着料峭的春风而立。

　　侍女忙拿起貂裘为昭月披上。

　　此裘衣丰厚温暖，用以御寒是再好不过了，昭月素来珍惜，因此物乃梁慎行所赠。昭月将貂裘扯紧，团团裹在身上，仿佛是梁慎行在拥抱住她一样。她不知梁慎行的怀抱是何等的温暖宽厚，想来男人的胸膛，总能比貂裘更暖和些。

　　她只教梁慎行背过，他的背宽阔结实，像青山一样稳重又挺拔。

　　在成亲当日，下花轿时，梁慎行背着她一步一步往喜堂里走。她抿住唇角的笑，手扶着他的肩膀，梁慎行黑沉沉的长发轻轻搔在她手背上，惹起细微的痒，痒得她脸比喜帕还要红。他放她下来时，声音里没有多少快意，可言辞却对她甚为关怀，沉声道："郡主当心。"

　　她隔着喜帕，眼前尽是红彤彤的一片，因看不清前路，就朝他伸出手来，问："将军能领着我吗？"

　　梁慎行僵硬了一阵儿，才说："好。"

　　梁慎行引着她的手搭在自己的手臂上，连牵都不曾牵。

昭月见他如此生分，心头一阵怅然，可又很快宽解自己，梁慎行这是敬她、重她，才不肯在众人面前与她男女相亲，以免失了体面。

嫁入侯府一年，昭月才清醒明白，他当初的敬重，皆因他不喜欢。

昭月想起成亲当日的情形，情不自禁地拿下巴轻轻蹭着领子上柔软的绒毛，轻声道："我就知我没有看错人。"

"郡主娘娘……"侍女担忧地看向她。

昭月说："原来秦氏搞错了因果，她不知道，当初是我拿婚事要挟了侯爷，否则我王叔岂会派兵增援？"她嘴唇发颤，泪流满面。

"我如此待他，他竟不恨我，对外还在周全我的颜面，不曾教我落得个跋扈的恶名……可我不明白，我真的不明白……"

昭月双手捂住脸，莹莹水泽从指缝中流泻出来。

梁慎行既是这么温柔心肠的人，事事都愿意体贴周到，怎么就不肯喜欢她？怎么就不肯……

（四）

夜晚，月明星稀，霜白的月光笼罩着侯府，如同在沉黑的牢笼上落了一层暗淡的雪色。

秦观朱身外系着银灰色斗篷，怀里揣着手炉，一边望着明月，一边沿着花径散步。她道是怕积食，要在府上四处走走，不许人跟着。因秦观朱脚上还拖着铁链，梁慎行派来看守她的侍卫们也不必太过担心，只令一名侍女跟着她。

秦观朱妥协。

她在屋中闷得心慌，梁慎行给她戴脚镣，她偏偏比以前更喜欢走动，铁环磨烂她的皮肉都没甚关系。她不好过一分，梁慎行怕比她更难过三分。

侍女提着琉璃风灯，听得前方有异响，她谨慎地走出八角门，远远瞧见一个高大的身影立在夜色当中。

"什么人？"

侍女上前，终于瞧清楚了那人，看衣裳打扮，不是侯府中人，而是梁慎行请来护刀的武林人士。

她毕恭毕敬地解释道："大侠，侯府后院里皆是女眷，是不准外人进入的。夜深了，还请回罢，莫冲撞了我家夫人。"

秦观朱抬眼望去。

夜风将灯笼吹得摇摇晃晃，光也模糊了，她看不清那人的相貌，只觉出有一道冽如冷霜的目光投射过来。秦观朱很快觉察出异样，果真看见侍女身体一软，连带着风灯倒在地上。她回身忙跑，没出两步，腰间蓦地一紧，整个人都被捞进一副坚实宽阔的怀抱中。

搂紧她的臂弯强健有力，胸膛的温度火热如阳，她真真切切感受到这是一副勃张着力量的雄躯。

秦观朱失声尖叫。男人伸手捂住她的嘴巴，一手箍住秦观朱不住挣扎的身子，唇凑近她的耳朵，低声喊道："成碧。"

秦观朱陡然僵住："你……"

他呼吸深深浅浅，落在秦观朱的耳边，薄唇沿着她的耳郭描画，将她绵软的耳垂咬住，咬得秦观朱轻微呜咽一声。

"你竟是梁慎行的女人。"他气息粗犷，似叹似怨，"成碧，你骗我。"

"你为什么在这里？"她警惕地望向四周，屏住呼吸，心脏在怦怦狂跳，"你不该来这儿。"

"我说过，我会回来找你。"

铁链窸窸窣窣作响，秦观朱胆战心惊地往后退，踉跄了一下，后背撞在墙上。男人眼疾手快，伸手护住她的头，秦观朱后脑跌进男人的掌中，才不至于吃痛。

借着月色，她终于看清这男人的脸。

他已不戴面具，左脸上有一道伤疤，自颧骨划到下巴，冷着脸时，伤疤尤为狰狞骇人，秦观朱大约可以料想，他受这伤时该有多疼。他不似富贵乡里养尊处优的世家公子，皮肤泛着受尽风霜的铜金色。眉目深邃，棱角分明，从他的相貌中能够看出异域的血统，英俊得甚是冷硬，近乎凌厉，像他的刀一样。

不过他性格木讷，不善言辞，面对秦观朱，他说不出什么话来，只好拿唇去吻她。

秦观朱一把推开他，凌乱地喘息："别碰我。"

他欲为秦观朱抚整乱发的手当空僵住，顺从地收回手时，低头瞥见她脚上的锁链。他拧眉，沉声问道："谁这样待你？"

秦观朱不回答。

他猜测道："梁慎行？"

除了梁慎行，还有谁敢如此？男人眉头拧得更深，不作他想，从腰间抽出刀来——这是把普通的刀，在月光中泛着隐隐的寒色。

"过来。"他说。

秦观朱知道他想斩断铁链，摇头道："不行。"

"为什么？"魏听风眼轮乌黑，望着她的眼神里全是纯粹的不解，仿佛在他眼中，有束缚，斩断束缚即可，无须多言。

面对他的质问，秦观朱再一次回答不上来，只是胡乱搪塞，说："很坚固，没那么容易。"

"好说。"他拎刀，"你当心。"

他将铁链勾出来，反手一斩，当的一声，铁链即刻断成两截。他自是催着内力，才使这普通的刀有这般断金截玉的锋利。

刀刃上已砍出一个小小的缺口。秦观朱诧异片刻，试着走了两步，拖行的锁链依旧揪扯着扣住脚腕的铁环，她还疼，轻微蹙了一下眉。

魏听风敏锐觉察："疼？"

秦观朱道："无妨。总比刚才好多了。"

"别动。"

他上前扣住秦观朱的腰，揽起她的腿，将她稳稳抱在怀中。身体猝不及防地腾空，令秦观朱小小惊呼一声，她脸色大变："你做什么！你放开……你放我下来！"

他似乎洞穿她在担心什么，手拍拍她的腰，安抚道："莫怕，我摸查过侯府的巡防，你别叫喊，无人会来。"

"你……你到底……"

他抱着秦观朱穿过另外一侧的石园，七拐八绕地来到了一片偏僻的居所，看来侯府是安排他住在此处。小院中的枯槐树上还系着一匹高头烈马，比寻常的军马都要强壮健硕。

槐树旁边还有一口井。他将秦观朱放在井边，拎来一墩石凳让她坐下。他单膝跪在秦观朱的膝前，极其小心地去褪她的绣鞋罗袜。

秦观朱慌了，一脚狠往他肩膀上蹬，谁知竟跟踢在一块磐石上似的，他纹丝不动，伸手握住她的脚。

他盯住她，神色木然，说："叫我看看伤。"

"不行。"秦观朱脸色绯红。

"为什么？"

"……"

他抿唇，道："我摸过，也亲过。"

她猛地瞪住了他，气急道："你闭嘴！"

他望着秦观朱沉默了。

便是一言不发，秦观朱也能觉出他身上强大凌厉的气势，以至于他再度握紧她的脚，低头细细察看她脚腕上的伤势时，秦观朱再反抗不得。

秦观朱的脚极白，极软，骨架匀致，小得盈盈一握，还不比他的手大。他手上有厚厚的粗茧，粗糙磨在秦观朱的玉足上，牵起细微的痒意。

"有锁孔。"

他左右寻来一小截树枝，用刀削成木针一样大小，对着锁孔几番摸寻。不久，秦观朱听得咔嗒一声，脚腕上一松，他就将其中一枚铁环取了下来。

秦观朱有些瞠目结舌："你……"

他随之又取下另外一只，弃掷一旁。

秦观朱抚着脚腕上完好的皮肉轻轻揉捏，淡笑道："你是刀客，还是盗贼？"

"我不做坏事。"

他又取来一瓶伤药，将秦观朱的脚放在他的腿上，细细地涂抹上药粉。药性烈如虎狼，洒在上面如同火燎，秦观朱疼得发抖。魏听风低头，朝着伤口轻轻吹着气，吹散她脚腕上热辣辣的痛。

他轻揉着她的脚背，低声问："铃铛呢？"

秦观朱道："丢了。"

那天，他临走前将铃铛绑在她的脚腕上，又摘下半口獠牙面具，露出坚毅冰冷的唇线，与她纠缠亲吻，在她耳边低低承诺，道："等我，我会回来找你。"

那铃铛被他视作信物，但对于秦观朱来说，则是激怒梁慎行的武器。

梁慎行瞧见她脚腕上的铃铛，果真发了疯。

那铃铛被梁慎行扯烂，砍成数截。

男人听她说丢了，眉毛抽了一抽，轻轻"哦"了一声，又很快沉默下来。片刻后，他再问道："你说，你是大周的军妓，是在骗我吗？"

秦观朱不以为意，眼色流波，朝他嫣然一笑，道："你傻吗，我聪明。你讲你叫听风，我就不会信。"

"我不曾骗你，我姓魏，名听风。魏听风。"

（五）

　　她不曾问过他姓甚名谁，魏听风的名字对于她来说并不重要。

　　那夜是他俯身贴近她，炙热的呼吸近在咫尺，灼着她的面孔，而后主动道："听风，我叫听风。"

　　在魏听风之前，她只有梁慎行一个男人。

　　她视梁慎行是她的天地，她的日月，她曾暗暗立誓，愿意受尽一生苦楚，来换他功成名就、荣华富贵。

　　两人相识于幼年，梁家与秦家隔墙毗邻，她在厨房烧火做饭时，常常能听见梁慎行在院子里背书。他是极聪明的，书瞧一遍就能记得住，背好书，他就爬上墙头，伸长脖子拿黑亮的眼睛瞧她："成碧呀，今日你煮了粽子吗？好香好香，扔给我个好不？"

　　秦观朱拎着个头儿最大的粽子，藏在身后，抬头嗔他："你总来占便宜。"

　　"也是妹妹愿意给我占便宜不是？我娘说，你这样，是要做我夫人的。"他笑得不正经，"你晓得夫人是什么吗？就跟你爹娘那样，我们也在一起。"

　　"不要脸！"秦观朱一个粽子狠砸过去，正中梁慎行额头，听得他"哎哟"一声痛呼，从墙上跌下去，旋即没了动静。

　　秦观朱吓住，忙立起木梯子爬上去，正与梁慎行撞了个对脸，两人目光相抵，近得几乎都能听见他细微的呼吸声。

　　秦观朱脸一下全红了："你，你……"

　　梁慎行的脸也发烫，想要戏弄她的心思也没了，回道："我逗你玩儿的，一点也没摔着，别担心。"

　　她气恼："臭美，谁担心你？"

　　他娘说得果真不假，她白给他占便宜，便是愿意为他吃亏，她这样就是注定好要给梁慎行做夫人的。

　　他们成亲后，日子过得再苦，秦观朱都不曾因为贫穷与他红一次脸，别人都道"贫贱夫妻百事哀"，她却认为夫妻就该彼此扶持，同甘共苦。

　　也就有次见梁慎行贪杯，一醉就倒在家门口睡得不省人事，秦观朱头次与他争吵。她看似温柔体贴，可要是真厉害起来，连梁慎行都招惹不起。要么怎偏偏是她一手扶着梁慎行走到如今的地位呢？换个真真纤细柔软的性子，是断然撑不住的。

　　梁慎行与她道歉也不成，伏低作哄也不成，最后实在拿她没辙，一撩袍，曲膝跪在地上，哀求道："夫人，您大人有大量，宰相肚里能撑船，可别与我这混账计较了吧！我以后再贪杯，我……"

这倒给秦观朱吓一跳，忙捂住他的嘴巴："你做男人的，成什么样子！还不快起来！"

"大丈夫，能屈能伸，跪你最算不得亏。夫人，你能原谅我了吗？"

秦观朱见他如此，哪能还有气。她松开一口气，故作不耐烦地说道："好了，你起来吧。去张记换半斤油来，再回家吃饭。"

两人吵不过一夜的嘴，她生气，素来是因梁慎行犯了大错，梁慎行也知自己不好，与她认错后再不会犯。

之后，他不曾醉过一次。他们相伴多年，也恩爱多年，如上这般解决矛盾的法子就是法则，可这法则到了娶昭月郡主一事上，就全然变了。

秦观朱心知昭月郡主比她年轻，比她貌美，身份地位远比她尊贵，昭月拥有的东西是她穷极一生都无法得到的，所以她才会在昭月面前那样兵荒马乱，溃不成军。她再端不住以往的教养，浑似个泼妇，与梁慎行撒泼哭闹。

梁慎行亦不再像从前那样哀恳认错，在挨了秦观朱狠狠一巴掌后，他捉紧她的手腕，用通红的眼睛瞪她，怒斥道："成碧！你看看你现在成什么样子！"

她看见他的眼睛里头，有一轮惨白无华的脸，卑微的，暗淡的，还有些狰狞，疯得不成模样。

秦观朱狠狠一哆嗦，就再也说不出话来。她不再哭闹，每日留在营帐里头对着铜镜看，想看清楚自己究竟变成了什么样子，又怎会变成这副模样。

那日之后，梁慎行也再来看过她，为她折来几枝桃花，插在铜镜边鱼白色的瓷瓶里。

他从后抱着她亲吻，与她说缱绻的情话，承诺会再想办法，看看如何推拒这桩婚事，最终又在秦观朱毫无回应的冰冷中散去兴致，离开了营帐。她不敢当着梁慎行的面，叫他看出她依旧心有希冀，也暗暗期盼着梁慎行是真在想办法，期盼着他是不愿娶昭月郡主的。

她曾看见一队一队精兵强马离开军营，心头悄悄升起一丝期待的星火，拉住一名士兵问了才知——梁大将军近日在费尽心思寻找一柄宝刀。士兵猜测，梁慎行是要带着大破蛮羌的功绩以及那柄宝刀，荣耀回京，为皇上献寿。

所作所为，也与拒婚无关。

秦观朱乌黑的眼底一片荒凉，望着瓷瓶里的桃花在短短几日内盛开，而后枯萎，了无生息。

那柄宝刀,梁慎行苦寻不得。

梁慎行拿住一个曾经对魏听风有恩的人,施计引魏听风前来军营,而后布下天罗地网,试图抢夺他手中的逐星。

魏听风难敌埋伏,右臂受梁慎行穿刺一剑,出刀变得钝滞。围剿中剑寒刀冷,衣破血溅,梁慎行的士兵列阵,似织就一张密不透风的网,将他狠命捆缚住。

魏听风拼力全力杀出重围,浑身如同在血泊里泡过,再无逃命的力气。他声东击西引开追兵,趁乱舍身滚进一个营帐,忙以掌风催灭灯烛。黑暗中,女子的惊呼乍起,他夺步而去,伸手摸到一片光滑细腻的肌肤,意想不到的柔软。

他知这是个女人,心头打了个突,大觉失礼,可此刻又不敢松手:"别叫。我不伤你。"

秦观朱被他铁铸一般的手掐住脖子,可他用力不深,意只在威胁,可她依旧怕得心惊肉跳,问:"你是什么人?"

"别怕,别怕……"他缓缓松开了些力气,"我就在此处避上一避,即刻就走。"

秦观朱听得见男人沉重的呼吸声,胸膛一起一伏,仿佛痛苦非常。她正欲再问,男人身影晃了一晃,砰的一声,重重地倒栽在地。

她对他一无所知,只明白这人不是作恶的。

搜查而来的士兵在门外试探地问道:"夫人,你这里没事吧?"

秦观朱摸到颈子上腥热的血,惊得手都在哆嗦,她忙扯来布巾擦拭血污,压抑着喉咙里的颤抖,回问:"什么事?我睡下了。"

"军营里逃了个贼人,方才兄弟们都教他引了去,恐他折返回来,前来惊扰夫人。既然夫人无事,我等就退下了。"

秦观朱抿唇道:"去吧,别来扰我。"

士兵都知夫人近来与将军不和,日日都不见好脾气,不敢再叨扰,领命退下了。

秦观朱掌灯,借着光细瞧此人,见他下半脸带着一口鬼面獠牙面罩,形貌骇人。她伸手将他的面具摘下,细细看清楚他的相貌,又不慎碰到他紧握在手中的刀。

刀身质朴无华,她有些好奇地抚上刀刃,森然寒气顺着指尖一下蔓延到整条手臂。

秦观朱浑身打了个激灵,蓦地清醒起来,猜测此人十有八九就是梁慎行追寻已久的刀客,忙往外跑去唤人,可当掀帐帘的时候又犹豫起来。秦观朱耳畔全是此人那句:"我不伤你。"她咬咬牙,回身拽住魏听风的领子,费尽力气将他拖到榻上去。

她累得额头上渗出一层细汗,倒在榻边喘个不住,说:"你命不该绝,碰上我,正好也跟梁慎行有仇。"

（六）

魏听风昏迷三日不醒，秦观朱亲手为他换药，治伤。好在军营开始紧锣密鼓地张罗梁大将军和昭月郡主的婚事，无暇顾及这位旧人。连梁慎行也忙得抽不开身，难能来探望她一次，如此遮遮掩掩的，也令魏听风得以在她帐中藏身休养。

他第三日就醒了，因伤势过重，一时还算不得清醒，模糊间看见一女子端着瓶瓶罐罐，放在枕边，温软白腻的手探进来，去剥他的衣裳。

猝不及防的触碰令他一下睁开眼，他猛地捉住她的手腕，杀气如烈火一样灼烧向秦观朱："什么人！"

秦观朱只觉手腕都快教他拧碎，大呼一声："痛！放手！"

女人。

魏听风蓦地松开手，诧异地看着她，又忙从床榻上坐起来，动作不慎牵扯身上的伤口，从他喉咙里闷出一声痛哼。

他低头看见半身绷带，哑声问："你救了我？"

秦观朱懒得跟他计较，一手倒了碗茶水端给他："既醒了就赶紧走吧，拖得越久，你就越危险。"

魏听风反应了半天，才想起昏迷前的种种，自知她说得有理。现下还是白天，不便逃出军营，只得同她征求道："待到夜晚，即刻就走，绝不连累姑娘。"

"你也得有本事牵累……你当现在谁还顾得了我这里？"

她嗤笑，不再搭理他，将药箱丢过去，要魏听风自己换伤药，她则去屏风后换了件衣裳。魏听风能隐约看到女子朦胧的身影，他忙扭过脸去，不敢细看。

她合上薄衫，将柔软的乌发从颈后撩出，从屏风后走出来，对他说："今夜是梁将军大喜的日子，军营上下守卫比寻常松懈，你可以趁机逃出去。"

魏听风背着身没看她，摸住发红的耳朵道："谢谢。"

女子便不再与他讲话了。

她也无别的事要做，就对着镜子发呆。魏听风看着她发呆，因需养精蓄锐，合眼再睡一觉，醒来时她还坐在镜前，依旧在发呆。

外头已是傍晚的天，果真如这女子所说，军营似乎在操办一场喜事，锣鼓喧天，人声鼎沸，很是热闹。这等热闹从远处传来，穿破层层阻碍传到营帐中，声音就变得闷闷的，压抑的、不得欢愉的闷。

女子去帐外问了一壶酒，听说是喜酒。她以小杯酌饮，一杯接着一杯，不一会儿，净白的脸就染上一抹薄红。

"你会醉。"魏听风不得不提醒，"贪酒伤身。"

她回过脸来，魏听风才瞧见她满眼泪水，劝阻的话僵在舌头上，也说不出了，低低道："喝也无妨。"

她忽地笑了一声，一笑，眼泪纷然跌落："你们江湖人难道不爱酒？"

"刀客，最需要清醒。"

她呆呆地望着他，拎起余下半壶，搁在他手边，道："你可以试试，或许醉了，能练出另一番境界。"

"谢谢。"他好言拒绝。

她又抚上那柄立在床头的刀，问他："这把刀，是叫逐星吗？"

"是。"

果然，梁慎行一直要找得就是这柄宝刀。她再问："这刀有什么好？"

"平平无奇。"

"那为什么梁大将军费尽心思都要得到这把宝刀？"

"我也不知。"

秦观朱一笑："你骗我？"

"我从不骗人。逐星比寻常的刀锋利些，江湖上亦有其他兵器比逐星更锋利，除此之外，别无长处。"

"既然如此，你这刀给我好吗？"

魏听风沉默，片刻之后道："对不起。我家中有训，此刀不得落到外人手中。"

"何为外人？"

"非亲非故。"

她贴近他，将酒斟出来给他喝。她是他的救命恩人，魏听风亦不能拒绝这小小的要求。她倚着床头，醉眼懒懒地打量他，在沉闷的喜乐中，她的眉眼显得尤为明艳，又尤为凄婉。

她低声问："你家中有妻儿吗？"

魏听风有问则答："不曾婚娶。"

"我要是做了你的妻子，就与你有亲有故，如此就不算外人。那这刀，可赠予我吗？"

魏听风闻言并不觉喜悦，甚至亦不觉慌张，而是沉声回道："此事，做不得玩笑。"

她道:"你生气了?我不愿你背信弃义,有违家训,才想到这个法子的。"

魏听风抿唇,一手取来宝刀,横于秦观朱面前:"你真想要,就拿去吧。"

"怎么?"

"此刀左不过一件死物,不比姑娘珍贵。还请姑娘莫再如此轻贱自己,没有哪个人会拿自己的终身大事去换一把刀。"

"……"

喜乐行至高峰,乐声直插云霄,在军营上空回荡盘旋。焰火炸响,响得惊天动地。在这营帐里自然看不到焰火何等绚丽,与她相伴的,也只有眼前这个陌生的男人。连他都认为,宝刀不比她珍贵,何以她的丈夫却不如此认为呢?

她又递给他一杯酒,他依旧不知拒绝,顺从喝下。

秦观朱细软的手摸了摸他下巴上的胡茬儿,又抚过他脸上那道长长的伤疤,问:"你讲讲,男人可以三妻四妾,女人到死就合该守着一个郎君,是不是好不公平?"

魏听风不知她为何如此抚摸他的疤痕,见她眼中有泪,一时不舍得躲开,轻微吞咽一声,好容易才理清头绪,回答道:"本就没有这样的道理。"

秦观朱讥笑:"花言巧语。"

"我不骗人。"他道。

他望着秦观朱的眼眸深沉,又说得那样认真,让人连疑心也难。秦观朱与他四目相抵,她嫣红的唇抿得紧紧的,手指一寸一寸掠过男人高挺的鼻梁,深邃的眼窝,薄硬的唇线,而后是他脸上的疤痕。

魏听风呼吸都乱了,一把捉住她的手,却没有推开,而是缓慢又坚定地收拢在掌心。

他道:"别这样碰我。"

"今天是梁将军大喜之日,他要娶的新娘是韩国郡主,我羡慕得很。不知自己还有没有这样的福气?"

魏听风猛然惊觉她话中的意思,不及反应,她便坐在他的腿上,用额头抵住他的,低低道:"方才那样碰你,你不欢喜,这样可好?"

"姑娘,姑娘……"

魏听风扯她,贴身的薄衫歪到一边,露出白软的香肩和玲珑精致的锁骨。魏听风的呼吸一下浊重起来,不敢再拉扯,他有些不知所措,此刻推不开她,也难进一步,慌张间胡言乱语地问:"你叫什么?"

她笑了一笑："成碧。"

"成碧……"他喃喃地念了一遍她的名字。

她脸上有酒酡的潮红，听见他唤她的名字，混着酒气的香覆压下来，放肆地吻住他的嘴唇。她闭着眼，长长的鸦睫扑簌颤抖，脸上珠泪涟涟，将心头苦闷尽数发泄在这一记长吻上。男人陌生又浓烈的气息侵入她的鼻端，她心头不惧，愈发贪恋这样的味道。

男人一沉息，一把扣住她细软清瘦的腰肢，将反攻的吻重重地碾在她的唇上。他不知轻重，也没有分寸，更遑论技巧，只一通毫无章法地乱吻乱咬。

他太不会说话了，此刻也不知该说什么，可他心头欢喜。哪怕是练刀，臻入更高境界，也不曾有过这般热血沸腾的时候。他的手在颤抖，头一次害怕会惹眼前人不开心，她就此舍了他，便小心翼翼将她搂抱在怀里，不会伤她，也难教她逃开。

他又去亲吻她的脸，唤了一声："成碧。"

她低低应他一声。他有些高兴，唇边有若隐若现的笑意，又认真地唤："成碧。"

她又应。

男人问她："你为什么在哭呢？"

她贴到他的颈窝里，温热的泪水淌进他的领子里，他听见她极小声、极委屈地说："我曾吃过很多的苦，以前不觉有什么，现在才发现，没人好好疼我。"

"我疼你。"他立刻回答。

她默声，大抵是不信。

男人知道自己说得太直接，显得尤其轻率，反而教她以为又是花言巧语。

他抱紧她，一字一句再次认真地承诺："成碧，我疼你，不教你吃苦。"

（七）

秦观朱还是不信。

论起甜言蜜语、缱绻情话，梁慎行可比他会讲得多，她从前深信不疑，最终又如何了？她听着外头鞭炮齐鸣，喜乐阵阵，那是梁慎行的欢闹，再与她无关。她的心空荡荡地沉下去，几乎都快溺死在深渊里，谁想教眼前这男人三言两语捧住。纵然不知真假，她此刻也宁愿当作是真。

秦观朱闭上眼，主动捧住魏听风的脸，与他深吻。

"成碧，别，别。"

他始终大觉不妥。他不曾喜欢过一个女人，断然无法在这片刻间清楚自己的心意。成碧对他有恩，他往后就是将命舍给她，他都心甘情愿，但他对成碧，不仅仅只有感谢。他怜惜她，心疼她，此刻还对她有躁乱的欲望——男人对女人的欲望。

这等得寸进尺，是他不曾犯过的错，也绝不该犯的错。

她眼里泪光未干，乌瞳湿漉漉的，蒙着一层水雾，凄婉清艳，正满怀期待地望着他。眼前美景美人，风情入骨。再遮掩下去，是违心悖真，是欲盖弥彰。

魏听风所有的理智在顷刻间化为乌有，唇甫一触碰到白滑的肌肤，便再不受他自己控制。

秦观朱睁开迷离的眼，凑过软唇去，亲吻他脸上那道疤。她问道："这里怎么伤的？我想知道。"

魏听风依旧是乖顺地回答，对她没有隐瞒："家中堂弟，欲与我争夺家主之位，决斗前夕，为他偷袭所伤。"

"然后呢？你杀了他？"

"没有。"他抚上秦观朱的背，侧脸挨近她，低哑道，"我父亲有训，不怨不恨，能舍当舍，否则心有挂碍，永远活不欢喜。"

她恍惚了一阵儿，轻声叹道："是吗？"

"是。"

他诚恳回应，再次深切地吻下去。

"成碧。成碧。"

她信他嘴巴不灵，在这等关头也说不出好话来，只会傻傻地唤她名字。

秦观朱问："我好吗？"

魏听风心跳得厉害，已听不大清她的话，问道："什么？"

她不厌其烦地再求问了一遍。

"好。"他不假思索地回答。

魏听风俯身，抚着她额上汗湿的发，沉声说道："成碧，你很好很好。"

（八）

秦观朱凝望着他，珠泪逐渐盈满眼眶，沿着眼尾淌进鬓发当中。她终是在一声焰火的炸响中，呛出一嗓子泣意。鼻间酸楚越来越浓，她忍受不住，贴近魏听风温暖的胸膛间哭起来，哭得最是委屈不过。

"你为什么哭呢？"

魏听风侧首吻住她眼角的泪水，咸咸湿湿的，他问道："难受？"

魏听风有些羞赧和懊恼，向她承认："我，我是个粗人……"

他不太懂得该如何怜香惜玉。

从前在江陵，他与兄弟友人饮酒喝茶时，也听他们讲床笫间男女欢爱的事。他那时听得云里雾里，提不起太大的兴致。只听他们说道温柔乡缠人，魏听风当时尚不觉有甚，在他眼中大抵还找不出比练刀习武更有意思的事，如今却是不成了……

秦观朱抚上他的背，手掌摸到一片黏腻湿汗。她借着他的颈子蹭去脸上的泪痕，轻轻道："无妨的，我很欢喜。"

秦观朱扶着他铁硬的手臂。朦胧光色中，男人乌黑雪亮的眼睛里浮上血丝，压着隐隐的狠戾。秦观朱此刻才明了，这人确实是个杀人饮血的刀客。他知豁达，懂宽仁，晓得能舍当舍，却绝非是个佛陀菩萨，善良到愿意舍身去喂鹰饲虎。

一个在刀刃上滚过的人，又怎会没有些城府？养出的狠，在情欲关头最易显相。不过瞧他的模样，是个会在女人身上犯糊涂的傻子。如此也好，这世间本就难得糊涂，糊涂一场，快活过后就可转忘，不似她，总是太过清醒，连装糊涂的本事都没有。

恰如此刻，她清醒地明白，这带给她欢乐的男人不是梁慎行。既不是梁慎行，不是她的郎君，亦算不得最欢喜。

魏听风一手拢起她的下颔，满脸盈盈水泽，皆是泪痕。他以指腹轻轻揉压着她的唇瓣，想教她说清楚，为何那么伤心难过。他俯身亲吻在她的泪睫上，缓着呼吸问道："你为什么会住在军营？"

"你以为呢？"

"你是俘虏，还是营妓？"

秦观朱闻后一笑，半晌，她眼有媚态，仿若调笑地问道："我真是营妓，你不嫌我吗？"

魏听风同她承诺："我带你走。"

秦观朱挨在他的颈间，低低"嗯"了一声，怅然道："好呀……"

"我会娶你为妻。"

他略一撑身，一手捧起秦观朱的脸，认真地凝望着她："不骗你，我不骗你。"

秦观朱看他稳重老成，是个沉默寡言的孤独客，可说起这句话来，满眼热血赤忱，更似个不涉俗世的少年郎。

她轻轻一笑："等你伤好，就回来寻我。"

魏听风看她笑得娇媚，也跟着笑了。

秦观朱第一次见他笑，笑容不似她预想的那样刻板，他英俊的眉梢自成一段潇洒风流，是素来肆意放纵之人才会有的神态。

他低沉的笑声隐没在亲吻当中。

这夜，她一缕长发落在魏听风手中，教他挽成个死结，从此缠缠绕绕的，再也别想解得清楚。

等天再黑了一些，她轻声催促道："快走吧，再晚可就来不及了。"

"一起走。"

"你还有伤在身，带着我就是拖累。"她困意深浓，也还在费心思骗他，"我在这里不会吃苦，等你伤好再回来找我。"

他其实最是清楚不过，皮外伤倒是其次，所受内伤已难经他再继续恶战下去。他死也便死了，可若连累成碧，他就是死千万次都不足以偿还。

他紧紧抱了她一会儿，听着她呼吸沉静，已渐渐睡去，才恍然想起自己连名字都不曾告诉她。

他凑近她的耳朵，炙热的呼吸落下，伴着低沉的声音："听风。我叫听风。"

秦观朱迷迷糊糊间嘤咛了一声，仿佛是在应答。

秦观朱不知他是何时走的，也不知自己睡了多久，她被帐外长长的马嘶声惊醒时，已然是夜半时分，喜宴的喧闹也已散尽，徒留下黑漆漆的夜天。

秦观朱起身下床，脚腕一动，牵得银铃声丁零作响。她僵了一僵，回想起这物什是她从那人手上解下来的，妥帖地放在枕下，准备待他走时再还回去。

此刻，这银铃已绑在她的脚上。而属于那个人的宝刀，刀鞘镂金走银，在夜色中沉着森森的冷峭，正静静地立在床头，亦是留给她的。

（九）

在秦观朱看来，以物易物，这算得两清。毕竟像他那般随心恣意的江湖浪子，待日后回过神来，哪里会教一个大周营妓牵绊住。

秦观朱对这陌生男人没甚期待，也不想有一日，他真会寻来。

他微微垂首，半张脸在阴影中，轻拧了下眉，似有些恼火了，低沉说道："我不曾骗你，我姓魏，名听风。魏听风。"

秦观朱怔愣地看着他蹙紧的眉头，一时说不出话，好久才问了一句："你果真寻回北域军营?"

魏听风抬眼望住她,点了点头。

当年魏听风的父亲因病过世,族中兄弟为争夺家主之位,离心离意,互相攻讦暗算,手足相残。纵然魏氏最终拥立他为家主,可经那一番腥风血雨,魏听风实在疲于应对宗族宗亲,万事一抛,离家来到北域浪迹多年。

江陵魏氏寻他已不是一日两日,知他会出现在北域军营,也一早就派了人在外接应。他从军营逃开后,就被前来接应的魏氏子弟带回了江陵家中。

魏家堆着一摊烂账,鸡零狗碎的琐事,他们是不敢拿来烦扰的,恐他又撒手撂挑子不干。但有些事关乎整个家族,必须得由家主亲自抉择,魏听风重任在身,难能轻易卸下。

他被那些事务绊住,一时抽不开身亲自回北域,只好先派遣别人,前去北域军营打探那位叫成碧的姑娘。

魏听风性子无拘,凡事不爱求人,但为了成碧,他曾托付在朝中任职的朋友,希望来日得机,能将成碧从军营当中提出来,替她去除奴籍,改换新籍贯,往后就归江陵人氏。

可递传回来的消息,皆是北域军营中没有一个名唤"成碧"的营妓,况乎她这等身份的人,哪里配得上住在单独的营帐里头。前去打探消息的人再三向魏听风确认,他是不是哪里记错。

可他怎会记错!

他亲吻过她每一寸肌肤,记得她说过的每一句话。夜深人静时,魏听风甚至还能回想起一些支离破碎的记忆。

他重伤昏迷那几日,有时也会疼得清醒过来。女人温柔细致的手曾抚摸着他伤口周围,俯身轻轻吹散他伤口的热痛。她用汤匙将苦涩的药汁一点一点喂他喝下,也会拿甜水抹在他干裂的嘴唇上,消一消他嘴巴里的苦意……

魏听风那些年独来独往,受了伤,叫疼也无人知晓,凡事惯来一个人捱受,即便从前在魏氏家中,他担任家主,又怎会轻易向他人展露脆弱。从没有人像成碧这般,小心温柔地照顾他。

他夜夜思念与她的一度春宵,想她想得快要走火入魔。他习武时,看云,云是成碧;看花,花也是成碧。他乱了心神,出刀大不如从前迅疾,终才恍然明白,这世间当真有相思害成病的怪事。

他不会记错,一丝一毫都不会记错。除非,她一直在骗他。

魏听风牵来烈马,几乎日夜不歇地亲去北域打听,途中几经波折,这才得知梁慎行治军时，的确有一女人住在军营当中。不过那人不是营妓，而是梁慎行的夫人秦氏。

秦氏，秦氏，待得从侯府中找到她时，魏听风才肯相信，他的成碧，当真不是低贱的营妓，而是梁慎行明媒正娶的妻子……

"你傻。"她唇角一抹融融笑意。

魏听风本就讷言，瞧见她的笑容，不明就里，呆愣地"哦"了一声，顺着她的话道："我傻。"

秦观朱笑意更深，探手抚着他脸上的疤，再道："以后别犯傻了。"

她径自穿好鞋袜，听得前院有热闹声传来，大抵是她不见了的事惊扰到侯府侍卫。秦观朱往院外走去，魏听风仿佛低低唤了她一声，她亦当作听不见。

秦观朱出面安抚住侍卫，道是一场误会，她平安无恙。那侠士就是远远看见她脚缚锁链，以为是侍女挟持了她，方才出手相救。江湖人路见不平，行侠仗义，本就是常事，怪就怪他不了解侯府内院的情况，徒生此番波折。

侯府内院的情况，不外乎是指颍川侯与秦氏嫌隙，他们做下人的都忌讳牵涉进侯爷的家务中，便不敢细究，只好听信秦观朱的说辞。

侍卫再将府上重新巡察一遍，确保府上安全后，这夜的小波折便很快揭过。

芙蓉城内，问刀大会正在紧锣密鼓地筹备当中。

梁慎行依皇上之命，邀请天下英雄豪杰前来品鉴宝刀，将一封一封的请帖送到武林世家门派中去。

一切本按照计划，有条不紊地进行。

不过逐星落在朝廷手中一事，惹怒了不少江湖人士，他们本就对朝廷统治有诸多不满，此番也个个心头如明镜，清楚这请帖邀他们去观赏宝刀是假，去瞻仰天子之威才是真。

既有怒，则生恨，一场场为夺刀而来的暗杀纷迭而至。

天子要的是江湖服从朝廷，而不是双方对立。故而，梁慎行纵然知晓前来刺杀的皆是江湖势力，也只得打碎牙往肚子里咽，按下不表，以免在明面上挑起双方的矛盾，引出更大的风波。

可再谨慎提防，也有失手的时候。况且梁慎行乃是一介儒将，哪里能敌得过多年习武的江湖人。

这一次刺杀当中，刀是保住了，人却当胸受下一剑，险些丢掉性命。

消息传回侯府，听着信差一字一句转述芙蓉城的恶况，昭月郡主低垂眼眸，葱白手指兀自颤抖了一阵儿，而后教她一把拢进掌心。

她抬头下了命令，将秦观朱请来水榭。

秦观朱听闻他们讲梁慎行受伤，也就问了句性命忧安，得知他已无大碍后，秦观朱眼里古井无波，平淡地道了一句："那就好。"

就此无话。

在这静寂无声的僵持中，昭月长长呼出一口气，她起身，敛了敛裙衽，朝秦观朱跪拜行至大礼。

满堂侍婢皆惊了一声："郡主娘娘！"

秦观朱眼瞳里的光缩了缩，忙错步躲开她的行礼，问："你这是作甚？"

"这一礼，本该在我与侯爷成亲那日，就该同姐姐行的。"

秦观朱眼底沉着，道："郡主言重了，还请起来吧，我消受不起。"

昭月苦笑一声道："以往我怨你、恨你，见到你这张脸就心里生厌，只恨不得你早些消失了才好！因为在我平生最重要的日子里，我的如意郎君曾弃我于不顾，策马回到军营，就是为了给他的发妻送一支花钗。"

秦观朱眉尖一蹙。

"秦观朱，你知不知道，我父亲不是老死，不是病死，他是战死在沙场的，他是韩国人人敬仰的盖世英雄。

"我从小被接进宫廷教养，王叔念我父亲功绩，可怜我小小年纪就没了爹娘，便对我疼爱有加。本郡主说要星星，无人敢献上月亮！我，我这样的……"

她嘴唇哆嗦着，话都不成了形状，满腔泣意又蓦地化作一声苦叹。

"我这样的人，怎可能输给你呢？"

（十）

昭月初见梁慎行，是在宫廷夜宴上。在此之前，她一早就听闻梁慎行的名号，北域大名鼎鼎的"白衣儒将"，横刀跃马，用兵如神，曾为大周夺下七战七捷的不朽战绩。

从前，韩国与大周边境有过几次小规模交战。梁慎行时任军师，就未教韩国占得半分便宜，最终写下短短百字的议和书，简明扼要，阐述双方交战的利弊，呈交王上。

议和书传至王廷，臣子王孙都拿梁慎行的出身作贬，讲他不过是多识得几个字的穷酸书生，登不上台面，大不必放在眼中云云，以此来挫大周威风，讨韩野王欢心。

韩野王闻言，摇头笑叹了几声，便着令众人退下了，而后朱笔批下议和书。

不久后，昭月随韩野王闲庭信步时，陪驾的亲贵中尚且有人提及梁慎行，疑惑韩野王为何停战。

韩野王便似玩笑地问她："昭月，你如何看待梁慎行其人？"

提及梁慎行，昭月负手在后，连步伐都变得轻快起来，嫣然巧笑道："昭月可不会跟那些个臣子一样，说些奉承话来哄王叔开心。依我看来，那梁慎行'布衣出身，才至将相'。只可惜，他并非韩国人，大周皇帝治下能出这样的才俊豪杰，是他的福气。"

韩野王大笑道："昭月此言，竟似在夸自己的夫婿了。"

昭月脸色一红，羞恼道："王叔趁机取笑我！"

韩野王当然想不到那日戏言，竟会一语成谶。

梁慎行那天为请援军一事，来赴韩国夜宴。昭月不想北域的白衣儒将，竟还那般年轻英俊。他来时作书生模样，苍青色的长衫外拢着银白大氅，腰间还漫不经心地别着一支玉笛。

梁慎行五官宛若刀裁，深邃而凌厉，尤其是一双眼睛，似水渊那般清冽透彻，却深不见底，里头潜着咄咄逼人的锐气，透出一丝渗人的凉意。不过他的脸庞却瘦削了些，以至于将这份锐气消减不少，凡人再去细看时，便能觉出他的儒雅温和来。

他是文人出身，做起说客，口若悬河，舌灿莲花，一番请求援军的说辞更是入情入理。倘若……昭月想，倘若换一位国君，听得梁慎行此言，都是要出手相助的。

坏就坏在他面对的是韩野王。

韩野王的叔父就是死在与大周交锋的战场上，韩国与大周算是有世仇。韩野王以礼相待梁慎行，却决意不肯出兵。

梁慎行得知其中缘由，深深呼出一口气，脸上有种近乎无奈的平淡，却还是依照礼节，举杯敬酒道："多谢韩野王款待。"

请援失败，的确令梁慎行有些灰心丧意。

此次大周与蛮羌鏖战，战线拉得太深太长，如深陷泥淖，难能利落地脱身而出。再往后撤退，就要痛失城池，大周后援迟迟未到，远水也难救近火，唯独邻近的韩国能够迅速派兵增援，助他大破蛮羌。

他谋略周密，做好万全准备，仅仅需要借韩国一把东风。只可惜东风不借，终是功亏一篑。

出了宫廷,梁慎行接剑上马,与副将商议接下来的应对之策。时值初冬,寒气森森地往身上扑,昭月驾车追出宫门,就是为了给他送一件披风。

梁慎行诧异地看了看那披风,又看了看昭月,方才下马行礼:"昭月郡主。"

昭月闻言一笑:"将军好记性,那么多人竟也记住我了?"

梁慎行素来是过目不忘,但在人前从不表露,只恭敬回道:"郡主谬赞。"

昭月心生他意,忽地问道:"将军急着回去吗?"

梁慎行不作回答,而是反问了一句:"不知郡主有何见教?"

"见教不敢当,久仰将军大名,想请将军留下,赏面小酌几杯。"

一旁的副将一下就听出昭月的心思,猛地憋红了脸,没禁住笑出几声,忙拿手肘怼了梁慎行几下。

他压低声音戏谑道:"将军,你可要把握好时机。"

梁慎行深觉冒犯,一眼将他瞪回去,又忙向昭月表明:"多谢郡主美意。今日是我夫人生辰,她尚且在客栈中等我,在下需得回了。"

昭月"哦"了一声,似自语道:"想来你这个年纪,也是该有夫人的。"

梁慎行微微一笑,拂却昭月送来的披风,道:"告辞。"

昭月瞧他笑容俊秀清雅,眼睛湛然发亮,竟不知世间男儿还有这等颜色,不由得心中一荡,见他旋即转身离去,脱口又阻了一句:"且慢!"

梁慎行回眸看她。

昭月抿唇,思量半晌,才说道:"将军既为请援一事而来,应该也不想空手而归吧?倘若你愿意留下,与我小酌几杯,如此咱们也算是朋友了,我便好心给你指条明路,教你如何去说服我王叔……"

梁慎行似有犹疑之色,考虑昭月这番话的分量,不一会儿,他缓缓道:"今日行程仓促,改日我定亲自……"

昭月打断他:"倘若改日,此刻的话便就不灵了。梁将军,我偏偏要此时,要此刻,你若不答应,我便不做纠缠,告辞。"

她转身走出去不过三丈,才听得梁慎行匆忙唤了一声:"郡主留步……我应你便是。"

昭月几乎快要抿不住唇边的笑,腮上晕生出红云来,连耳根儿都发热。

她回身朝梁慎行,应了声:"那就请吧。"

秦观朱已习惯了等待,也理解,梁慎行此番千里迢迢、马不停蹄地赶来韩国王都,皆是为了大周的将士与百姓。不过在她生辰这日,梁慎行失约未归,秦观朱心头始终有些怅然。

因这份怅然在国家大义面前太不值得一提,甚至有些可笑,秦观朱努力拂却了去,只暗暗祈盼梁慎行此行顺利。

秦观朱等到三更天,不禁有些着急,问了问士兵,也没有消息传回来,哪怕是夜宴也决计不会拖到这样的时辰。

梁慎行回来时夜已大深,是副将把他扛回来的,咚咚咚敲开房门,一脸尴尬心虚地冲她笑笑,解释道:"路上碰到一位官爷,与将军一见如故,折进酒馆里又多喝几杯。这不,都快醉得不成样子了……"

秦观朱忙从他手里接过梁慎行,说道:"无妨,你也快下去休息吧,我来照顾他。"

"辛苦夫人。"

她恨恨地一脚踢上门,扶着梁慎行往床边走。

梁慎行走路歪歪斜斜,不由分说地就往秦观朱身上压,混笑道:"哎,成碧,我回来了……"

"你还知道回来。"她气恼地往他腰上拧了一把,"从前怎么答应我的?又喝成这样。"

"我没有办法嘛……"他大笑着闪腰躲避,炙热的气息里全是熏人的酒气,耍坏似的往她脸上拱,"也没有喝很多,是不是?"

"是。"她懒得跟个醉鬼较真。

"你别生气。我惦记着你的生辰,在铺子里给你买了一支……"他在身上胡乱摸了一通,没摸到他要找的东西,疑惑道,"不见了,怎么不见了?"

秦观朱一把将他撂在床上,又去帮他脱靴,漫不经心地回道:"知你惦记就好。"

他自己乱蹬掉靴子,胡乱拉起来秦观朱,道:"你来,我跟你说几句话……"

他将她抱在怀里,寻住她的唇轻吻,缠绵温存着,又疲累地长叹了一声:"成碧,你说这仗,什么时候才能打完?"

她伏在他的胸膛间,轻轻抚着他的脸安慰:"很快了。"

"成碧,我好累……好累……"他拥着秦观朱,细细密密的吻又落在她的额头上,"要不是有你,我该怎么撑下来?"

她亦紧紧搂住他,道:"一切都会过去的。"

梁慎行轻轻应了一声,又嘟囔了一堆乱七八糟的话,秦观朱也听不清楚他说什么,柔声哄了好些会儿,他才肯安稳地睡过去。秦观朱叹气,伏进他的胸膛中,蓦地一息间,她闻到他领子里一丝若有似无的软香。

她最清楚，这应是女人的香。

（十一）

大抵夫妻离心，同床异梦，总是从发现对方的第一个谎言，且自己也假装不知情开始的。

秦观朱祈盼梁慎行请援顺利，能快些渡过眼下难关，为此她决口不问他到底去了哪个酒馆，见了哪个人……她不敢问，可昭月却很想知道，梁慎行口中三句不离的夫人究竟是个什么样的女子。

昭月自然做不出到秦氏面前耀武扬威的勾当，因她本不将秦氏放在眼中，真将她当作对手，那才是屈尊纡贵，有失韩国郡主的身份。她只远远瞧见过，见那秦氏相貌端庄清秀，算不上出挑的大美人，不过眉眼出奇得温婉，一双乌黑的眼瞳看向梁慎行时，眼中有明媚的光。

想来每个女子看向自己的情郎时，眼中都该有这样光亮。

除却这些，昭月看不出秦氏有何过人之处。

秦氏手指纤细白皙，正为梁慎行系上披风带子，唇齿轻动，低声嘱咐着什么。

梁慎行细心听着她的话，唇角轻漾起笑意来。在她面前，他不似万事皆沉稳老成的白衣将军，脸上扬着少年郎的神采。

许是听到一句欢心的话，梁慎行眼睛亮了亮，趁她不备，拿唇飞快地掠过她的额头。

秦氏的脸顿时红了一大片，嗔怪地瞪住梁慎行，嘴里埋怨他不知礼数。

梁慎行便握紧她的手，小心地揣进怀里来。

他将头低得更深，几乎都快要贴到秦氏的耳畔，同她低声下气地道歉认错。

这厮说是认错，更像是调情作哄，三言两语就哄得她脸上的红晕更深。见她羞赧，梁慎行得逞似的大笑起来，伸手将她揽在怀中，好教她藏着脸遮羞。

两人如胶似漆，缠磨了好一会儿，这才作罢。

昭月不想，梁慎行还有这样的一面，因太惊奇也太欢喜，一时连视线都移不开。

她眼中滚着灼灼的光亮，心想她难道会比秦氏差吗？怎么梁慎行待她总是冷言冷语的，请他喝酒还要万般推辞，不过是离他近了些，便要遭他冷斥一声逾礼。

若是梁慎行待她有对秦氏的十分之一的好，莫说只是向王叔求情，哪怕有一日为他死了，她都甘心。

她去截了梁慎行的马车，就在离客栈不远的地方。

梁慎行下车后一瞧是她，旋即皱了皱眉，他似是不悦，沉声警告道："万望郡主不要来打扰我夫人，否则别怪我不讲情面。"

郡主笑道："将军多虑了，本郡主未必会将她放在眼里。我来找你是想问，那日我提出的条件，你考虑得如何？"

"多谢郡主美意。我已讲清，郡主的条件，我不会答应。"

"你那晚醉酒，一时想不清楚也是有的。"

梁慎行提起最后一丝耐心，不疾不徐地解释道："郡主有所不知，我与夫人少年结发，一同捱过数年清贫困苦的日子，因她不离不弃，生死相随，才有梁慎行今日。我对夫人不仅仅是爱，还有感激，为此，我不敢有一丝一毫的辜负。

"再者，秦氏为我妻十余载，一向贤良淑德，勤俭持家，未犯七出，亦有三不去之理。倘若在下为了迎娶郡主，休弃于她，那我梁慎行又何配为人？"

"本郡主最看中你的重情重义，倘若你为此休弃于她，我自也看你不起。"昭月一手负在身后，一手绞着胸前的发辫，俏声道，"梁将军，我不要你休了她，只要你娶我为妻。"

梁慎行俊眉一拧，对待她这样女子，他有些无计可施。

"你放心，秦氏即便是做妾，往后我也不会亏待了她……当然，我本没有那么大的肚量，会将她视作姊妹。全因她曾待你好过，对你有恩，看在你的情面上，我才会感激她，厚待她。"

梁慎行耐心丧失殆尽，冷声道："在下不敢委屈了郡主，您是韩野王的掌中明珠，韩国的金枝玉叶，天下多少英雄豪杰削尖了脑袋都想做郡主的夫婿，又何必……"

"可那么些人，我偏偏都不喜欢。"

昭月笑了笑，也不再与他争辩下去，只道："梁将军，我呀，也不强迫你。我是真心祝愿你这一战能够所向披靡，旗开得胜，也早早断了我的心思……可哪日你若回心转意了，我还等着你。"

昭月将这场婚事交给上苍来决定，倘若梁慎行不是她的如意郎君，一定会保佑他击退蛮羌。

只可惜，上天不假东风。

蛮羌在隆冬储备粮草，休养兵马，而后在破春之际，突袭北域军营，顺势长驱直入，迅速夺下大周一座城池。蛮羌对大周的仇恨，积郁百年之久，且蛮羌人民风骁悍，素来靠杀戮立威，入城则烧杀抢掠，屠尽一城。

……

不久后，昭月收到了梁慎行的来信。

她便自宫门始，跪上九九八十一条长阶，一路求到宫廷正殿，跪请王叔出兵相援。她的筹码不过是她父亲的荣耀与功绩，是韩野王对她的宠爱，而她身为韩国郡主，也将承担起责任，给在这场战争中很有可能亡命的将士一个交代——

韩国出兵援救大周，两国将永修秦晋之好。

纵然再放不下从前的过节，韩野王也拿昭月这块心头肉没了办法。而且此次出兵援助大周，也确如梁慎行当初所阐明的，韩国得利，远大于受弊。

韩国出兵驰援，依照梁慎行之计，从后方奇袭，打了蛮羌一个措手不及。

时值大周军士心头正压着一股受屠之怒，在一次前后围扑成功以后，反攻的军心大盛，在梁慎行的指挥下，一举夺回城池，将蛮羌打得节节败退。

这场战事持续半年，大周迟迟不及的援军也已到来，成为压倒蛮羌的最后一根稻草。

蛮羌主君最终签下停战书，向大周投降。

战后，梁慎行如约前往韩国王都，向韩野王致谢。

他这回穿着银色兵甲而来，右手托着头盔，长身立于殿前，一丝不苟地拜谢韩野王。

那时昭月正在一旁为王叔研墨，打量梁慎行面庞又瘦削了些，一言不发时神色很是冷寂。那股子温润雅气已不见了，浑身杀戾未消，眉宇间还拧着凶相，令人凛然生畏。

韩野王令昭月退下："孤有几句话要跟梁将军说。"

昭月有些不情愿，但不好违抗王叔的命令，走之前又悄悄扯了下梁慎行的袖子，小声说道："我等你。"

梁慎行抿唇，在昭月期盼的眼神中，涩然点了点头。

待昭月离去后，韩野王开门见山："想必梁将军不会天真地以为，孤仅仅是因昭月相求，就决定派兵支援吧？"

梁慎行道："大周与韩国毗邻，结仇不如结友，韩国此次伸出援手，便是睦邻的最好时机。"

韩野王一笑，再道："孤一直将昭月视作亲生女儿，她自幼在孤身边长大，性子倔强，一旦认定了的事就绝无反悔，连孤都拿她没辙。"

梁慎行沉默。

"她一心想要嫁给你，孤已经跟大周皇帝谈过此事，他十分愿意与韩国结下这门姻亲。届时你娶昭月为妻，他定封你为一方王侯。"

梁慎行几不可闻地低声道:"我家中已有发妻,还望……"

韩野王似知道他要说什么,昭月要嫁何等样人,他身为叔父的,必得要对这人知根知底。

韩野王早就查清梁慎行从前是如何发迹的,也知他家中已有一位贤妻。

"孤给你一个机会。"韩野王道。

梁慎行抬眉,问道:"什么?"

"在婚期之前,你若能为孤寻来北域刀客手中那柄名为'逐星'的宝刀,孤便亲自做主,废除这桩婚约。自然,你应该也当不上王侯了。"

梁慎行一愣。

韩野王哼笑道:"梁将军若舍不得,就当孤从未说过。要如何,你自己选。"

梁慎行沉默了半晌,反应了半晌,冷肃肃的眼里掠过一丝光亮,确认道:"逐星?"

"不错。"

(十二)

韩野王不是要给梁慎行一个机会,而是给昭月一个机会。他始终视昭月为珍宝,不愿她拿婚姻大事做赌注,赔上自己一辈子的幸福。他借此机会,想教昭月知道,梁慎行寻找宝刀逐星,越是不遗余力,越是不想娶她。

可昭月那时还不相信,总以为自己唯一稍稍逊色于秦氏的地方,是不及秦氏陪伴梁慎行的时间长。倘若梁慎行能娶她,她自也有一辈子的时间来爱他,照顾他,日复一日,年复一年,她不信以梁慎行的性格,能够永远无动于衷。

昭月所求不多,只要一个能陪伴在他身侧的机会,来证明自己绝不比秦氏差,为此她义无反顾,也绝不反悔。

她如愿以偿地嫁给梁慎行,拜堂成礼是在北域军营。

梁慎行家中已无亲故,军中将士更似他亲朋手足。她择定在军营成亲,意在向梁慎行表明,她不自矜身份,如同三军将士一样,有陪他出生入死的心。

喜宴当日,她的王兄出席,代替韩野王身居高堂之上。

王兄对这桩婚事本就不满,也早早与梁慎行打过招呼:"我妹妹是韩国郡主,与那不知名的秦氏平起平坐,已然受亏。是昭月痴情,不与你计较此事,可身为她的兄长,不得不计较。"

梁慎行闻言一股苦涩哽在喉间,声音压抑沙哑,旁人几乎都听不清,道:"成碧就没有这样好的福气，没有兄长能出面为她计较。"

梁慎行却也依下他的意思，承诺喜宴当日，将秦氏禁足，昭月更无需向她敬茶。

这事，昭月后来是听王兄说了的。

昭月埋怨他："哥哥作甚拿权势去压他？我说了不计较，就是不计较。"

王兄大发雷霆："你是想计较，可你计较得了吗你！"

她原以为，自己若是真计较起地位与宠爱来，梁慎行也拿她没甚办法。

昭月不会想到，梁慎行竟敢在大婚之夜弃她而去。

那夜她身穿凤冠霞帔，头披喜帕，待他用金称挑开，方才见梁慎行烈艳红衣，长身玉立，比寻常还要俊美三分。

她欣喜地握住梁慎行的手，他的掌心温暖宽厚，些许粗糙的茧轻磨在她的手上。昭月脸上连腮带耳地红烫起来，唤他："慎行。"

他垂眼，眉宇间带着浓浓的疲累和倦怠，昭月知道他已多日不眠不休，便小声道："不如早些歇息吧？"

梁慎行沉默半晌，道："郡主，我回了。"

昭月身子一僵，只觉得心头如遭钝痛，简直痛不欲生："梁慎行，你非要如此吗？你知不知道这是我们成亲的日子？"

梁慎行道："正因如此，才是最好的时机。"

换作任何一日，都不及今日。

她怎会听不懂他话中何意，眼见他即将迈出门去，昭月一把将喜帕扯下，凄厉大喝："梁慎行，你敢！"

梁慎行脚步一滞，牢牢握紧手中的花钗。

她眼泪盈眶，将发抖的指尖拢进掌中，道："你胆敢这样羞辱我！"

"我从来都无心羞辱郡主，时至当下，亦非我所求。"梁慎行转来朝她躬身拜了一拜，"抱歉。"

他从未跟她说过太多的话，当夜弃她而去，也不作过多解释。

昭月知道他是有心择选那天，回营去安抚秦氏，可惜天不遂人愿。昭月不知当夜究竟发生了什么，梁慎行与秦氏竟在朝夕间反目成仇，势如水火。

梁慎行浑似变了一个人，从经蛮羌屠城一战后周身不去的冷硬，自那日起就如结了冰一样凝在他的骨头里。他很少笑，再无教人有如沐春风之感，一时不防撞进他冷寂漠然的视线当中，便似跌进冰窟里，不由地遍体生寒。

这一年来，哪怕是生死仇敌都不及秦观朱与梁慎行这样，秦观朱不得自由，梁慎行也没有好过多少，两人几乎都要走向玉石俱焚的路途。

秦观朱早已恨透了梁慎行，可梁慎行又恨她吗？倘若他是真恨秦观朱，那在芙蓉城受刺，命悬一线间，梁慎行不会喃喃着要见秦观朱最后一面。

当日前来夺刀的刺客剑法高深莫测，剑光密如细雨，令人应接不暇。一剑从侧方突袭而入，一下刺进梁慎行胸膛，而后利落拔出，收放间如行云流水，毫无顿滞。

一时间，梁慎行半边身子都麻了，吭哧一下直挺挺地跪下，一手捂住血窟窿，鲜红热流顺着指缝往下淌。他胸膛间破了这么个窟窿，冷痛之下，万千悔恨与遗憾一瞬间全都往里头钻。

他压抑着喉咙里的痛呼，忍得额角青筋暴起，浑觉眼前天旋地转。

他怕再撑不住这最后一口气，于是连喘息都不敢，一手紧紧握住侍卫搀扶的胳膊，命令道："护刀。别走漏风声，教人借机挑拨……"

挑拨朝廷与江湖的矛盾。

侍卫意会，忙回道："侯爷，你放心。"

周遭一切皆如煎似沸，乱糟糟的。梁慎行耳边嗡鸣，听不清谁是谁，纷翻的人影间，他独独放不下远不在眼前的秦观朱。

"若本侯此行有个闪失，请郡主将钥匙交给夫人，放她走吧……"

侍卫听不太懂他的胡话，但盼他神志清醒，便顺着话追问道："什么钥匙？夫人，夫人要去哪儿？"

梁慎行会错意，忙摇头道："不，不，不必告诉我，别告诉我……"

她若是要远走高飞，最好别再教他找到。

昭月听得人传回来这句话，又怎能再自欺欺人？怎能再执迷不悟？她从来都没有赢过，在秦观朱面前，她输得荒唐，又甚是可笑。

她跪在秦观朱面前，抬起眼，低哀着声道："侯爷遇刺，对外不敢走漏风声，只道无性命之忧，实则还在昏迷当中，尚未醒来。他临前只交代了你的事，比起我来，想必他更愿意见到你……"

"……"

"秦观朱，侯爷不曾对不起你。你要是真还有良心，就请去芙蓉城看一看他吧。"

秦观朱拢紧手指，冷冷地看着昭月，看见她因屈辱而簌簌发抖的睫毛，看见她因忍耐而不住哆嗦的嘴唇，兀地笑了一声。

"郡主如何跪我呢？您这样身份的人，原本是不拿我当作人看待的，这一跪难道不是要你的命吗？还请快起来吧。"

一旁侍女愤懑于心，忙上前来扶住昭月。昭月搭扶住她们的手，瞧见秦观朱唇角的讥嘲，脸色渐渐发白。

秦观朱道："这场面若是给外人瞧去，想必都该说道，秦氏是多薄凉的人，而昭月郡主是何等情深义重，为了侯爷，这等下跪求人的事都做得来。"

昭月身旁的侍女听不得她如此放肆，厉声喝道："你什么意思？！"

"这句话该问问郡主。侯爷负伤，郡主若有心教我前去侍疾，我自然该去，何曾拒绝过？又何时拿住此事要挟郡主，要你卑躬屈膝，求着我去？"

侍女气得脸色发红："秦氏，若不是为了侯爷，你以为郡主愿意求你一句？你别敬酒不吃吃罚酒！"

"为了侯爷？是侯爷求着你做这些事吗？郡主既然心不甘情不愿，又何必下跪？怎么，难道郡主敬酒，我就要感激，我就要受之有愧？"

"……"

"是郡主一厢情愿，非要我受这个礼，非要我欠你的情。我不觉感激，不觉有愧，只觉得实在冤枉，也实在惶恐！"

"一厢情愿？我一厢情愿？"

"昭月，你向来如此。"

她撂下这句话，连礼都不再请，转身匆匆离开了水榭。

秦观朱握紧双手，步伐快得几乎都似飞奔起来。凄苦的寒风都往她身上扑打，她冷得厉害，心头一直紧绷着，待至无人处方才停下。

她忍得浑身颤抖，手死死攥成拳，指甲几乎都快嵌进掌心肉，扎出一片疼痛。可她还在忍着，银牙恨不能咬碎，也在千忍万耐，不教别人瞧出一丝一毫——

她在担心。

"不疼吗？"

温厚的手掌着落在她发抖的肩头，又顺着胳膊往下寻去，三两下拨开她攥紧的手指。

秦观朱忙回身，抬头见是魏听风。

魏听风抬起她的手腕，翻来看见她细白手掌间红紫的掐痕，抿了抿唇，用指腹轻轻揉捏着。

她指尖也还在发颤。

魏听风叹了一声，道："成碧，想哭就哭，不要忍着。"

(十三)

秦观朱垂首,狠狠咬住嘴唇,还是不肯流泪。过了好一会儿,魏听风伸手将她抱在怀中。秦观朱不由地惊惶,忙推搡魏听风,愈推,他抱得愈紧,一手握住她小巧的肩头,温存抚摸。

挣扎不出的恼怒覆压下来,似星火燎原,终是将秦观朱迫到崩溃的边缘。

她禁不住一声泣意,越想越恨,越想越冤,手指揪紧魏听风的衣衫,气得往他背上捶打了几下,哀哀痛哭起来。

哭了半晌,秦观朱大抵已哭得痛快,贴在他的怀中低低抽泣,双眼酸涩肿痛,精神渐渐疲倦,眼皮重得抬不起来。

魏听风拍拍她的肩膀安慰,而后松开了手,问道:"还难受吗?"

秦观朱怔愣一阵儿,方才声音沙哑道:"谢谢。"

魏听风听她至疏的客气,喉咙中发涩,回答道:"不必谢。"

"你若是为了寻我才来侯府的,明日就走吧。侯爷知道我跟你……"她咬了咬唇,没挑明那一夜荒唐,只道,"他见了你,肯定不会放过。"

魏听风从不担心梁慎行如何,他寻来侯府,就是想找她问个清楚。他有太多不解和疑惑,但话到口头,他也说不出来,唯有一句,他很明白。

魏听风道:"他对你不好。"

泪顺着秦观朱的眼角淌下来,她愤然看向他:"跟你有关系吗?"

魏听风一窒,低眉沉默片刻,去牵住她的手,牢牢握在掌中,忍着恼道:"既然无关,你又为什么跟我……"

他话语间隐隐有怒,是气她戏弄,更气她竟因为恨梁慎行,就随便将身体交托给另外一个男人。倘若不是他,而换作另外一个人,她是不是也会那样做?

她会用手去抚摸他脸上的每一寸,像是要记住他的样子一般,细致温柔,指腹最后停留在他的唇上,而后热切地亲吻上去。

他并非是有甚特殊之处,能得她喜欢,只是恰巧在那日成为她唯一的慰藉而已。

魏听风一想便大为恼恨:"你明明不喜欢我。"

秦观朱点头,道:"是。"

魏听风抿住一嘴苦涩,决心咽进肚子里再不提,叹了口气,转而道:"……现下形势严峻,此去芙蓉城,你要多加小心。"

秦观朱也道:"保重。"

魏听风一声不吭，压住心下暗暗汹涌的情绪，最终松开秦观朱的手，转身离去了。

留在侯府中的侍卫，有从前跟着梁慎行出生入死的兄弟，知梁慎行遇刺，现下正生死不明，心焦难忍，很快依下郡主之命，匆匆启程，护送秦观朱一同前赴芙蓉城。他们将行程赶得焦急，马车一日不停地颠簸。

早年随军，秦观朱吃过不少苦头，纵然满足于能与梁慎行不曾生离，可身子却禁不住经年的折腾，自也落得娇弱了些。

她倚着车厢软靠上闭目休息，眼前只觉一阵天旋地转，骨肉筋肉酸软得厉害。她嘴唇苍白，脸颊上浮出异样的红，呼出的气息滚烫，轻微的风往她斗篷里一钻，浑身便打起哆嗦来。

秦观朱觉着自个儿大抵是发烧了，又不敢耽搁行程，便一直不曾言语。照顾秦观朱的侍女见她脸色难看得很，伸手往她额头上一探，浑似探进火盆里，烫得她心头一惊。

她忙拍拍车厢，掀开帘子，朝外大喊了一声："停车！"

忙有侍卫长策马过来查问情况。

秦观朱拉住侍女，轻蹙起眉尖，却还忍着不发，只道："我有些累了，烦请歇一歇吧。"

侍卫长视察周遭，确认此处不易设伏后，点头敬道："遵命。"

秦观朱由人搀扶着走下马车，胃中涌起一阵翻江倒海，因她吃得甚少，俯身干呕也只呕出些许酸水。

侍女轻拍着她的背，担忧道："夫人，你正烧得厉害，再拖下去可不是办法。"

秦观朱轻咳着回答道："无碍，待到天黑在驿站歇脚时，去问些药来就好。"

一只水囊递到秦观朱面前，她接过，忙着道谢。这厢抬头一看，就不防地跌进魏听风深黑的眼睛里。

秦观朱手指一僵："你怎么……"

魏听风道："我亦要回芙蓉城，并非有心扰你。"

秦观朱恐他误会她是厌烦了他，下意识辩解道："我不是这个意思。"

这句话里有甚情愫，魏听风都不敢再作他想，但见秦观朱脸颊烧得发红，气息微弱沉重，便问道："你伤了风寒吗？"

不及他细问，忽听"砰"的一声，如当头惊雷炸响，劈得一行人马顿时溃乱。

滚滚浓烟四起，马蹄乱踏，嘶鸣不止，侍卫忙扯紧缰绳，吁喝着安抚。

侍卫长大喝一声警戒，待迷雾稍稍散去一些，众人敏锐地察觉前方黑影林立。

来者一手持弩，一手持刃寒长剑，下半张脸上皆扣着一副黑色鬼牙面罩，在这半黄昏的天里，被光色拉成一个个剪影。

一人问道："颍川侯？"

侍卫长拧眉："来者何人？胆敢在梁帅旗前放肆！"

那人讥笑一声，轻蔑道："杀的就是你们。"

话音刚落，从他的面罩后传来一声长哨，一行人迅速列阵张弩。

侍卫长脸色大变，喝吼道："小心！"

刹那间，黑羽弩箭裂开飞响，嗖嗖地如密雨般齐压下一波，射得队伍人仰马翻，血光飞溅。

突如其来的奇袭令整队人马一下张皇失措。

侍女从喉咙里发出的尖叫声，被黑羽箭射穿，转眼没了生息。那泼热血几乎是横溅到秦观朱的脸上，浓郁的血腥气和滚烫的温度惊得她浑身一僵。她眼睁睁看见侍女重重倒在地上，脑海裂开一片空茫，伸手去摸自己脸上的鲜血。

魏听风横眉，翻刀叮叮格挡下两箭，一手将不住颤抖的秦观朱卷进怀中携抱住，飞快地躲到车厢后。

前方的侍卫长喝声下令，其余人迅速收整心神，纷纷下马，翻滚着寻找遮掩，躲避锋锐的箭雨。他们抽出刀剑，待下声命令一到，旋即闪身冲出，逆势反攻，上前与刺客厮杀成一团。

魏听风护着她，平和沉稳的黑瞳里骤起波澜，侧首去探查前方的情况。

秦观朱吓得浑身冰冷，一手死死揪着魏听风的衣裳，狼狈地跪在地上。

魏听风手掌覆上她的后背，轻抚着，沉声道："别怕，你会骑马吗？"

"会。"

梁慎行教过她。

魏听风恐他们再放箭，浓密的箭雨会再度波及。他衔住食指吹出一声响哨，一匹红鬃烈马冲开人群朝他奔来。

魏听风一边将秦观朱抱上马，一边道："我去救人。啸雪识途，你跟着它走——"

不由分说，魏听风一手提起刀，用刀背狠狠一拍，啸雪嘶鸣一声，驮着秦观朱飞快地往反方向跑去。

秦观朱想喝停都喝不住，只能牢牢抓着缰绳稳住身子。她回头望见魏听风，脚下轻踏，似凌霄驾云，飞掠而去。

刺客发现有人逃跑，便要策马再追。

魏听风一手抓住缰绳，挽在掌中狠狠回拽，马被扯得前膝下跪，黑衣刺客一头从马背上跌下来，滚地痛号。

魏听风截停追杀，很快地寻准目标，直往为首的刺客擒去。他一刀挑破那人接连不断的攻势，迫得他不得不与魏听风过招。

黑衣人心下一惊，翻转剑身，将剑过到左手，反手再攻。

魏听风顺势一转刀刃，将他欲起的剑再压制住，质问："何门何派？"

沉重深厚的力量似巍峨的山，沉沉地朝着他的胳膊倒压下来。他勉力抵挡住，很快就觉察出对方是个高手，绝非侯府的侍卫亲兵。

他回道："无门无派！"

魏听风道："无门无派，就来谋杀朝廷命官，连一干女眷也不放过？"

他咬牙："我们为江陵魏家夺刀！你又是谁，也敢来多管闲事？"

魏听风眼睛一眯："为魏家做事，却不知我是谁？"

"你！"

那人这才得以分神注意到魏听风脸上的伤疤，凝起的力有一瞬松懈下来，魏听风得机一掌将他推得大退数丈。

那人捂着发疼的胸口，冷冷一笑："我知道你是谁了。"

"是吗？"

魏听风扬刀，刀身凌空翻转，反手一把握住，横于胸前。刀身如寒水，映出魏听风一双黑漆漆的眼睛，里头无欲无求，无怒无喜，唯独狠厉的杀意凛然四起。

他早不是方才那般温和克制，翻刀时，横生出一股浓烈的戾气。

"是你主动交代，还是由我前来请教？"

（十四）

对方借魏家的名号行刺，眼见被魏听风拆穿，自连他也不放过。剑比流云密雨，延绵不绝地朝魏听风攻去："我与魏宗主是同道中人。"

魏听风冷肃着一张脸，横刀挡住他迅疾劈下的一剑，眉眼一抬，冷冷抛出一句："你也配？"

"我等自不敢跟江陵魏氏攀交，不过……"黑衣人翻身后撤，转剑再击，身似游龙一般穿行至魏听风背后，反手刺出。

魏听风旋即回身，翻刀再挡，防御得疾徐有致。

黑衣人眼见又教他拆下一招，并未灰心丧气，面罩后发出一声讥笑，道："不过，魏宗主骨子里流着的，也不是魏家人的血。怎么？被前任家主认作儿子，魏宗主就忘记自己的出身了？"

　　魏听风神色一变，眼底沉沉潜着的阴戾几乎要喷薄而出："谁告诉你的？"

　　他刀法陡然变了路数，全无了方才的收放自如，狠辣凶恶，刀刀撩向那人要害。

　　黑衣人一躲再躲，可又哪里抵得过魏听风出刀的速度。任他如何，都脱不开疾飞的刀光。

　　魏听风虽攻他命脉，却是伤皮不伤筋，并未要他即刻死了，只要他周身上上下下尽是伤口，血流不止，再无反抗的余地。

　　黑衣人后膝忽地一寒，似腿筋断裂，一下跪倒在地。突如其来的疼痛一下蔓延至全身，已非常人所能忍受，他抱住膝盖滚地哀号起来。

　　魏听风单膝俯身，一手按在他的膝盖上，再问道："谁告诉你的？"

　　"何必，何必他人告诉我……"那人教魏听风制住，不敢动弹，忍着浑身撕心裂肺的苦痛，仍讥诮地看向他，道，"刀法走这样狠辣的路数，还用别人挑明么？魏听风，你个杂种，江陵魏氏家风仁厚磊落，都改变不了你这条蛮羌狗的天性……啊！"

　　魏听风了结此人，伸手摘掉他脸上的面罩，审视了好一会儿才起身，面无表情地用袖子擦掉刀刃上的血。

　　他见侯府卫兵已逐渐占了上风，心下更担忧秦观朱的安危，随手扯来一匹受惊的马，攥紧缰绳驯服安抚片刻，狠狠一夹马腹，朝着啸雪远走的方向奔去。

　　等他追到客栈中已是深夜。

　　这客栈无名，因是介于两座城池之间，来往客商人马众多，生意却也热闹。不过，现下入夜早已打烊，客栈沉默地矗立在黑暗当中，唯独门前一串橙红色的吉祥灯笼摇摇曳曳，在地上照出一片朦胧的光亮。

　　料峭的春风灌进武袍当中，吹得魏听风冷静了些许，他下马抖了一抖袍袖，抬手拍门。

　　好一阵儿，才出来个人开门，是客栈的掌柜。他借着灯笼的光一看，忙要下跪敬道："魏宗主。"

　　魏听风一手抬住他的胳膊，没教他跪下去，追问了一句："人呢？"

　　他因焦急见到秦观朱，步伐飒沓如流星，掌柜的需得一路小跑才能跟上。

　　秦观朱骑马行至中途时，就因风寒与惊吓昏迷过去，是啸雪一路将她驮到客栈来。店中人都不知这姑娘是谁，可却认得啸雪，念想此人必是魏听风的友人，就忙将她从马背上扶下来，安置在客栈当中。

掌柜的向魏听风禀告道："那姑娘来时正烧得厉害，已喝过药，好好歇息几日就会好转。不过来时身上全是血，将她吓得不轻，说了好一阵子胡话呢……宗主，这究竟是怎么回事？"

他见魏听风武袍上亦是鲜血淋漓，一近便能闻见他周身的腥气，又忙问道："您没受伤吧？"

"无事。"

掌柜的停住脚步，指了指门："那姑娘在这间，已经歇下了。您看，还有什么吩咐？"

"不劳烦，你去休息吧。"

掌柜的遵令，正要告退，魏听风又唤住他，向他躬身敬道："多谢，多谢。"

掌柜的哪里敢当，忙回敬道："宗主言重了。"

魏听风静悄悄地进到客房当中，房中烧着上等雪炭，暖烘烘的，桌上掌着一盏烛灯，明亮的烛火透过白纱罩，晕出宁静柔软的暖光。

魏听风阖了阖眼，倚靠在门上，满身春寒一点一点褪去，紧绷的心弦逐渐松开。

他蹑手蹑脚地走到屏风下，不敢再近半分，只小心翼翼地往里打量。他见秦观朱躺在床上，睡着也不安稳，眉尖轻蹙，额上渗出细细密密的汗珠儿，应是燥热得紧，又胡乱蹬开了被子。

魏听风瞧她如此，也难顾礼数，走过去正要为她拉一拉被子，低头看见自己手掌上凝着的血迹，眉角狠狠一抽，猛地缩回了手。他拧紧眉头，转身退到外间，将溅上一蓬血点的武袍脱下，独着一件窄袖贴身的黑衫。

赤带束紧劲瘦有力的腰，愈发显得他身姿高大笔挺。些微月色剪裁出的影子，投射在地上，如青松，亦如苍山。

铜镜中男人的脸，鼻梁高挺，眼窝深邃，有种混杂着异域血统的俊朗，若非左脸上的那道疤破坏了三分，这合该是一副好相貌。他目光沉默安静，能瞧得出是个木讷寡言，此刻漫不经心地盯着自己的相貌，抿抿唇，也说不出什么话来。

魏听风低头将双手浸在冰凉的水中，将凝干的血一点一点洗干净。

他擦干手，回去为秦观朱掖了掖被角，因放不下心，便索性留下，守着等她醒来。魏听风将刀搁在手边，靠在椅子里阖上眼，没一会儿呼吸就变得深沉悠长。

他做了个很长的梦。

梦境里光怪陆离，有他的从前。他清晰地记得一种痛，他屈膝跪下，跪在一地碎瓷片当中，脖子上拴着粗绳，经人牵着，跟其他小奴隶一起，学狗一样往前爬。

瓷片尖锐扎进他的肉里，可他也顾不得喊疼，他要比其他人快，要第一个爬到终点，换得主家开心，来挣得一串铜板子。

他原本是当中最快的一条，但中途有两个人合力扑上来，对他一顿拳打脚踢。他抱头蜷缩在地上，浑身皮肉似快要被撕碎，连骨头都快散了架，躺在地上哼哼半晌，耳边嗡嗡地响。

他模模糊糊看见猩口白牙，唾沫横飞，喊他起来往前爬。他努力了的，但最终没能爬起来。

买他赢的主儿见他输，恶狠狠地冲他身上唾了一口："小杂种就是小杂种，还以为蛮羌真能出什么好货！今天真是晦气。"

他是晦气的。

据说蛮羌屠城时，武士骑马入城，蛮羌主君允许他们去强暴大周的女人，以此当作战胜的奖赏。他娘亲就是大周的女人，而他是蛮羌武士战胜奖赏的结果，不过大抵是奖赏太多了，连一个孩子都变得微不足道起来。

大周军队将城池夺回来之后，他娘亲本不想生下他，得益于一群怀有慈悲心肠的人劝说："无论如何，腹中孩儿都是无辜的，这样大的肚子，你又怎么舍得？"为此，他娘不得不生。她怕做下杀人的大罪，亦怕成了别人眼中性冷薄凉之徒。

可她难忘记她落在蛮羌武士手中后，经历的一夜又一夜的噩梦。腹中每一次合该令人喜悦的胎动，对于她来说，都是一声沉沉钟响，教她清醒明白，自己是个不干净的女人，这辈子都不可能再像清白姑娘那样，嫁给心爱之人了。

为此，她深恶与憎恨自己生下来的孽种，没有给他任何关心，甚至连名字都不给他取。

"哎。"

他娘总这样叫他。

满城的桃花开了，他忍着浑身疼痛，爬上墙头折了一枝桃花带回家来，就放在她的枕头旁边。

他忍着痛哭说："我没拿到钱，没请来大夫。"

他娘侧首闻见花香气，因眼睛已经看不大清楚了，团团光影中仿佛幻生了什么，嘴巴里就开始念叨着她曾经情郎的名字。

含含糊糊的，他也听不太清。

她念了一会儿，又唤："哎。"

他就应。

她便说："你要好好活。"

就此再无了话。

他喊了几声娘，呆呆地瞪了好一会儿，泪水止不住地滚出眼眶，方才他在街上遭打受辱都没流泪，此刻喉咙里压出一声呜咽，死死拽着女人的手，号啕大哭起来。

他因为害怕被讨厌，一直很听她的话，因此也不敢辜负她临终嘱托。大周人容不下他，他就跑去北域，跟蛮羌人打交道。那些人自然也看他不起，他成日混迹在热闹的市井，为了一口饭，搏命的角斗也敢做。

他有不要命的狠劲，因此谁都怕，全逞着凶勇在北域打出来一些名堂，得机教蛮羌的一位将军看中，选去骁骑营训练。

不做士兵，做杀手。

他十二岁，就杀过很多人，多得数不清。那些人跟他无仇无怨，可他不得不效忠赏识他的人，给他活命的人，为此满手鲜血，洗也洗不掉。

再后来，将军指派他去刺杀中原武林世家的魁首，江陵魏氏家主魏长恭。

用他对付魏长恭是以卵击石，可将军算准魏长恭会疏于防范一个孩子，便命他去碰碰运气。

他一生下来就没有那么好的运气。居然碰上魏长恭。

他不想杀魏长恭，当年是魏长恭襄助大周军队反攻蛮羌，才从水深火热之中将他娘解救出来。自他听得懂人话开始，周围的街坊百姓都在传颂魏长恭是何等的盖世英雄。

对魏长恭，他做不来暗杀的事，就直接表明身份和来意，向他提出挑战。

魏长恭闻言，笑着打量了他一会儿，也不拿刀，捋捋袖子回答："好呀，你很有上进心啊。"

这一仗，他输得实在难堪。

他与魏长恭扭打，扭打不过。魏长恭下盘稳若磐石，纹丝不动，还有空暇跟他开玩笑："先讲好，男子汉大丈夫，不准下牙咬。——啊！你个小混蛋，真咬！"

魏长恭将他揪下来，一把扔出去，捂着胳膊上的牙印龇牙狠搓。

他自知是被瞧不起了，狠性子一出，出刀刺杀魏长恭。可惜他出刀的速度竟还不及他的一半，凛然而至的刀锋教魏长恭侧身一避，顺带着伸脚一绊，他就整个儿跌在地上，顿时摔得鼻青脸肿。

魏长恭负手，看他一身狼狈，放声哈哈大笑起来："还以为蛮羌人又玩出什么新把戏？怎就派来你这么个……"

他捂着鼻子上的血,认命地听魏长恭嘲笑。

不想片刻后,魏长恭叹了一声,将他手里的刀别下,扔到一旁,而后伸手将他抱起来。

他那时已是不小的年纪,但因常年吃不饱穿不暖,遂比同龄孩子要瘦小很多。魏长恭还诧异地掂量了他几下,惊讶道:"哎,你怎么这么轻啊?"

……

他听魏长恭也喊他"哎"。

魏长恭又问:"明明还是个小孩儿,干什么去做杀手?"

(十五)

魏长恭的发妻不是武林人士,只是个普普通通的商贾之女,因体弱多病早早过世了,她为魏长恭生了两个儿子,也在之后相继夭折。魏长恭念自己福薄,没法子落得万事圆满,在接连痛失发妻与爱子之后,曾心性大乱,为此始修道门,再未有过续弦之意。

遇见这孩子,魏长恭当是福气,给他取名叫听风,表字饮寒,教他"逍遥在世,志坚在心",而后认作儿子。

他入魏家祠堂,受礼更衣,见魏家前辈,将"魏听风"一名添入族谱。魏长恭还亲手为他编了个红绳铃铛,寓意招魂牵魄,祈佑长命百岁。

从魏家祠堂出来后,魏听风惴惴不安,恐自己在做美梦,问他:"你不嫌弃我吗?"

"从前做过多少孽,往后就行多少善,担心这些作甚?你魏听风的名字写入我魏家族谱,往后你给我捶背捏腿掏耳朵,我还不用付账。这买卖好划算,好划算。"

魏长恭眉一扬,窝在椅子里,抬腿往桌上一搁,当即就使唤起儿子:"来,腿酸了。"

魏听风甘之如饴,任他使唤。魏长恭说一,他决不做二。

魏长恭要他心无杂念,好好练刀,魏听风也便将前尘往事一并掩埋,只认魏长恭是父亲,只当自己是魏家人;魏长恭还要他识字念书,没多久,又将他送去魏氏名下的学堂。

魏家人皆不知晓魏听风真正的身世来历,都以为他是魏长恭流失在外的私生子。私生子就私生子,总比之前没儿子要好。

魏家子弟很好奇家主的儿子该是个什么样的旷世奇才,于是在老夫子教学生默写时，一双双眼睛都暗自盯着魏听风瞧。

魏听风从没念过书，握笔时四指一攥，惹得堂兄弟们顿时滚地大笑。他不大会言语，也辩解不出，脸羞愧得通红，呆若木鸡地坐在那里，将头都快低进胸膛里去。

老夫子一气之下将魏长恭请来学堂，讲明魏听风底子浅薄，平日更需多加练习，魏长恭身为生父，应将孩子教养成人，此事责无旁贷。

魏长恭惭愧地点点头。

夫子再道，既是姓魏，又是嫡系的子孙，这么大的孩子连字都不会写，传出去该惹多大的笑话。

魏长恭头次因着这事挨老夫子的训，跟魏听风一样，双双像蔫了的黄花菜，低下头乖乖听教。

魏长恭敬重有学识修养的人，老夫子自然也敬重他，吹胡子瞪眼地训斥几句后，又拱手向魏长恭承诺，只要魏听风肯学，往后他必定好好教导。

魏长恭忙按住魏听风的后颈子，齐齐躬身给老夫子拜礼："多谢先生。"

道谢后，他推赶着魏听风，一溜儿烟地小跑出去了。

回家途中，魏听风畏畏缩缩地跟在他身后，头始终抬不起来。

魏长恭见状，一巴掌拍在他弯起的背上，手劲大极了，魏听风被揍得险些一嗓子咳出来："爹？"

魏长恭连连叹气："你这一声'爹'叫得我太心酸了。我跟你这样大的时候，也因不好好读书，字儿写得一等一的烂，专遭先生的打，那么宽的戒尺……"他手一比画，"抽手心，啊哟，疼得要死。"

魏听风眼一红："真的吗？"

他自然是不信。

魏听风曾见过魏长恭的字画，有悼念亡妻的，也有赋情山水的，他从前在蛮羌见过所谓的名家手笔，与魏长恭的相较，也不过如此了。

可魏长恭煞有介事地点头，道："我不骗你。"

"……"

魏听风道："我给您丢脸了，我……我没什么用……"

他怕魏长恭嫌弃他没用，嫌弃他改不了劣根性。

魏长恭朗朗一笑，伸手将他夹在腋下，胡乱摸着魏听风的脑袋："爹这辈子丢的脸，数都数不清，像你这样在乎，往后都不必活了。本宗别的没有，就脸皮厚，我儿多丢几张，权当替我积善行德了。"

魏听风头发都乱了，落魄小鸡崽一样教他挟着。纵然魏长恭这姿势也着实厚脸皮，但能知他不嫌弃，魏听风心头的阴霾一下散去不少。

没过一会儿，魏长恭还将自己腰间的佩刀扔给他："'逐星'，给你了。恭贺我儿，自今日起就开始读圣贤书啦。"

"我不，我不。"

这是魏长恭的佩刀，他怎敢收。

"吓得你，这样的刀，魏家兵器库里翻一翻到处都是，别当稀罕物。你天资不错，悟性高，又肯吃苦，'逐星'传到你手中，我也放心。"

"您这样……我，我不知该怎么报答……"

"谁要你报答？做爹娘的，爱自己的孩子是天经地义。"

"……"魏听风想起他娘来，却不这样认为。

魏长恭也算摸透这小孩儿的性子了，因甚少有人待他好过，所以你便只待他一分好，他都要回报十分方才心安。

魏长恭为免他耿耿于怀，敛了玩笑的语气，语重心长地嘱咐他："那……等我儿长大，就帮爹守好魏家，守好江湖吧。"

魏听风闻言紧紧抱住逐星，头次在魏长恭面前，泪水夺眶而出，无声抽泣了好久。

那回，他终于将从前十多年所受的苦一并哭了干净，从此再无苦闷纠结。

在梦中，他眼眶里有泪，温温热热淌过脸颊。柔软清凉的指腹触及，陌生的温度激得他浑身一颤。

魏听风霍地睁开眼，一把攥住眼前的手腕，眼底潜着高度的防备与警惕，在得见是秦观朱后，又尽数卸了下来。

他忙松了手："……成碧。"

他身上不知何时搭了张薄毯，魏听风迷茫地将毯子裹在怀里，反应片刻，才道："谢谢。"

秦观朱刚刚退烧，喉咙还有些哑："我看你像是教梦魇住了，是梦见谁了吗？"

魏听风回答："我父亲。"

秦观朱静静地望着他。

魏听风沉吟片刻，起身向她颔首认错："有一事我对不住你，逐星，我需得取回来。"

秦观朱哑然，他能有什么对不住她的。

可魏听风心下以为,他既将逐星赠予秦观朱,那便就是她的了,往后要如何处理,那就是她的事,他本不该多加干涉。

只是现下形势有变。

"那一行刺客,打着替魏家夺刀的名号,来谋杀朝廷命官,蓄意挑拨,离间江湖与朝廷的关系。只有将逐星暂时拿回,才有可能尽快平息这场风波……"

他答应过魏长恭,守住魏家,守住江湖武林多年的和平,需得信守承诺。

魏听风道:"不过你放心,只是暂时,等问刀大会过后,逐星依然归梁慎行所有。"

秦观朱愣愣地瞧了他一会儿,叹道:"你傻吗?逐星本来就是你魏家的东西。"

魏听风沉默,再道:"我当你是妻子,才将逐星送你,也希望你能相信我——那晚说的话,全是真心实意,不做半分虚假。"

"……"

原来不是以物易物。

他诚心说话时,眼似星河璀璨。秦观朱忙别开目光,怕看多了就会陷进去。

魏听风见她又露出为难的神情,旋即后悔自己管不住心思。他明知秦观朱离不开梁慎行,又怎能说出这种下作的话来,令她难堪。

魏听风忙道歉:"对不起,是我不好。"

两人彼此沉默了一刻,秦观朱万般思量,才将自己从纷乱的情绪中拉回来,问他:"你可看出那些刺客是什么来历?"

魏听风摇头:"不像江湖人,毕竟轻弩这种东西……"他心底有答案,可惜还只是猜测,没有证据,因此也不敢妄言。

不料秦观朱竟与他有同样的想法,道:"是蛮羌人。"

(十六)

他们的一行一止,不像江湖人,更像训练有素的士兵。何况对于蛮羌人的弩箭,梁慎行研究过不少,得益于此,秦观朱也识得几把羌弩。

秦观朱告知她的依据,魏听风缓缓点头,应道:"好,我会命人尽快找到确切的证据。"

秦观朱道:"我需得走了……侯爷那边若是得知我失踪,一定会将此事归在魏家的头上。"

梁慎行此人,懂得顾全大局,万事以朝廷百姓当先,哪怕自己身负重伤,第一反应也是要求"别走漏风声,教人借机挑拨"。可倘若敢祸及他身边人,梁慎行纵然现下隐忍不发,事后也必定要对方十倍偿还。

魏听风道:"你放心,我会安排人先去芙蓉城报个平安。你……"

方才秦观朱披着薄衫起身,领口轻敞,还能瞧出颈子上渗出一层晶莹光亮的细汗。他目光逡巡过去,猛地一阵清醒,忙挪开视线,回答道:"你伤寒未愈,再休息一天吧。"

秦观朱想了想,应下魏听风的建议。

她不想到了芙蓉城,病还未痊愈,届时非但无法照顾梁慎行,反而给他添麻烦。

添麻烦……

秦观朱细咀这句想法,阖了阖眼,兀地笑了一声。她与梁慎行夫妻十余载,不给梁慎行添麻烦逐渐成了她的习惯,她自是不忍麻烦梁慎行的,如今却给别人添足了麻烦。

魏听风疑惑地打量她:"你笑了。"

秦观朱笑意不减:"魏听风,你何苦来?我总在给你添麻烦。"

"我愿意的。"

他不假思索,忙说出了这句话,恐秦观朱心头不爽快。

秦观朱听他回得飞快,一愣,唇角的笑容也快抿不住了:"你愿意什么?"

"我愿意,愿意你来麻烦我……我没有别的意思,我是说……"他舌头发僵,跟打了结似的,话都说不利落,好一顿才捋直了解释,"我的意思是,我答应过你,不再教你吃苦,决不食言。"

因此,她即便是选择了梁慎行也好,他都愿意。

秦观朱笑不出了,注视着魏听风,半晌道了一句:"傻瓜。"

他已不知教她说过多少回傻,这次也不点头了,以免再让自己显得傻里傻气的。

午后,客栈的掌柜送来药汤和粥水。

掌柜的不知秦观朱是梁慎行的夫人,见魏宗主对这姑娘如此上心,寸步不离地守在她身边,便以为秦观朱是魏宗主的心上人。不过,这姑娘貌似对魏宗主的心意还一无所知。

他这个当属下的,吃魏家的饭,受魏家的恩,当然也要替魏家担心。魏听风老大不小了,还尚未婚配,他也急得五内如煎,眼瞅着宗主终于有了个心仪的女子,恨不能直接替魏宗主表白心意。

见到秦观朱,他立刻露出一个谄媚的笑,邀功请赏似的跟她解释:"宗主有事外出,临走前帮秦姑娘煎了药,您趁热喝……"

秦观朱道:"谢谢。"

"哦,还有,您也饿了吧?这粥是魏宗主亲自下厨做的,他说别人做,怕不合您胃口,他自己来更妥当些。"

这话里有三分假,比如魏听风一句话都不曾说过,是掌柜的在添油加醋。自也有七分真,这药是魏听风煎的,这粥也确实是他做的。

碗中粥色白淡,绵滑软糯,飘出淡淡的米香,因怕秦观朱吃得太寡淡,又着意添了粉肉丝与翠色菜,看样子也熬了好些时候,才这般鲜香丰醇。

秦观朱笑了一阵儿,不禁问道:"他怎还会做这些?"

掌柜的不在江陵主家做事,对这些不太清楚。

待用过药,喝过粥,秦观朱又躺下休息片刻,再次醒来时已是黄昏天。她推开窗,见浓金似的橘色笼罩在这一方小客栈上方,微风中有了些许暖意。

秦观朱披上斗篷,去外面独自散步。她仰着头去望高阔的天,浓墨重彩的霞光,入侯府之后,她还未曾有过这般闲懒自在的时刻,一时如释重负般,长长地呼出一口气。

秦观朱转眼瞧见墙头上立着一把木梯,她想起梁慎行,想起从前她越过这道墙,就能看到她朝思暮想的人,咬咬唇,扶着梯子攀爬上去。

这面墙后自然没有梁慎行,她颤颤巍巍地站上墙头,远目眺望,一眼就望见辽阔的山川,以及山脚下成片成片的桃花林。她教那一抹如霞的颜色艳住,为了看得更清晰,秦观朱张开手臂顺着墙沿走过去,又要往屋顶上爬。

这客栈的伙计出来牵马,见状吓了一大跳,喊道:"秦姑娘,你,你小心啊!"

他牵的马是啸雪。

魏听风从外头回来,方踏进门,就听见这么一嗓子,慌忙顺着伙计的目光瞧去。秦观朱清瘦的身影立在屋脊上,风吹得她淡碧色的斗篷鼓翻涌动,人似一片摇摇欲坠的叶,仿佛再多些时候,便要随风化去。

魏听风屏息,纵身飞踏上去,一把扶住秦观朱的腰,沉眉问道:"你做什么?"

秦观朱转眼看他,眉梢上都挂着浓秀的笑意,倒让魏听风一怔。

她遥遥指着远方:"你看!"

魏听风的视线从她的笑靥上挪不开,心思也全不在她指的方向上,只看她笑得眼似月牙儿,明艳又快活:"桃花开了。"

魏听风呆愣地应声,道:"是。"

她闭上眼睛，听见风拂过她的耳畔，细嗅着风中携来清淡的香，如此立了好一阵儿，什么也不说。魏听风安静地陪在她身边，手扶在她纤细的腰肢上，迟迟未曾松开。

　　她浓密的睫毛轻颤，眼中浮现了些细碎的光，问他："你能扶我一下吗？"

　　"怎么？"

　　她抽出腰际穗红腰带，抬手系在自己的眼睛上。魏听风见状忙捉住她招舞的手："我在这儿。"

　　秦观朱目不能视物，有些胆战心惊的，愈发扶紧魏听风的手臂。她听着细微的风声，觉得新鲜又刺激，原始的野性在血脉里流淌、沸腾，一路涨到胸腔里去，心脏在怦怦跳个不停。

　　秦观朱抿唇，好一会儿才抬起左脚，摇摇晃晃的，始终没迈出第一步。她恍惚间想起好久之前，她也像这样，因着好奇爬过高高的屋顶，结果一脚不慎，骨碌碌摔下来。

　　是梁慎行扑过来，伸出胳膊接住了她，两个人齐齐跌在地上。她压在他身上，倒没受什么伤，梁慎行却一下磕到后脑勺，尖锐的疼痛带来一阵短暂的眩晕，梁慎行浑身都麻了，好不容易才睁开眼睛。

　　她吓得直哭，摇着他叫喊："慎行哥哥！"

　　梁慎行忍着痛苦的抽搐，拽住她的手，道："再晃，我便真要死了。"

　　秦观朱不敢再动。

　　梁慎行挣扎着爬起来，先察看她伤到没有，后才神色凝重地叮嘱道："以后不许再这样。"

　　……

　　她紧张得掌心冒汗，始终畏惧，松气道："算了。"

　　"别怕，有我扶着你。"

　　魏听风的话语就在她耳边萦绕。她才知原来魏听风的声音这般低沉好听，透着稳重，有种分外安全的感觉。

　　魏听风一手牵着她，一手扣在她的腰后："走。"

　　秦观朱脚下不稳，身子晃荡得厉害，可魏听风每次都能牢牢扶正她，走出几步后，她心中的恐惧消去不少，步伐也渐渐平稳起来。

　　她禁不住笑，提裙来回走了两遭，方才停下脚步。她眼前一片漆黑，又或者说，她似是教这片黑暗包围着。秦观朱无法敏锐地辨别其他的东西，但能真切地感觉到，魏听风就站在她面前。

213

半晌，她手指顺着魏听风的臂弯往上，沿着手臂、肩膀，还有男人的下巴，一路摸寻到他的脸庞。柔软的指尖抚过魏听风的眉骨与眼睛，在鼻梁上描画出高挺坚毅的线条。她还摸到他脸上的那道疤，细细地摩挲片刻，又不慎碰到他紧抿的嘴唇……

　　魏听风定了定神，一下捉住她的手腕。

　　"别这样。"

（十七）

　　秦观朱停下动作，呼吸很轻很轻。

　　魏听风握紧她的手腕，将白净手指抵在他的唇上，问道："这次，你在想谁？是我，还是梁慎行？"

　　他是痴傻，至今也摸不准秦观朱的心思。他只知道从前在军营与她一夜春宵，她心里想的、念的、恨的、爱的都是那个辜负了她的男人。

　　秦观朱不曾记住他的名字，也不曾当他是什么重要的人……或许，秦观朱那日不过就是想为梁慎行换来逐星，以此重获那人的宠爱罢了。

　　对于她来说，他的心意在一把刀面前，毫无价值。

　　魏听风明知自己不该妄加揣测，胡思乱想，可他一到秦观朱面前，就全然忘了以往的克制隐忍、冷静自持，浑身上下就没一处是听使唤的。他静默不语，不肯放手，在等秦观朱的回答。

　　两人陷入沉默当中，秦观朱看不见他，只能感觉到魏听风乱了的气息，轻轻喷洒在她的面上，炙热又沉重。

　　他们面对面，倘若再近一些，鼻尖就会相碰。

　　因迟迟得不到回答，魏听风心焦如焚，轻咬起牙关，低头慢慢往她唇上凑过去。

　　离得不过咫尺时，秦观朱忽地轻声道："谢谢你。"

　　魏听风原地僵住了，旋即与秦观朱拉开距离。秦观朱将覆在眼睛上的腰带扯下来，茫然地看向魏听风。

　　魏听风握紧手掌，手背在额头上来回抚蹭了两下，眼睛逐渐清明起来。

　　他垂眉，回道："不必。"

　　翌日，魏听风执鞭，亲自驾车，护送秦观朱入芙蓉城。

　　芙蓉城中因召开问刀大会，城门的盘查严密许多，不过朝廷见一行车马挂着江陵魏氏的旗帜，亦是恭敬有加，草草查问过后就放了行。

一年轻的官兵不解，向队长问道："再过几日，皇上便到芙蓉城了……这问刀大会，本来就是要给这些江湖人一个下马威，怎么我们还要对江陵魏氏的人点头哈腰的？"

"你懂个屁，知不知道江陵上一任宗主魏长恭是什么人？"

这官兵实在年轻，魏长恭的名号，他是有所耳闻的，在江湖上颇有威望，可也不至于连朝廷都要敬畏吧。

队长哼笑一声，道："当年蛮羌人夜袭镇远，一把火烧毁了北域军营的粮仓，连坐在帅位上的将军都慌了，以为此战必败无疑。是魏长恭凭借一己之力，在短短半个月内调来粮草，且呼号武林人士，襄助军队大破蛮羌……"

"……什么？就凭他？"

"对，就凭他，还凭他手中的那把宝刀。"他道，"不然你以为，问刀大会，问得是什么刀……若那玩意儿就是把普普通通的兵器，至于咱们如此兴师动众？"

梁慎行暂驻芙蓉城府衙之内，里外戒严，巡防极其周密。因梁慎行负伤，此时官兵与军队已封锁了整条长街，不准任何人接近府衙。

魏听风戴着斗笠，眼见一队巡逻士兵慢慢靠近过来，一手压低帽檐。

秦观朱从马车中探出身，问："到了吗？"

魏听风沉声道："戒严，怕是不能将你送进去了。"

秦观朱也看到了巡察的士兵。

如今形势正在风口浪尖上，梁慎行的属下记恨着魏氏一族，秦观朱怕他们过来仔细盘问，查询出魏听风的真实身份，反倒旁生枝节。

她一手扯下腰间的令牌，踏出车厢，对魏听风道："就此别过。"

不待魏听风回答，秦观朱不假思索地跳下马车，迎上那一队士兵，朝他们出示令牌。

对方定睛一看，又将秦观朱通体打量一番，忙拱手行礼："夫人。"

秦观朱示意不必多礼，回头时见斗笠落下的一片阴影中，魏听风的眼睛又黑又沉，微微一眨，便扯起缰绳，扬鞭赶着马车调头离去。

秦观朱随士兵进入府衙中。

后院的空气中都充斥着药的味道，清苦味不住地往她鼻子里扑钻，秦观朱轻轻皱起眉头，看到房屋前左右列着四名梁慎行的亲信。

他们都认识秦观朱，可在此时见到她，着实是意料之外。四人诧异地对视几眼，这才上前拜礼："夫人，您……"

"他呢？"

"侯爷……侯爷刚醒，正在用药。"

他们请秦观朱进去，进了房中，钻进她鼻间的苦味更浓。

屋中收拾得十分干净整洁，没有多余的摆设，故而秦观朱一眼就瞧见倚靠在床边的梁慎行。他赤着上身，脸唇皆白，眼下有浓浓的乌青，神色憔悴得厉害，寻不见一分往日的盛气与锋芒。

绷带从他的胸膛开始缠，将整条右胳膊都缠了进去，因此行动不灵，进药也需要人服侍。

梁慎行抬眼看见立在门口的秦观朱，递到唇边的药汁都忘记喝，怔怔地唤了一声："成碧。"

秦观朱望了他一会儿，紧握的手掌轻轻松开。

她走过去将药碗从士兵的手中接过来，对那人吩咐道："我来，你下去吧。"

"是。"

士兵走后，秦观朱坐在床边，低头用药匙搅着黑色的药汁，轻轻吹走滚烫的热意，又抬手喂给梁慎行："可请大夫看过？"

梁慎行自醒来后就没真正入睡过，通常是刚刚有了些睡意，就会疼醒，疼得他浑身颤抖，冷汗不住地往外冒。有时疼得很了，脑子昏昏沉沉，分不清是醒着，还是睡着了，这会子见到秦观朱，又觉得仿佛是在梦中，不太真切。

他一声不吭地含住药匙喝下去，药汁苦得喉头作呕，梁慎行才回过神来不是做梦。

他喝下一碗药，背脊上的汗湿腻腻的。见秦观朱要起身离开，慌乱地抓住了她，铁铸一般的手指扣在她的手腕上，喊道："你干什么去！"

他讲得太急，剧烈地咳嗽起来，抓她抓得更狠。

秦观朱蹙眉道："我去放碗。松手，我来就是看你的，不会走。"

梁慎行盯着她的眼睛再三确认，这才缓缓地放开手。

秦观朱将碗放下，果真回来，拿软枕堆垫在梁慎行的背后。尽管他的神经已经疲怠到极致，可一双眼睛重燃起亮色，不曾离开过她一刻。

秦观朱看他额头上也有一条血痕，声音不由地放柔三分，道："你好好休息。"

梁慎行忽地朝秦观朱张开左臂，手指因疼痛而不住地发抖，道："你过来。"

秦观朱依言，离他刚近了一些，就教他一只手捞进怀里，狠狠抱住。秦观朱心下一惊，欲推开他，可面对这样一副浑身是伤的身躯，她根本无从下手。

房间里弥漫的苦意散去不少。

梁慎行已精疲力竭，可搂住她的手臂越收越紧，沉重的声音中，有不易察觉的颤抖。

他道："我听说你在路上遇到劫匪。"

"梁慎行，你……"

一片温热湿润忽地淌进秦观朱的颈子里，等她意识到那是眼泪后，便什么话也说不出了。

他低头，脸靠着她的，发泄出深深的恐惧："成碧，你吓死我了，你吓死我了……"

（十八）

秦观朱僵硬地沉默着，用手抚住梁慎行的背，感受着他轻微的颤抖。他大抵已经不太清醒了，说话胡言乱语。

"我一想到，见你最后一面，你还恨着我，竟连死都不敢死……"梁慎行用力将她搂得更紧，唇贴在她的鬓发间轻蹭，"成碧，成碧啊……咱们夫妻起于微末，相互扶持这么些年，怎么，怎么会走到今日这一步……"

"……"

"……我做错了事，你打我骂我，不好吗？"

梁慎行的力气一点一点放散，嘴里念念叨叨什么，只言片语的，秦观朱听不太清。渐渐的，秦观朱肩头一沉，她忙用力撑住他瘫软下来的重量，听梁慎行的呼吸变得悠长沉重起来。

他竟是睡过去了。

这是梁慎行负伤后，第一次真正入睡。他清醒时需要提点问刀大会的事务，能休息时脑海里又在胡思乱想，大多与秦观朱有关。

他总能想到他那夜回到军营，却见到秦观朱衣衫不整、赤脚行来的模样，也见到她用何等决绝又讽刺的目光看着他，而后奉上逐星……

自他们成亲以来，梁慎行在秦观朱面前从未动过一次怒，那晚却像真疯癫了一样。轰鸣声冲过他的耳朵，一路攀上头顶，腾腾烧起来，全是鼎沸的怒火。

他将披风扯下，裹住她的身体，手指如铁，狠狠扣住她的肩头。梁慎行眼睛通红，竟似快滴出血来，一字一句道："我不明白。"

她不给他答案，只想拿逐星换一纸休书。

梁慎行将她按倒在床上，力道大得惊人，几乎都快将秦观朱的手臂扯断。

跌在床上时，秦观朱下巴狠狠磕了一下，疼得眼泪直冒，教他别在后背的手臂更不必说，可疼痛在其次，不断蔓延的是恐惧——她头回见到梁慎行这副暴戾的模样。

秦观朱痛苦呜咽。

梁慎行眼睛里烧得怒火，仿佛是烧进了他的皮肉里，痛苦亦痛彻他浑身上下。他紧紧咬住牙，喉结滚了几滚，才道："我要这刀做什么！我还要这刀……做什么！"

上天像是给他开了一个最荒唐的玩笑，他千方百计要寻来这把刀献给韩野王，为的就是解除与昭月的婚约，与秦观朱一生一世一双人，再无隔阂。可如今这把刀却是秦观朱献上的，她甚至不惜用自己的身体去跟那名刀客做交换，只是为了用这把刀，换他一纸休书。

梁慎行想不明白，直至如今，都想不明白……

何以秦观朱能做到这般狠绝无情的地步，连解释的余地都不再留给他。

他当然不会明白。

秦观朱为了梁慎行迎娶昭月一事发过无数次的疯，变得不可理喻，有时候她都感觉自己像个疯女人。

梁慎行要她看看她自己变成了什么样子，她对着镜子照看的日日夜夜，只从里头看到了绝望和悲哀。

她发觉自己离了这个男人，不过是一件毫无价值的物什。

如今是娶了昭月，有一便就有二，单单是想以后的境况，秦观朱就痛苦得喘不过气来，又发觉自个儿除了哭以外，连反对的资格都没有。

她能反对什么呢？

梁慎行的妻子该是昭月郡主那等身份的人，才能配得上颍川侯的身份，只有昭月才能助他在以后的官途中平步青云，还能为他诞下具有王室血统的孩子，光耀梁家门楣。

她又算什么？

她什么也不是。

秦观朱扶着梁慎行躺下，摸了摸他的眉骨，轻声道："我哪里能真舍得呢？我到现在，也只盼着你能如意顺遂，早日实现匡扶社稷的大愿，只是……只是……"

眼泪渐渐模糊了梁慎行的睡颜，秦观朱喉咙哽咽，唇哆嗦个不停："……我累了，慎行，我也好累啊……"

梁慎行如此安心昏睡了两日，伤势恢复不少。因再不久便是问刀大会了，纵然只是喘口气，梁慎行胸中都还会隐隐作痛，可也不得不强打起十二分精神应对。

不过，颍川侯的属下倒是松了一口气，没再为梁慎行忧心。

因为秦观朱的到来，梁慎行心情颇佳，谈论公务也好，进食喝药也好，只要秦观朱递来一个眼色，梁慎行连眉头都不敢皱，乖顺地应下一切。趁着这样的大好时机，梁慎行手下有一谋士，代江陵魏氏传了几句话。

"在下与魏家人有些私交，对方托我向侯爷问问，能否请魏宗主入府，一同商讨问刀大会的若干要务？一来，江陵魏氏在武林中举足轻重，由他们来安抚近日的风波再好不过；二来，为着魏家的事，竟要侯爷捱这一剑，总得要他们亲自前来给侯爷赔个不是。"

梁慎行拿眼瞧他，似笑非笑道："你当本侯是小孩儿糊弄？"

那谋士垂首："在下怎敢？"

梁慎行道："罢了，本侯知道，你自幼无父无母，混迹在市井里长大，是得魏家的恩，才能去私塾念书，这时出来为魏家说两句话也是应该的。不过，再不必多言，你退下吧。"

那谋士起身向梁慎行躬身拜了一礼。

"侯爷，在下感念魏家的恩，可更不敢忘侯爷的知遇之恩，更无可能为了魏家就来相害侯爷，还请侯爷给在下一个说话的机会。"

梁慎行抚着胸上的伤口，也难得转了好性，道："你说。"

"魏家上任宗主魏长恭，曾在多年前号召武林人士，帮助咱们大周军队击退过蛮羌。"

这一句倒是取悦了梁慎行。他与蛮羌交过战，这可不是一般的过节，自是有过血海深仇的。经谋士提醒，梁慎行才记起来之前在军营，的确听几位老将军提过魏长恭的名讳，很是耳熟。

谋士再道："魏长恭侠义为怀，仁厚磊落，在江湖中颇具威望。而他的儿子魏听风，秉持家风祖训，更是武林中难得一见的侠士。"

"魏听风？"

"是。"谋士再拜，"魏宗主一心想求得朝廷与武林的安宁，在这件事上，侯爷与他可谓志同道合。侯爷何妨借助魏家的势力，一同解决问刀大会之下的矛盾？如果魏家肯向朝廷投诚，那必然是皇上最愿意见到的局面。"

梁慎行沉吟片刻，又问道："这是魏听风的意思？"

谋士摇头，郑重其事道："这是魏家的意思。"

梁慎行一笑，点头道："待本侯见过魏听风，再做决断吧。你既然已与魏家搭上桥脉，此事就由你去牵头，递交请帖，约魏宗主于明日午时，摘星楼一见。"

谋士应下。

晚上大夫照例来给梁慎行换伤药。

梁慎行疼得龇牙咧嘴，不停地向在一侧静坐的秦观朱投去求救的目光。秦观朱暗暗低叹，接来绷带，忍着刺鼻的苦药味帮他缠好。有她亲自上手，梁慎行倒是一声不吭，连眉头都不皱了。

除了当胸一剑，秦观朱还看见他皮肉上绽开的数道剑伤，那些江湖人是真要杀了他……

她眉尖轻皱，不禁有些担忧。

梁慎行一下握住秦观朱的手，黑色俊秀的瞳色里有了些笑意，吩咐道："你们都下去吧。"

房中人行礼退下。

秦观朱尝试几次都抽不回手，蹙眉道："放开。"

"夫人还是心疼我的，是也不是？"梁慎行将她扯近，抬腿翻身压下，俯首亲吻在她的脸颊上，"我们别再闹了好吗？之前全是我的错，你原谅我吧……"

他伸手捏住她的下巴，两人四目相抵片刻，梁慎行深深吻住她。

他一手探进她后背，搂住细软的腰肢，将她拥得更紧："成碧，等了结芙蓉城的事，我们一起回望都去。你不是一直想回老家看看吗？"

"……"

"……从前是生活所迫，我做不了好父亲，你也难分心再去照看孩子，但如今咱们终于能过上安宁日子……成碧，你给我生个孩子吧，生一窝，等他们长大，我亲自教他们念书习武……"

他挨蹭着她的脸，耳鬓厮磨，轻声细语地说着秦观朱从前做梦都想得到的未来。

可秦观朱没有丝毫沉溺，神色一派镇静，冷不丁地问："昭月怎么办？"

"我知道，我知道……"他再三亲吻秦观朱，保证道，"成碧，你信我，我对昭月只有礼敬，不曾有过半分爱意。"

秦观朱心不断往下沉。

梁慎行道："可她是韩国郡主，我不能轻易毁了大周与韩国的盟约。"

"但我向你保证，我发誓，我梁慎行此生绝不会负你，否则天打雷劈，不得好死……"

梁慎行急切地去吻她，想去教她明白他不曾变过心，秦观朱却将头一侧，避开他的亲吻。

"逐星的事，也能过去吗？"她问。

梁慎行手掌一紧，心头狠狠拧痛，眼神里杀腾腾地翻涌起戾气："我警告过你，不许再提这件事！"

秦观朱笑着看他："没那么容易忘，是不是？我要说我对那个男人也只是礼敬，没有半分爱意，你会怎么想？"

"你闭嘴！"他面目越来越痛苦狰狞，浑似发怒的凶兽，肌肉隆起，刚刚缠好的雪白绷带转眼又渗出刺目的鲜血来，"我要你闭嘴！"

他掐住秦观朱的脸。

秦观朱没有回避烈火一样的目光："你过不了这关，就跟我也过不了昭月那关一样。"

秦观朱抚上他的背，也回拥住他："梁慎行，无论是心甘情愿也好，身不由己也好，有些路既走了，就再也没有回头的余地。"

梁慎行颤着呼出了一口气。

秦观朱静声道："我们好歹夫妻一场，没有情，还有恩在。我不欠你什么，我也什么都不求，我只想一个人回望都去……我想回家去……"

"不行。"

"……"

梁慎行一字一句，犹似命令，道："不准，我不准！"

秦观朱摸到一手鲜血，一时喉咙发紧，不知该如何作答。

恰在此时，房外有人请禀要务。梁慎行抱了她一会儿，逐渐压下险些失控的怒火，对秦观朱道："你想要什么，我都答应。只有刚才那件事，我不想听你再提一个字。"

他放开秦观朱，起身简单套了件薄衫出门，冷着眼扫向台阶下的人。

"何事？"

"有人给侯爷送一封信，对方说此事事关重大，请侯爷亲自过目。"

士兵呈上信件，梁慎行撕开信封，将信展开，飞快地览阅一遍，而后一把攥在手中，紧紧地，捏得指骨咯咯作响。

他召上来两名部下，将皱巴巴的信扔给其中一人："去查，明日午时之前，本侯要知道信上所言是真是假。"

信件上，仅从露出的潦草字迹中，看见几个重要的言语——

江陵，魏听风，蛮羌人。

（十九）

临近午时，魏听风策马来摘星楼赴约。

长街已经教官兵封锁，颍川侯下令只准魏听风一人进摘星楼。魏听风抬手示意魏家子弟在原地待命，独自下马，跟随官兵走到摘星楼下。

"请宗主解兵。"

一人上前，躬身朝魏听风捧起双手。魏听风扶住腰间的刀柄，抬头看了看摘星楼的金字招牌，肃声道："刀不离身，是规矩。"

"那就请宗主入乡随俗，依朝廷的规矩。侯爷负伤在身，诸事需得谨慎，望宗主见谅。"

魏听风沉默片刻，一手将刀解下，扔给他："拿好。"

那人教这重重的刀一砸，手臂都麻了半边，忙不迭地抱住了，含笑躬身道："魏宗主，请。"

魏听风径自走上顶楼。

梁慎行临窗而坐，身穿修竹纹的墨绿色长衫文袍，气派儒雅温和；魏听风则是一袭黑色圆领武袍，金线织绣的祥云纹在光中熠熠生辉，磊落又冷硬。

梁慎行手中捏着一盏青釉色玉茶杯，以杯盖拨了拨浮茶，低头嗅着香气，略有些苍白的俊秀容颜在雾气中若隐若现。

魏听风入座："颍川侯，久仰。"

梁慎行道："本侯不料想，竟能与魏宗主有这小酌之时。以茶代酒，先敬宗主一杯。"

"多谢。"

魏听风将面前杯中酒一饮而尽，拿深黑的眼睛看向梁慎行："我抱着诚意而来，想跟侯爷解释清楚其中的误会。"

"哦？什么误会？"

"魏家不曾授意任何人前来夺刀。"魏听风道，"是有人借机生事，试图挑起争端。"

"是吗？依魏宗主之见，是什么人从中作梗？"

魏听风回道："蛮羌人，且有证据。"

梁慎行轻轻一笑，略微倾身打量起魏听风来，半晌，他道："有一事，本侯需得问清楚。"

"侯爷不妨直言。"

梁慎行问:"你,是什么人?"

魏听风回道:"魏家人。"

"既然是魏家人,逐星落到本侯手中,魏宗主应该是最不忿的人才对,毕竟那刀本是江陵魏氏的家传之宝。"梁慎行笑了笑,"魏宗主如果派人夺刀,尚在情理之中,可你却说,魏家不曾授意,这倒在本侯意料之外了。"

魏听风道:"不过是一把刀,侯爷多虑。"

梁慎行挑起眉,冷冰冰地笑了一声:"如果仅仅是一把刀,值得蛮羌人费心生事?逐星一出,号令群侠,这等规矩,江湖上人人尽知。"

魏听风解释道:"传言有误,不可尽信。"

"魏宗主的意思是,本侯不能听信传言?"

"是。"

"那本侯该信谁?信你吗?"梁慎行音色忽地一沉,"一个给蛮羌将军做杀人勾当的走狗?"

魏听风猛地抬眉,眼角一抽,对上梁慎行冷淡又锋利的眼睛。梁慎行看他的反应,笑得愈发深了:"看来,这是真的。本侯万万想不到,魏长恭居然将家主之位传给一个与他无亲无故的蛮羌人,因太离奇了些,所以本侯派人查了查其中原委。"

"……"

"倒也是巧了,本侯手下人找到一个当年在魏家医馆里坐诊的大夫。当年魏家对外称道,魏长恭是病死的。可这大夫却说,魏长恭乃是中毒身亡……"

魏听风垂眉,高挺的鼻梁在他的脸上落下一片阴影,道:"看来侯爷相邀,并非是为了谈判。"

轻伏在楼上待命的暗卫轻轻握紧手中的兵刃,屏息间,唯有刃身闪着森森寒光,发出低微的清鸣。楼下帅旗招展,猎猎作响,骁悍的骑兵整装以待,张开的箭似林立的荆棘丛,齐齐对准摘星楼上。

梁慎行道:"本侯疑心你为争夺家主之位,毒杀魏长恭,更趁着问刀大会之际,与蛮羌人勾结,挑唆武林人士,试图谋害皇上。"

魏听风踏入摘星楼时,就听得见楼中多方设伏,不仅仅有暗卫,更有机巧陷阱,织就了一张天罗地网,倘若他行差步错,旋即便会血肉狼藉。

他本可以在踏入的第一步就选择全身而退,可他忧心不下,暗暗想道:"梁慎行设下埋伏，可见他已对我起了杀心。这是为什么？难道是因为……"

梁慎行已知秦观朱与他的事了吗？

他惴惴不安，却不是因为自己惧亡畏死，他担忧秦观朱的处境，更担忧梁慎行会开罪于她，为此一步也不敢往后退。

现下他听得梁慎行这一番话，似乎设伏一事，仅仅是因为梁慎行疑心他蛮羌人的身份，恐他图谋不轨。

魏听风周身肌肉轻轻一松，悠长地叹了一口气。

他耐心又克制地向梁慎行解释道："你误会了。"

梁慎行道："是不是误会，待将你收押问审后，自然得见分晓。"

魏听风道："……侯爷真要堂审，等问刀大会一过，我会亲去府衙接受审讯。"

梁慎行讥笑："蛮羌狗听不懂人话？"

魏听风听他出言侮辱，脸色稍变。

梁慎行对蛮羌人怀有深仇大恨，得知魏听风的出身，已多是偏见，无论魏听风说出多么有道理的话，通通会因为他一半蛮羌人的血统，而变得不再合理。

那便是没有再谈判的余地了。

"抱歉。"魏听风道。

见魏听风不肯伏法，梁慎行一扫茶盏，砰的一声碎响，五名暗卫纵身一跃，将魏听风团团围住。

梁慎行从手边翻出一把长剑，旋即起身游退，撤开魏听风可近身反攻的范围。

梁慎行右脚一探，展身拔剑，直指魏听风："那就多有得罪了。"

暗卫合身攻上，剑尖当空刺来。

魏听风赤手空拳，无法正面迎击，只能侧身一避再避，略过直面而来的杀意。他寻准时机，捉住一人的手腕，狠狠一折！对方吃痛，顿时惨喝起来，手中弯刀脱手，直直往下掉去。

魏听风抬脚一挑，伸手夺来弯刀，用刀背重重砍向那人的后颈。未要他的命，只要他眼前一黑，身体瘫软，当即晕倒在地。

魏听风翻刀亮势，神色肃重，腰身线条精悍冷厉，方才夺刀的一招一式极其凶狠霸道。

一人倒下，其余暗卫再攻上，刀剑相接碰撞间，发出一声声尖锐的鸣叫，火光飞溅，血腥四溢。

梁慎行越看，越觉得魏听风的刀法似曾相识。他素来有过目不忘之功，并非什么都可牢牢记住，但若是细想来，定比寻常人更容易些。

他见魏听风进招拆招，不过数十回合，他似想到什么，浑身狠狠一震，眼底的惊疑不定忽地在一瞬间成暴戾的血光。

梁慎行咬牙，厉喝一声："闪开！"

猝然一剑，迅疾如雷。

魏听风翻刀格挡，大退三步，脚下蹬定，反手重重一推，这才挡退梁慎行的这一剑。梁慎行后撤，浑身伤口再度撕裂，疼得他浑身如烧灼一般，可他有种难以言喻的痛快。

果然，果然。

他狞笑一声，问道："魏宗主，逐星刀，是怎么丢的？"

魏听风已知教他看出破绽，沉声反问道："此事该问侯爷，是如何得来的。"

"好说，从一个北域刀客手中得来。本侯追查他多日，不知魏宗主可认识此人？"

魏听风道："认识。"

"那需得魏宗主引见引见。"梁慎行敛衽，袖中再出一把短剑，一长一短，并行横在胸前，"那人碰了一件不该碰的东西，本侯发过誓，要斩他双手双脚。"

梁慎行望着魏听风，眉头几乎都皱在一起。俊美的脸有些扭曲，混着滔天的戾气与狠毒，说不清是在笑，还是在怒。

（二十）

午时最后一缕晦暗的光隐去，风骤起，炸响一声惊天动地的惊雷。

风雨欲来，满川云雾。

秦观朱背脊上满是冰冷，面门前横挡的冷刃泛着森森寒意，几乎贴在她的脸上。

"夫人，别教我们为难。"

"让开！"秦观朱从腰间拔出匕首，她不太会用，反手握着对准拦路的士兵，"各位跟随侯爷多年，与我秦观朱不算陌生，也知我是个什么样的人，我来此并非无理取闹，是有一件要事，必须现在跟侯爷讲明。"

纵然谁都知道她这样拿匕首，既发不出全力，还找不准角度，没有任何威胁，可士兵还是犹疑了。

秦观朱是何样人，他们称不上深知，却明白她从不会在紧要关头胡作非为。

秦观朱眼眶微红湿润，而目光很是坚定："倘若侯爷怪罪，由我一力承担。"

让开！"

楼阁上，携着湿气的风吹扬起梁慎行墨青色衣袍，一声剑鸣啸起，直冲魏听风杀去。

梁慎行书生出身，不比习武多年的江湖人，底子单薄，又无充沛磅礴的内力，一手双剑胜在技巧多变，攻势神妙无方，常常于出其不意之间，奇袭敌手要害。

魏听风与他交过手，还未能摸透他剑法中的路数，教他诳了一道，以刀横挡住长剑时，短剑旋即从空隙中游来，直直刺向胸口。

魏听风急忙翻身后撤数步，胸前已教梁慎行手中灵巧的短剑挑破衣襟。

梁慎行用短剑将那用来束发的朱红缎带挑至身后，抬眼望向魏听风，冷声道："还手！"

魏听风道："颍川侯，今日无论是你死，还是我亡，都中了蛮羌人的奸计。还请……"

"本侯手刃一个杀人无数的匪徒，有何不可？难道还要顾忌江湖上谁人不服？胆敢挑衅大周律法，格杀勿论！"

梁慎行手腕一翻，旋转剑刃，疾步飞踏红漆梁柱，再度杀向魏听风。

劈下的剑里啸着满满的杀气，魏听风本是只守不攻，步步后退，眼见梁慎行逼人太甚，不得不擎刀反击。

刀锋如光似电，在雷声中，魏家七十二路刀法路数疏狂潇洒，大开大合间，最是酣畅淋漓。魏听风出刀迅疾，又无意要他性命，只缠住他的双剑，牵制得梁慎行章法全无。

梁慎行双剑相合，迎下魏听风凛然一刀，两条手臂被震得麻痛无匹，险些跪了下去。裂开的伤口重新渗出血来，朱红已经浸透他的墨青色长袍。

梁慎行耳鸣不断，力量在魏听风接连的反攻中逐渐流失，他额上冷汗涔涔，喉咙里发出粗重的喘息。

魏听风本欲卸去他残存的攻势，沉力再压，忽听一声惊喝："住手！"

魏听风对这声音自是耳熟，心下一乱，未压制住梁慎行。梁慎行趁机以长剑格开，提短剑往魏听风肩膀上狠狠一刺。他躲闪不及，剑从他肩上皮肉划出一道血口子，鲜血一下蓬出，些许溅到梁慎行的脸上。

魏听风倒退数丈，侧首瞥了眼流血的伤口，他试着扭动肩膀，忽觉一股子僵麻顺着绽开的血肉往下蔓延。魏听风握了握手掌，非但提不起力气，连五指都无法活动，正要横刀起防时，刀竟脱手而出，铿的一声掉在地上。

梁慎行的短剑上定淬过麻痛之药。

梁慎行下令："先废掉他的双手双脚，而后打入大牢，听候审讯！"

秦观朱满目惊恐，夺步上前，握着匕首挡在魏听风面前："谁敢！"

这短短二字如钢针一般扎入梁慎行的心脏，他眼睛血红，恶狠狠地盯住秦观朱："你在护谁？"

秦观朱看他面孔狰狞，握匕首的手不断颤抖，声音嘶哑："梁慎行，你疯了。"

"我看你才疯了！"梁慎行将短剑收鞘，朝秦观朱摊开手掌，似乎从汹涌的骇浪上分出一丝表面的平静，道，"成碧，过来。"

"你放他走。"

秦观朱怕得很了，声音碎得不成形状："梁……侯爷……那件事，跟他没有关系，我可以跟你解释……"

梁慎行回答道："好，我听你解释。"

"你放了他！"

"成碧，我只要你放下刀，走到我身边来，有什么事，我都会答应你。"

秦观朱看着梁慎行苍白冰冷的脸颊，他眼瞳愈发黑，藏有翻涌的阴戾。

她泪水夺眶而出，顺着脸颊滚落，道："……我不信你，梁慎行，我信不过你。"

梁慎行面色一白："你不信我？"

秦观朱道："我要看着他离开这里。"

"……我们夫妻这么多年，你现在为了这条蛮羌狗，如此待我？"百般酸楚混着苦痛冲上喉头，梁慎行一窒，伤口崩裂，鲜血顺着他的指尖往下流淌，悄然落在地上。

"成碧，你这样背叛我……你竟这样背叛我……"

秦观朱咬住牙，才勉强不发出泣声："是。"

"好，好得很。"

梁慎行手抚上胸口的伤痛处，抬起眼皮，那眼中维持的片刻平静下，顷刻间翻涌出锥心刺骨的怨恨。他冷冷地盯向秦观朱，喝令："拿下！"

魏听风趁他们不备，忽地揽住秦观朱的腰身，携她一起冲向楼台，口中吹来一声清亮的长哨。烈马嘶鸣，啸雪横冲直撞，将楼下围堵的士兵队列冲得四分五裂，冲出一条生路来！

魏听风将秦观朱狠狠抱在怀中，沿着房檐飞掠，身影如利箭一般纵身冲破雨幕，顺着屋脊滑下去，稳稳地落座在啸雪的马鞍上。

他一扯缰绳，狠夹马腹，直往来处奔逃而去。

梁慎行见魏听风要逃，亦从楼台上追下去。

只是梁慎行本就负伤甚深，方才亲自上阵与魏听风过招，伤口早已崩裂，血流不止。此刻失去最后一丝力气，脚下一软，顿时就从峭飞的楼檐上滚下来。

梁慎行忍着肋骨下的疼痛，令人扶着爬起来，望见纷乱的雨珠激荡起一城的雨雾，模糊了愈来愈远的身影。梁慎行曲着右膝，往前走了几步，半边身子都快沉僵下去。他眼睛通红，嘴唇颤抖得连一个字都说不出来了。

副将见状喝道："放箭！放箭！"

梁慎行抬手，止住高扬的弩箭："住手，谁也不许动！"

梁慎行不怒反笑，笑声低低的，有些哑意："很好，很好。"

他曲着的右膝也撑不住了，一下跪在地上，整个身子直挺挺地倒进凉凉的雨水当中。

身下一汪白雨转眼血红。

众人陷入震惊后的混乱："侯爷！侯爷！"

（二十一）

魏家原先入驻的客栈已不能再回，魏听风带着秦观朱骑马出城，来到城郊外一处竹屋野户。此地偏僻无人，是魏家在入城前用来落脚的地方，只有一个负责洒扫的奴仆。

雨幕渐浓，浸透了魏听风的武袍，寒意不住地往他骨头里渗。他整条右臂已经完全失去知觉，僵直地垂着，半边身子麻软，提不起一丝力气。

秦观朱的身躯亦是冷透了的冰凉，微微颤抖着，乌黑的眼睛湿润茫然。等她恍惚回过神来时，就已经到了这处院落前。

魏听风左手环紧秦观朱，本要说什么，唇齿嗫嚅了几下，整个人狠狠一晃，就从马上摔了下来。

她教这一声落地闷响惊到："魏听风！"

秦观朱唤来奴才帮忙，两人一起将魏听风拖进房中去，搁置在床上。秦观朱问那奴才可有伤药，不想他是个聋哑的，听不见，也说不出。

秦观朱急得掉泪，紧紧握住魏听风的手，唤了他几声。魏听风忍过一阵晕眩，方才回了些意识，勉强抬起左手，朝那哑奴打了几个手势。

哑奴懂了，不一会儿就扛着个药箱过来，从瓶瓶罐罐中翻出一只红色小瓷瓶，倒出几粒鲜红的药丸，喂魏听风吃下。

魏听风面如纸，额头上尽是汗。

半晌后，一身僵麻之症才教药力驱除，魏听风整个儿松软下来，瘫陷在床中。

或许是魏听风刚才吩咐，哑奴又为秦观朱端呈上一件杏红轻衣，崭新干净。秦观朱会意，去耳房褪去黏腻湿冷的旧衣，换上新衫，待再回来时，哑奴已帮魏听风包扎好伤口。

魏听风半躺着，目光凝在秦观朱衣裳上绣着的玉兰，乃是独属于江陵魏氏的花纹。

他露出一丝腼腆的笑意，道："你又救了我一次。"

"梁慎行天生过目不忘，他一见你，就会认出来的。"秦观朱轻叹一声，手抵着额头，掩住满面愧疚，"我早说让你走了，可你偏不听……我哪是救你？本就是我一时糊涂，才连累你至此……"

"我愿意的。"他认真地望着她，"我心甘情愿，就不算连累。"

他手指轻挠在被面上，小心翼翼地问："成碧，你去摘星楼，是为了我吗？"

"……"

回应他的是一片沉默。

魏听风抿了抿干涩的唇，眼睛黯淡下来，道："那是为了梁慎行，你怕我杀他？"

魏听风很想告诉她，别担心，他不会。可他终究不像魏长恭，他非圣贤，只是个凡人肉胎，也有改不掉的劣根性——譬如嫉妒，譬如不甘。

于是，魏听风没将那句话说出口。

秦观朱又该如何回答？

她自有一番冠冕堂皇的话来断绝魏听风的念想，可当她得知颍川侯于摘星楼设宴，款待魏家家主时，她第一时间想的不是梁慎行，想的也不是江湖朝廷，只是魏听风而已。

秦观朱似想撑起一个满不在乎的笑，却以失败告终。

她垂下眉，轻恼道："你就不该来找我。魏听风，你明知我是什么人……"

"对不起。"他小声道歉。

他知道她是梁慎行的妻子。

于是他隐忍克制，绝不让秦观朱为难，而此刻竟不知怎么了，他妒忌梁慎行，妒忌得几乎快发疯。

他握紧拳，压抑着歇斯底里，低吼道："我只是想你。成碧，我很想你。"

秦观朱恼意更甚，心头炙热得几乎要沸腾起来。

她恼自己——明明知道，千万别再为了一己私欲，放纵自己去连累魏听风，可还是伸出双手，紧紧抱住了他。就似抓住最后一根救命稻草，疯狂又荒唐。她

229

眼中溢出泪水，混着颤抖剧烈的呼吸，一并落在他的唇上。

秦观朱吻得凌乱无章，将魏听风唇齿间苦涩的药意一点一点抿入口中。她记得魏听风是如何斩断她脚上的锁链；如何拨开她攥得发疼的手指，告诉她"想哭就哭罢"；又是如何将她抱入怀中，任她打骂出气都不曾放手……

她还记得在客栈的屋顶上，远山下灼灼盛放的桃花，天际头瑰丽浓艳的彩霞，以及魏听风稳健宽厚的手掌，不失分寸地轻扶着她，低沉的声音落在她耳侧，说"别怕，有我扶着你"……

她有时做梦都会梦见这样一双眼睛，黑漆漆的，有着少年般赤忱坦荡的光，注视着她时，远比星河璀璨。她便似一脚陷了进去，越挣扎，越明白自己逃不脱。

魏听风如石头般僵住了，等到秦观朱与他稍稍分开些许，他才从唇上残留柔软濡湿的感觉中反应过来。

他怔愣着，心道：她这样，是什么意思？

秦观朱轻轻浅浅地喘息着，平复下乱跳的心，忽地笑了一声："有时候我都不知你到底是真傻，还是装傻。"

倘若是真傻，又怎能一而再再而三，将她死灰一般的槁骸从绝境处捞出来？

魏听风听这句，却误解成另外一个意思，浑身的血气都激荡起来。

他一手扣住秦观朱欲离的腰肢，眼睛里迸发着雪亮的光："我猜错了？你难道是为了我吗？"

秦观朱骗不了他，也骗不了自己，望着他的眼，坚定地点了点头。

下一刻，魏听风重重回吻上她的唇，吻得青涩，只能纵着情去肆意掠夺她唇齿间的香气。炙热的吻从唇上，沿着下颔，滑到她润白如玉的颈间。

他紊乱急促的呼吸扫在她的肌肤上，秦观朱觉得痒，双手捧住他的脸，止住他的亲吻。

秦观朱深深凝望着他的眼，拇指抚摸着他脸上的疤，轻喘着气道："谢谢你。"

他以为是自己哪里不好，惹秦观朱不喜，胆战心惊之余，还有些灰心丧气的挫败。

他不要她的感激。

魏听风体内炙热如沸的血液在咆哮、叫嚣，灵魂快要被这种沉郁漫长的煎熬撕碎。

他经魏长恭教导过的宽仁与豁达，险些要教他骨子里的狠性与野蛮冲得七零八落，他渴望着她，想将眼前的心上人据为己有，再不教她去想另外一个男人，要她满眼满心里都只有他。

作为他自私自利的惩罚,他愿意向她献出最高的忠诚和爱意,不舍不离,无怨无悔。

他抱住秦观朱的手臂紧了紧,埋首在她的肩颈处,声音沉闷道:"……成碧,我想要你喜欢。"

秦观朱这才低低回道:"我自也是欢喜的。"

玉兰秀致,衬她弯眉明眸。

魏听风心下一动,暗道:"从今往后,这便是我的人。"很快又觉这想法实在放肆狂浪,不敢多想。但当下无论如何,他都放不开手。

(二十二)

两人缠吻片刻,同床共枕。魏听风翻身支着头,他看秦观朱,不知有什么好看,却跟不知疲乏似的,总也不厌烦。秦观朱习惯了背对人睡,没看他,魏听风伸手轻轻揉捏着她背上几道松弛疲累的穴位。

秦观朱软声问他:"闹到如今这个地步,你要怎么办?"

魏听风默然片刻,承诺道:"我答应你,不会伤害梁慎行。"

"我是在问你。"秦观朱回过身来,与他相望。

魏听风笑了一声,摸着她鬓角的碎发,道:"你信我吗?"

秦观朱没说话。

魏听风吻住她的唇角,手摸着她的背安抚,道:"成碧,有我在,这场风波很快就会过去。别为我担心,等事情了结之后,你跟我一起回江陵……"

秦观朱挪了挪身子,贴近他的怀里,魏听风也抱住她。

很久,秦观朱才说:"好。"

翌日,前来接应的魏氏弟子已经到了,马蹄匆促,旗帜飞扬,甚是威风。屋外因有哑奴阻拦,宗中人皆在门外求见。

魏听风一早听见外头的响动,起身穿衣,跟尚有些昏昏沉沉的秦观朱解释:"是家里人。"

秦观朱却有些惊惶:"我要见吗?"

"不必。"他笑了笑,捧起秦观朱的脸亲了一下,低声道,"以后有的是机会。"

秦观朱听出他话中有话,脸烧得红起,背过身去不再搭理他。

魏听风笑得更深,理平领口和袖口,即出门去,见到率人前来的正是堂弟魏修平。

魏家子弟抱拳行礼："宗主。"

魏修平越过魏听风，往房门上瞥过一眼，却教他不动声色地移步遮住了目光。魏听风抬手将魏修平请入一旁的客舍。

魏修平入座后，招来哑奴上酒，不及言语，先与魏听风对饮三巡。

而后，魏修平方才说道："是那个女人？"

魏听风也不忌讳，往后他与成碧还有很长的路要走，自是瞒不得，也不想瞒。

魏修平见他点了点头，当即冷笑一声："魏听风，二叔死前，将整个魏家交到你的手上，你现在为了一个女人，要跟颍川侯翻脸？"

"祸不在成碧，颍川侯对我早有杀心。"

"哦？"魏修平眉峰一挑，看着魏听风的眼睛深了些许，"为何？莫不是为了当年夺刀一事？可他既已取得逐星，你也再三叮嘱过宗中子弟不必追究，如此，应不会结下梁子吧？"

魏听风斟酌片刻，权衡过其中利害，终道："颍川侯看不惯蛮羌人。"

梁慎行以军营为家，麾下说是他的兵士，彼此更似兄弟手足。他手下有那么多人在与蛮羌的对战中死去，梁慎行跟蛮羌之间，说是血海深仇也不为过。

何况，他又亲身经历过蛮羌屠城，对之野蛮兽性更是深恶痛绝。

于公于私，梁慎行都视蛮羌人为死敌，得知魏听风的身份，又有暗害魏长恭之嫌，也难怪他见面即动刀兵，根本不留谈和的余地。

不过魏修平似还不知其中原委，追问道："他恨蛮羌人，跟我们魏家有何关系？"

魏听风倒也承认得坦坦荡荡："我娘亲是大周女子，不过生父……应当是蛮羌武士。"

"这么说，你不是二叔的儿子？"

"不是。"

魏修平又笑了笑："从前二叔爱你至诚至真，自你到魏家以后，他就要宗中子弟皆以你为楷模，旁人都教你魏饮寒的高尚德行衬得暗淡无光。想想真是可笑。"

"修平，我从无意隐瞒，是父亲有令，命我再不许提自己的出身与来历。"

魏修平道："你如今提了，就不怕我将此事告诉族中宗亲？"

"问刀大会过后，我会亲自向各位宗亲请罪。"

魏修平看他谈论起此事，毫无心虚之态，竟也是坦坦荡荡。

二叔教一句"逍遥在世，志坚在心"，魏氏子弟中，唯独魏听风做得最好。

这做得最好的人，竟不是魏家人。

魏修平苦笑一声："我再问一句，望你诚心回答。你是不是全然不顾魏氏上下的安危，要为了那个女人，跟梁慎行过不去？"

"修平，此事当真与成碧无半分干系，即使没有她，梁慎行也不会轻易放过我。"魏听风重申一遍，再道，"父亲既然将魏家交到我手上，我不敢有半分辜负。之后的事，也定然会妥善处理，万请放心。"

"好。"

此一字，竟教魏听风有些意外。

他本已在腹中备好说辞，要向魏修平解释他要如何渡过眼下难关，不料魏修平竟不追问。

这是放心他继续担任家主之位吗？

魏修平也不过多解释，唤人进来低声吩咐几句。很快，一个用粗麻绳五花大绑的人被押上来。魏听风见他样貌不似大周人。

魏修平很快给出解释："这蛮羌人带着他们将军的手谕来找我，拿出你曾为蛮羌刺杀官员的证据，还将你的身份和盘托出……闹来闹去，我才明白，这是想借我的手，将你铲出魏家。"

魏听风思忖，原来修平早就知道。

魏修平看向魏听风："饮寒，你说，我该怎么办？"

魏听风道："他这是知道，你与我有过节。"

魏修平道："可惜，他们不知道的事更多。"

他们不知道魏听风在学堂时，曾替他受过罚，挨过打。他肺热不退时，家中兄弟都不敢亲近，唯独魏听风会来看他，挑灯为他念书，念的是游侠传奇，本是好精彩的故事，经他的口一出，顿时变得索然无味。

而当别人指着他骂，他娘亲出身不光彩的时候，魏听风会站在他这边，拿着那种不轻不淡，但足以压迫得人不敢喘气的目光，静静地看着那些人。

他本是温厚脾性的，可一动起怒，无人敢来招惹。

待赶走那些人，魏听风会伸手揽住他的肩膀，低声说道："修平，不必在意他们怎么说。"

他是怎么反应的？

他记得自己恶狠狠推开魏听风，抹着眼泪骂他："要你多管闲事！"

魏修平很想从魏听风的眼里看到名为"嫉妒""恐惧"以及"怨恨"的情绪，可魏听风似乎与一切卑劣无缘。

他入魏家以后，心中唯有感激，为此，他宽待所有人。正是因此，魏修平那时才格外讨厌魏听风，恨不能将他从魏家驱逐出去。

魏修平笑着，用手指点了点自己左边脸颊，看向魏听风脸上那道疤痕，说："这人你拿去吧。至于要怎么处置，你是家主，应该不必我来教，就当我还你的。饮寒，我真的很不愿意欠你的情啊。"

可这道疤痕，他怎么还，都还不上。

魏听风怔愣片刻，忽地松出一个笑容。

"多谢。"

（二十三）

当下局势早已搅成一团乱麻。

天子要借逐星宝刀，施威于武林，而不满朝廷已久的江湖人打着给魏家夺刀的名号，行刺朝廷要员。

江陵魏氏夹在中间，处境本就分外尴尬。

魏家若是臣服于朝廷，辜负各路英雄豪杰的侠义，必使自家的名声尽丧。可又倘若一味地跟朝廷作对，搅起江湖与朝廷的腥风血雨，魏家必定要背上累累血债。

魏听风思来想去，若是魏长恭在世，无论哪一种局面，都是他不愿见到的。

魏听风求和的态度一向坚定，有幸的是，颍川侯梁慎行遭受数次刺杀，竟也能为了两方安定，将此事按住不表，迟迟不肯发罪。正因如此，这才急坏了本想看好戏的蛮羌人，不得不在暗中煽风点火，往这一触即发的紧张局面上，再倒上一口热油。

他们知道梁慎行与蛮羌之间有着血海深仇，将魏听风的身份告知，亦是为了挑唆梁慎行与魏听风的关系。果不其然，此次谈和之会，顷刻间破裂。

而为防患于未然，蛮羌还做了两手的准备——将魏听风非魏家血脉的事，告诉了曾与他争夺家主之位的魏修平，试图挑起魏家内乱。

那么魏听风与梁慎行谈和失败也就罢了，倘若真的谈和成功，这厢魏听风的身份一旦暴露，魏家也必定不会再令他主事。届时魏家群龙无首，各自为营，宗族上下无法统一抉择，到底是亲朝廷还是近武林，到了那时，也必生祸端。

此计看上去算无遗策。

只可惜他们漏算了魏修平此人，漏算了魏家同气连枝的宗族关系，也漏算了撑着江陵魏氏百年声望的侠骨丹心。

魏听风不得不感谢蛮羌趁势挑唆，毕竟要想从敌人转化为盟友，契机无非是一个"共同的敌人"。

直接与梁慎行谈判，怕是不成了。

魏听风与他之间，不仅仅隔着蛮羌和大周之间的仇恨，还有一个秦观朱。

好在魏听风也做了万全的准备，并未将谈和的希望尽数寄托在梁慎行一人身上——在此之前，他向京城传过一份加急的信件。

对方也很快给出回应。

八百里驰传的公文，由兵士送到了梁慎行的手上，与公文一同到来的，还有云州知府刘齐。

刘齐躬身抱礼，拜见梁慎行，而后坐在床边，询问梁慎行的伤势可好。

梁慎行看罢公文，手中狠狠一攥，几乎将公文攥成碎末。

他咬了半晌的牙，眼睛通红，质问道："相爷为什么要给魏听风作保？他知不知道，魏听风是蛮羌人，更有谋害魏家家主魏长恭之嫌？"

刘齐已知这公文来晚了一步，叹道："梁侯，既然相爷调派下官来接手此事，下官也会尽力而为，不辱使命。侯爷有伤在身，就好好休息吧。"

梁慎行与刘齐同是宰相高执的学生，梁慎行入将以后，得过高执不少点拨与提携。高执算是他朝中的恩师，梁慎行对之一向敬重。可如今高执竟然站在魏家一方，令梁慎行不由大为恼火。

刘齐跟在高执身边数年，知道其中原委，见梁慎行满腹不甘，怕他不肯轻易交权，这才将其中原委娓娓道来。

高执此人才华非凡而心思诡巧，表于科举应试当中，使他既得了个进士的衔儿，又居于末流，被分配到江陵做了个九品的闲曹散吏，不得重用。

他在江陵无非是做些收录狱案的琐事，闲暇时专爱拉着同僚讲奇案。

高执此人口若悬河，舌灿莲花，讲起故事来比那专门说书的还要动人，且分章回，一日一章，讲罢就等下回分解。为此同僚官吏无事时就爱找他喝酒，也曾打趣儿，讲高执就是去江陵城中支个摊儿，专门说书，也比当官发财。

谁料高执还就真去江陵大街上摆上摊子，一来二去他也挣出些名声，使得魏家的二公子魏长恭慕名前来。

魏长恭平日哪儿都不去，就爱搬个小板凳听高执说书。魏家财大业大，魏长恭不识金银可贵，给高执不少赏钱，魏长恭得空时还会请高执喝酒。

魏长恭抱着酒壶倒在榻上，问高执："高兄这么好的才华，埋没在江陵实在可惜。"

高执当他客气，也道："二公子性情不俗，结天下友，行仗义事，不也还是甘在江陵这一方水土中？我嘛，至少还算个官。"

魏长恭哈哈一笑道："我性情不俗，是因我不做官。"

高执敛袖，伸出大拇指，道："二公子境界高，我就很俗，最爱当官。"

"高兄才是真的'高'，这出世容易，入世却难。高兄身为九品散吏，却有廓清寰宇、以肃政风之志，实属难得。"

"二公子不笑我蚍蜉撼树，自不量力？"

"哎，"魏长恭摇摇头，"知其不可为而为之，圣人也。不过高兄出身低微，无人赏识，在官场中寸步难行。你若有心仕途，我倒可以助高兄一臂之力。"

"哦？何解？"

魏长恭也不解释："高兄静候佳音便是。"

高执哂笑："看来二公子早有打算。"

魏长恭将壶中酒尽数饮净了，醉意浓浓地说道："不然，你以为我干甚放着捉鱼逗鸟、美人金玉之事不睬，天天听一男人说书？"

高执问："你想从我这里得到什么？"

"好官。"魏长恭眼色认真起来，回答道，"我想看高兄成为一个好官，除此之外，别无他求。"

果真如魏长恭所言，没过多久，一封京城的调令就发到江陵，将高执调回京都，任吏部主事。从此，高执的仕途顺风顺水，节节攀升，数十年宦海沉浮，终才有了今日的高相爷。

刘齐跟梁慎行解释："这魏长恭不仅仅是相爷的好友，更对相爷有知遇之恩。"

梁慎行道："如此说来，相爷岂能轻易放过谋杀魏长恭的凶手？"

刘齐斟酌再三，将左右屏退，按照高执的意思，向梁慎行说明："此事与魏听风无关，魏长恭之死……也并非他人加害。相爷亲眼看着他服下了毒药……魏长恭是自尽。"

梁慎行一拧眉："什么？"

魏听风也忘不了那一天，风雨潇潇，士兵们持刀而立，将江陵魏家围困得水泄不通。

魏听风取来逐星，就要冲出门去。

魏长恭颇为无奈地拦住他，瞧着魏听风，道："客人还没进来，你这刀都掂上了？"

魏听风认真回答道:"来者不善。"

"放心。"他拍拍魏听风的肩膀,"是老朋友了。"

果不其然,从轿中下来的人相貌俊伟,舒眉长目,手握一把金骨折扇,颇有大儒风范。魏听风见过这把折扇,是多年前魏长恭去南方游历时带回来的好物,说是要送给一位友人。

高执见到魏长恭便是一声朗笑,张手紧紧地抱住他:"长恭,别来无恙。"

魏长恭却道:"安好。不过,我还是很怕见到你的。"

这一句,魏听风当时没听懂,高执却很快明白了,眼眶一热,什么也没说。

魏长恭领来魏听风,跟高执说道:"这是我儿。听风,还不快见过高相爷。"

宰相高执,不见其人,但闻其名,魏听风满腹诧异与疑惑,不过也未表明,遵从魏长恭的话跟高执拜礼:"见过相爷。"

高执道:"你何时又有一个儿子?"

"我生的,你嫉妒吗?"魏长恭笑道,"相爷,你稍待片刻,我跟听风说几句话,就随你去。"

高执眼色一深,目光在魏听风的身上停留片刻,点了点头。

魏长恭与魏听风并肩站在落雨的廊檐下。

魏长恭轻合上眼,听着雨声,感受着丝丝凉意往他肌理中渗入。

魏听风越想越不安,沉默良久,终是开口问道:"我不明白。"

魏长恭道:"你哪里不明白?"

魏听风沉默了。

其实他明白。

魏长恭曾受朋友相托,帮助大周的军队调运粮草,以逐星刀为信,请求各路侠士襄助,击退蛮羌铁骑。

能号令江湖的,从来都不是逐星。刀无甚特别,特别的是他的主人,魏长恭。

魏长恭在此战中立下天大的功绩,若他能为朝廷所用,必得皇上宠信,倘若不能,他也必定会成为皇上的心头大患。

新皇登基以后,曾三番四次派人来召魏长恭入京为官,皆教他婉拒。

魏长恭道:"云娘病故时,我不在她身边,正不知为了哪个贪官,或者平息哪桩恨事奔波,或许事成后还会拉着人高兴地大醉一场……下人说云娘等了我很久很久,终是没能等到,死前还攥着我送她的玉坠子……"

"妾身无福再陪伴夫君,今生能嫁予夫君为妻已是平生最幸之事,只是遗憾未能再见最后一面。妾身舍不下夫君,亦舍不下听风与饮寒。二子思爱父亲,终日吵闹不休,听风顽皮,饮寒淘气,虽都是让夫君烦恼的性子,但本性亦像你,从不作怪行恶……

"听风与饮寒正当年幼,妾身希望夫君能放一放江湖诸事,多来陪陪他们。他日夫君若另娶贤良,也望别教二子受太大委屈。妾身只愿他们能长命百岁,一生无忧。"

一纸遗书,将魏长恭震得心魂俱无,之后听风与饮寒二子在短短三年内,也相继因病去世。魏长恭可笑自己在江湖与朝堂上拨云弄雨,竟也有如此束手无措之时,不由溃败如山崩。

什么"平天下不平之事",什么"解世间黎民之苦",一腔豪情与侠胆,都教这苦痛抹平……

魏长恭心性大乱,险些在练刀时走火入魔,方才如梦初醒,从此遁入道门,留在江陵修身养性,再不过问江湖与朝堂诸事。

帮助北域军队击退蛮羌,若非是友人再三相求,他断然不会出手。

一出手,也必招来祸患。

今日高执带兵前来,已然是皇上的意思。魏长恭不死,士兵就会踏平此地,将魏氏一脉从江陵的土地上夷灭,永消后患。

魏长恭庆幸是高执前来,有高执从中斡旋,只需要他一人独自赴死即可,不必连累魏家上下。

魏长恭伸手揽住魏听风的肩膀,手轻轻拍着安抚,道:"饮寒,爹最大的福气就是还能遇见你,是你给我机会,让我能做一个父亲,也一直在教我如何成为一个父亲。我嘛,看着你的时候,也不免得意,自己这爹当得还算称职……"

"魏长恭!"魏听风眼睛通红,喉咙里阵阵发紧,"别说这些话。"

魏长恭笑了笑,长叹道:"我想云娘,也想饮寒和听风,他们或许还在等着我团聚……"

"你不要我了吗?"他终是流下泪来。

"傻崽子,人与人哪里有不分别的时候?不过早晚罢了。爹就陪你走到这一程了,往后你也会娶妻生子,也会有人教你懂得思念,懂得牵挂……"

魏听风恨自己嘴拙,面对魏长恭,竟一句反驳与挽留的话也说不出。

而后,魏长恭放开揽着魏听风的手,转过身去,背对他漫不经心地摆摆手道:"饮寒,天冷了,记得多穿件衣裳。"

这是魏长恭留给他的最后一句话。

还有一句,是高执转告给他的,亦是魏长恭生前唯一所求:"吾儿听风,相爷也见过了。他呀，本是极聪明的，就是脑筋有点直，好在没有坏心。看在你我多年交情的份上，他日我儿若有急事相求，还望相爷务必答应。"

（二十四）

刘齐将来龙去脉与梁慎行交代清楚，又道："老师也是为你考虑。这些时日，梁侯辛苦，你好好养伤，之后的事就交给下官处理罢。"

梁慎行听后脸色阴了好一阵儿，冷笑道："为我考虑？"

刘齐道："梁侯……"

"老师对本侯有恩，他既有令，本侯不会忤逆。"梁慎行道，"问刀大会一事，本侯会派人跟你接洽。不送了。"

梁慎行下达逐客令。

刘齐知道梁慎行心中憋屈，本想劝慰几句，可见他已背过身躺下，也不好再多说什么，只得拱手告辞。

刘齐接手筹备问刀大会，不过圣驾已快到芙蓉城，留给他的时日并不多。当夜，刘齐就修书一封，邀魏听风前来相见，信件附一金骨折扇，魏听风收到时，就知是高执安排。

魏听风本意前去，不过魏修平却不乐意。魏修平将酒席设在城郊外一处野亭当中，备好美酒佳肴，要刘齐亲自前来，且只准带一队兵马。

魏修平意下坚决，禀告缘由："上次你为客，他们设下天罗地网以待。你肯吃亏，但魏家可不想再丢这个脸。那位刘知府若是不来，就是没有诚意。既无诚意，又何必与他多言？"

魏听风低叹，应下他的安排。

刘齐求和心切，知道魏家与高执渊源颇深，也不作太多疑虑，翌日就应约前来。

刘齐下轿，见魏家子弟个个肃容，持刀以待，黑金旗帜招摇森列，气势非比寻常。他经人引着进到亭中，一见魏听风，就看到他脸上那道骇人的伤疤，噤了噤声。

魏听风起身，先跟刘齐行拜礼："见过知府大人。"

刘齐诧异他竟如此知礼数，言语间皆是谦恳，紧绷的心弦放松些许，适才回礼道："魏宗主，久仰。"

魏听风将刘齐请入座，先敬上刘齐三杯，又向刘齐徐徐介绍桌上的菜品。

他得知刘齐是云州人氏，口味偏嗜酸辣，不比颖川一带的菜系清淡，为此，

桃花锦浪

239

特意请了云州的厨子，来做一桌美食。

一来一回，刘齐彻底放松下来，竟不由地食指大动。

而后，魏听风才言归正传，道："此次邀知府大人前来，亦是有事相求。"

刘齐道："魏宗主言重，你我各有所求罢了。"

魏听风道："蛮羌人之前伪装成中原武林人士，刺杀颍川侯的家眷，之后又来挑拨在下与魏家的关系，意图破坏谈和一事。其不轨之心，昭然若揭，现一物证，一人证，还请知府大人过目……带上来！"

物证乃是当日蛮羌刺客截杀秦观朱时，所遗落的弩箭。人证便是魏修平交予他处置的那名蛮羌细作。

他将人证与物证的来历与刘齐一一讲明，并道："请知府大人务必将此事转告皇上。"

刘齐皱眉片刻，知道此事非同小可，道："魏宗主放心，本官回去之后立即向皇上禀明。"

魏听风又道："还有一事，要拜托大人。"

刘齐看出这魏听风是有备而来，且行事沉稳练达，哪里还有不信任的道理。他道："魏宗主但说无妨。"

魏听风道："皇上此次邀请各路豪客游侠，前来芙蓉城品鉴宝刀，此等隆恩，江湖上下莫不拥戴。不过，这问刀大会上若是单单鉴赏一把逐星，未免单调。我已与各派的掌魁商议，他们皆愿奉上各家传世之兵，请皇上一观。"

刘齐眼睛一眯，望着魏听风的眼神忽而深沉起来。

江湖人肯将兵器献出，这便是献忠了。

可他们愿意进献，皇上又岂敢轻易收下。江湖人进献兵器是表忠，而皇上若真将各家宝物收进囊中，便是夺人至宝。他们表面臣服，暗中未免也会积下怨怼……

今日，魏听风能说服各门派献上兵器，他日也大可以利用这些积怨，游说他们谋反。这一计看似退让求和，实则却如一把藏锋的利刀，直指圣上——不可逼人太甚。

魏听风看似谦恭，处处敦厚知礼，可内里竟比魏长恭还要凌厉，还要狠辣。

多年前的魏长恭是了无牵挂，愿意以一死来保全魏家。如今交由魏听风来作家主，他还想好好活，这世上有他想要保护的人、牵挂的人，并非一死就能了却的。

一再退让，是他不想教魏家卷入腥风血雨当中，可若圣上真不给他留活路，退无可退之际，他便要自己求。

刘齐想明白其中利害，方才对魏听风所生下的亲近之心，又平添上几分畏惧，心下不由称叹：此人心诚志坚，竟要比他父亲还难对付。

　　魏听风已指好了一条明路，刘齐也没有其他更好的选择。

　　他点点头道："魏宗主思虑周全，当真令本官折服，那么就依宗主所言，本官这便回去重做安排。"

　　魏听风看刘齐如此，亦不挽留，抱拳行礼道："知府大人慢走。"

　　不过一顿酒饭的工夫，天又下起冷冷的雨来，雨势如倾似泼，多时亦不见收。

　　魏修平与魏听风在野亭中等雨停，魏修平给魏听风满上酒杯："你肩上的伤还未好利落，芙蓉城那边，我去跟进。"

　　魏听风点头许他前去，不过却不碰杯中酒了，道："方才喝过不少，再碰就要醉了。"

　　魏修平笑叹道："是了，自我认识你以来，好像从未见你醉过。"

　　自也是醉过的。过去一年，每逢他念想秦观朱时，偶尔借酒，便能见到她。如今梦竟成真，魏听风其实也不敢多想的，唯恐想多了，又发觉是梦一场。

　　他正沉思，心中念起秦观朱来，忽而听见亭下有言语声，回望过去，就见秦观朱执着一面桃花色的胭脂伞，正问魏家子弟："魏宗主可在这儿？"

　　那子弟也知道这女子对于宗主而言很不一般，不敢作拦，态度恭敬地请她上去。

　　秦观朱进到亭中，收了胭脂伞，又拍了拍臂弯中披风上的雨珠子。

　　魏听风诧异着正要起身："你怎么来了？"

　　秦观朱上前按住他的肩膀，将一领黑色披风搭在魏听风的肩上，道："我见外面下起雨来，你今日出门穿得单薄，可别再受了冷……"

　　魏听风一愣。

　　倒是魏修平讥笑一声："你当他是什么人？我们魏家子弟从小习武，自有内力御寒护身，还不至于遭点小雨，就会受冷。"

　　秦观朱不理他的讥笑，又朝魏修平递上另外一领灰青色的披风："你也是。"

　　她眼色平静如湖，倒教出言讥讽的魏修平有些措手不及。他没想到秦观朱还会惦记着他的冷暖，一时间脸上不知为何竟有些烧。

　　魏修平勉为其难地将披风接过来，嗯嗯啊啊了一阵儿，才飞快地说一句："谢谢。"

　　魏修平浑身不自在，忙找个借口匆匆溜了。

　　看他似落荒而逃，魏听风笑了一声："我第一次见修平如此。"他起身轻轻拥住秦观朱，也低声跟她表意，"成碧，谢谢你。"

他道得郑重其事，还有缱绻的温柔，眼底沉着浓浓的情意，目光在她的脸上逡巡。

秦观朱教他看得脸也红起，避开他的目光，道："这有什么好谢的？"

魏听风扯起披风扣住她的腰，将人卷入自己怀中，低头深深吻上她的唇。

她自然不知，她所视若寻常之事，已是他毕生难求的好福气。

先是魏长恭，后有秦观朱，即便这是上天夺走他一切后，又施舍给他的福气，他也心有惶恐，似受宠若惊。

除了感激，还是感激。

（二十五）

问刀大会当日，魏听风领一众魏家子弟早早便出发了。

临走前，他跟秦观朱款款低语："梁慎行那边，有我做交代，你放心。"

秦观朱知这是个天大的麻烦，强教魏听风替她承担，她始终不安。

魏听风握着她的手道："我们不分彼此。更何况，这件事也应当由我来做。"

要与梁慎行和离，那是秦观朱自己的意愿，可魏听风若想娶她，除了面对秦观朱以外，他也该去面对她从前的丈夫。

魏听风意不可寰转，秦观朱也生出依靠他的念头。秦观朱打定主意，此番倘若魏听风有个好歹，她也与他一并承担。

魏听风见她不再百般推诿生疏，本是紧绷的心一下舒展许多。他将秦观朱拥入怀中，浅浅地与她亲吻，想着今日假如真有什么意外，哪怕是死，他也不觉遗憾了。

魏听风启程前，特意嘱托魏修平留下保护秦观朱。

魏修平不想这重要的关头，魏听风竟敢撇下他，登时火冒三丈，骂道："她是缺胳膊少腿需要人伺候怎的？我干吗要去保护她！魏饮寒，你听好了，要是你有个三长两短，回到江陵，宗中非要我的命不可！"

"修平，她对我很重要。"魏听风眼睛盯住魏修平，质朴中又生出浓烈来，沉声道，"除了你，我信不过任何人。"

魏修平："……"

魏修平愤然想着，谁说魏听风嘴拙？可真是天大的笑话。魏听风一句话，就有本事将他劝服——如若能得魏家宗主信任，恐怕谁都想全力以赴地证明，他不曾看走眼的。

魏修平听着纷乱浩荡的马蹄声渐行渐远，风鼓动着旗帜，猎猎作响。

秦观朱远远地站在门前，待魏修平回身走近后，她才温声问道："你饿吗？我做了几样家常菜。"

魏修平挥手："我不吃。"他正要走，方又折返回来，睨了秦观朱一眼，"这里有伺候的下人，少做这些多余的事。"

秦观朱凝望他片刻，道："别置气，饭还是要吃的。"

魏修平哼了一声："我至于跟你一个女人置气？"

他将秦观朱上下打量，至今也没看出她有甚特别之处。况且秦观朱还是个有夫之妇，不知道哪里来的本事，居然能教魏听风那样一个懂规矩、知进退的人，做下这种惊天骇地的事。

夺人之妻。

这等仇，梁慎行会轻易放过吗？

魏修平忽地冷声道："秦观朱，我不知你用了什么手段把我哥迷得神魂颠倒的，不过他既然已认定你，我就不会逆了他的意思。但是，这并不代表魏家就会承认你做主母。"

秦观朱道："我不是冲着你们魏家主母之位来的。承认与否，我并不在意。"

"既然如此，就别费尽心思来讨好魏家人，只要你对得起我哥，没人会拿你怎么样。"

秦观朱闻言点点头："多谢。"

魏修平讲她"讨好"，并非全无道理。她知自己这样的身份，魏家定会有人不满，她自己倒是无所谓的，唯恐令魏听风夹在中间为难。

魏修平道："不必谢，我又不是为了你。"

秦观朱早摸清这人的脾性，嘴硬了些，实则没有坏心。秦观朱道："既然你不想拿我怎样，想必绝食也不是为了气我，为什么不吃饭？"

魏修平直了直背，理直气壮地说："我，我那是怕你手艺不好！"

秦观朱一笑："放心，我做菜很好吃的。"

旁边其他子弟见状，忙上前来打圆场，一边替秦观朱说好话，一边又揽着魏修平劝说别让宗主为难，打打闹闹着将他按到座位上去。

他们在酒桌上很随意，不讲究太多的规矩，虽然是世家里的子弟，到底浸染着江湖习气，知礼而不拘礼。用过酒菜后，魏修平拎起酒壶，正打算出去派个人进芙蓉城望望风，早点报消息回来。

他面前不知立着哪个小辈，魏修平正要唤人，恍惚间他听见一声风响，很轻微、很轻微，只他耳力惊人才听辨出。这响又在近处穿透窗户时裂崩开来，"嘭"地令魏修平一震。他伸手抓住眼前那孩子，抱住他翻身一滚，一支炽翎钢箭直直贯入地面，击起一片碎石粉末。

魏修平见状目眦欲裂，大喝道："暗矢！躲！"

他将那孩子推到一根梁柱后，又迅速朝秦观朱飞掠而去。话语刚落，一波箭矢急如红色的密雨，穿透朝着屋中倾灌下来，魏修平一脚踢起小桌作挡，将秦观朱狠狠按下。

秦观朱膝盖一软，倒坐在地，听得面前砰砰两声惊响，雪亮的箭镞险些将桌面刺透，露出一星点寒光来。她看见后，幽深的冷意一下往她骨头里渗，因她认得这炽翎钢箭，是梁帅旗下亲卫才会配备的兵器。

秦观朱咬住牙，正要起身，魏修平忙将她制住："你找死啊！"

魏修平方才躲闪不及，一道钢箭擦过他的右上臂，血如泼出来一般不停地流。魏修平撕下一条袍角，飞快往胳膊上一缠，用牙将死结咬紧。

他额上疼起了一层汗，大声呼喝着问："谁受伤了吗？"魏家子弟相继回应无事，魏修平又道："是兵。"

"是梁慎行。"秦观朱低声道，"他们冲我来。"

魏修平咒骂了一声，道："你这个……你这个女人，真会给魏家招灾！"

秦观朱道："我出去，你带他们从后院走。"

"少来！"魏修平道，"我答应饮寒保护你，你出去？你出去我怎么跟他交代！再说让我们抛下一个女人败走求生，你当我们魏家是什么东西！"

秦观朱道："你们是英雄，是豪杰，但不必为了我，去跟他们对抗。"

"你闭嘴。"魏修平盯着已经被箭穿成筛子的门，日光七零八落地洒下来，他低低念道："停了？是停了吗？"

他正要下令所有人提防后撤，门外就传来一阵粗犷的怒喝："秦观朱，倘若你还活着，三声之内，自己走出来，否则就与魏家人一同等死罢！"

"三——"

魏修平扯住秦观朱的袖子，压着怒意喝道："别去！"

秦观朱道："你相信魏听风，也请相信我。他们若真想要我的命，就不会停下来。"

因为太着急，魏修平的脑子反而如同生了锈一样转不动："你别说话！"

"二——"

秦观朱抬起手："谢谢你，可今日这里若死一个魏家的人，我以后没办法再见他……"

轻微的重量落在魏修平的肩头，让他急躁如战鼓的心跳蓦地停了一下。他抬头对上秦观朱平静如湖的眼睛，嘴巴动了动，竟不知该说什么才好。

"快走。"

秦观朱推开他，从地上捡起一支炽翎羽箭，斫断箭身，将箭镞握在手中。她强撑着两条发软的腿，跟跟跄跄地走出去。

"一！"

"我在这儿！"秦观朱推开门，眼睛通红，望向那高头大马上正蓄箭待发的人，"别放箭。"

她飞快寻了一周，竟然不见梁慎行，为首者乃是最得梁慎行信任的副将。这人秦观朱自也熟识，他与梁慎行一同参军，两人在战场上出生入死多年，情义非比寻常。

前来围杀魏家人的兵马竟不着兵袍，也未举帅旗。

看来他们不是为公，也并非假公济私，而是真真切切为了解决这桩私怨而来。

副将看了秦观朱一眼，呵呵笑道："末将方才还在想，侯夫人要是真死在里头，也省了咱往后的事。"

秦观朱一把握紧箭矢，也握住手中的颤抖，对副将道："要梁慎行出来见我……"

"夫人，您实在高估了侯爷。他又不是什么神人，受下那么重的伤，就连起身都难了，还能到这里来么？"

秦观朱颤声道："那么你来，是为了什么？"

"侯爷情深义重，对你一向宽容，如今更是因为师恩在前，连对魏家都网开一面。但是士可杀，不可辱，侯爷不该因为个贱妇，一辈子都遭天下人耻笑……他既做不来坏人，那就由末将来做，日后若有谁来问罪，我提头去认！"

他重新拉紧弓弦，对准秦观朱。

"你跟末将回去，尚可活。如若不然，就与魏家人一同死。"

无法言喻的恐惧沿着秦观朱的背往头顶上爬，她浑身发冷，试图争辩道："我即刻回去，你放过他们。"

"你弄错了。"副将冷声一笑，"末将是说，这里只有夫人可以选择活。"

(二十六)

他一声令下，两个人出列，上前来去扯拽秦观朱，押着她往人群里推。

秦观朱挣扎呼喝出他的名字："东良！这里头都是魏家的人，是无辜的！"

"他魏听风既敢做不敢当？行事前，他怎么就没顾忌牵累家人？"他冷笑几声，"姓魏的，有一个算一个，这笔账一并讨问！"

"讨问什么！梁慎行知道你们这样干，难道就痛快了？"

"放开，放开我！"她不知道哪里来的力气，那两人也念在往日旧情上没彻底按死了她，这才让她逃脱。

秦观朱往副将的面前冲了两步，一手拽住马缰绳，道："你们都是他出生入死的兄弟……说什么提头认罪！到时候他还能袖手旁观，不管你们死活？"

东良狠狠扯回缰绳，秦观朱掌心被粗糙磨出一片火辣辣的疼痛，一下不防，跌在地上。

东良双眼发红，岂能不知，她的话并非全无道理。

梁慎行与他们一样出身草芥，正因如此，他才更明白他们这等人吃过的苦、受过的冤。梁慎行当上颍川侯之后，亦如从前那样待他们如同胞兄弟，从不端着架子耀武扬威，亦不忘旧日情分与功劳，将他们尽数提拔上来。

梁慎行待他的这份情义恩情，他不能忘，也不敢忘。

东良跟随梁慎行多年，知道梁慎行最是珍爱发妻，梁慎行与秦观朱起于微末，多年来相互扶持，感情深厚。

从前在军营，那时梁慎行尚未得势，隔三岔五就收到棉衣和来信。众人都知他家中有位贤妻，常常拿此事打趣儿他果然有远见，入伍前就知讨婆娘，哪像他们，也就头发比和尚长罢了。

梁慎行长叹一声："是啊，我这等福气，你们真是羡慕不来。"

如此马上就会讨一顿打。

之后不久，梁慎行立下战功，将军行赏，把女人送到他营帐中去，他忙原封不动地将人送了回来。

也有看不惯他的人，夹枪带棒地笑他惧内。

本是讥讽人的话，梁慎行笑笑了之，还顺着承认："你们有所不知，我家那位当真好厉害，要是哪日教她知道我做了对不起她的事，明年过冬怕就没新衣裳穿了。"

后来，梁慎行得势，秦观朱在望都家中大病了一场，据说多日起不来身子，险些就撑不住了，后来吃下几服灵药才好转过来。梁慎行得知后惊魂不定，下决心将秦观朱接到身边来，夫妻二人再也不分离。

秦观朱见到他时，还劝他不必担心，去了一趟阴曹地府，小鬼们说她心头挂念着人，阎罗王也不收。哪日梁慎行不要她了，她才能舍下。梁慎行红了眼眶，抱紧秦观朱久久不语。

他不敢想秦观朱一个人在病中无人照顾，将死未死之际该有多害怕。往后更是对她百般爱护，向来是秦观朱说一，他不敢做二。

对秦观朱这么一位夫人，东良他们身为部下，亦从心中敬重。

梁慎行娶昭月郡主一事，有不知情的，置喙梁慎行忘恩负义，只有他，跟在梁慎行身边，知道整件事的来龙去脉。

蛮羌奇袭军营，攻破城门后，肆意屠戮满城百姓。梁慎行率兵后撤时，才知道秦观朱在途中被兵马冲散了，人没有逃出城来。

梁慎行当即策马扬鞭，潜回城中寻找。东良身为副将，亦是紧紧跟随，不料也在东躲西藏中跟丢了人，他没了办法，只能暂且折回。

东良左等右等怕他出事，临近深夜，正准备派一队兵回去再找，梁慎行就抱着昏迷的秦观朱回来了。

放下她，梁慎行回到帅帐。他浑身浓郁的血腥味，脸上红赤赤尽是鲜血，眼中不复往日的光彩，如丢了魂一样，呆呆立了好些时候。

而后，梁慎行才问："东良，你说，我这回是不是做错了事？"

他在后悔，亦在自责。

那是梁慎行第一次怀疑自己的决定，承认自己的无能。他杵着剑冥思良久，才说："取纸笔来。"

他知道梁慎行要做什么，便问："夫人那边要怎么交代？要告诉她吗？"

梁慎行想了想，摇头道："不必，现在不必。"

在成婚之前，一切或许还有转机。

东良心道，也是，到了这个节骨眼上，告诉她又有什么用呢？秦观朱知道后必然伤心，可在这等危急关头面前，她又要勉强自己做出不得已的大度，假意成全，劝说梁慎行以大义为先，如此想来，也是委屈她的。

东良习惯听从命令，就不再问，取来纸笔后即刻将书信火速送往韩国。

之后诸事，更如开玩笑般，将梁慎行狠狠玩弄了一番，好生生一对夫妻，从此走到再无回头的地步。

东良眼中有细微的泪光，搭箭对准跌在地上的秦观朱："你既然如此了解侯爷，又怎不理解他的苦衷？他对兄弟都是如此，难道还能对不起你？他如何待你，你还能不清楚？谁想到你这个淫妇，竟敢背叛侯爷！"

秦观朱苦笑道："是吗？我背叛他？"

"他娶韩国郡主是迫不得已！一城死了那么多人，你不也在吗？你不也看到了么！那些百姓是怎么死的！这些血债，到头来都要侯爷偿还！还有那群蛮人！他们！"

他已将弓箭拉到极致，仿佛再不发，就要活活崩断："他们也配为人？魏听风就是蛮羌的走狗，千刀万剐都不解恨！还有魏家，护着蛮羌狗的通通该杀，通通！"

余下的话忽地被一声痛呼代替，秦观朱眼见一个黑影扑过来，将东良从马上合扑下来，众人惊魂甫定之时，那本搭在他弓上的炽翎箭已抵住他的喉咙。

魏修平大喝："都别动！否则就杀了他！"

"修平！"

人马中一阵躁乱，抽出兵器的声音铿锵又刺耳，数十把锋锐对准了魏修平："放开将军！"

魏修平将箭掂了掂，一手擒住他的喉咙："笑话，要听你们的，我岂非找死！东良是吧？拿弓箭利弩欺负上门，真以为我魏家人会怕！还敢叫嚣'通通该杀'？我看这里最该死的就是你！别人的家务事也轮得到你管，你可真厉害啊，既然这么厉害，怎么不直接杀我大哥去？冲着一个女人吆喝算什么英雄好汉？当然了，那也得看你有没有杀死我大哥的本事！"

东良被他掐住，险些喘不上气，脸色涨得紫红，呃呃道："别，别管我，杀了他！"

魏修平拿箭往他肩膀上狠狠一扎，又迅速拔出，箭头甚至钩出一块血肉来。东良惨声痛喝，肩膀上顿时鲜血淋漓。

魏修平抬起赤红双眼，道："来啊！"

这一下实打实吓住了他们，众人目光互相交接，试探进了几步又很快退回去。魏修平擒贼先擒王，拿住东良，缓缓从地上站起来，双方局面一时间僵持不下。

魏家子弟趁机从院子中出来，手中刀锋凛凛，森然生寒。如此近的距离，弓箭显然已失去绝对的优势，若比拼拳脚刀法，魏家不见得会落下风。

魏修平正思量如何迅速脱身，东良见他有一瞬分神，扣住他的手腕狠狠一折，得空当使力，死抱住魏修平胳膊，将他往地上摔去！

魏修平失去重心，靠着本能反应抓住他的腰带，带着他一同跌在地上，两人一擒一锁，又未分出胜负。

他们这厢动起手来，各自底下的人就待不住了，双方剑拔弩张，眼看就要兵刃相接，远方忽地扯起一声长呼："住手！"

嘚嘚马蹄声飞驰而来，身穿深青色官衣的男人近前，从马背上滚下来，来者正是云州知府刘齐。

他后头还跟着一小队官兵，整队人马呈一字型驶入人群，如同笔直利刃，一刀将胶着的双方从中间划开。

刘齐上前来，夺掉魏修平手中炽翎钢箭，大喝："你们这是要造反！还不快住手！"这句就是冲着东良说的。

然而他们二人谁也没放。

刘齐往腰间一扯，亮出颍川侯的令牌，东良看见后顿时大惊失色，岂敢不尊。

他一卸去力气，魏修平就迅速占据上风，他到底年轻气盛，血性正沸，哪里懂得见好就收，一个翻身反制住他。

他揪住东良的领子，提拳就往他脸上招呼。

东良狠挨了几拳，鼻间血流如注。

秦观朱忙上前去抱住魏修平的胳膊："修平！别打了！"

魏修平呼着出气，畅快地起身，说："不讨你几拳出口恶气，得憋死我！"

东良从地上爬起来，抹着鼻子，朝刘齐手中的令牌跪下："但听侯爷吩咐。"

刘齐气得半死："你啊你，圣上如今就在芙蓉城中，天子脚下，你做什么乱！梁侯一听你带人出去就知不妙，你果然——"

刘齐是儒士，训斥起人来，还撇不去腔调里的三分温和，他急到头瞪起眼，才有些凶狠。

"现在魏家宗主是皇上的座上宾，你跑过来滥杀无辜。我看你是要给梁侯惹上杀身之祸，你才甘心啊！"

东良道："一人做事一人当，这事是我自己拿主意，与侯爷无关！"

"无关？你是他的部下，你说无关就无关？"刘齐指着他，环视一周，下令道，"梁侯有令，将他们通通押回去，当众责打三十军棍！"

魏修平一下听出门道，冷嗤一声："颍川侯够护短啊！他的兵草菅人命，意图滥杀平民百姓，换个官来也该问斩了，现在打个三十军棍就想蒙混过去，天底下能有这么好的事？"

刘齐："这位，未请教……"

"魏修平，魏听风是我堂兄。"魏修平道，"世传颍川侯治军严明，秉公执法，向来铁面无私，我看也不过如此嘛。"

东良一听顿时火冒三丈，瞪住魏修平："你胆敢再诋毁侯爷，我要你的命！"

魏修平哪里听说过颍川侯如何如何，不过就是借机出言挑衅，见他们不快，他才爽快："事实摆在眼前，你赖谁？赖我？"

刘齐头痛道："好了，好了！这位魏公子，看在并未闹出人命的分上，别再将事情闹大了，如此对谁都不好……梁侯说，如果你们愿意接受，改日他当亲自登门赔罪，还请放过他这一干兄弟。都是年轻人，一时冲动了些，罪不至死……"

魏修平满腹狐疑地看着刘齐："这是颍川侯说的？"

刘齐道："千真万确。"

魏修平轻哼一声。他猜梁慎行说这话的时候，并不是好声好气的，只不过他眼下要保住这些人，不得已而为之。

魏修平道："他颍川侯还算个男人，不过怎么就教出这么一帮……"他睥睨了东良一眼，抱胸而立，讥讽地笑了笑，没有再说。

魏修平气归气，但他不是得理不饶人非要赶尽杀绝的性子，既然刘齐出现及时挽回局面，他也不执意再给梁慎行的人难堪。

如今朝廷和江湖关系紧张，他可不想魏家跟朝廷中的官员结仇。

东良一听刘齐说这些话，哪里还有方才高涨的气焰，一想到梁慎行是为了他才受这份窝囊气，恨不得一死了之！

东良双目通红，回看向魏修平，瞪了他一眼，又将目光挪到秦观朱身上。

"秦观朱，侯爷对得起你，对得起百姓，也对得起天地良心！是你辜负侯爷在先。既然你敢做下此等不知廉耻的事，往后就夹着尾巴做人，再脏了侯爷的名声，我饶不了你！"

秦观朱脸色一白。

魏修平一咬牙，双手提起他的领子："我方才揍你揍得轻了？"

秦观朱道："修平，你放开他。"

魏修平不放。

秦观朱望向东良，低声道："我跟你回去。"

（二十七）

芙蓉城中举办问刀大会，颍川侯借用了城中一处武馆的校场。

校场当中，以黑白石子搭建了一处八卦状比武台，两侧用青铜铸起的工整精美的阑锜上，已陈列着各式各样的神兵宝器。

地面用青石板重新铺设，铺黑金长毯，一路铺陈到正堂门前，那处设了红木台子，上面摆着一把雕刻盘龙飞凤的椅子。

大周天子身穿簇新龙袍，端坐于上，身在其中，正如众星拱月。

清风徐来，扫了扫皇上眉眼间的疲倦。他漫不经心地扫着校场中下跪行礼的所有人，半晌，才道了一声："平身。"

待众人起身，皇上才问道："听闻刘齐做了新安排？打算要朕好好看一场表演。"

有陪同巡游的官员俯身回答："回禀皇上，先前江陵魏氏中有人跟刘知府献言，说那逐星宝刀虽为名器，但在江湖中仍是论属凡品。如果皇上对兵器感兴趣，各大门派自有珍器法宝，愿献到御前，彼此之间比试切磋，但请皇上一观。"

"是吗？"皇帝略自沉吟片刻，竟好似明白了什么，恍然一笑道，"江陵魏氏，现在是何人当家？请上前来。"

宦官宣见魏氏家主。

众人才见有一男子解兵，缓缓踏上台来，银缎织金箭衣下的身躯挺拔精悍，有着区别于中原人的威猛，五官深邃而英俊，不过左脸上一道疤痕将他的英俊削去不少，为此显得更加刚毅，而非俊美了。

他似乎惯来是沉默寡言的性子，唇轻抿，唯独目光雪亮灼人。他敛衽行礼，不卑不亢道："江陵魏听风，参见皇上。"

皇帝审视他片刻，"嗯"了一声，道："你长得可不像你父亲。"

魏听风问："皇上见过家父？"

"见过。"皇帝抬手示意他起身，赐座，方才淡淡说道，"朕登基伊始，正值选贤任能之际，魏长恭机变如神，上至庙堂，下至江湖，三教九流无他不能结交，艰难阻滞无他不能解决，此等贤才，朕岂能不知……直至如今，朕身边的人臣也没有几个能盖得过他。"

皇帝理了理龙袍，垂下眼帘道："可惜，朕有三请，他有三拒，朕跟你父亲终究少了些君臣的缘分……"

既不能为朝廷所用，这等连皇帝都赏识的"机变如神"就成了魏长恭唯一的罪过。

扪心自问，魏听风无法平静地面对这个将他父亲逼上死地的君王，有那么一刻，他都想上前质问他当年为什么要那么做……天下那么大，连他这种满手脏污、一身罪孽的人都能容得下，为什么容不下一个干干净净的魏长恭？

可魏长恭教他"不怨不恨"，他不敢忘，眼下更是牵涉魏家和整个武林，亦不能意气用事。

皇帝道："不过你能游说各大门派进献神兵，可见本事不输于你父亲。"

他话锋沉厉，绝对谈不上温和，亦不是赞叹，更像是一种责问了。

见皇帝如此，想必他已明白魏听风此番行径，是表忠，亦是示威。

高执、刘齐等人先前不知上过多少奏疏，言明朝堂江湖交恶的利害。

江湖上这些门派世家，只要没有反心即可，宜施仁政。何况亦有个中门派向来以忠君为训，在野与其他各大门派互相掣肘，拱卫王室。

前不久刘齐上书，这其中还真有蛮羌人搅局。

刘齐禀告，魏家宗主说，各大门派世家得知此事后，皆以为"大义当头，民心所向"，愿借问刀大会之机，向圣上进献法宝神兵，为的就是教蛮羌外族看到大周上下一体，早日打消挑拨离间的念头。

魏听风把事情做到这个分上，反而令他挑不出错处。

见魏听风迟迟不作答，皇上笑了笑："今日的安排，甚得朕心。你说吧，想要甚么赏赐？"

如果他说不想要赏，反而令皇上疑神疑鬼。

魏听风斟酌再三，忽地想到什么，道："草民快要成亲了，想请皇上赐礼。"

皇帝认真看了他几眼，又有些恍惚："你父亲……"

他记起来，魏长恭也跟他说过同样的话。

魏长恭年轻时曾以能人异士的身份受召入宫，伴随御驾，在宫中待过一两个月，后来又自请离去。

当时，他还是东宫太子，知道宫中来了一位神人，手中总有新奇的东西，嘴里总有新鲜的故事，长得亦是风流俊俏，说话有趣极了。

他的仪驾碰上魏长恭时，他正变戏法，伸手往空中一捉，再张开手时，掌中变出一只金灿灿的黄鹂鸟，正叽叽喳喳乱叫，惹得那些宫女太监一阵惊叹，纷纷鼓掌叫好。

回头见到太子，宫人们当即噤声，躬身退到一侧，唯独魏长恭不疾不徐地拎来鸟笼，将黄鹂鸟放进去，而后才上前拜礼。

太子问他："你那是什么东西？"

魏长恭道："小殿下，这是黄鹂。"

他从轿子上下来，望着鸟笼："是你变化出它的？怎么做到的？我还从未见过谁有这样的本事。"

魏长恭哈哈笑道："我在街上随手学来得，不过是简单的障眼法，小殿下要想学，我可以教你。"

"街上？宫外难道人人都有这样的本事？"

他说话好生天真，倒教魏长恭一乐，故意逗他："可不是嘛！我们会的可多了。刚才那叫变戏法，还有皮影人偶，亦有扎风筝的，这个我会……风筝戏，小殿下听过吗？数百人起筝上天，在云上互相角逐，好生精彩，据说有人喜看风筝戏，每天都要望着太阳，久而久之，眼睛都快看瞎了，还是乐此不疲。"

"真的吗？会看瞎眼睛？"

魏长恭道："哈哈哈，是真是假谁知道。反正就是讲风筝戏好玩儿的。"

太子一听，顿时来了些精神，道："那你放给我看！"

魏长恭道："这恐怕不行，这宫中找不来那么多会玩风筝的人，而且在满是宫殿的地方，也放不高。不如我教你玩刚才那招，变黄鹂！"

说着，魏长恭单膝下跪，翻手一展，那只黄鹂鸟就变到太子眼前来。黄鹂用幼嫩的喙啄了啄他的脸颊，太子惊了一跳，魏长恭喜得坐地大笑。

太子看他，慢慢地也笑起来。

往后半个月，魏长恭常来陪他玩儿，只是没多久他便要离去，再也不来东宫了。听说父皇有意请他做官，他不敢接，将此事推却了。临走前，魏长恭特意来跟太子辞行："我要回家成亲去！"

他问："你要走了吗？"

魏长恭道："我不是宫中的人，来过了，也该走了。我从宫外带进来的那些东西，都放在一个百宝箱中，我派人搬来了，就当是送给小殿下的礼物。"

从此以后，他就再也没见过魏长恭。他登基后的三召三拒，魏长恭回应依旧："我不是宫中的人，来过了，也该走了……"

魏听风今日进献的所有神兵宝器，也比不过那个百宝箱中任何一件小玩意儿能令他开心。

等回了神，皇帝想起当年魏长恭辞行时自己还欠他一份贺礼，便朗声一笑道："这有何难？"

一表忠，一行赏，交易达成，方才是真正安然无恙地度过此关。

魏听风谢恩，缓缓松开一口气。有皇上行赏，来日成碧过门，也能塞住一些是非之口。

府衙当中，刘齐押着一干人进到府堂当中。

梁慎行闻讯赶来。他此次连正经衣裳都没来得及穿，只着一件藏青色的薄衫，急急忙忙又踉踉跄跄地从后堂出来。他身上的伤还未痊愈，人在短短数天当中仿佛一下瘦脱了相，整个人如同一张金纸，面色苍白，唯独一双眼睛猩红如血。

他看到那立在不远处的秦观朱，步伐一顿，眼瞳倏忽收紧，不禁有些发颤，不过这种颤抖仅仅持续了一瞬，他就将目光挪开。

他看见东良，一时怒火中烧，咬住牙间的愤恨，朝他狠狠踹了一脚。东良教他踹翻，一声不吭，又很快爬起来跪到他面前，垂首落泪道："末将愿以死谢罪。"

梁慎行又接连狠打了几个并行跪在前的人："你们呢！他一个人疯，你们不拦着，陪他一块找死！"

"请侯爷处置。"

"打！一人五十棍！"梁慎行下令，又抬头瞪向那些蠢蠢欲动试图上前的士兵，"我看谁敢求情！"

这五十棍下去，不死也要躺个半年。刘齐见梁慎行如此，适时上前打个圆场："梁侯，你伤势未愈，别动怒了，该打该罚，就交给下官吧。"言下之意，就是不要他们的命。有刘齐出面处理，也可免去梁慎行包庇之嫌。

梁慎行道："有劳。"

刘齐挥手将人拉到大堂外受罚，不出片刻，棍身打在皮肉上梆梆的沉闷声，以及忍受痛苦的呜咽，响在整个府衙。

一晌静默后，梁慎行才终于将目光再次凝在秦观朱身上："成碧，过来。"

（二十八）

他的声音是哑的，薄唇轻抿住颤抖。

"我回来与你说几句话就走。"秦观朱将声音压得很低很低。

他问："走？走去哪里？"

"哪里都好。"秦观朱抬眼，也压不住痛苦，"……你放过我吧。"

"因为东良？"他将话锋拉转，似乎在刻意回避她的请求，又在试图解决，"是我没能管教好他。你知道，他性格一向冲动，不计后果，但也是个能为保护百姓，一人单刀快马，直闯匪窝的好汉……"

"他是，可他刚才也差点杀了我，杀了无辜的人。"

梁慎行闻言嘴唇一下苍白，正要询问秦观朱到底怎么回事，喉咙间滚涌上一股血腥，呛得他捂着胸口咳了起来。

他身上的伤反反复复，愈发恶劣，如今仅仅是咳嗽亦牵痛全身，几乎疼出一身冷汗。

　　他只得坐下。

　　秦观朱看他百般痛苦难受，终究无法无动于衷，踱去桌边倒了盏温茶，递给梁慎行。

　　梁慎行没有接，而是牢牢抓住她的手腕："你受伤了吗？"

　　"没有。"

　　梁慎行轻缓了几口气，脸颊上的冷汗滚滚而落，一时发不出清亮的声音："好，好。"

　　秦观朱放下茶盏："可他今日有意滥杀无辜是事实，就因为没出人命，便能轻易将此事揭过吗？倘若真要你军法处置，你要如何？"

　　按军法，罪当论处。

　　梁慎行道："你真想杀他？就为魏家那些……"

　　他一下敛住声音，握紧手掌，不再提魏家，更不要提魏听风。

　　秦观朱知道他在压抑什么，回避什么，他们之间若是提到魏听风，怕是永远都不能好好说话。

　　她亦不提，而是再次追问："你会不会？"

　　梁慎行头痛欲裂："你不是这样的人，为什么非要拿这种假设来找我的不痛快？这样，你就痛快了吗？"

　　"我是什么样的人？"她显得有些咄咄逼人。

　　"我总以为你能体谅我的苦衷。"

　　秦观朱一向善解人意，温柔体贴，哪怕是他从前在望都一贫如洗，落得困窘饥寒之际，她都能理解他，支持他的选择和决定。

　　梁慎行道："我们夫妻相伴这么多年，你陪我走到今时今日，应当也清楚——哪怕是身居侯位，咱们也从来跟那些出身长戟高门的人不一样，在很多事情上都没得选择。"譬如他再不想辜负秦观朱，也没办法令昭月郡主为妾室。

　　"东良与我多年情义，今日更是因我犯下大罪，是，他罪当论处，可哪怕丢掉爵位与官职，我都想尽力保他一条活路。世人骂我徇私也好，枉法也好，我不在乎这些，我只在乎眼前人……"他伸手握住了秦观朱的手，细腻又冰凉，"无论如何，我都无法袖手旁观，眼睁睁看着他受死。"

　　"是，你重情重义。如果我再执意要他的命，又算什么？算心胸狭隘，得寸进尺？"

"成碧，"他握紧她的手，用尽力气后又陡然松了下来，"我们之间不要再谈这些事了好吗。我以为你回来……"

至少是在担心他。

他已教这近来的事折腾得精疲力尽，他浑身疼得辗转反侧，连入睡都难的时候，总能想到秦观朱从前照顾他时的情形。

他再无心思计较什么魏听风，一心只想她回来，哪怕秦观朱就唤他一声"夫君"，他都想将她拥到怀中来，对她说："成碧，我什么都不想要，往后别再离开我了好不好？"

可这样的话，在真正面对秦观朱时，他说不出口。

梁慎行是何其聪明的人，从前秦观朱求他放过，到底是心有怨恨与不甘的，可今日她再说那句话时，连对他的恨意都不再有了，便是真正的形同陌路。

秦观朱道："我回来，就是想问个清楚。你娶昭月，不是因为得到韩野王赏识，他择定你为乘龙快婿，而是因为要击退蛮羌，向韩国借兵，是吗？"

梁慎行一怔："谁告诉你的？"

"昭月，还有东良……"秦观朱忽然一笑，眼睛酸热，"梁慎行，好可笑啊，你还说我们夫妻多年，以为我总能明白你的苦衷，可连他们都知道的事，我却被一直蒙在鼓里。"

"成碧……"

"东良骂我不知廉耻，背叛自己的丈夫，你知道我听后怎么想的吗？愧疚？后悔？不该轻易自暴自弃，跟其他男人做下苟且之事？不，没有，梁慎行，我对你没有愧疚，也永远都不后悔。我只是觉得荒唐，觉得可笑，更觉得真是冤枉！"

她满眼泪水，用手翻来覆去地擦，这是迎娶昭月郡主之后，秦观朱头次在他面前哭成这样，崩溃，撕心裂肺，仿佛受了天大的委屈。

"是，你是顶天立地的男子汉，你有气节，有志向，有那么多爱你的人和你爱的人在身边……我是什么？我又有什么？梁慎行，我不过是一个女人，除了你，我也什么都没有……"

这是他们夫妻决裂后，梁慎行第一次看到她这样崩溃地流泪。他有些手足无措，想将她抱在怀中说出他想说的话。

可当梁慎行起身，刚靠近她一步，秦观朱就把他推开了。她垂首，攥得指甲嵌入掌心，一阵阵泛疼。

"我知道我貌不惊人，也没有显赫的家世，是个普通得不能再普通的女人，除了真心，我给不出其他东西。我这样的人，也从来不敢奢求太多，无论是贫穷，还是富贵,过什么样的生活我都甘之如饴,唯一所求,仅仅是一个能全心全意待我的丈夫,这算一种奢望吗?"

"……"

"是,你是将军,是一军统帅,有那么多的不得已,肩膀上扛着那么多的责任。可你凭什么,凭什么不告诉我!"

"你是为了家国大义,为了北域百姓,你有苦衷,有无奈,因为没办法,我们这样出身的人本就没有太多的选择!你娶昭月,不曾变心,也未教我做妾,我就要感恩戴德,就不能怨你,不能恨你吗?"

"……"

"你知不知道我为你做过多少傻事!你知不知道你们成婚那天,我恨不得死了才好!"秦观朱痛哭起来,"我每天数不清有几次拿起发簪,心想如此结束了,就不是你抛弃我,是我抛弃了你,那么也不算太难堪。可我没有这样的勇气,一想到死还是会浑身发抖……"

梁慎行眼眶越来越红,也流下泪来。他知道秦观朱有怨,有恨,但却不想她会生出寻死的念头。

秦观朱一把抹去脸上的水泽,决绝地抬起眼睛看向他:"梁慎行,他日我就算嫁给魏听风为妻,也是堂堂正正,因为那时候不是我救了魏听风,是他救了我。"

"成碧!"

一道唤从她身后响起,秦观朱眼中含泪,回望过去,就见魏听风立在门下,发丝凌乱飞扬,有些狼狈,可见来得焦急又惊惶。

可在听到她那句话后,脸上浮现出片刻的茫然无措。

魏修平策马赶到问刀大会,将秦观朱去见梁慎行的事告知魏听风,道:"这事本不该我管,不过颍川侯的手下跟疯狗一样,我担心他也不是甚好东西,秦观朱那么蠢,回去还不是任他摆布!总之,总之你还是去看看吧,我带人在府衙外策应。"

魏听风一听哪里还能坐得住,当即就同皇帝辞行。

临走前,皇帝令人将逐星刀取来,还给了他:"这是魏家的东西,物归原主。魏听风,朕欣赏你的知足,欣赏你懂进退、知取舍,魏长恭既然将魏家交给你,你千万别教他失望,更别教朕失望。"

魏听风捧着逐星,抚了抚刀鞘上的花纹,俯首拜道:"谢主隆恩。"

谢恩后,魏听风一刻也不敢耽误,赶到这府衙之内,竟听见她说那样的傻话。

她竟因为梁慎行，起过寻死的念头吗？

这种事一旦确认，某种撕裂般的痛苦，如同刀锋往他心头上狠狠剜了一记，疼得他浑身都在发抖。

沉默了良久，他朝秦观朱摊开手掌，沉着声音说道："成碧，我来接你。"

秦观朱望着他，想起当日她跟魏听风说"等你伤好，就回来寻我吧"。他果真来了，无论是从前，还是现在，他都来了。

在她最需要他的时候。

秦观朱一下笑起来，往他身边走。

梁慎行捂着发疼的伤口，苍白着唇，道："秦观朱！成碧！我会好好弥补你的，你想我怎么做，我都答应你。别，别……"

他咳起来，说不出话，一下抓住秦观朱浅碧色的袖角："我是你丈夫，成碧，我还是你丈夫……你记得我们在望都的时候……"

她回首，眉眼间亦有淡淡的笑，道："我不会忘。还是那句话，直到现在，我都盼着你往后能如意顺遂……梁慎行，你放了我吧。"

她推开梁慎行，一步也不回地朝魏听风走去，两人携手走出这方厅堂。

梁慎行怔愣住了，一时不能明白这是怎么一回事，没有思考就陷入疯癫，他一咬牙，不顾浑身伤痛追了出去。

待到门前夺来士兵手中的弓箭，一手拉弦张了满弓，对准秦观朱的后背，怒喝道："回来！"

魏听风迅速扶上刀柄，可秦观朱的手覆到他的手背上，低声问他："你怕不怕？"

魏听风定定看着她，摇了摇头。

秦观朱一笑："嗯，那就走吧，一起走。"

梁慎行拉紧炽翎钢箭的双手都在不住地哆嗦。他看着她的背影，忽然想，她上次这样哭是什么时候？

上次争吵？还是他即将与昭月成婚的那些时日？

不，都不是。

是在蛮羌屠城那日。

他狼狈潦倒地在城中东跌西撞，寻觅着秦观朱的身影，他看见熊熊燃烧的火光将漆黑的夜空都烧红了一半。横尸遍野，他没跑多少步，就会踩进一片泥泞当中，不是水，是流淌的血。恐惧的痛号声，奔逃声，呼喊声，以及女人尖锐凄厉的尖叫……一幕一幕，在很久很久以后，也依旧能钻进他每夜的梦中，无休无止地折磨着他。

帮帮我，他暗自呐喊，谁能来帮帮我？

成碧，成碧……

他念着她的名字，东躲西藏地奔寻着，那是唯一支撑他继续找下去的力量。

终于，他在一个偏僻的街巷里听见女人的痛哭声，看到她熟悉的身影。

秦观朱满身是血，朱红浸透她身上碧色衣衫，血腥浓郁的颜色几乎发黑。

地上躺着一个士兵，腿已教人齐根斩断，整个人浸在血泊当中，腹部的伤口还在不断流着血，竟然还没死。

秦观朱面色惨白，用衣衫无措地捂着那处伤口，失神地说着："没事的，一定会没事的……"

"成碧！"梁慎行把她拉到怀里，秦观朱一开始惊慌，以为来的是蛮羌人，还在尖叫反抗，梁慎行越抱越紧，"是我！"

这时候，她才安静下来，抱住梁慎行压着声音痛哭："我不行，我做不到……我救不活他，夫君，我怎么做都救不活他！我没办法啊……我帮不了你，也帮不了他，我……"

她不知道该怎么办，崩溃地捂着自己的耳朵，崩溃地吼道："谁能饶了我啊！快饶了我吧！"

"别怕，别怕。"他自己都不住地哆嗦着，一手拢紧秦观朱，往她颈后的穴位一捏，她很快瘫软在他的怀中，安静地昏睡过去。

地上的士兵几不可闻地唤了一声："将军。"

梁慎行放下秦观朱，提起短剑，跪到他面前，颤声道："很快你就不疼了。"

"将军，我们、我们还能赢吗？"

梁慎行咬住牙，斩钉截铁地承诺道："能。"

"……谢谢，谢……快饶了我吧。"

后来当他每次面对秦观朱时，都会想起她那时的模样，那些希望她能与他一并分担的千言万语通通堵在喉间，无论如何都说不出口了。

当夜赤红的天已经烧成灰烬，如今终于等到春来，在这澄明煦暖的碧穹下。

这一箭，始终未发。

(完)

番外篇
桃花锦浪

（一）

　　七符被打发出来为家主打酒的路上，遇到一个醉死在街头的酒鬼。当时的望都正值寒冬，灰霭霭的天飘着零星小雪，躺在街上一晚，恐怕不死也要冻得冰僵。

　　七符念着："看你这还穿着绸缎，肯定是哪家的老爷……怎么出门不带仆人呢，要是冻死在这里，可就没人管了。"七符年纪轻，身材矮小，实在没多少力气，故而架不起来这人，只能靠腰带拴住他，一步一停地拖着走。

　　拖了半天，七符累得浑身大汗，气喘吁吁，骂道："哈，你可真够沉的！小爷好心，今天才管闲事，你醒了之后最好知恩图报，给我点报酬……"他想破脑袋才选择出他近来最想要的东西，"你见过行安街西的炒蚕豆没？炒得金灿灿的，又脆又香……你得给我买一包来。"

　　七符将这人拖到最近的城隍庙里，将挂在脖子上的酒壶揪下来，启封，拿手指蘸了蘸酒水，吮到口中。

　　他舔了两三口，等口中泛起的热辣气儿往肚腹中钻，渐渐驱散走身上的寒意后，又按照原样将酒封了回去。

　　城隍庙中容纳着一些乞丐，七符还没到主家为奴之前就是乞丐，彼此都熟识，他抱着酒壶给那些老朋友都蘸了一圈，嘻嘻笑个痛快后，很快就换来一块薄被。

　　七符拉扯着被子躺下，与那酒鬼贴抱在一起凑合了一晚上。

　　翌日那酒鬼就醒了，很久都没弄清楚自己是怎么睡到这里来的。七符将昨晚的事跟他讲了，拿眯眯的眼神瞟了他好几回，暗示他要拿报酬。

　　那人道了一声谢，往他手心中搁了一锭银子，又指了指地上的酒壶，问："够买你的酒吗？"

七符被手中沉甸甸的银子吓得不轻，恍惚好一阵儿才回过神，又给他塞回去："不用这么多！酒是我主家的，还需带回去，不能卖。"

那人看着他一笑。

七符看着那银子抿抿嘴，又有点后悔，心想他真不成器，还回去干甚！拿着就好了，他毕竟救了这老爷一命呢。

再说把酒卖给他也行，这一锭银子不知能买多少壶这样的酒。

七符悔得脸色发青，恨自己真笨。不过后悔归后悔，但七符自认还是很有操守的人，没脸再要回来，只问道："你下回醉在哪里？我提前守着去。这回你可以告诉我府上在何处，我保证把老爷送回家。"到时再讨赏也不迟。

那人想了很久，没有作答，从地上爬起来，道："我也不知道……"

这人走后没两天，七符又在那家酒坊里看到他。

这次他没醉，正坐在窗边下的酒桌上，一边温酒一边赏雪。桌上炖着一锅热腾腾的羊肉，一碟黄金蚕豆，一碟清口的素三丝。

七符咽了咽口水，肚子饿得咕咕乱叫。

那人也很快看到了他，恍然一怔，朝他招了招手，请七符过去。

七符坐在他对面的凳子上，这是满桌的肉香气和蚕豆的香气扑面而来。那人看七符盯得眼睛发直，口水都快流出嘴了，不禁一笑，问道："你吃吗？"

"可以吗？"

"可以。"他将视线从窗外的雪挪到七符的身上，为他夹了一筷子羊肉，低声道，"如此，我也算有了个相识的人。"

七符抓起那块羊肉就吃，嚼在嘴里含糊不清地问："老爷是外地人？"

"不是，祖籍在此，但很多年不曾回来了。"

"哦，那也难怪，这里前几年有会子闹饥荒，不少人都迁走了。后来有位望都的书生做了朝廷大官，听说京城户部的大爷们也要巴结他，往咱们这儿拨了不少银子，才又繁荣起来。"他吃完，又吮了吮手指上的肉汁，见对方又夹来一块肉给他，不由地心花怒放，"老爷，还不知道你叫啥呢。"

"我姓梁。"他回答。

"梁老爷安，我叫七符。"

如此七符就算与这位梁老爷结识了，老爷见他机灵懂事，索性留他在身边侍奉。

说是侍奉，七符也不怎么干活儿，就是要陪梁老爷吃，陪梁老爷喝，等他喝醉了就送他回去，天下没有比他更快活的奴才。按照这梁老爷的吃穿用度，怎么看都该是个大户人家，不想家中府宅够简陋，就在桃儿巷里的一处一进院。

七符不得不感叹自己真好命，进门就是首领奴才，不必受前辈欺负，因侍奉梁老爷的只有他一个。

相处小半个月后，七符大致知道了一些梁老爷的事。

这院子是梁家祖宅，回到望都后他就将祖宅赎买回来，在此安居。他以前娶过两任妻子，一任应当是故去了，七符不知这位夫人的名姓，但想必梁老爷以往与她感情甚笃，所以一喝醉就常唤她的小名，唤不到人时还会流泪。

醉话不清不楚的，七符也就听出了一个"碧"字。

另一任更好说了，大抵是嫌他整日里游手好闲不成器，期望他能平步青云去朝中做大官，奈何梁老爷没这志向，这第二任妻子忍受不了他是个窝囊废，自请和离，奔回娘家去了。所以梁老爷才回到望都老家来颐养天年。

不过说"颐养天年"不太恰当，这梁老爷一点也不见老，至少在七符看来，他还很年轻，像是哪个名门望族里教养出的贵胄子弟。七符给他绞过胡茬，得见青山真面目，才看清楚这梁老爷长得也很英俊。

七符不曾念过书，不知道该怎么形容这种俊，大概像他在街面上见到的圣人先师画像里那种，一脸明朗磊落的儒气。

梁老爷会吟诗作对，尤其是酒兴大发时，一挥墨就能写出好几篇锦绣文章。这倒没什么，反正七符也听不懂，他最爱看梁老爷舞剑。

持剑迎风而立时，有雪也有月亮，周遭都是雪白雪白的，都快模糊得看不见了，唯独他着黑衫的身形是清楚的，一挽玉剑，身姿矫捷飘逸，好似神仙中人。

他有时拿一把长剑，有时是长短双剑，后来他将那柄短剑赏给了七符，不醉酒时，会点拨他一两招剑法。

梁老爷哪里都好，就是嗜酒，酒后脾气极其古怪，喜怒无常。

他会无端发怒，找七符的茬儿，冲着他一顿喝骂。如此还不尽兴，一手推搡着教他滚出去，再也不要回来。

七符也气，扭头就走，边走边骂"小爷还不伺候了呢"！可没出七步，他又拐了回来。

他不是没骨气，实则是因为听见梁老爷那句"我知道，你早晚也是要抛下我的"，有些不忍心……

七符爹娘死得早，他从小跟在三叔屁股后头乞食活命。后来闹饥荒，三叔给他一个钱串子吩咐他去买些干粮，等七符抱着窝头高高兴兴回家时，才知道三叔没打算再要他。

如此一想，他有幸跟梁老爷是同道中人，谁还嫌弃谁呢！

七符扯起嗓子，大声哭喊："爹，爷爷！您是我祖宗了行不行？外面儿天冷，您行行好，放我进去吧！"

七符喊了半个时辰，梁老爷或许终于酒醒了，才来给他开门。

他的脸庞清癯瘦削，在寒夜月光的映照下，七符看见他的眼睛如死灰一样寡淡寂寞。他拿灰冷的目光看了七符一会儿，将自己肩头上的鹤纹大氅拢在了他身上。

七符闻见大氅上清冽的香，还混着酒气。这氅有着可以教人依赖的重量，不轻不重地覆着他，七符冷透了的身子一下变得暖烘烘的。

他声音有些哑，问道："你方才在喊什么？"

"爹，爷爷！祖宗！"七符一声比一声高，"我错了。您以后心里不痛快，尽管冲着我来。小的身板硬，特别抗揍。"

他静默半晌，探出手来摸了摸七符的头。

这一下令七符都愣住了。宽厚温暖的手掌摩挲在他的发上，七符感觉很痒，一时间仿佛有什么东西在挠搔他的鼻子。

梁老爷道："对不起。我不想让你走的，你……你回来吧。"

原来挠搔他鼻子的是一股酸意。方才还在嬉皮笑脸逗乐的七符眼里流出泪来，一头扑到梁老爷怀里，用细瘦的胳膊紧紧箍住他，箍得梁老爷连声咳嗽起来。

七符哭得涕泗横流，呼喊道："您要真是我爹，该有多好啊！"

这一声叫，还真叫来一个爹。

梁老爷将他收为义子，赐姓为梁，七符作小名，大号为"怀璧"。

七符跟在梁老爷身边，梁老爷有时教他读书识字，有时教他用剑。七符聪明机灵，学什么会什么，学得有模有样，唯独字写不好看，歪歪扭扭，跟梁老爷那手疏狂潇洒的书法没得比。

梁老爷就握着七符的手教他写，轻重顿挫，下笔落得字好生漂亮。七符与有荣焉："好好好，再多教几个？"

如若今日梁老爷心情甚佳，那么他便多教几个。

如若梁老爷心情差了些，便拍直他的背："想也别想。"

七符真想梁老爷每天都高高兴兴的，可他当上梁老爷的儿子后，也难伺候他的喜怒无常。

临近上元节，梁老爷的脾气一日比一日古怪，他或许也知自己暴戾易怒，于是出门喝酒时再不带上七符。七符给酒坊的店小二提前留下银子，若哪日见梁老爷又醉死在店里，定要派马车将他安全送回家。

这不过一句话的事，店小二见有银子收，乐得办这差事。也不知初见梁老爷时，他怎么一个人醉倒在街上的。

七符想想，那天要不是他，或许梁老爷真死了也说不定。

直至深夜，店小二派马车将梁老爷送回来，七符出门接人，见马车里除了梁老爷以外，还躺着一个喝醉的。这人七符也认识，是梁宅的邻居，姓方，七符碰见了也唤一声方叔。

七符将梁老爷架下马车，没走几步，梁老爷推开他，扶着墙呕吐了半晌，一个不慎，一头跌在门前。

"爹！"七符正要将他扶起来。

耳听着隔壁的婆娘铁氏骂道："你啊！你还敢回来？怎么不喝死你个王八蛋！你出去，你恶心不恶心，给我滚！滚！"

后面骂滚，纯属方叔活似个狗皮膏药一样贴着自家夫人不放，低声下气地求饶，好没骨气。吵吵闹闹，打打骂骂的，也很快关上了门。

隔壁传来女人隐隐的哭声，大抵是在埋怨他，方叔的声音模糊不清，但温声细语的，想必是在哄了。

七符也伸开手脚干活，去拉起地上的梁老爷。

他站起来，半身力量都靠向七符，含混不清地问道："成碧，你回来啦？"

七符一听，就知他又在念叨他的那位夫人了。他恨恨道："回来也被你气死了！她要看见你这样，肯定担心得不得了！"

他就说："嗯，我知错了……"

七符扶着他一脚深一脚浅地走回屋中，等梁老爷喝过醒酒汤，七符手脚并用地爬过去，贴在梁老爷身边小声问："爹，以后不喝酒了，行不？上元节，我带你去看花灯吧？"

前段时日，梁老爷伤风寒，郎中来家中诊脉。七符才得知梁老爷是有旧伤在身的，身上也有诸多疤痕，犹似破条篓子千疮百孔，更应该多多休养。七符想起来自己早死的爹娘，有些怕了，才对梁老爷说出这样的话。

梁老爷似乎有一时是清醒的，听到他说的话，抬手拍了拍七符的背，但什么也没说。

翌日，七符从床上爬起来穿衣，还没蹬上鞋，一盏画着铁角蟋蟀的碧纱灯笼托到了他面前。

七符眼睛一亮:"这是什么!"

他伸手抱过来,越过梁老爷看见满桌的竹篾与碧纱,还有丹青笔墨,就猜这灯笼是他亲手扎的。

他问:"喜欢吗?"

七符高兴得快蹦起来了:"喜欢喜欢!多扎几个,我拉到街上去卖,肯定人人都喜欢!这上头画的是什么?蛐蛐儿?真好看啊。爹,我都不知道你还会画画!"

梁老爷笑着抱起七符,让他将灯笼挂在了门檐上。

眼见就要到上元节,不料前一天夜里,梁老爷启程出发,说要赶去幽都拜会一位故人。梁老爷说,那人是他的恩师。

启程前,梁老爷与七符一同用饭。

七符一边给他夹肉,一边问道:"他找你干什么啊?"

梁老爷笑了一笑,说:"没什么。"他静默了片刻,又问七符,"你有没有想过,长大之后要成为什么样的人?"

七符嘻嘻道:"我以前饿肚子的时候,就想长大后要变得很有钱很有钱,每天都有吃不完的好东西。就那个五香蚕豆,我吃一包,脖子上还要挂一包,走到哪儿香到哪儿!香死他们!"

"那现在呢?"

"现在?"七符想了想,"爹教我读书以后,我呢,虽然没学多久,但也明白一些道理。昨日我读《孟子》,先师有言'古之人,得志,泽加于民;不得志,修身见于世。穷则独善其身,达则兼济天下。'"

他背得头头是道,一字不差。

"我知道人挨饿时多么难过,也想着城隍庙里其他的小乞丐们以后都有饭吃。"

梁老爷怔怔看着七符,又说:"你去接济他们,他们往后就离不得你。一人、两人还好,倘若是一城、十城,甚至一国的人都仰赖你的兼济,你当如何?"

这倒问得七符一愣。

梁老爷看他被问住的样子,不由地一笑:"你还小,我跟你说这些干什么……好了,我要走了……"

七符起身帮他披上鹤氅。他想了很久,赶在梁老爷出门前,七符忽然说道:"可有些事情,必得有人去做,对不对?"

梁老爷顿住脚步:"什么?"

七符道:"哪怕是一人、两人,也不错啊!我就一条破命,能有办法救上一个人,想想已经很了不起了!就像爹一样,对于我来说,你比庙里的观音菩萨、如来佛祖都厉害。我吃苦受难时,磕头求他们,头都磕破了也不管用。你给了我一口饭吃,还教我读书认字,没有你,兴许我这辈子都不可能有这样好过的时候。"

"七符……"

他目光坚定,回答道:"我想跟你一样,成为你这样的人。"

梁老爷怔愣许久,忽而笑叹一声,伸手将七符搂进怀中:"谢,谢谢……"

"干吗谢我?"七符一头雾水,"对了,爹什么时候回来?我还说明天带你去看灯会呢。"

"幽都来回不过半日路程,我晚上就归,届时一起去看灯吧。"

"好!还有……今日用作祈福的天灯要在清晨放出去,我看你是赶不上了。"七符有些羞愧,"上面要写清楚名姓,我还没问过爹,您叫什么名字呢。"

"慎行,梁慎行。"

梁慎行在七符手掌中写了一遍,七符很快记住。

送他上了马车,七符挥手:"早点回来!"

七符在天灯上写他名字的时候,还嘟囔这名字真熟悉,仿佛在哪里听过,只是一时半会儿想不起来了。

清晨放完天灯,七符就将院内外打扫得干干净净,等着梁慎行回来。

白天里又落细雪了,沙沙的,如同盐霜。

七符扫院子的时候,听见隔壁家那婆娘惊声尖叫起来,接着一阵阵哭号哀求,夹杂男人的喝骂,吵得人心惊肉跳。七符赶忙跑去看,就见院当中站着一锦衣公子,带着数名家仆找上门来。一家仆抱住方叔的三丫头就往门外跑,另外几名家仆拦住方叔和妻子铁氏,将他们按在地上一顿揍,威吓他们不要叫喊。

那锦衣公子姓赵。望都赵氏算是当地名门,这赵公子整日游手好闲,不干正事,仗着自家财大势大,到处横行霸道。今日是看上方叔家的三女儿生得跟明珠似的,玲珑可爱,起了歹心要将她抬进府中做妾。

方叔和铁氏都不愿意,护着女儿不让赵公子带走,这才争抢起来。

赵家家仆都懂拳脚武功,方叔夫妇哪里是他们的对手,连番几下拳打脚踢,连喘气都喘不过来,痛苦的呜咽着,爬都爬不起来。

赵公子脸上教那三丫头挠了一道,挠出了血。他吸着凉气摸了摸伤口,想起来顶着这花脸,回去肯定没办法跟爹娘交代,恶狠狠地啐了一口。

"让你们当我赵家的亲戚，是你烧八辈子高香都没有的福气！你还不愿意？还敢挠我！好，不是不愿意吗？那本公子就将你这小娼妇治舒服了，也让这些下人轮番尝尝你是什么样的天仙，连赵家都看不上！"

赵公子一挥手，也不带三丫头走了，一手抓着她的头发往屋里拖。

七符告诉自己，别去，你打不过那么多人，要是梁慎行在这里，他肯定也不想你过去。

快走……快走，快走！

三丫头惨厉地嘶叫着，无意中瞥见门外看傻眼的七符，挣扎着大喊道："七符哥哥救我！"

这一声将七符吓飞的魂给叫了回来，他看见三丫头含泪的双眼，那一刻也不知怎么了，连后路都来不及想，一咬牙，抽出怀中短剑合扑上去！

……

梁慎行此去幽都拜会高执，不想还会再遇到东良。

高执受命巡察各州，东良负责保护他行程安全。见到梁慎行，东良先磕三个响头，不追问过去，只问他现在过得好不好，可曾戒酒了吗……

一番寒暄，东良也自他口中听说了梁怀璧一名，不禁对七符感谢于心："想必是个好孩子，有他在旁陪着你，我放心很多。"

梁慎行只笑不语。

东良又说："高相爷这次见你，不单单是为了叙旧而已……他念着往日师生之情，在皇上面前荐举你为兵部侍郎。还有，这件事你也知道，当初大破蛮羌之后，东宫的小太子一直敬佩于你，近来曾多次向皇上请求，请你回宫做太傅……这样的时机，失去了可不再有下一次，高相爷想你好好考虑，千万别错过。"

梁慎行道："再说。"

因梁慎行始终未表现出要回朝为官的意向，这场会面注定无疾而终。高执叹罢一声，也不强求，派东良护送梁慎行回望都去，而后再回来复命。

东良与梁慎行策马回到望都城中。

细雪已经将他外头披挂的鹤氅湿透了，他下马后唤了几声，也不见七符来迎接。待推开门，只见满院空落落的，一直不见人影。不知为何，梁慎行有些坐立不安，手指敲着桌子等待良久，还是不见七符。他不是会出去乱跑的人，尤其是在上元节这日。

东良看他焦急，也不禁担心起来，道："不如出门找找？他平日会去哪儿？"

267

梁慎行想了想，越想，拳头握得越紧，方才灰心丧意地说了一句："我不知道……"他对七符，远不如七符对他那般上心。

大约到了傍晚，有衙役找上梁宅，让梁慎行去衙门候审，是说梁怀璧摊上人命官司，杀了赵家公子。

望都隶属灵州管辖，这赵公子的姐姐给灵州知府做妻，他是一州长官的小舅子，身份本贵不可言。又正巧赶上灵州知府陪着他姐姐回望都省亲，这厢闻听赵公子一死，他姐姐悲愤欲绝，要求县令当即处死梁怀璧。

别人不识颍川侯庐山真面目，这衙门里的官吏还是听说过的。虽然颍川侯现已不在朝为官，可也是跺跺脚就能让望都衙门抖三抖的大人物。

他们得知梁怀璧是梁慎行的义子，不敢轻易动手，就以堂审的名义将此事押后，待梁慎行回来，再做处置。

东良陪着梁慎行一同到衙门，那灵州知府已然坐了上堂，怒斥道："人都死了，何必再审？快将那凶犯提出来，铡刀伺候！"

望都县令大气不敢出，紧张得满头冒汗："知府大人，这无论如何都要按章程办事，咱不能没有王法不是？"

"王法？你个芝麻大的九品县令，也配跟本大人说王法！"

"他不配说，你看我配不配说？"

灵州知府一抬头，见走进来一墨袍书生模样的，正嗤笑"你算什么东西"，就见他身后还跟着一男人，他身穿三品武袍官服，胸前绣金丝豹首，直压得灵州知府官袍上的红脚小雁抬不起头来。

灵州知府赶忙从堂上滚下来给东良行礼。东良出示相府的令牌，讲宰相高执正在幽都巡察，又过问到底出了什么案子。

那县令才将事情的来龙去脉讲清楚。

东良听后冷冷一笑："你一灵州知府，官阶再大，也无权直接干涉望都的人命官司，更无权蔑视王法，凭一己私欲论案断狱！怎的，这是要为自己的小舅子徇私枉法？真当这灵州地界，除了你就是天了？"

"下官，下官不敢。"

有东良作保，县令公正判案，令方叔和铁氏等人登堂作证，为梁怀璧申辩，最终判之无罪。

梁慎行将疑为凶器的短剑取回，擦净剑身上的血，转去大牢里领人。七符被押进大牢，抱膝瑟缩在角落里，浑身哆嗦个不停。

他闯祸了。

七符看着自己满身的鲜血，嘴皮子都在发抖，他都不知道自己怎么杀了赵公子，还有那些家仆……梁慎行怎么教他，他就怎么用了出来……

方叔一家早在赵公子来时，就派儿子去报了官，可等衙役前来拿人时，活着的只有方家人，以及满手鲜血的七符。

他闯祸了。

七符知道，赵家人肯定不会放过他，那赵公子背后有那么大的势力，定要让他偿命。

他牙间龇出一声气，恨道："死就死了。"一说出口，七符泪眼通红，"好歹方叔他们一家没事……我死了，他们肯定每年给我烧纸钱，到了地下我吃香的喝辣的，兴许比活着还舒服呢……"

"赵家要了我的命，应该不会再找方叔家了吧？"

正想着，耳听锁声窸窸窣窣的，惊得他一抖，抬头竟见来者不是衙役，而是梁慎行。七符憋了很久的眼泪，唰的一下流下来，他想号哭，又马上想到这要是再连累梁慎行该如何是好。

他起来推着梁慎行，让他走："你来干什么！别管我，你不知道，我闯了什么样的祸！"

"你闯祸，自有我担着，别怕。"

七符哭喊："赵家他们……你、你算个屁，我不用你担着！梁老爷，只要你知道，我没有做错事就行了。我不仅没做错，我还做对了呢！我生的贱命，这辈子都没这么伟大过！"

他太不舍得梁慎行了，紧紧抱住他："我死了，肯定会成仙的。到时候我还会回来保佑你，让你一辈子高高兴兴……"

跟在梁慎行身后的东良都笑了："梁爷，你这是从哪儿捡来的宝贝？"

梁慎行欣慰地摸着七符的脑袋，也笑："你既没有做错事，我怎可能看着你死？走了，回家去，收拾收拾行李，准备启程。"

东良听出他弦外之音，抱拳："侯爷，回京吗？"

梁慎行将七符背了起来。他伏在梁慎行的背上，听得此人唤他"侯爷"，惊得愣住了。

梁慎行，梁慎行。

怪不得他对这个名字如此熟悉，颍川侯梁慎行，他怎能将这名字忘了呢？

当年望都闹饥荒时，他差点饿死街头，饥火烧肠，几乎恨不得死了才痛快。忽逢商户运送粮草进城，设善棚施粥，饥民都有了一碗粥喝。商户声称乃是受颍川侯所托,慷慨解囊,渡受难的乡亲们过眼下的生死关,不日朝廷的救济粮也会很快拨送至望都。

七符因此活了下来,活到了今天。

七符埋头,眼泪濡湿了梁慎行肩膀上的衣衫。他的声音很闷很闷,小小的,轻轻的,轻得都快飘到雪天外去。

他问道:"爹,我以后能成为你这样的人吗?"

梁慎行一笑,回答道:"你?还差得远呢。"

这一日是上元节,细雪纷纷。

一元复始,万象更新。

(二)

魏听风回到魏家时,正值深夜,府上人大多都入了眠,他无意扰人休息,回府后令管家不必声张。知道他已回府的不过寥寥数人,此刻尽数跪在侧厅中回话。

魏听风坐在榻上,脱掉武袍,他似乎仅仅做了这样的动作就已疼痛至极,额头上全是冷汗。

他咬紧牙关,将已黏上皮肉的里衣揭开。众人看到他胸前纵横交错着七道伤口,草草处理过,外翻的血肉上涂着黄白药粉,触目惊心。

郎中背着药箱到了,正拿药酒再度清理他的伤口,魏听风拧紧了眉,闭上眼一声不吭。

郎中道:"七处。风吟十三剑,我看这天底下唯独你有本事挡他六剑。"

魏听风道:"事情了结了。"

"他死了?"

"死了。"

风吟十三剑是招式,亦是人名,无人知十三剑究竟是何来历,只是他一踏足江湖就犯下数桩灭门命案,杀人无数,罪恶滔天。官府管不了,幸存者就将状告到江陵魏氏,跪求魏听风出面主持公道。

魏听风一去便三月之久,终于在云州一家客栈中追查到十三剑的下落。双方鏖战一夜,魏听风才将他制服。逐星刀抵在他的脖子上,魏听风质问他为何杀人。

十三剑回答:"你的刀法远胜于我,或许,你比魏长恭的刀法还要烈些。有这样的本事,难道不想扬名天下?"

"你杀人,就是为了扬名天下?"

"这样的理由不好吗？"十三剑临死也不曾畏惧，一双眼狭长，笑眯眯地打量魏听风，"在这世道，若你只能杀一人，则落了'下乘'，左右不过一匪徒尔；可若你能杀千人、万人，人人莫不敬畏，斯为'上乘'，那你就成了英雄。我如是，你父亲魏长恭如是，不过……"

十三剑讥笑一声："我不比魏长恭，我的手上才有百十条人命，仅仅算个'中乘'。但想扬名天下，也足够了。"

"你呢？魏宗主，天下人知魏长恭而不知魏听风，你有这样的好刀法却埋没于世，岂不可惜？不如现在放我一马，我可以助你一臂之力，必教你成为英雄，流芳百世。"

魏听风道："你想多了。"

没有十三剑，他就能留在江陵，亲自教他的女儿骑马。

魏听风阖上眼。

这样的疯子，往后也不知会有多少个，一桩接着一桩，前赴后继，无处安生。

待伤口清理完毕，魏听风沉吟片刻，方才问话："这些日，宗中可有要事吗？"

"其他倒没什么。"手下迟疑，回道，"不过前几日韩国郡主从江陵取道，途经城中时，与夫人见过一面。她说与夫人是旧相识……"

两人见面，话并不太多，昭月甚至未曾进到魏家，只在府门外与秦观朱说了两句话。

她给了秦观朱一支花钗，说是"物归原主"。

"我要回家了。"昭月道，"我的如意郎君本该是一位盖世英雄，从前他是，现在他不是了，所以，我不再要他。"

她说得无情，可眼睛在流泪。

在梁慎行辞官致仕前，昭月一直以为，倘若没有了秦观朱，梁慎行终会将她放在心上。可她似乎如了秦观朱所言，总是在一厢情愿。梁慎行大抵一辈子都在过往中困顿难行，他走不出来，也不想走出来。

见她落泪，秦观朱将花钗牢牢握在手心里，始终未说一句安慰的话。

"秦观朱，你去看看他吧。"昭月抿去泪水，很快扬起下巴，又是往常一副盛气凌人、高高在上的模样，"此番不是哀求，只是想到你们好歹多年情分，倘若他有什么三长两短，你必不好过。"

"多谢。"秦观朱道。

昭月与她道别，此一去，这一生就无再见之日。倘若再问秦观朱如何看待昭月，释然？她做不到。怨恨？她已足够圆满。

她能做的，就是"罢了"。

魏听风闻听了这一遭，轻轻握起手掌，问："夫人怎么说？"

手下人回道："夫人倒是问过，若回望都，是走陆路快些，还是水路快些，需几日路程什么的……"

"哦。"

魏听风愣了片刻，只觉得他心中狭隘之处忽地生满荆棘，连带着那些伤口一起，疼得有些喘不过来气。他换上新衫，目光不自觉地看向桌上的雕花锦盒。这是他此次出门为秦观朱带回的礼物，一支白玉兰花簪，样式普通了些，胜在玉润灵透。

秦观朱吃惯了苦，嫁到魏家以后也喜勤俭朴素，不好绫罗珠翠，本想着这发簪，她定会喜欢。

他抿了抿唇，没有再说话。

魏听风此去三月，不曾有一日好好休息，满身风尘与疲惫，此刻神情更加狼狈不堪了些。

他抬手正要遣退人，忽听得门外传来奶奶糯糯的一声唤："阿爹？"

魏听风一时回神，见乳娘抱着小丫头进来了。小丫头才两岁，取名解语，小名知意。

知意长得灵俏俏、水娇娇的，眉眼更似魏听风，眼睛乌溜溜，甚为清亮。她性子娇软了些，好在嘴巴灵，牙牙学语时就会说好听的话，这点不知像谁。

她揉着惺忪的睡眼，方才醒来，一听是魏听风回府，吵闹着乳娘带她来见阿爹，可见到满堂子的大人长辈，便不耍性子再闹了，乖巧地同他们一一行礼，最后才朝魏听风张开手，蹦跳着跑过去："阿爹！"

魏听风抱起来知意，因怕她碰了自己染着药气，就将她搁在腿上哄。

他一边拆着知意头上未解开的小辫子，一边吩咐道："你带着人马去槐东县跟修平会合。槐东县令与咱们有交，县衙正缉拿两名江洋大盗，棘手得很，你们帮帮忙。"

"是。"

"早去早回。"

待人退下，知意揪住魏听风的领子，小声说："阿爹苦苦的。"

魏听风温然一笑，乌黑不见底的眼睛些许柔软的光。方才他还觉这世道教十三剑那等人搅得永不安生，现在抱着女儿，又觉这世上到底还有他一处归宿，如此也心安得很。

知意说话还不算太流利,不过生得聪慧灵巧,如今已在念书识字了。

"今天阿娘带知意挂灯笼,对灯笼许愿,这样,阿爹就不怕黑,能早点找到回家的路……"她用小胳膊紧紧抱住魏听风,"阿娘好好,不骗知意。"

她闭眼蹭了蹭魏听风的脸颊,从不怕他脸上的疤:"我和阿娘,特别想你。"

怪不得他见府门外又多了一盏花灯,原来如此。

魏听风将知意搂住,笑道:"谢谢你阿娘,也谢谢知意。"

"客气客气。"她咬住小牙齿,龇牙笑他,"阿爹,我想去放风筝。"

魏听风应下,道:"你乖乖睡觉,爹明天就带你去。"

知意高兴地点点头,又问:"那明早阿爹,唔……帮知意编小辫儿,好吗?"

"好。"他从不拒绝。

魏听风不太会疼爱小孩儿,只是跟着从前的魏长恭有样学样,尽力而为。好在知意懂事贴心,不曾教他有过一刻手足无措的时候。

因此,他感激知意。

魏听风眉宇清朗,亲了亲她的头发,将孩子交给乳娘抱下去,穿戴好衣裳,就到后院去找秦观朱。他蹑手蹑脚进房,未挑灯,见秦观朱睡得正沉,更怕扰她休息,便没靠太近,只远远望了一眼。

秦观朱倒没有睡沉,迷迷糊糊间觉察有人,也就醒了。她瞧着背影熟悉,唤了声"饮寒"。

"我在。"他往后退了一步,从屏风后探出头来瞧着秦观朱,"你醒了?"

秦观朱起身,撩了撩垂落下来的头发,看见魏听风抱着薄被,正打算去榻上将就一晚。

她低声道:"做什么去?来床上睡吧。"

魏听风回道:"我身上脏。"

"又不嫌你。"

她挪出些位置,魏听风踌躇了一会儿,放下被褥过去,贴着她身边躺下。

这人甫一靠近,秦观朱便闻见他满身清苦味。一去三月之久,回来即少不了伤,秦观朱蹙了蹙眉尖,很快背过身去。

魏听风安静地躺了片刻,心头有无名的火隐隐燃烧着,他低低唤一声:"成碧?"秦观朱闭目假寐,没有应答。

又过了一会儿,魏听风侧身支起身子,宽厚的手抚上她的肩膀,稍稍扳过来些许。他低头凑到她耳尖细细密密地亲吻起来,在她脖间瑕白上流连:"成碧。"

这一声唤似有千言万语，又空空如也，说不上什么含义。不过他间隙着这样喃喃轻唤，不多时，呼吸变得急促灼热，原本小心翼翼的吻也逐渐深沉起来。

秦观朱眉头蹙得更深，偏头躲了一躲。

魏听风一僵，转眼又强硬地将她的肩膀再度扳过来，一手拢住她的脸庞。

秦观朱伸手推开他，明显的抗拒令魏听风一下停住动作。在黑暗中，炽热的火在他眼底安静地燃烧。

秦观朱轻声道："别了，快睡吧。"

不知为何，魏听风偏偏就在此刻想起那段话来——他与秦观朱成婚不久，秦观朱就怀上了知意，加上她的来历，为此落下不少闲话。魏听风告诫府上众人，再敢乱嚼舌根，必定严惩不贷。

下人自然不敢说主家的闲话，倒是魏家有位姑娘，算魏听风的堂妹，曾冲撞到秦观朱面前，指着她责骂。

"你别以为没人知道你的来历。你待听风堂哥是真心吗？我看未必！一只没人要的破鞋，见我们家大业大，贪图起富贵来，真是什么违心事都做得出。也就听风堂哥好骗，中了你这狐狸精的计，否则凭他的身份，岂能娶了你这样的女人！"

他正巧撞见，听堂妹这般出言侮辱，自是怒不可遏，处置起来没留半分情面。

他从不信秦观朱会贪图富贵，亦不信她是有心谋之，故意接近他、利用他。自然，倘若当真如此，他也不会有任何怨言。

那一切本是他心甘情愿。

可有时魏听风也禁不住去想，秦观朱当初选择他，不过是迫于绝境的无奈之举，是濒临溺亡的人死死抓住了一块浮木，而非出自真心。奈何她又在不久后怀上知意，往后即便是有心反悔，再想离开也离不开了。

魏听风庆幸能有知意，又痛恨自己卑劣与龌龊，竟妄想着拿孩子去困缚住她。

该死，真该死。

他从后轻轻环抱住秦观朱，额头抵着她的发，嗅着她发间清淡的香。

秦观朱问他："怎么了？"

魏听风低叹了一声："睡吧。"

这件事他早就知道，梁慎行，那才是她真心爱过的人。

夜半时，魏听风伤口上用来镇痛的麻药就散了，疼痛一点一点醒，他也别想睡。因秦观朱在身边，他抿唇忍着，呼吸一阵急一阵沉，翻来覆去，很不好受。

有一会儿秦观朱也醒了，她翻身过来，在他的后背轻轻拍了几下，声音又沙又软，直往他耳心里扫："是疼吗？"

魏听风道："不疼。"

她覆唇过来，吻住他的下巴："我去给你找点药。"

魏听风攥住她的手腕，腿往她身上一搭。秦观朱本就迷迷瞪瞪的，心想知意与他真像，小腿一搭一缠，人就似狗皮膏药上身般贴了过来。

沉重的睡意从头顶压到脚，她有些睁不开眼皮。

魏听风没敢真贴过去，温柔地亲吻在她的眼睛上，哄人似的再回答道："真不疼。"

秦观朱咕哝几声，很快又睡了过去。

往后几日，魏听风就卷着铺盖去书房里住了。秦观朱知道他在躲什么，也不勉强，夜里就带着知意睡。

魏听风身上的伤好得很快，魏家堆压的事务一处理好，伤口也长出了新肉。

这日晚间他回到房中，见秦观朱正抱着知意用膳。

她用帕子给知意擦擦小嘴，知意一眼瞥见门口的魏听风，两腿一蹬就窜蹦起来："阿爹！"

魏听风将知意抱起来，朗笑出声，拿鼻尖去蹭知意的脸，与她哄玩很久。

魏听风身量颀长，人高马大的，知意爱骑在他肩膀上。有魏听风在，她从来不怕摔，高高一伸出手，仿佛就能摸得到天，搅得动云。

知意玩得累了，趴在魏听风的肩膀上，睡得昏头昏脑。他侧首看到知意玉雪稚气的小脸儿，眼睛里多了些柔软，轻声唤人进来将她抱下去。

今夜他有话想跟秦观朱讲，有知意在不太方便。

人都遣散下去，魏听风回头陪在秦观朱身边坐，他眼稍稍斜过去，看她将云头剩下的几针绣活儿补上。

秦观朱的针线精密漂亮，寻常绣娘都比不过。魏家名下经营的几间绣坊，隔三岔五就会派人来府上请教绣法。

魏听风看她正绣祥云，给知意做贴身小衣，温声道："真好看。"

秦观朱喜滋滋地笑起来，道："在望都的时候，我绣过贡品，错一针就会没饭吃。"

魏听风也笑。秦观朱从前陪着梁慎行共患难，吃过许多苦头，如今熬过去苦日子，他替她高兴。

魏听风道："梁慎行辞官回望都了。"

秦观朱一怔，不过也就怔了一瞬，她封了针脚，咬断绣线，垂眉回道："听说了。"

"你还记得问刀大会时,那些想要行刺你的人吗?"

秦观朱自然记得。那时她代替昭月郡主,赶去芙蓉城侍疾,蛮羌人打着魏家的旗号来杀颍川侯的家眷,也是那次,魏听风救了她。秦观朱还拿出弩箭,推测刺客是蛮羌人。

不过魏听风当时有一疑问,藏着未解——既然那群人打着江湖的旗号,又为什么要用羌弩,如此岂非自露马脚。

这疑问一直待到问刀大会过后,魏修平才探查得知,原来他们不是蛮羌人,而是官府从牢狱当中提出来的亡命之徒。

当日要截杀的,也不是秦观朱,而是昭月郡主。

官府的人,亦是皇帝的人。

即便没有蛮羌人从中作梗,从一开始,皇帝也要将这桩恩怨归算到蛮羌人的头上,栽赃嫁祸,以求中原武林与朝廷能够同心同德,抗御外敌。

而之所以会选择昭月下手,一方面,因她是韩野王的掌上明珠,倘若她死在"蛮羌人"的暗杀中,韩野王必定勃然大怒,与大周同仇敌忾。

另一方面,只有昭月死了,皇帝才能放心地重用梁慎行,否则他岂敢任由一个背靠韩国作支撑的人,在大周朝中翻云覆雨,搅弄政局。

即便中途发展有些偏差,可这件事总算有惊无险地过去了。

他低声跟秦观朱解释,三言两语的,秦观朱纵然不通政务,但也大概听明白个七七八八,一股寒意渐渐窜进了心肺。

真狠。

秦观朱想,谁都是皇帝手上的棋子,一场问刀大会,不动声色地将所有人拎玩得团团转。

往后的话,魏听风看着她是说不下去的。

他起身去铜盆边洗手洗脸,装作不经意地提道:"虽然梁慎行已辞官归隐,但不出三年,皇上必定召他回朝效命。"

言下之意,就是一切都回到了从前。梁慎行还是梁慎行,从今往后,他与秦观朱之间再不必隔着任何人。

"昭月郡主的事,我都知道了。其实,哪日你真想回望都去,我也愿意的。我这样的人,本没有福分……"

他语无伦次,声音打了颤,不得已停下,深深缓了一口气。

他再预备将自己的心意说清楚,就猛听见秦观朱冷不丁地来一句:"你过来。"她人坐在那里,直挺着背,微颔下巴,眼睛里雪亮,亮得跟刀锋一样。

她性情里本就藏着刚烈与柔韧，在望都时她自己撑着个家，若没几分厉害，岂非谁都敢来欺负。可嫁予魏听风后，二人素来恩爱，秦观朱的厉害也全冲着外人使，魏听风鲜少见她板着脸，一时间有些无措，全然忘记自己想说什么话了。

他乖顺地走过去。

秦观朱坐着，手握住桌角，越握越紧。魏听风立在她身边，她没看他，忍怒质问道："你什么意思？"

魏听风："啊？"

秦观朱抬眼，道："你这样的人？你是什么样的人？"

"我、我从前犯过很多错，按理来说早就该偿命了，是魏家……"

"爹就是这样教给你的？教你一辈子都记得自己的错处？'不怨不恨，能舍当舍'，这句家训，你当真明白吗？"

不怨恨别人，却唾弃自己；不争不抢，凡是他人所好，纵受切肤去骨之痛，他也能割舍。

"梁慎行辞不辞官，跟我们有什么关系？我嫁给你，如今连知意都有了，又是哪个人告诉你，我想回望都去？"

秦观朱算是明白他这几日在别扭什么了。

她本就为魏听风受伤的事郁着情绪，如今见这厮当真不知自己错在何处，一股无名火就蹿升上来。

魏听风如此高大的人，在秦观朱面前，竟似犯错的孩子，呆立着听她训斥，脑子里空茫茫的，一句话也辩解不出。

秦观朱一下站起来，险些撞到魏听风下巴。

他躲过去，秦观朱又伸手将他勾了回来，魏听风不料她使出这么大的力气，动作中竟生出几分野蛮凶悍。

魏听风不得不弯下腰，与她额头相抵。

秦观朱逼得他无路可退："我要走，也会带上知意，什么都不留给你。"

"成碧……"

"怎么了？"秦观朱一手拽住他的腰带，再问，"你舍不得？"

他怎可能舍得？可他还是说了，坦坦荡荡，真心诚意，哪怕须得忍耐不可名状的焦虑与痛苦，他还是说了："成碧，我不想为难你。"

"好呀。"她仰头咬了一口他的唇，"我为难，那我舍了你吧。"

他指尖一抽一抽地疼。他此刻竟想起魏长恭来。想起那天在檐下，天灰蒙蒙地落着雨，他们没说上几句话，告别短促得令魏听风以为还有再见面的时候。仿佛魏长恭不日就会回来，责问他到底添衣裳了不曾。

魏听风时常悔恨，若自己那日能出言挽留，或许魏长恭不会走得那般心无挂碍，他还能回心转意，念想起自己除了那已故的妻儿以外，在这世上，还有一个儿子。

可魏听风不敢。

他知道魏长恭不是他的生父，他属于云娘，属于"听风"和"饮寒"，从来都不属于他。

话是这样说，可秦观朱没有停，愈发捧紧他的脸，手捏住他的耳垂揉捏，吻得一时浅一时深。野火从他心腹间烧起来，大有不可收拾之势。魏听风心乱了，想他怎可能舍得，又怎会甘心……

魏听风双手掐住她细软的腰，往桌上一抵。秦观朱杵着手臂，险些教他覆下的躯体压住，下一刻整个身子就落进他胸膛中。他的身体坚实厚重，带着干燥的药气，本是沉稳的气息乱了套，张嘴啄住秦观朱半离的唇。

炙热渐渐平息，他捧着秦观朱的脸，往她脸颊上啄了一下："你别骗我。"

"我骗你什么？"

"成碧，我不傻。"魏听风明白，即便她跟梁慎行不再是夫妻，可还是亲人，她心中始终有梁慎行的位置，这个位置是他无论如何都取代不了的。

"我看得出，你在怨我不好。"

"我当然怨。"掌心贴上他的胸口，秦观朱抚摸过那些刚刚落了痂的新肉，"可我是怨你知足，怨你不贪心。"

秦观朱撒了些许，鼻尖似有若无地挨着他："倘若你能贪心一些，想与我、与知意再过多些日子，往后你出门，我也不必再担惊受怕了。"

魏听风闻言，像魔住了一般，他不想秦观朱是讨厌这样。

"魏听风，你快死的时候，会想些什么？"

"我……"

秦观朱的手从他的胸膛处往上探，抚摸着他的颈处，喉结在她手中上下滑动了一下。旁人惜命，皆不想死，可魏听风不同。

"你会想，你活到今日都是别人恩赐的，哪怕死了也无憾，是不是？"

他只得承认："是。"

"你了无遗憾，可我跟知意要怎么办？的确，你走了，魏家也不会亏待我们母女，可我要的又不是衣食无忧。饮寒，我想要你好好活，要你做一个好丈夫、好父亲。"

魏听风哑口无言。

"我这样日夜盼你，你却好，你跟我在为什么事闹心？"

他一听才知道自己方才的想法有多荒唐，他嘴拙，不知该怎么解释，便将她抱得更紧，贴到她唇上亲吻，"对不起，成碧，对不起。"

"我不想听你道歉。"

他抓住她细白的手腕，搁在心口上："你心里有我，我……"魏听风舌头都僵了，眼睛一阵酸热，只搂她胡乱吻了一通，"我很开心。"

秦观朱听他说傻里傻气的话，忍不住笑起来，多日来的郁结也在顷刻间烟消云散。魏听风抱起秦观朱，放她在床上。魏听风褪去衣裳，秦观朱就看见他半身纵横的新伤，有些浅，有些很深，不知道哪一处险些要了他的命。

秦观朱轻咬起唇，别过眼睛去不再看。

火热灼烫的胸膛压下，秦观朱闻见他身上的汗气。

魏听风拢着她的下巴，正过脸来与她相望："我错了，好不？"

他拿着她的手，往新长好的伤口上凑，这小心思落在秦观朱眼里，到底有些孩子气。

她手指柔软温凉，轻轻抚摸过那些新肉："哪有人会像你，连自己都不疼惜的？"

魏听风一下松开笑容，低声道："痒。"

他五官生得英俊，藏着沉默的锋芒，可若是一笑，这锋芒就似剥开了刃，徒留下一片明亮与疏朗。他眼中始终怀有赤忱得近乎天真的光，必须是经过沉渊涤荡打磨过的明玉，才会有这样的光亮。秦观朱抱着他，就像贴近一团火，火焰在跳动着，鲜活又温暖。

"你是我的女人。"魏听风声音低哑，混着些许颤抖，"成碧，我想一辈子对你好。换了谁来，我都不甘心。"

倘若他当真放手，秦观朱的好就会属于另外一个人，怎么想，他都不甘心。

秦观朱轻笑起来，眼色慵懒迷离，反手抚了抚魏听风的脸颊，他也贴过来若有似无地蹭了一下。

秦观朱道："好，我是你的。"

魏听风很快睡了过去。他身上带伤，几日几夜不见好好休息，如今抱着秦观朱才能安心酣睡。

秦观朱也昏昏沉沉的，手指抚摸上他高挺的鼻梁，若有所思地想着事情。不多时，她似想起什么，从枕下摸出来一串红绳铃铛。这是她与知意一同编的，也是她欠魏听风的信物。

她小心挪开魏听风搭在她身上的手臂，起身将银铃铛系到他的手腕上。

她趿上鞋去吹灭烛火，听床上魏听风翻了个身，牵起轻微的铃响。执灯的手一顿，秦观朱侧首看见铜镜里的自己。

她记得，在这样的铜镜前，她尝过用簪锋抵上皮肉的疼痛，也记得人在万劫不复后，会徒生出宁为玉碎不为瓦全的绝望，还有疯狂的快意……

她想着"死了吧，如此定能教梁慎行记一辈子"，也让他尝尝失去的痛苦。

她看着镜子，簪尖在泛着青筋的颈脉上逡巡，在挑哪处下手最快最准。她的手在颤抖着，抵挡不住内心对死亡的惧怕，然而与此同时，她又无比决绝。

就当秦观朱快挑准的时候，帐中烛火一下灭了，突如其来的黑暗令她打了一个哆嗦，那被她压抑在深处的恐惧，开始从四面八方翻涌上来。

她怕得浑身颤抖，指尖冰凉。

而后听到黑暗中传来一声无措的安抚，那个人说："别叫，我不伤你。"

……

"此刀左不过一件死物，不比姑娘珍贵。"

……

"还请姑娘莫再如此轻贱自己，没有哪个人会拿自己的终身大事去换一把刀。"

……

"成碧，我疼你。"

(完)

这次又是天下第一什么?
天下第一难缠。

独家篇

梅中
尽雪

Chapter 07

独家篇
梅中尽雪
Mei Zhong Jin Xue

(一)

烟雨湖中，一艘画舫泛游多时，从中传出阵阵如珠似玉的琵琶声。

那坐着月牙凳弹琵琶的小娘子也随着曲调唱歌，嗓音脆生生，眼睛灵动，十分讨人喜爱。

榻上，沈孤山刚从一晌醉梦中醒来不久，见那琵琶娘子还在为他弹奏，便托着下巴，闭目养神一般，认真再倾听了一曲。

直到乐声渐隐，沈孤山才睁开眼睛，冲那个小娘子伸出手，示意她过来。

这小娘子看着眼前这个男人，却有些发怯了。

她年纪还小，不曾经人事，今日上船前妈妈就叮嘱过，这位姓沈的公子已经将她买下来，以后就是她的东家，那就意味着她不仅只是给他弹琵琶。

可她害怕，害怕立在沈孤山手边的佩剑，害怕他笑起来却依旧冰冷的眼睛。

沈孤山不着急，好整以暇地欣赏着她发怯的模样，懒洋洋地问："你叫什么名字？"

"奴婢小绿珠。"她嗓音娇俏，却难掩紧张。

"多大了？"

"十四。"

沈孤山有一双黑不见底的眼睛，望着眼前的女孩子，又不像在望她，出神地叹息道："海棠花一样的年纪。"

小绿珠抱着琵琶向沈孤山屈膝行礼："多谢东家夸奖。"

画舫中静默了片刻，小绿珠在男人审视的目光中越来越胆寒，撑起一丝丝笑容说："奴婢再为东家弹一首曲子，好吗？"

"不必了，你过来。"沈孤山道。

他说话的语气风轻云淡的，甚至有些温柔，可小绿珠却下意识退后了一步，心下对他更加畏惧。

看她这样不听话，沈孤山眼睛冷下来，声音也是："别让我说第二遍。"

小绿珠的手在发抖，与其说抱着琵琶，还不如说在拿琵琶当某种盾牌。

就在这僵持之际，有什么东西忽而从小绿珠脚下滚过去，她吓得几乎都要跳起来，忙躲开这"怪物"。

小绿珠回头仔细一看，见地上是个麻布袋，里面裹着个圆东西，因此骨碌碌滚了好几圈，趟过去一地的红。

她看到麻布袋里露出来一绺头发，想到那一地的红便是鲜血，这布袋里装着的可能是颗人头时，小绿珠脸唇皆白，腿一软，一下跌倒在地上，大声尖叫起来！

"人……人……死人！"

可下一刻，她就捂住嘴巴不敢再喊了，因为她瞧见从画舫外走进来一个人。

这人穿着黑色武袍，周身上下没有半点花纹，头上戴着一方斗笠，面容隐匿其下，通体都是水墨一般素净的颜色，只有腰间那把双刀的刀鞘上雕刻着祥云式的金色花纹，满身皆煞气，似个厉害人物。

可这身影却极纤瘦、极英丽，一看就是女子才会有的身段。

小绿珠看着这女子，冥冥中感觉她很像沈孤山手边的那把剑。

女子很快摘下斗笠，露出原本的面容来，肤色雪白，细眉冷目，仿佛是以冰雪塑出来的骨与肉，天生出一段清冷。

沈孤山见是此人，笑了一笑："终于知道回来了？"

女子单膝跪在沈孤山的面前，像个虔诚的仆人，垂首说道："属下来向门主复命。"

沈孤山的目光落在那地上血淋淋的麻布袋上，挑了一下眉，或许还不敢相信，问："这是戚凤箫的人头？"

女子说："是。"

见雪是魁门当中最出色的杀手。

她有比风还要快的步伐，比云还要轻的身影，比雨还要密的刀法，还有一颗比雪还要冷的心。

她像风，像云，像雨，像雪，总之，都不太像个人，是以才能成为最出色的杀手。

三个月前，她接到密令，前去刺杀清风峡九山十八寨的少舵主戚凤箫。

魁门规矩，不问缘由，不择手段，一切以完成刺杀任务为首要目标。

今天她到这画舫中来，就是向魁门门主沈孤山复命的。

沈孤山慢慢托起下巴，打量着地上的麻布袋，道："清风峡九山十八寨的少舵主就这样死在你的手里？你是怎么杀掉他的？"

见雪回答："我的刀比他的剑快。"

沈孤山一笑："好回答。"

见雪要将人头呈上去，可沈孤山却说："不必了，脏了你的手。"

见雪一时错愕，不过很快放开抓着麻布袋的手。

沈孤山说："乖，到我这里来。"

见雪颔首，径直走向沈孤山，顺从地坐到了他身前。

她是沈孤山养大的，经他亲手调教成一个好的刀客，好的杀手。沈孤山给她一条命，给她一个家，过去七年间，她习惯了听从沈孤山的一切命令。

"你好像又瘦了。"沈孤山低声说着。

他的声音就在见雪的耳畔，她甚至能感受到沈孤山冰凉的嘴唇若有似无地蹭过她的耳垂。

沈孤山撩起见雪后颈处的头发，一路抚摸到她的喉咙，继而慢慢掐起她的脸。

见雪被迫仰起头，向他展露出细美而脆弱的颈线。

沈孤山侧首吻在她莹白的肌肤上，说："接下来半年的时间就不要走了，留在门中陪我。"

沈孤山掌起见雪的下颌，让她去看瑟缩在角落里的小绿珠："给你买了一个小玩意儿。你瞧，眼睛像不像你？"

小绿珠缩在角落里，恐惧地看着这一切。

沈孤山的眼睛里明明有笑，可让小绿珠背后发毛，反而是那个叫见雪的姐姐，虽说神色冷了些，可却不怎么叫人害怕。

见雪看了一眼小绿珠紧紧抱在怀里的琵琶，沉默半晌，说："我跟她这么大的时候，只会杀人。"

沈孤山笑道："以后无聊的时候可以学一学音律，就让她教你好了。"

见雪又回答："一个杀手并不需要学习音律。"

"可是……"沈孤山挑起一绺她的乌发，低头一吻，说，"见雪，你会是我的妻子。"

从前沈孤山赏她什么，见雪就收什么，这还是第一次瞧见她不想要的。

魁门中胆敢忤逆门主的人，往往要付出惨痛的代价，不过对见雪，沈孤山总会多一些耐心。

"不喜欢？那你想要什么？"他问。

"我不知道我想要什么。"见雪声音很轻、很轻，眼睛却一直望着小绿珠。

看到她瑟瑟发抖的样子，有那么一刻，她仿佛看到了自己，看到沈孤山第一次吻她的嘴唇，她也是这样发抖。

"我只知道……我厌恶这样地活！"

最后一句几乎是咬着牙低吼出来，伴随着刀出鞘的铮响，刃的冷光在沈孤山眼前一划！

这一刀极快，而在这短短的一刀间，时间又仿佛凝结住了，以至于沈孤山能清楚地看见，迸溅出的一泼血花后，是见雪那一双恨海滔天的眼。

变故陡生，小绿珠捂着耳朵尖叫一声！

沈孤山反手一掌推去，见雪身影一闪，立即扯开与他的距离，退去好远。这道血痕几乎纵横了沈孤山整个上身，从小腹到胸膛，倘若他反应再慢半分，见雪这一刀定能将他开膛破肚。

太快了，也太狠了。

几乎一刀毙命。

几乎。

沈孤山用手指沾了些胸前黏腻的血，好像在看什么新鲜物似的细细打量。他确实不太记得自己上次受伤流血是什么时候了，所以比起愤怒，他更兴奋。

"出刀很漂亮。"受了伤的沈孤山浑不知疼似的，笑得越发邪气，"不过还是差了半分。"

这时，见雪缓缓抽出另外一把刀，双刀在她手中一错一展，凛然生寒。刀柄以金质铸造，刀身色泽却漆黑无光，细长如月牙，弧度锋利而优美，只看外表就知是一对好刀。

女子纤瘦的腰身绷得极紧，如同拉满的弓弦一样充满力量感。

见雪声音冰冷，说："沈孤山，我会杀了你。"

她出左刀将脚下的麻布袋一挑，这人头滚到沈孤山面前，布袋破了口，那头颅的脸一露出来，沈孤山的眼睛忍不住眯了一下。

这头颅根本不是戚凤箫的，而是跟见雪一样，是同为魁门杀手的关万仇的。

"连从小一起长大的师兄都杀，未免也太无情了。"沈孤山的眼睛一寸寸冷下来，"见雪，你让我很失望。无论是你的刀法，还是你的选择，都让我很失望！"

刹那间，那把名为"疏雨"的白剑出鞘！

沈孤山起手一划,剑意似能欺山赶海,滚滚压来。

他的剑贵在"狠辣",见雪的双刀重在"刁钻",皆为阴邪至极的路数,一旦对上便是不死不休。

船内狭窄,沈孤山的长剑进攻时,见雪躲避得极为受限,手中的短刀要近他的身也难,几番交手下来,见雪肩膀先中一剑。

她跟沈孤山一样不知疼,受这么一剑,连眉头都没皱一下,果断纵身飞出,跃上画舫的篷顶。

沈孤山紧随其后。

两人各自分立于一侧,见雪着黑衣,沈孤山着白袍,浑若黑白棋子,同在这天地棋局中,势不两立。

沈孤山一翻疏雨剑,冷冷道:"看来关万仇没有冤枉你,为了一个戚凤箫,你不惜背叛魁门,背叛自己的主子。"

命令见雪去刺杀戚凤箫,是因为她是魁门中最出色的杀手,可现在来看,这个命令或许是大错特错了。

(二)

清风峡九山十八寨当中,聚集着一群令江湖上所有帮派都头疼的匪徒,他们的少舵主戚凤箫也已经被朝廷通缉多年。

不过通缉令上的画像一天一个样,或许朝堂上就没有谁真正见过戚凤箫的样子。

半年前,有人出价黄金两万两,悬赏戚凤箫的人头。

魁门一向以杀人为生,自然不会拒绝这样的好生意。

沈孤山收下三千两定金,前后共派出六名杀手,前去清风峡执行刺杀任务,可皆是有去无回。

这项任务最终交到了见雪手中。

刺杀戚凤箫那天,是深冬里一个飞着雪的夜天。

在通往清风峡的路上有个酒馆,外面挑了一面破旧的红招旗,酒馆棚顶是用茅草搭出的,也很破,平常生意不算好,但因为雪天路难走,这是唯一可以避雪之地,是以在这天凑了一堆客人。

酒客们大多长得凶神恶煞,一看就是混江湖的人物,三五个坐成一桌,喝酒的喝酒、划拳的划拳,叫叫嚷嚷,一片乌烟瘴气。

不过酒馆角落里有一对卖唱的父女，老爹拉琴，女孩唱歌，唱的是时下名曲《平安乐》。

这时从酒馆外走进来一位公子，携了一身的风雪而来，手中还握着一枝梅花。他将梅花别插在酒馆门上，解开落满雪的墨缎银绣斗篷，下着一袭胭脂红袍，是极风雅、极英俊的好模样。

倘若他腰间没有佩剑的话，别人定要以为这是哪个富户家中的少爷。

这公子径直走向柜台，搁下几两碎银，请酒保打壶酒来。

酒馆中的客人都还在照旧干着自己的事，可是眼睛却有意无意地瞥向这公子。

见雪独自坐在最角落的地方，尽管魁门的情报来源从未出过错，但她此刻无法不怀疑，眼前这个红衣公子到底是不是戚凤箫。

通缉画像上的戚凤箫长得千奇百怪，可再怎么奇怪，那个在江湖上外号"风波一任"，坐镇清风峡九山十八寨，统帅一方，令江湖上不少门派都头疼又痛恨的戚少舵主都不该长成这种小白脸的模样。

酒保转身去沽酒，戚凤箫则倚靠在柜台旁听曲，和着曲拍，手指有一搭没一搭地敲打在台面上。

他或许还不知道，这酒馆里的人大约十来个，几乎全是要杀他的。因为他戚凤箫身上挂着悬赏令，不少江湖人都想着拿下他的项上人头，狠发一笔横财。

忽然间，一个汉子将一只酒碗摔在那对唱曲的父女面前，大叫道："唱的什么鬼调子！咿咿呀呀的，听得老子耳朵都疼了！"

那卖唱的父女没见过这样砸场面的，吓得缩在一起，女孩依在她父亲的怀中，眼眸含泪，怯怯地看着那彪壮的汉子。

见雪脸色冷漠，默不作声地端起酒碗，喝了一口热酒。

酒馆主人忙来打圆场："老丈，今天不用你在这里唱了，快些收好东西回家去吧，这是今日的工钱。"

那汉子却是不饶，一把抓起了那女孩细弱的手腕，将她从她父亲怀里揪出来，喝道："想走也没那么容易！丫头，给老子唱点喜庆的，否则我不饶你！"

"大爷，求大爷放过孩子！她今日唱得不好，老汉先给您赔罪了！"那老爹忙去抱住自己的女儿，给那汉子磕头。

争执拉扯间，一道低沉迷人的嗓音从柜台旁传来："诸位既是冲着我戚凤箫来的，又何必无缘无故去为难一个女孩儿？难道盼着我行侠仗义，好给你们一个理由动手吗？"

这话一出，酒馆中人顿时大为紧张，一下亮起兵器。

那汉子手也一松，将那女孩撂下，眯起眼睛看向戚凤箫："原来你早就看出来了？哼，戚凤箫，你这一脚已经踏进鬼门关，若是现在肯跟爷爷们求饶——"

"知道啦知道啦，若我求饶，你们就会留我一个全尸，对吗？"戚凤箫哼笑一声，"这话我已听人说过无数遍了，各路英雄好汉对我一向仁慈，一向好心，可我就不一样了，我戚凤箫号称天下第一刻薄鬼，今日诸位未必能在我的剑下留个全尸了。"

有人变了脸色，喝骂道："狂妄小子！你好大的口气！"

"口气不大，怎能吹起牛皮？"戚凤箫顺势抽剑出来，笑得风流俊俏，"今日得闲，本公子就陪你们玩玩。"

见他们真要打起来，那店主人和酒保唯恐遭殃，忙连滚带爬地躲到了柜台后面，那对卖唱的父女也缩到角落里。

酒店中一时间剑拔弩张，唯有角落里的见雪还在一口一口慢慢喝着酒。

先是四人攻上，有刀有剑，直向戚凤箫砍去。

面对这从四方杀来的攻势，戚凤箫不紧不缓，一起手中剑，剑法似流风回雪，漂亮得教人眼花缭乱，可又绝对不是个中看不中用的绣花枕头。

他轻松躲过杀招，挺剑一刺，出剑又快又狠，顿时就叫一人开膛破肚，场面堪称残酷。

泼溅而出的鲜血染在戚凤箫白皙的脸上，衬得他那模样愈发妖冶，简直就似毒蛇一般，有着艳丽的外表，却毒辣非常。

这一剑就足以看出差距，他们纵然知道戚凤箫不是个好惹的人物，却也料不到他的剑法竟如此高超。

戚凤箫不费吹灰之力就连杀数人，满堂溅红。

余下人被他的剑风一步一步逼至酒店外，这其中有使刀、使剑、使爪刺、使长枪的，兵器五花八门，可都教戚凤箫一一拆解，逐个击溃。

待至剩下两个刺客时，他们见满地尸身，颓势已定，而戚凤箫还是毫发未损，连杀人都在笑，简直跟恶鬼没什么两样，不由地大为胆寒。

"戚……戚……"他们说话都哆嗦，连滚带爬地想往院子外跑。

戚凤箫闲庭散步一般地追上去："这就走了？你们是这半个月来最不堪一击的一批刺客，回去告诉你们的东家，想杀我戚凤箫，派几个硬手过来，那样才有意思。"

忽而，戚凤箫听见空中一声清吟，铃铛丁零，自他身后袭来！

他连忙回身格挡，只是这劈来的一刀，似蕴藏着排山倒海之烈，纵然他挺剑挡下这刀，却也被震得手臂酸麻。

可更令他没想到的时，这一刀之后竟还有另外一刀从下方游来，来势汹汹，戚凤箫立即转身一躲，那刀尖却还是自他腹上划过去，刹那间血水如泼出来一般洒下！

戚凤箫被逼得后退数步，摸着伤口上黏腻滚烫的血，惊讶地抬头望去，见面前竟是一黑衣少女，双刀在她手中一翻，刀光有雪之冰冷，月之清白。

连戚凤箫都忍不住赞叹："好漂亮的刀，好俊的刀法。"

她一出招，戚凤箫就知这少女要比刚才那些个臭鱼烂虾厉害得多，明明看着也不过十七八岁的样子，内力却深厚无比，刀法猛烈又不失刁钻，比专业的杀手还要出色。

不。

戚凤箫盯着她，这少女通体皆是墨色，唯独脸如素月，腰间又悬着一串玉铃铛——

刀过之处，皆有铃响。

如果他没记错的话，魁门当中有一位杀手却与她的模样极为符合，从前也只是听说过罢了，不知是何名姓，也不知是何模样，如今一见，戚凤箫也不敢信竟是个年轻姑娘。

戚凤箫问："魁门的人？"

见雪一字不言，双刀交叠而至，出手极快。

戚凤箫左格右挡，使剑不如方才游刃有余，面对这样强大的对手，他逐渐认真起来，在见招拆招的回合中竭力寻找她刀法中的破绽。

两人一个是剑道高手，一个刀法玄妙，东风不让西风，一连打了数十个来回。

戚凤箫久不逢敌手，也少见有人使双刀使得这样厉害，或许是女子练刀的路数与男子不同，这少女身上少有寻常刀客的那种威烈，更加机巧多变一些，拆解起来更有意思。

戚凤箫压抑不住兴奋，问："姑娘的刀师从何人？"

见雪没见过废话这么多的人，冷声说："一个将死之人无须知道。"

戚凤箫匀着气息，还不忘油腔滑调："姑娘说起话来，就不如你使刀漂亮了。"

见雪最讨厌这等孟浪之人，于是杀心更盛。

正值二人酣战之际，酒馆外有一个小小的身影奔来。

交手时，见雪率先听到身后有脚步声靠近过来，一时断定是戚凤箫的帮手，要从背后偷袭，转身便是一刀，却在下一刻，正撞上一个男孩恐惧的眼睛。

那一刻，见雪脑子一白，耳朵里有种嗡鸣声蓦然炸开，下意识挽力撤刀。

戚凤箫还以为她已狠毒到要用刀劈向那孩子，眼中一冷，手下再不留情，一剑递出，直刺她的后心！

千钧一发之际，见雪撤刀撤得已然勉强，哪里还顾得上戚凤箫这如风的一剑。

她身子一偏，戚凤箫的剑虽未至她心脏要害，却直接刺透她的右后肩。

见雪转身后撤数步，黑衣卷雪，血花蓬飞，后肩处蔓延开来剧烈的疼痛，让她险些握不住手中的刀。

戚凤箫看那孩子从她染血的刀口下跑走了，一时错愕："你……"

那突然闯入战局的小孩一边大哭地喊着"阿爹"，一边投向那酒馆主人的怀抱。

后肩上疼痛撕扯着见雪的理智，恍惚之间，她透过那孩子，看到了另外一张脸，一张同样稚气的脸，那是不久前死在她刀下的一个少年。

见雪心神大乱，更加握不住刀。

一个杀手最怕的就是失去冷静，她知自己今日难杀戚凤箫，再犹豫下去，定有性命之忧，果断使刀扫起雪浪，转身便逃。

"姑娘！"戚凤箫唤了一声。

转眼间，这女子就消失在雪夜当中。

戚凤箫心下焦急，见一旁桩子上还拴着一匹瘦马，忙说："店家，借你的小马一用。"

他即刻纵马去追，夜间的风越刮越大，雪花大如鹅毛，连马都跑起来都费劲。

沿着淋漓的血迹，戚凤箫一路追到深林之中，直到血迹逐渐消失，他不得不下马，一步一步地向前寻找。

走着走着，脚下仿佛被什么东西绊了一跤，戚凤箫险些跌倒，低头一看，见那白雪上都滚着红色。

他一下皱起眉来，跪到那一堆雪浪前，从中捞起那已经被风雪埋没半个身子的少女。

戚凤箫将她半拢在怀中，见她脸色青白如死人一般，心下骇然，忙探到她鼻端，发觉这人还有些微弱的呼吸，方才松了一口气。

这样冷的天，戚凤箫急得后背起了一层薄汗，忍不住怨道："这是腾云驾雾了吗？跑得这么快。"

见雪穿着黑衣，血染透了衣衫也难以发觉，还是戚凤箫摸到一手淋漓鲜血，才知她伤得如此之重。

"姑娘，是在下对你不住了。"

戚凤箫解下斗篷，裹住见雪冰冷的身子，抱她一并上马，调转方向，往清风峡中奔去。

（三）

冰冷夺走了她的意识、她的知觉，见雪脑子里一片混沌，或许是梦，或许是真实的，从黑暗中又浮现出那一张小少年的脸。

是在盛夏的天，阳光毒辣，热浪翻涌。

那名少年用小袍子兜了一堆五颜六色的糖果，甜甜地喊着"姐姐"，冲见雪跑过来，可下一刻，一把剑就横过他的喉咙，血花落地时，阳光白得发冷。

她那时候听不到任何声音，就那样静静地看着少年逐渐被血泊淹没。

蚊蝇嗡嗡地乱飞，爬过那少年死气沉沉的脸，爬过他还睁着的眼，空气里弥漫起腐烂的恶臭。

忽然间，那个死去的小少年一下扭过头来，死死地盯向了她！

浑身打了个激灵，见雪一下从黑暗中惊醒，意识恢复的这一刻，肩膀上的伤口也撕裂一般疼起来，疼得她想呕吐，脑子也在疼痛中越来越清醒。

见雪忍不住咳了几声，喉咙里干疼得厉害。

她快速环顾四周，发现这是个陌生的房间，她肩膀上的伤口已经敷了药，包扎得极妥帖，身上的衣裳也全换了。

门外隐隐传来水流声，还有女人浣纱捣衣时唱出的歌声。

见雪没找到自己的刀，只能将床头一只茶盏打碎，将碎瓷片握在手中临时当兵器使。

她谨慎地躲在墙下，悄悄推开窗扇，透过些许缝隙往外观察。

远处群山环抱，重峦叠嶂，满目皆是白云压着苍翠，眼前有一条银鳞小河淌过，好多女人坐在河边，有说有笑地浣洗着衣裳。

青石板简单铺就的道路上人来人往，有挑着扁担下山的农户，也有巡街叫卖的货商小贩，还有几个孩童正光着脚丫，嘻嘻哈哈地你追我赶，仿佛是在做捉迷藏的游戏。

见雪一时恍惚不已，还以为这是入了世外桃源。直到听见有人推门进来，她影子似风，人已经转至门前，手中碎瓷片一翻，已然抵到来者的喉咙处。

"姑娘手下留情。"来者忙道。

见雪定睛一瞧,这人红袍玉冠,英俊潇洒,一身的风骚,不是戚凤箫是谁。

她皱起眉来,声音冰冷:"是你?"

"看来姑娘的伤势好了不少啊,出手竟这样快。"戚凤箫手中端着一盘精致的糕点,笑嘻嘻地后退两步,躲开那尖锐的瓷片,从见雪手臂下钻过去,大剌剌地走进房中,问道,"你饿不饿?要不要我做几道风味小菜给你吃?"

见雪没有放松戒备:"这是哪里?"

戚凤箫乖乖回答:"清风峡总舵,清风寨。"

"你没有杀我?"

"知道姑娘是魁门的刺客,但那夜交手,是我胜之不武。何况姑娘是个大美人,而我又是天下第一好色之徒,对美丽的事物一向怜惜都来不及,又怎舍得杀了姑娘呢?"

"登徒子!"

见雪眼中一寒,捏住瓷片就冲戚凤箫的咽喉处划去,只是她肩膀的伤还未好全,未能使尽全力,给戚凤箫轻松躲过。

戚凤箫一下跳开三丈远,还故作害怕的样子:"哇,好险!"

伤口上莫大的疼痛令见雪嘴唇都白了,可她眉也不皱一下,将那瓷片换到左手,乌沉沉的眼睛盯着戚凤箫。

戚凤箫见她就似牢笼里的困兽,一刻也不敢放松警惕,肩膀上伤口又撕裂了,洇出大片的红来,想想也知疼得何等厉害,可她竟这样一声不吭。

戚凤箫立刻收了开玩笑的心思,低叹道:"你既是来杀我的,不如先留在清风峡,将身上的伤养好。在此期间,我随时欢迎姑娘前来行刺,但姑娘也要答应我,不能伤害这寨子里的其他人。"

这话听进见雪的耳朵里,更像一种讽刺:"你觉得我杀不了你?"

戚凤箫:"怎会?这江湖中,我看能比姑娘使刀更厉害的人再也没有了。"

见雪看他一直笑嘻嘻的样子,眼睛一转一个主意似的,不知他怀着什么鬼胎。

戚凤箫给她看得都有点不好意思了,低低咳了两声,问:"对了,还未请教姑娘芳名?"

"你不需要知道。"

"我在你眼里,还是个将死之人吗?"戚凤箫仿佛有些苦恼,很快又笑着提议,"不如这样,你我之间做个君子约定,倘若姑娘下次没能杀得了我,还请将芳名告知。"

见雪不解:"你到底想做什么?找死?"

"这怎么能叫找死呢？从现在开始，往后的每一时每一刻，我都要念想着姑娘是不是要来见我了。"

"戚凤箫！"

眼见她满身杀气骤起，戚凤箫忙脚底一抹油，一溜烟地往外跑了。

……

完不成任务的杀手是没有资格回魁门的，见雪也害怕见到沈孤山失望的眼神。

她决定接受戚凤箫的条件，留在清风寨中。

戚凤箫还安排了一个妇人负责照顾她的生活起居，见雪身上的伤一直养到破冰春回之际，才算好了七八成。

期间她刺杀过戚凤箫两次，每一次都以失败告终，戚凤箫从而知道她的名字，也知道她的年纪。

这是第三次。

柳梢上抽出了嫩绿的芽，戚凤箫心情极好，去到湖心亭中吹笛赏月。

他喜好这等附庸风雅之事，可琴棋书画没有一样精通，只有笛子还算勉强能听，但他就是喜欢。

第三次刺杀还是以偷袭的方式，见雪本来能杀了他，因为这次戚凤箫醉心于吹笛，从头到尾都没有还手，但她还是失败了。

明明刀尖已经抵上戚凤箫的后颈处，可她这一刀却迟迟砍不下去。

这让她莫名惧怕，握着刀的手一直在发抖。

戚凤箫始终没有停下吹笛，直到一曲毕，他才回头看向见雪，手轻轻握住她的刀尖，微笑着说："见雪姑娘，无法像以前那样心无旁骛地出刀，就不能成为一个好杀手了。"

见雪比谁都明白这个道理，可让戚凤箫点破这句话，她很不甘心，咬着牙道："不用你来教训我。"

她收了刀，坐到美人靠上去，望向月色下的湖水，风似乎越来越潮湿。

她没有办法在杀人时做到心无波澜，因为她每次出刀，眼前总会浮现那个少年浮着死气的眼。

戚凤箫却不知她想的是别人，还以为是他自己，笑着说："我可没有要教训你，我只是觉得姑娘心里有我，所以才会对我手下留情。"

戚凤箫这等花腔调，一张嘴全是风流话，见雪一记冷眼杀过来："要死？"

戚凤箫马上认怂："要活！"

一时间两人各自无话，湖中有鲤鱼跃出水面，击打出银色水花。

这月夜更加静谧。

戚凤箫先开口问："姑娘为什么要做这个行当？"

对着戚凤箫这样的话匣子，会很容易说出那些从前不堪启齿的话。

见雪回答："我就是这样长大的。"

戚凤箫沉吟片刻，道："早就听说过，魁门喜欢从穷苦人家买一些小孩，带回门中培养。你也是吗？"

见雪沉默着，握着刀的手逐渐拢紧，可她面上还平静如湖，说："记不太清了，听别人告诉我，是从前闹饥荒的时候，爹娘把我卖掉的，因为是家里多余的女儿，一个最有没用的孩子。"

告诉她身世的人当然就是沈孤山，从小他就教她明白这样一个道理——废物注定没有容身之处，魁门当中一样是弱肉强食，想要活，就得拿起刀，向他证明自己的价值。

她那时候年纪太小，害怕再一次被抛弃，也害怕沈孤山会以为她是一个没用的人，于是就算是杀人也好，她也要做得比谁都要出色。

她就是这样长大的，没人告诉她是对或者错。

戚凤箫当然也不会摆起架子审判她，而是问："那你喜欢杀人吗？"

见雪第一时间还不知道该如何回答，因为杀人是她的生活，生活就是不论喜不喜欢，都要这样活下去。

不过她现在总会想起那个小少年的脸，在她脑海中挥之不去，像鬼魂一样缠绕在她的刀尖上，令她提刀都难。

少年是通州知府张判的儿子。

一年前，有人出重金要买张判全家上下的性命，而且还要拿到一沓张判与其他官员秘密来往的信件。

因为不只是要人命，魁门动用人脉关系，先将见雪送入张判的宅邸中做婢女，打算等她找到信件后再杀人。

她在张判家中潜伏了一个多月，期间负责照顾张判的儿子。

那个孩子单纯善良，甚至有点笨拙，对其他下人都爱答不理的，却很喜欢见雪，什么好玩的好吃的都愿意跟她分享，晚上还会缠着跟她一起睡。

少年对这个姐姐毫无防备，浑然不知自己身边是个怎样危险的人物。

等见雪找到秘密信件以后，沈孤山亲自来到通州，参与灭门行动。

这次灭门甚至都不是在夜间，而是在万里晴空之下，沈孤山出手，能在无声无息中杀掉张判全家三十三口性命，不留任何痕迹。

大宅院之内，满地都是尸体与鲜血，蚊蝇嗡嗡乱飞。

这一切发生时，张判的儿子不在家，他偷偷跑去市集买了一兜袍的糖果，带回来分给见雪吃。

可等他回来撞见这一切，人都吓傻了，呆若木鸡地杵在那里，连跑都不知道跑。

沈孤山一转眼发现还有条漏网的小鱼，手中疏雨剑一递，便轻易割断那少年的喉咙，快到见雪都来不及反应。

将张家赶尽杀绝后，魁门的人陆续离开，见雪没走，整个张府里就剩下她站着。她一直站着，看着那倒在血泊里的少年，看着蚊蝇在他青白死气的脸上乱爬。

很久，很久，见雪尝试唤了一下他的名字。

那时候，见雪很想听到他一句回应，但再也不可能了。

她第一次在见到尸体后呕吐不止，第一次那么厌恶看到她的鸳鸯双刀，也是第一次那么讨厌杀人。

之于戚凤箫的问题，从前她心里或许没有答案，但现在有了。

"不喜欢。"见雪回答。

戚凤箫说："不喜欢的事为什么还要做？天底下明明还有那么多好玩的东西。"

"我只会做这个。"

杀完这个人，就要杀下一个人，见雪甚至从未失手过，这次却在戚凤箫身上耽搁了太长时间。

戚凤箫忽地说："在清风峡，你就有得选。"

见雪一怔："什么？"

"留在这里，往后姑娘喜欢做什么就做什么。"戚凤箫转着手中竹笛，说，"你瞧我，琴弹得那么独具一格，这里的人顶多就是关门闭户，躲我躲得远远的，但谁也不会砸了我的琴。"

见雪："……那不叫独具一格，叫难听。"

戚凤箫哈哈一笑，也不否认："所以姑娘可有什么喜欢的东西？"

见雪想了半晌，回答："没有。"

戚凤箫有点头疼："换个问法好了，你不杀人的时候在干什么？"

"吃饭，睡觉，练刀。"

"那……你喜欢练刀吗？"

"喜欢。"

戚凤箫五体投地："在下真是佩服，连这么枯燥无聊的事你都能喜欢。小时候我爹爹每回逼我练剑，我都要死个七八回。"

"练刀练得好，会有好吃的。"见雪仿佛天生怕饿肚子。

"什么好吃的？"

"云片糕。"

"……"

戚凤箫没忍住，扑哧笑出声来："姑娘想要的东西还真是简单啊。"

他本就生得一双风流爱笑的眼，这样一笑，颜色更好，可再好的颜色，落在见雪眼里，也成了讨厌。

见雪给他笑恼了，霎时间压住戚凤箫的上身，一转刀鞘，卡在他的颈子处。

"不准笑！"

她的脸一时逼得极近，一向没有情绪的眼睛有了怒，因此变得雪亮鲜活。

戚凤箫看怔了眼，闻着见雪身上那段冷香，心跳越来越厉害："见雪……"

见雪却没想那么多，听他说话结巴，只当戚凤箫又认怂了。

正值此时，湖心亭外忽然淅淅沥沥地下起春夜寒雨。

见雪听到雨声，稍稍松开了手上的力道，说："下雨了？"

她又坐回原来的位置，伸出手去接雨珠。

戚凤箫脸都红了，幸亏有夜色遮掩，不至于让人瞧出什么。

他装作寻常地问："喜欢下雨？"

见雪点点头："喜欢。"

"这不是知道自己喜欢什么吗？！"

"下雨的时候，杀人更容易。"

"……算了，你还是别说话了。"戚凤箫很想珍惜这样好的氛围，"好姑娘，我给你吹笛子听。"

戚凤箫敢说见雪是他在清风峡九山十八寨里最好的知音，只她从来没有嫌弃过他吹得难听。

不过这次他吹得极认真，笛声与雨声融于这夜色当中，别有一番意境。

见雪听戚凤箫吹曲子时，脑海里不用想任何东西，只需要听就好。

过了一会儿，等戚凤箫停下时，见雪说："我好像也喜欢这个。"

"这首曲子吗？"戚凤箫抚摸着笛子，对她解释说，"这曲子叫《平安乐》。"

见雪却摇了摇头："喜欢你吹笛子给我听。"

戚凤箫又愣了，心道，这姑娘知不知道对一个男人说这种话意味着什么。可见她还在拿手接着雨珠玩儿，显然没有任何暧昧的意思。

戚凤箫忍不住叹息一声："见雪姑娘，你这句话既对我说过，以后就不准随便逮着另一个会吹笛子的人再说了。"

见雪："为什么？"

戚凤箫哼笑两声，得意扬扬地回答："因为我既是天下第一会吹笛子的人，也是天下第一小气。"

（四）

戚凤箫放浪形骸，总把自己是天下第一什么挂在嘴边，自吹自擂，经常爱说俏皮话，是个很不正经的人物。见雪与他相处这些个月，发觉戚凤箫成天也没什么正事，就是在清风寨中随处晃荡，悠闲得不得了。

寨子里那些人都尊称他一句"少舵主"，可对他的态度总是亲近多些，敬畏少些。但如果身为少舵主，却不能令人敬畏，戚凤箫又有什么本事镇得住清风峡这九山十八寨？

凭他一手卓绝的剑法吗？

不得不说，他的剑法确实厉害，在见雪看来，他甚至与沈孤山不分伯仲。

闲暇时，戚凤箫也传授给她一套自创的剑法，戚凤箫的剑叫"风波"，剑法同名。他要教她，是因为看出她的双刀固然厉害，但天长地久地练下去，很是损伤肺腑，不比习剑，还能强健体魄。

见雪有练刀的底子，习武又比旁人专注刻苦百倍，是以学起剑法来，境界突飞猛进，一日比一日厉害。

连戚凤箫都在感叹，没见过这么聪明好学的女子。

这日，春光灿然。

戚凤箫要去办事，走前看到见雪在院子里以刀作剑，正在练习他的剑法，戚凤箫骄傲得鼻子都快翘上天了，兴高采烈地出了门。等他傍晚回来，见她竟还在练着，额上、鼻尖全是汗珠，已然小有所成。

他有心一试，提了一柄木剑过来，嘴上习惯性地占见雪便宜："让为师来瞧一瞧你的剑法。"

一剑横入战局，戚凤箫与见雪交手数个回合，以拆招运招为主，本也难分上下。

忽然，见雪一挽刀，将刀法也运入到剑法当中，以手肘狠击在戚凤箫的胸口。

戚凤箫没想她会突然变招，被打得后退数步，眼见就要跌倒，见雪即刻探手过去，捉住他的衣襟。

戚凤箫见状，"哎呀"一声，顺着见雪的力道扑向了她，将她抱得个满怀。

"脚崴了，脚崴了，疼疼疼……"他大喊着，抱她抱得更紧。

见雪黑着一张脸，说："戚凤箫，我现在只要一挥刀，就能把你的脑袋砍下来当球踢。"

戚凤箫立刻乖巧地放开手，一下躲开好远，笑眯眯地说："别那么凶啊，见雪姑娘。"

见雪问："你什么事？"

"来跟姑娘道个别。"戚凤箫直接开门见山，"附近村镇里有流匪作乱，我要带人去围剿，估计下个月才能再见了。请姑娘高抬贵手，容在下多活几天，等我回来之后，姑娘再行刺也不迟。"

"剿匪？"见雪轻蹙眉头，沉吟片刻，说，"我可以跟你去。"

"如果有见雪姑娘襄助，那真是再好不过了！"

戚凤箫回答得迫不及待，很怕见雪反悔一样。

"……"

虽然大有跳入火坑之感，但见雪还是答应前去了，因为她欠戚凤箫太多的人情，无论如何都要偿还。

离开寨子时是在入夜之后，戚凤箫骑在马上，朝天空中放了一记千里号箭。号箭的白光将夜天照了个透亮，没过多久，四面八方的山头上皆有号箭放出，以示回应。

戚凤箫带着见雪奔向清风峡外。

不到一盏茶的工夫，便有百余来号人骑着马从侧方野道抄来，陆续跟上戚凤箫。队伍越来越壮大，如同狂风一般，浩浩荡荡奔卷而去。

路上，戚凤箫跟见雪说了这伙流匪的来历。

一年前通州天逢大旱，民间闹了一次大饥荒，朝廷开仓发粮，但当时主持赈灾事宜的通州知府张判惨遭灭门之祸，朝廷下发的救济粮也跟着不翼而飞。百姓没有粮食，还活着的人只能南下逃荒，其中有一部分流民逐渐纠集成一股势力，沿途烧杀抢掠，无恶不作，这通州流匪的恶名也逐渐传扬开来。

如今这伙流匪靠近清风峡的地盘，已经在周边村庄中搜刮掳掠了两回，戚凤箫收到风声，这才决定要带人来清剿这帮流匪。

见雪在听到张判的名字后，神色就冷了下来。

当初她只管按命令办事，从不知背后还有这许多曲折。而戚凤箫怕是还不知道张判一家是死在魁门之手，准确来说，是死在她的手上。

倘若戚凤箫知道了，会怎么看待她呢？

见雪看向身旁骑马的戚凤箫，月色将他的面容照得冷白。

他神色严肃认真，寻常那一股风流轻佻再也瞧不出了，一双乌黑的眼眸冰冷，浑似是个杀神。

见雪一向平静的心起了一丝微澜，可她还不知这是何情绪。

形势也容不得她多想，清风寨一干人在戚凤箫的指挥下纷纷弃马，潜行于密林当中，逐渐靠近流匪临时驻扎休息的营地。

戚凤箫认真观察着周围的风吹草动，待确定两个放哨流匪的位置，嘴唇衔住一片叶子，吹出清亮的哨响。

一干豪客听着哨声的指挥，迅速靠过去，刀锋抹开脖子，一眨眼就解决了两个放哨的流匪，连声音都来不及发出。

待得他们悄无声息地靠近了那帮匪徒，戚凤箫一声令下，所有人点亮火把，一拥而上，冲进了营地！

熊熊的火光中，厮杀声沸反盈天，满眼都是刀光剑影，血流成河。

因是趁夜偷袭，对方本就疏于防范，再加上戚凤箫带来的百十号人个个都是硬手，且训练有素，战场上很快就呈现一边倒的局势。

戚凤箫身为首领，只是骑在大马之上，负责坐镇指挥，连腰间的风波剑都未能出鞘。

纷乱之间，见雪注意到那流匪当中有人要逃，从衣着服饰上来看，就知是流匪中为首的人物。

她冷声提醒戚凤箫：“那匪首要逃了，需要我去追吗？”

"逃不了。"

戚凤箫也已经注意到流匪头领的动向，低声一笑，命手下人递来一把弓弩。

弓弩搭于臂上，戚凤箫轻眯起眼睛，在乌泱泱的人群中瞄准那匪徒的后背。

下一刻，箭若流星，"嗖"的一声划过去，一点寒芒穿破长空，精准无误地将那头领射下马来！

得手之后，戚凤箫衔住叶片子吹了一记长哨。

那清风寨的人收到信号，率先冲过去，砍下那头领的首级，一下举得高高的，喝令道:"匪首伏诛,你们还要再打下去吗?"

这一句彻底震慑住了众人,那本在厮杀中的流匪们在愣了片刻以后,终于一个接一个地放下兵器,选择投降。

按照惯例,这些流寇投降以后,清风峡九山十八寨会将他们收入麾下,不过这次却有其他寨子的人向戚凤箫提出了异议。

"少舵主,我们的粮食也不够吃了,再收下这些人,恐怕……"

可戚凤箫浑不在乎,笑着对那人说:"粮食的事,我再想办法就是。"

其他人也过来劝和:"是了,大家都放心,少舵主说有办法就有办法!这些年哪次让咱们饿过肚子?九山十八寨的只需听命办事就好!"

那最先提出异议的人生怕戚凤箫误会,忙解释道:"天地可见,我对少舵主绝无二心!"

"我知道。"戚凤箫说,"不论如何,今日我们兄弟都替附近的百姓除了一桩大祸害,回寨子以后,我要好好犒劳犒劳大家,都有肉吃,有酒喝!"

众人大笑,抱拳道:"多谢少舵主!"

一行人马各自整顿收拾,准备返回清风峡。

见雪并不太懂这些门道,可她脑子再蠢笨,也认为戚凤箫不该留着这些流匪。不仅仅是粮食的问题,更重要的是,谁知这其中会不会有人在投降之后还存有异心?到时候对于整个清风峡而言,都将会是莫大的隐患。

见雪思量再三,纵马跟到戚凤箫身边,说:"你该杀了他们。"

戚凤箫也能料想出这其中的风险,令他料想不到的是,见雪会跟他说这些话。

他问:"姑娘是在担心我吗?"

见雪冷冷地说:"你好自为之。"

戚凤箫忍俊不禁,才徐徐说道:"若是在太平盛世,谁愿意去做流匪?这些人一开始也是通州的饥民,为了争一口饭吃才不得不走上邪路。见雪姑娘,他们当中或许有人也像你一样,为了活着,没有其他选择。"

清风穿过林野,树叶摇动,其声好似一阵寒雨飞过。

朗月落在戚凤箫的身上,将他那一双乌眸照得透亮。

他声音轻若鸿毛:"世道艰辛,能救一个是一个,能走一程算一程吧。"

见雪望着他出了神,这一字一句都好似敲震在她的心上,敲得那颗心脏一下一下跳得厉害。

不过很快,戚凤箫脸上正经的神色就消失了,他在马背上摇来晃去,说不出有多得意,冲着见雪笑嘻嘻地说:"当然,如果造太多杀孽是会做噩梦的,我可害怕这个。唉，没办法，谁让我戚凤箫还是天下第一大善人呢？"

见雪："……"

这夜，她知道了戚凤箫能统领清风峡九山十八寨的原因。

戚凤箫很好。

如果这个人没有长嘴就更好了。

（五）

一行人回到清风峡，寨子里的百姓为了迎接壮士凯旋，在土地神的庙堂前大摆筵席，载歌载舞。整个清风寨挂满了花灯，处处灯火通明。庙院里有一株神树，盘虬卧龙的树枝上绑满了祈福用的红布条，在灯笼微光的映照中艳若朝霞。

见雪不喜欢热闹，也不喜欢太亮堂的地方，只远远站在神树下，望着酒宴上的戚凤箫。

戚凤箫喝酒喝得爽快，谁来敬他都会喝，笑也笑得开怀，眉宇间丰神如玉，俊朗得一点阴影也无。

喝得雅兴上来，戚凤箫兴致勃勃地要给大家抚琴一曲。

在座的各位一听，七八个汉子接连捧酒上去灌他，一人忙喊"别别别，这大好的日子"，另一人也跟着附和"喝酒喝酒喝酒"，好不容易才断绝了他弹琴的念想。

见雪倚在神树上，忍不住轻笑出声。正在此时，见雪忽地感觉一道阴鸷的目光从她背后杀来。

她一警觉，当即转头，只见在那庙院的墙上蹲着一个身影。对方正拿一双笑眼，意味深长地打量她。见雪心口沉沉一坠，仿佛从一场梦中清醒过来。

这人正是她魁门的师兄，关万仇。

关万仇转身跃下高墙，见雪本能地追上去。浓稠的夜色为两人提供了最好的隐匿，见雪跳上房顶，身影似夜里的猫儿一样轻盈，紧追着关万仇来到寨子里一处破败的废屋当中。

刚一进门，从暗处探过来一只手，一把将见雪抓进去。

关万仇作为师兄，武功不比见雪高深，但门主沈孤山为了更好地操纵门下杀手，在传授功夫时，特意令他们之间互相克制，所以，纵然关万仇的武功稀松平常，却因熟悉见雪的一招一式，三拳两脚就将她几次要出鞘的刀打回鞘内。

关万仇反手制住见雪,将她半边身子狠狠地按在门上。

"我说师妹怎么这么多日都不回去?原来是乐不思蜀了。"

见雪偏了偏头,竭力躲开他,咬牙问:"你来做什么?"

"跟你一样,刺杀戚凤箫。"关万仇说,"看来师妹已经博得那小子的信任,很不错嘛,不如我们两个联手,里应外合,一举杀掉戚凤箫。等他一死,清风峡群龙无首,就是我们魁门扩张势力的最好时机,到时候师父一定会好好赏你的。"

见雪一声不吭,尝试从关万仇的钳制中挣扎出来。

关万仇看她始终不肯屈从,哼笑道:"刚才看你那贱样子我就知道,你舍不得对他下手了,是不是?不然早该取他性命,回家来了。也难怪,男人长成他那个样子,哪个女人不会动心?可是师妹,你好像忘记你的身份,也忘记自己的来历了。"

见雪卡住关万仇的手腕狠狠一别,顺过身来,一脚将他踹开,双刀刷地出鞘。

一刀横于胸前,见雪道:"再敢碰我一下,我就杀了你。"

关万仇一下倒跌在地,胸口火辣辣地疼起来,可他却笑得不行,因为见雪实在太可笑。

"真是长大了,如今连碰都不让碰了……师妹,我劝你还是少痴心妄想,你是师父的女人,身子不清不白的,配得上人家清风峡九山十八寨最尊贵的少舵主吗?戚凤箫要是知道你的过去,难道还能真心喜欢上你不成?"

见雪一点一点握紧了手中的刀。

关万仇脸上的笑容逐渐消失,他抬手掸去胸前的灰尘,嗓音也冰冷起来:"师父不会允许有人夺走属于他的东西,师妹,如果你敢叛逃,魁门绝对不会放过你,别说是你,就连戚凤箫也一样要死。啊,你猜师父是会拿刀划开戚凤箫的肚子呢?还是先剜掉他那双眼睛呢?"

见雪闭上眼睛,身子僵硬得如同木偶。

许久,她才回答:"我没想过叛逃。"

关万仇从地上站起来,狐疑地打量着她:"是吗?"

见雪坦然地盯向他:"师父对我恩重如山。"

这四个字听得关万仇都有些想笑了,"恩重如山"谈不上,"情深似海"却还有点可能,魁门中是个人都能瞧得出沈孤山对她的偏心。

关万仇虽学了一些克制见雪双刀的招式,但师父却一直不怎么肯教他更高深的功夫。

从前关万仇一直以为是自己太愚钝,师父才不肯倾囊相授,直到有一次,他无意中看到见雪因练刀太辛苦，累得昏睡在海棠花中，沈孤山亲自来寻她，将见雪抱进怀中，趁着四下无人之时，于花影深处，低头吻住了她的嘴唇。

那一幕，令关万仇当即打了个哆嗦，他逐渐明白，在那么多弟子当中，沈孤山对见雪是不一样的。

一直以来，这都让关万仇有些恨这个师妹，但他可以预见，如果见雪敢有二心，下场会是多么凄惨。

关万仇说："你能明白就好。"

"戚凤箫的剑法很厉害，身边又有不少高手，如果不能取得他的信任，很难找到下手时机。不过现在你来了，或许胜算会更大。"见雪说，"明日黄昏时分，还是在这里，我会引戚凤箫前来。"

关万仇终于听她像以前那样说话了，笑道："这才像我认识的小师妹。"

见雪转身离开这间废屋，关万仇望着她的背影，一脸看好戏的神情。

再次回到宴席上，夜已经大深，男人们都醉得七七八八，能扶回房的扶回房，扶不回去的，索性就扔到桌子上不管了。

见雪独自一人，靠在神树下静默良久。

一直照顾她的那个妇人匆匆跑过来问："可曾见到少舵主？"

见雪回过神，来回巡视半天，都没找到戚凤箫的身影。

妇人说："刚才有人瞧见少舵主出去了，姑娘若是得闲，可愿意去寻一寻？"

见雪方才见过关万仇，心里惴惴不安，马上出了庙堂，沿着长街去找。

路过一处暗巷时，一个人影忽然从她后方扑过来，脚步无声无息的，一开始连见雪都没能察觉，等她闻见这人一身的酒气，就知是戚凤箫了。

戚凤箫醉醺醺的，说话都有点不利落："见、见……雪姑娘……"

见雪忙一手架住他往下歪斜的身子，戚凤箫跟站不住似的，见雪怕他摔着，只得将他挟抱在怀中。

"戚凤箫，你不该喝这么多酒。"

关万仇都能顺利混入清风峡，如果让他撞见这样子的戚凤箫，不出三招一定能要他性命。

"今天我开心嘛。"戚凤箫捉住见雪的手臂，连推带拉，将她抵靠巷子的墙上，"见雪，我很开心……喝酒的时候，我在看你，我看到，你也在看我……"

今日在宴席上跟少舵主喝酒的人，大概都能发觉他活络得像个展屏的雄孔雀。

"我就在想，姑娘见我之心，或许与我是一样的……"

见雪背后窜起一阵麻："什么？"

戚凤箫低下头去，慢慢凑到见雪的耳边，声音简直要蛊人似的："见雪，你也喜欢我吗？"

他说"也"。

见雪怔住，背靠着冰冷的墙壁，呼吸一下急促起来："戚……"

戚凤箫仿佛又不想听到她的回答一般，冒失又急迫地吻住见雪的嘴唇，唇是冷的，渐渐热烫起来。

"见雪……"

他按住她的后颈，痴迷一样吻得越来越深，不容任何抗拒。

见雪浑身僵得比木头还硬。

"怎么不说话啊？"戚凤箫使尽浑身解数，想要她的欲望能活过来，他断断续续地吻着，又哑着声音，反复地问，"难道我不行吗？还是我不够好？"

见雪终于摸回一点理智，双手推拒着他继续靠近，说："戚凤箫，你真的喝多了。"

戚凤箫还是不依不饶："为什么不能喜欢我？"

他捉住见雪的手，再一次吻上她，急躁、蛮横，像是在发泄某种委屈。

他吻得如噬咬，唇上轻微的疼意让见雪忽地就想起沈孤山的脸，想起他也曾经这样对待她，见雪浑身打了一个哆嗦，连呼吸也跟着颤抖了一下。

戚凤箫一时察觉到她的恐惧，手臂的力道一松，与她分开些许距离。

隐约见她乌眸中有细光，似是泪。

"见雪？"戚凤箫忙用指腹去抚摸她湿润的眼睫，他手足无措，脑子也清醒了七八分，道，"对不起，对不起，是我喝酒昏了头，玩笑开得太过火了。我、我只是……"

他默了声，退后半步，从怀里摸出一块油纸包的点心。

展开一瞧，是云片糕。

"我惦记你爱吃这个，你……"戚凤箫寻常舌灿莲花，可此刻舌头笨得都快打结了，"见雪姑娘，你别生我的气。"

见雪一愣，她想，原来不必练出多么出色的刀法，这个人都愿意为她买云片糕。

她抬手掐住戚凤箫的脖子，戚凤箫对她不防备也不还手，轻易给她推着，后背撞到窄巷里另一堵墙壁上。

不过两人攻守形势一下倒转，戚凤箫眼里全是迷茫与错愕："见雪？"

见雪问："你刚才说的是玩笑话吗？"

要他将一腔真心都说成是玩笑，戚凤箫说不出口，他承认："见雪，我从不会拿这种事开玩笑，更不敢骗你。"

这次，是见雪吻了他。

女子的嘴唇凑上来的那一刻，戚凤箫脑子都不好使了，心脏跳得快要撞破胸腔，他索性什么也不想，回拥住见雪。

这一夜漫长又荒唐。

一直到翌日午后，见雪背对着他尚在睡梦中，戚凤箫一手杵起脑袋，一手轻轻抚摸她肩膀上流泻下来的乌发。

仅仅是做这么无聊的事，戚凤箫也贪恋非常，只觉如何疼爱这人都不够，更不舍得吵醒她。

不多时，见雪忽地捉住他乱抚的手，一个翻身将戚凤箫压在身下。

戚凤箫讶然着瞧她，又忍不住笑起来，闭上眼，一副任君采撷的样子："见雪姑娘竟还要强迫我，那我也只好从了。"

他以为见雪会气得要赏他一巴掌，可她竟闭着眼吻上来。

戚凤箫给她撩得心弦大乱，受用着她的主动。

谁知见雪舌尖一抵，送了一颗丸药入他口中，等戚凤箫意识到不对劲时，那丸药已然化入津液，一下淌进喉咙。

"见雪！"他剧烈地咳着。

"这不是毒药。"等戚凤箫慢慢调匀呼吸，见雪才说，"你以后别再这么容易相信别人。"

戚凤箫："你不是别人。"

见雪很久没说出话来，半晌，她才说："我知道你看见了，昨夜那个人是我魁门的师兄。"

戚凤箫感觉到自己的半边身子有麻痹之感，先前一腔的欢喜化作浓浓的不安，他尝试去捉住见雪的衣裳，可怎么都使不上力气。

"我可以假装没看到。"戚凤箫或许猜到她要做什么，莫名地恐惧起来，"你不是说喜欢我吹笛子给你听吗？见雪，以后我天天吹给你听。"

戚凤箫费尽力气，才抬起快失去知觉的手臂，搭在见雪的背上，口齿也开始因为药效而变得模糊不清。

"求、求你……见雪……留在清风峡，别回魁门……"

"如果我当初遇到的人是你就好了。"

见雪低下头去，深深抵在他的肩窝处，有湿意落在他颈间的皮肤上。

"戚凤箫,你会长命百岁的。"

(六)

她跟戚凤箫不一样,她身上背负着太多的罪孽,需要她去赎。

见雪独自去赴了与关万仇的黄昏之约,关万仇虽对她有所防备,但架不住见雪的刀够快、够狠、够绝。

几乎是手起刀落,见雪便斩下关万仇的头颅,包在麻布口袋中,纵马离开清风峡,回到魁门。

今日来画舫见沈孤山,就是为了杀他。

魁门暗杀的规矩,不死不休,只要沈孤山还活着,戚凤箫一辈子都别想安宁。

沈孤山说她为了一个戚凤箫,不惜背叛魁门,背叛自己的主子。

但见雪为的却是那夜在清风朗月之下,戚凤箫的一句——

"世道艰辛,能救一个是一个,能走一程算一程吧。"

见雪抱了必死之心,今日也要夺他性命,手中翻展双刀,飞身一踏,狠狠劈向沈孤山!沈孤山剑似风雨,疾快又不失威猛,挺剑一格挡,不费吹灰之力就将缠上来的双刀震开。

两人从画舫上打至湖中,见雪施展轻功,蜻蜓点水一般踏波而行,又借湖中数条乌篷小船为支点,对沈孤山步步紧逼。可她的双刀都是沈孤山教的,沈孤山又怎会不知拆解?待得见雪稍有破绽,疏雨剑忽而斜出,刺向她肋下,往上一挑!

见雪退得足够及时,却还是没躲过这一剑,剑锋从她臂膀上挑过去,再深一些,怕能削了她整条手臂下来。沈孤山看她险些从乌篷船上栽下去,挑起撑船的竹竿,往她后腰上抬了一把。

对她,沈孤山到底不忍。

这个女孩子是他养大的,养成他最喜欢的模样,他从来没想过有一天见雪敢背叛他。

"只要你肯向为师认错——"

"去死!"

见雪眼中万分狠戾,将一刀收回鞘中,改用单刀。沈孤山一蹙眉,正不知她有什么意图,见雪以刀做剑,刀锋一时雪亮,白虹贯日一般朝他刺来。

剑法出其不意,又极具锐意,先前沈孤山着了她的偷袭,应付这等大开大合的剑招,伤口的血流得更盛。

沈孤山扯开距离,呼吸粗重起来,眸子血红:"风波一剑?"

他难以置信地看着见雪,很快又狂笑起来:"有意思!有意思!他连戚家剑法都肯传给你,看来对你确实不一般。可惜了……你的刀就是我沈孤山烫在你身上的烙印,想要忘没那么简单,这新学剑法,你也使得太不够好!"

尾声卷着深重的杀意,疏雨剑再不留情,剑剑狠辣。

见雪用剑再奇,也只能伤到沈孤山的皮毛,沈孤山的剑却压得她根本喘息不及。

见雪步步后退,再次来到那画舫之上。

沈孤山已怒不可遏,此时暗运内力,一剑劈砍见雪!

见雪横刀格挡,可却挡不住这犹如千钧重击的一下,整个画舫都在沈孤山的一剑中震裂开来,见雪跌落,重重摔在船舱的地上。

小绿珠还在,被这样的巨响吓得发抖。

沈孤山扑过来,一剑刺下,直接刺穿她的左手手臂,好似要将她彻底钉死在地上。

他杀红了眼,面容也狰狞起来:"我养你,爱你,你为了一个戚凤箫,胆敢背叛我!

"我想给你机会,你为什么不知珍惜?见雪,怪我太疼爱你了,所以让你忘了我是什么样的人。等着看吧,我会挑断你的手筋、脚筋,让你永远坐在门主夫人的座位上,要你看着我怎么荡平清风峡,怎么将戚凤箫捉到你面前来,一点一点折磨致死!"

见雪脸色惨白,根本听不进去他的话,伸着手,竭力要去拿另一把刀。沈孤山看她还不认输,不要命似地反抗,心头恨得想让她死,一手拧动起疏雨剑,锋刃在见雪的血肉里翻绞起来。

纵然她再能忍耐,此刻也因为这剧烈的疼痛惨叫出声。

沈孤山目眦欲裂,一只手狠狠掐住她的脖子:"我要你认错!认错!"

长久的窒息感让见雪的挣扎逐渐失去了力量,她说不出话来,本能地去摸她的配刀。

就在这生死之际,沈孤山后背被一把琵琶猛砸了一下,他手上力道一松,回头看到偷袭他的竟是那胆小怯懦的小绿珠。不过这一瞬分神,见雪趁此时机,果断捉住刀,朝沈孤山胸口猛地一送。

刀尖贯穿他整个胸膛,滚烫的鲜血自她刀下喷溅而出,几乎溅满她半张脸。沈孤山大骇,忙杵着剑站起来,一边后退一边看着这刺穿他胸口的刀。

他眼里全是震惊，脑子里一片空白，看看见雪，又看看那满脸恐惧与泪水的小绿珠，忽而狂笑了一声："哈哈哈——你们，还有你……做得好，做得好！"

见雪大口大口地咳嗽着，跟跟跄跄地从地上爬起来。沈孤山看她浑身是伤，头发凌乱，几近破碎，有种别样的美。

这样美的东西，到死也该是他的。

沈孤山撑着最后一口气，一步一步走向见雪："见雪，你是我的，生要同衾，死亦同穴！"

他似浴血的恶鬼，从地狱中爬出来，也要将见雪拽到地狱中去，跌跌撞撞扑向见雪，抱着她一起跌入湖中。

小绿珠伏到船边，吓得大喊："姐姐！姐姐！"

碧绿的清波漾起波纹，被血一点一点染红，除此之外，再无任何回应。

见雪在往深渊里沉。

她的手脚都使不上力气，身边升起无数的泡沫，冰冷一点一点剥夺她的感知，耳畔是一片宁静。

很久，都没有这样宁静过了。

见雪闭上眼，仿佛又听到那夜的笛声，戚凤箫就在她面前，笑得眼尾都要飞起来，无拘无束，肆意潇洒。

他朝她伸出手，问："见雪姑娘，留在清风峡，好吗？"

她努力伸出手去，在冰冷的湖水中，在不断坠落中，竭力想去触碰那能够穿透一切的光线。

直到有人一下握住了她的手，将她从无尽的坠落中拉了上去。

黑暗随着湖水席卷而来，在失去意识的前一刻，她仿佛看到了戚凤箫的脸。

……

也不知过了多久，见雪浑身抽动了一下，魂魄逐渐回体，她睁开眼，左臂上的痛觉让她越来越清醒。

这是在马车上，摇摇晃晃，颠簸不断，那个叫小绿珠的丫头正紧紧抱着自己的琵琶，歪在一个角落里呼呼大睡。见雪被谁抱在怀里，身上裹着一件墨色斗篷，她能闻见熟悉的气味，是属于戚凤箫的味道，一抬头，就看见他俊俏的下颌线条。

见雪往他怀中靠了一靠，什么也没说。

戚凤箫发觉她已经醒了过来，嘴唇张张合合，几乎有千言万语要说，可到最后也一样没说出口。

他只低下头去，往见雪额上吻了一口："回去再好好教训你。"

他的声音都是哑的。

"我记着教训了，再不会中你的计。见雪，我已经失身于你，以后你再想走没那么容易。"

见雪苍白地笑了笑："还有这种说法？"

"怎么，你来招惹我之前，难道就没有打听过我的名号吗？"

见雪问："这次又是天下第一什么？"

戚凤箫拢住她的脸，在她嘴唇上浅浅一吻，认真回答道："天下第一难缠。"

马车向着清风峡奔驰而去。

前路青山隐隐，暄风迟日，又是新的一程。

（完）

图书在版编目（CIP）数据

叛城 / 弃吴钩著 .—武汉：长江出版社，2022.9
ISBN 978-7-5492-8495-5

Ⅰ.①叛… Ⅱ.①弃… Ⅲ.①故事－作品集－中国－
当代 Ⅳ.① I247.81

中国版本图书馆 CIP 数据核字 (2022) 第 169734 号

本书经弃吴钩委托授权天津漫娱图书有限公司正式授权长江
出版社，在中国大陆地区独家出版中文简体版本。未经书面
同意，不得以任何形式转载和使用。

叛城 / 弃吴钩 著

出　　版	长江出版社
	（武汉市解放大道1863号 邮政编码：430010）
选题策划	漫娱图书 许斐然
产品经理	漫娱图书 巴旖
市场发行	长江出版社发行部
网　　址	http://www.cjpress.com.cn
责任编辑	张艳艳
特约编辑	姜悦
总 策 划	重塑工作室
装帧设计	吴 彦 罗 琼
印　　刷	武汉鸿印社科技有限公司
版　　次	2022年9月第1版
印　　次	2022年11月第1次印刷
开　　本	635mm×940mm　1/16
印　　张	19.5
字　　数	350千字
书　　号	ISBN 978-7-5492-8495-5
定　　价	48.00元

版权所有，翻版必究。如有质量问题，请联系本社退换。
电话：027-82926557(总编室) 　027-82926806 (市场营销部)